漢字源流

林西莉

作家、學者、中學教師聯合推薦《漢字的故事》

（以下按姓名筆畫排序）

小野　作家

王文顏　（故）政大中文系教授

王開府　師大國文系教授

王順源　師大附中國文科教師

朱天心　小說家

朱歧祥　東海中文系教授

何飛鵬　城邦出版集團執行長

余光中　中山大學教授

吳涵碧　《吳姐姐講歷史故事》作者

吳鈞堯　《幼獅文藝》主編

李匡悌　中研院史語所研究員

李家同　清大資工系榮譽講座教授·作家

李殿魁　台北藝術大學教授

林良　知名兒童文學作家

林明進　建中國文教師

林慶勳　中山中文系退休教授

信世昌　師大華語文教學所教授

洪淑苓　台大中文系教授

洪蘭　中央大學認知神經研究所教授

徐國能　師大國文系教授

張大春　作家

張曼娟　作家

張曉風　作家

陳幸蕙　作家

陳俐貞　師大附中國文教師

陳美桂　北一女中國文教師

陳鎮卿　台南女中國文教師

鹿憶鹿　東吳中文系教授

曾昭旭　淡江中文系榮譽教授

黃春明　作家

黃碧瑞　南藝大藝創所教授

路寒袖　詩人

蔡文甫　九歌出版公司發行人

鄧守信　師大華語文教學所教授

蕭蕭　文學評論家·國文教師

鍾宗憲　師大國文系主任

隱地　詩人·作家·出版人

顏承繁　師大附中國文教師

羅位育　小說家·北一女中教師

羅智成　詩人·作家

貓頭鷹書房 26

漢字的故事

（暢銷十周年紀念版）

Tecknens Rike

(China: Empire of Living Symbols)

〔瑞典〕林西莉◎著

李之義◎譯

貓頭鷹出版社

■台灣版十周年紀念序

連不懂中文的人都看得津津有味

本書作者是瑞典人，她的中文名字叫林西莉。我在上個世紀末的一九九八年法蘭克福書展上，第一次看見這本書的英文版，非常吃驚。瑞典出過好幾個漢學大師，包括林西莉的恩師高本漢，所以瑞典人懂中文不稀奇，甚至研究甲骨文也不稀奇，讓我吃驚的，是我從來沒有看過誰用林西莉的方法介紹漢字、介紹甲骨文（一直到三年後我們才看到唐諾出版了他的《文字的故事》，也是講甲骨文的書）。

她把甲骨文視為三千年前華夏大地上的人類學描繪，一個字一個字推敲，那個字為什麼那麼寫，具體的意義是什麼，跟當時商朝人的生活有什麼關係。她在中國到處探訪，從俗民生活到博物館出土文獻，尋找文字和實物的關聯和參證。

例如她在大運河上，看見一葉小舟從她眼前划過，她就明白甲骨文的舟字為什麼那麼寫，因為那個舟字和她眼前看見的小舟，造型簡直一模一樣，連船艙中的防水隔艙設計都一樣——她發現自己正在目睹一個沿襲了三千年的傳統，從她眼前划過。

用人類學加上考古出土文物的對證，讓我們發現，原來漢字可以這樣理解，漢字和古人的生活如此息息相關，每一幅甲骨漢字，就等於是對三千年前古人生活禮俗的一個切片。文字和文化如此融合。

她回到瑞典以後，開始運用這樣的方法在高中的中文班課堂上教授漢字課程。大受學生歡迎。遙遠的西半球世界，從拉丁字母體系成長的高中生，忽然發現了古中國這種曲折的筆畫，竟然是可以理解的，充滿了動人的意義。

本書就是她在高中授課的結晶，是她為中文班學生編寫的教材，寫了八年才完工。當年《漢字的故事》在瑞典出版，出版社膽顫心驚第一刷印了八千本，不料一個禮拜就賣光，她在夏瑞紅的採訪中談到這件事說：「中國字真是全世界最好玩的字，我看到連完全不懂中文的人，都能抱著書讀得津津有味。」

我立刻追蹤這本書的版權，從英文版一路往上追，終於追到了瑞典的代理商。但不幸的是，這一談從上個世紀的一九九八年談到了阿扁當選總統的二〇〇〇年，再等到阿扁總統第二任的二〇〇四年，終於瑞典那邊換了一個代理商，我們才能夠順利往下談。

簽了書，編輯完成，書要出版了，時間已經到西元二〇〇六年。在民進黨執政這幾年，台灣對中國充滿負面情緒，我們厭惡所有跟中國有關的事物，任何掛著中國字樣的東西，都變成政治上的不正確。以致於像中船、中鋼、中油那樣僅僅是公司名稱，也在不正確之列。在這種時代氛圍下要出版一本談中國文字，而且是談大部分時候沒有人認得的甲骨文，讓我的心情備覺沉重。

這麼傳奇的書，會這樣被社會氛圍埋葬嗎？我並不擔心會不會賠本，以我的估算，這本書應該可以賣出三千到五千本，打平開支並不困難；我的憂慮是台灣社會對中國的敵意，會不會不分青紅皂白地掃蕩所有中華文化體系內的東西，甚至包括漢字？

結果那年年初網路上忽然冒出一條假新聞，說聯合國官方語言決定取消傳統中文，在各種官方文件上改用簡化字。這條新聞雖然最後證明是一場烏龍（因為早在一九七三年聯合國的文件就已經改用簡化字了），但激起台灣的反省可謂正中要害。如果所有跟中國有關的都要排斥，那麼我們所繼承的漢字該怎麼辦呢？

中國是中國，中華文化是中華文化，我們日常所用，姓氏所稱的這些字，跟中共沒有任何關係，這是我們從先人手上繼承的文化遺產。

因為這樣一場烏龍新聞，保衛漢字，認識漢字變成台灣的共識。《漢字的故事》在二〇〇六年上市，第一周就衝上各大書店排行榜，此後一直熱賣了兩年，總銷量超過六萬本，至今仍然沒斷版，是我出版生涯裡極少見的成績。在去中國化時代衝出這樣的成績，這也許是倉頡有靈吧。

漢字是我們的財富，林西莉則是那個打開我們眼界的引路人，讓我們一起在漢字的故事裡領略古人造字的心意與趣味。

選書人　陳穎青（老貓）

■台灣版十周年作者序

漢字與歷史文化的保存

數千年來，漢字始終構成中華文化的核心。因此，讀寫的藝術對中國歷史的意義，遠較大多數國家來得重大。中國幅員遼闊，擁有多種方言與少數民族語言；因此，在西元前二百年左右，全國就統一了文字書寫系統。數世紀以來，書寫系統始終維持其一致性，這在世界上，是很獨特的情況。

多年來，中國學校中的書寫訓練始終相當冗長而費時，然而，藉由這樣的訓練，孩子們所習得的，不只是能寫出一手正確、精妙的好字而已。他們的耐心與持久力，也得到訓練。藉由適應環境能力，洞悉事物局部性與整體性之間的關係，他們或許也間接學到部分的人生真理；藉由《三字經》，《弟子規》與《千字文》等作品，他們則習得社會價值觀。

隨著時間流逝，以毛筆與黑墨寫得一手好字的能力，成為獲得政府官職的先決條件。夢想在科舉考試中金榜題名的人們，不只需要熟讀儒家經典，更需要駕馭書法的藝術。潦草、失衡的毛筆字，被視為性格上的缺陷，必定不會被錄取。

近百年來，漢字多次遭到有心進行改革的知識分子與政治人物的猛烈抨擊。他們質疑耗費如此精力與工夫學習漢字的合理性，而提出要用西方字母的書寫系統取代漢字。那些醉心於改革的人士宣稱，必須廢除漢字，因為它們使中國孩子比西方國家孩子多耗費數年時間，才學會自己的語言，而這完全是漢字的錯。中國文化如果想有好的未來，我們就必須摒除一切陳舊的廢棄物，接納其他國家與文化！

但是，反對的力道相當強硬，執行這樣的改革，亦是困難重重。沒有了漢字，人們就失去與自己歷史及文化的聯結。這樣一來，有誰還能解讀古老的書面文本，體會詩篇內容，了解許多優秀藝術家與飽學之士留給後代子孫的絕妙書法呢？沒有漢字的協助，就完全無法了解近兩、三千年來中國文化大部分文本內容。這是多麼慘重的文化滅絕！

在我生長的歐洲，第二次世界大戰後也發生過一場類似的文化滅絕。近兩千年來，拉丁語就是受教育者的語言；所有接受學校教育的人們，都學過拉丁語。無論他們在日常生活中使用何種語言，他們都能以拉丁語彼此溝通，因為拉丁語是歐洲的**通用語言**。所有科學性書籍與大部分文學性詩篇，均以拉丁文寫成；而拉丁語也是國家之間外交聯繫與教堂儀式裡所使用的語言。

我本人就曾經歷過一段印象極深刻的體驗。一九五〇年代中期，我來到義大利的拉文納，想參觀一座建於西元五世紀的古老修道院裡幾幅壯觀的馬賽克鑲嵌畫。接待我的修士問我，是否會說義大利語；遺憾的是，當時我還不會。我問他，他是否能說德語、英語或法語；但他搖了搖頭。「可是，女士，妳們在學校裡總學過拉丁語吧？」他問道。當我震驚不已地回答「是，我學過四年」時，他開始以拉丁語，為我講述我們在許多裝飾修道院的鑲嵌畫中所看到的內容。過去，我只學過翻譯拉丁文文本，從未聽過拉丁語；而我幾乎完全能聽懂他講述的內容！

二戰後，拉丁文在歐洲大學與高中教育的地位逐漸降低；往昔針對有心在大學裡學習歷史、藝術史與法律學生設置的拉丁文知識門檻，在大多數國家也已遭到廢除。後果就是：所有沒有學過拉丁文的學生，無法掌握近兩千年的研究與詩歌內容，這是使人感到非常遺憾的。要想了解歐洲史與歐洲語言，拉丁文的基礎知識仍是不可或缺；但今日，歐洲只有極少數專家能夠掌握、通曉拉丁文文本的內容。一旦漢字被廢除，中國文化就會面臨同樣的處境。

數十年來，中國社會經歷了數位化；情況也出現了根本性的變化。廢除漢字的聲浪，已平息下來。民眾可在電腦與手機中，輕易且便利地使用漢字；假如忘記某個漢字怎麼寫，也能夠藉由電腦輕易地找到它。許多人認為，這是一種解放。

然而，這其中還是存在複雜之處。

今日，許多年輕人的書寫能力受到侷限。原因相當簡單：他們不再以手寫的方式溝通，而只是以鍵盤輸入文字簡訊與電子郵件。不過，解決辦法或許還是存在的；假如大家對漢字的結構及演進，以及它們與現實間的密切關連有更深入的知識與掌握，他們就能更輕易理解，並記住漢字。

我們能夠藉由商朝以精細刀刃刻下的甲骨文，以及周朝青銅器銘文等最古老的漢字，觀察到書寫系統開始發展之初那蹣跚的步伐——它們清楚描繪出遠古時代人們周遭的現實狀態。藉由過去一百年來所挖掘的眾多考古遺跡，我們見到漢字曾描繪過的物體——這是一把獨特的鑰匙，引領我們通往與人類數千年來奮鬥有關的知識。沒有這項知識，中文書寫系統與其他書寫系統相較，就毫無特殊之處。

摒棄漢字才能活躍於世界舞臺上的呼聲，已不復存在；相反地，外界開始體認到，人們必須學習中文。世界各地大學與各級學校的中文教學持續增多；與漢字相關的知識，也一如對漢字之美、漢字與中國現實生活、文學與藝術之間緊密關聯性的景仰，變得更加普及。這是非常值得我們愛護、保存，無比獨特的文化遺產！

林西莉

二〇一六年六月七日

■台灣版作者序

用「原體字」接觸漢字的源頭

我從一九五〇年代開始在斯德哥爾摩大學學習漢語，那時候尚在人世的恩師高本漢教授，一定會用未經簡化過的「原體字」（即正體字），來分析、解釋漢字的結構。高本漢自一九一〇年左右初抵中國後，他畢生的研究都是鑽研「原體字」，自然地，研究「原體字」也成了我的興趣，沒有什麼事比研究「原體字」更讓人振奮了。

後來一九六一年我到中國的北京大學進修，也必須適應當時才由官方確立沒幾年的簡體字。我知道制定簡體字有其美意，對不識字的大眾，簡體字比較好掌握，比較容易學。有很多當時制定的簡體字結構，其實應用於書寫有一千多年了，那還可以了解、接受；但是有很多新造的簡體字，不但看起來很怪，甚至可以說很醜。對我來說，這些簡體字其實更難記住。

所以每次我要學習新字的時候，我一定先去看原始未簡化的「原體字」，熟悉其字形結構，辨認出部首、聲旁，努力去看出那個字背後隱含的古老圖像。只有在我摸清楚每個「原體字」眞正的意義後，我才有辦法學會並記住新的簡體字。

當然有些人可能會覺得我這樣是守舊，跟不上時代的潮流。不過我覺得這麼做道理其實很簡單，很多漢字的原體可能看來相當複雜，不過你如果知道怎麼去拆字分析，你會發現大部分的字形結構是很有邏輯及道理的。我認為，「原體字」永遠都會是漢字研究屹立不搖的根基。

更重要的是，透過「原體字」，你可以和充滿智慧的造字祖先面對面，接觸到科技、藝術、建築及文化等璀璨的中華文化傳統，當然，也能讓人一窺古老中國的地理景觀與市井小民的生活面貌。

我在《漢字的故事》書中就是試著探討上述內容，如今拙作即將在台灣以「原體字」出版，我誠摯希望能與所有讀者分享，我對漢字及中華文化的熱愛。

林西莉

二〇〇六年一月　於斯德哥爾摩

■原版作者序

漢字為什麼是這個樣子？

漢字爲什麼是這個樣子？從我一九五〇年代末跟高本漢（Bernhard Karlgren）開始學習漢語起，這個問題一直吸引著我。高本漢每教一個字都要解釋字的結構，以及大家所知道的字最初的形式。他講漢字的來龍去脈，使它們變得活生生地很容易理解。當時他本人身爲世界知名的漢語語言學家已有數十年，但是他對漢字的熱愛仍然充滿青春活力，以似乎永不枯竭的激情在黑板的粉塵中進行著漢字分析。

一九六一至一九六二年我在北京大學學習漢語，後來在音樂學院學習古琴。我驚訝地發現，即使接受過高深教育的中國人對自己語言的根也知之甚少，教師從小學到大學機械地進行漢語教學，卻不加以解釋。

我在旅居亞洲和拉丁美洲之後又回到了瑞典，於一九七〇年代初期開始從事漢語教學。我發現學生的反應跟我過去完全一樣——我對漢字的結構和早期的形式講授得愈多，他們愈容易理解和記住這些漢字。

當我同時也講解這些文字所來自的那個世界，講述古代中國人的日常生活——他們的房子、車輛、衣服以及他們所使用的工具，講述產生這些文字的自然場景——鄉野、山河、動物與植物時，效果就特別好。

我愈深入學習漢字，漢字所反映的現實以及我身爲學生所看到的但實際並不理解的一切就愈吸引我。爲什麼中國人要在田野上並排種植各種不同的莊稼？爲什麼中國人把自來水的開關稱之爲「龍頭」？爲什麼有幾百萬人在能夠住進眞正房子的情況下仍然執意住在山坡兩旁的窯洞裡？我如飢似渴地研究這方面的材料，博覽群書。技術方面的材料也沒少看。我這個學文科的學生本來對這些是不感興趣的。我一次又一次地回到中國，更深入地了解我還沒有搞明白的一切。

每去一次跟漢字的距離就更接近一步。

在將近十五年前我開始寫這本書的時候，我的目的是對有關漢字的象形起源予以簡明、通俗的論述。但是我很快發現傳統解釋經常是過時的，特別是還沒有人根據近幾十年的考古新發現來修正語言學。考古在中國是一門年輕的科學，他們在一九二〇年代才進行第一批正規的發掘工作，但是隨後幾十年的內戰和外敵入侵使這項工作停頓下來，到一九五〇年代才恢復。我這本著作是首次根據那個時候以來發現的大量考古資料討論漢字的核心部分。

在我生活中的大半時間，我總先把自己看作是藝術史學家。對我來說，就漢字創造的外觀對照實物來尋求解釋是很自然的。在考古材料中，我們常常看到一些形象，它們與最初的漢字形態表達了對於現實的相同認識。在這本書中是第一次有系統地揭示這種情況。

一旦注意到這些形象，我們就會發現，它們在以後的幾千年中反覆出現。中國文化有驚人的連續性。直到今天，我們在廣告、民間藝術和周圍的日常生活中還能看到一些畫面，它們在把握和反映現實方面與三千多年前的文字創造者完全相同。

這些形象是書面語言的基本要素，就像化學周期表中的基本元素一樣，反覆出現在新的和引人入勝的結構中。一旦逐個地認識了它們，它們不僅會成爲這種書面文字的鑰匙，而且也有助於了解這些文字創造時的實際生活和今天中國的生活。

應該刻意指出，漢字書面語言中的語音成分在早期也有發展。書面文字與口語之間的複雜關係不是本書討論的內容，但是我仍然用一章篇幅（意與聲）來討論與此有關的有趣問題。高本漢的相關著作對於呈現漢字的語音起源也是至關重要的。

本書的中心是講述一個「故事」，這就是反映在漢字起源及其發展的中國文化史。我選擇使用我自己的話語講述這個「故事」，而不採用學院式的論文體，它是我個人經驗、經歷和觀點的一部分。

林西莉
一九八九年

推薦序

深入淺出的漢字文化史

季旭昇

在我念大學的時候，就已經聽說過高本漢先生的大名，並且買過幾本他的書，對他非常崇拜。所以當貓頭鷹出版社要我爲高本漢先生的高足——林西莉女士的《漢字的故事》寫序時，我毫不猶豫地一口答應了。

高本漢先生讓我崇拜的原因，一是學術基礎厚實，二是爲學方法嚴謹，三是學術態度持平。這些優點，完全也反映在林西莉女士的《漢字的故事》。

林女士從一九五〇年代跟高本漢先生學習漢語，一九六一至一九六二年在北京大學學習漢語，其後多次訪問中國，對中文及中國文化非常熟稔。在全書中，我們看到林女士對甲骨、金文、《說文解字》、隸楷、考古、社會、民俗、藝術……等各方面都有相當程度的掌握，就撰寫本書所需要的基礎學術來說，是相當厚實而充分的。我在書中沒有看到不夠專業的論述。

其次是爲學方法。對中國傳統的文字考釋，林女士說：「我很快發現傳統解釋經常是過時的，特別是還沒有人根據近幾十年的考古新發現來修正語言學。……我這本著作是首次根據那個時候以來發現的大量考古資料討論漢字的核心部分。」這樣的評論，即使放在今天來看，也還不算過時。我們看到在林女士的書中大量運用考古發現來修正傳統對文字學的解釋。例如在介紹「單」這個字的時候，林女士引了山西大同發現新石器時代早期人類使用的石球，並且跟雲南的納西、普米人，南美洲的印第安人，西安半坡，山西大同許家窯等地所使用的石球互爲證明，推測「單」字最上方的兩個「口」形（甲骨時代做兩個圓形）物，應該就是狩獵用的石球。

在介紹「車」字的時候，林女士用了殷商車馬坑、西周車馬坑、漢墓浮雕、近代照片等各種資料，把車字的相關知識介紹得非常精彩。

在介紹「工」字的時候，林女士引了河南博物館藏新石器時代的夯、陝西近代仍在使用的夯，以推測甲骨文的「工」字其實就是「夯」的象形。說實在的，這樣的推測，眞還具有相當的說服力。

更讓人欣賞的是林女士撰寫本書的態度，在經過綿密的研究工夫之後，我們看到本書作者對古代中國文字及文化的喜愛與欣賞，那不是一種盲目的喜愛，而是經過理性的探討之後的欣賞，很容易讓人認同。例如在介紹「舟」字的時候，林女士談到中國的船隻早在三世紀就傳到了印度，從一四〇五年到一四三三年鄭和七次下西洋，這是一種外交親善旅行，主要目的是提高中國皇帝的威信和促進商業往來。當一四九八年葡萄牙人航行到印度時，他們在各地看到的城鎮比葡萄牙的更富裕，他們所帶來的商品和禮品在亞洲受到當地人的嘲笑。中國人的航行，從來沒有制定過任何經商標準，沒有建任何城堡，沒有掠奪奴隸，沒有占領任何土地，他們尊重其他國家的信仰，祭祀不同國家的神。

這種文化是多麼地和善可親！相較於今天WTO以先進國家的優勢壓迫弱勢國家，兩種文化孰優孰劣，明白可知。

由於林女士對材料蒐集廣博而深入，所以我們讀她介紹的很多字，所得到的背景知識非常豐富。例如：單單「魚」字，林女士就寫了四頁，從半坡的魚到宋代的金魚，我們彷彿在看一部短小精要的中國魚史；「鳥」和「隹」字，林女士寫了六頁，從中國鳥類特別豐富寫到金文族徽中的鳥、剪紙中的鳥，我們彷彿在看一部短小精要的中國鳥史。全書類似這樣的闡釋，比比皆是，令人看得津津有味，愛不釋手。對一般讀者而言，這應該是本書最引人入勝的部分。

當然，我們也要指出，林女士的這本書著成到現在，差不多有二十年了，這二十年中，戰國文字大量出土，對文字的考訂有很大的助益。同時，甲骨、金文的研究，也有很多新的成績出來，林女士在書中所說「沒有人根據近幾十年的考古新發現來修正語言學」的情況，已經完全改觀（我個人在《說文新證》中就收錄了很多現代學者精彩的意見），所以有某些字的解釋，現在學者的看法可能會和本書不盡相同。例如：甲骨文的「」應該隸定作「視」而不是「見」，「」應該隸定作「石」而不是「厂」，「」應該隸定作「鏏」而不是「羽」；金文的「」應該隸定作「雔」而不是「雙」；「力」字應該是「耜」的象形初文，與「耒」是不同的農具等。這些數量不算多，也不是本書最最重要的特點部分，我們就不多說了。

林女士自己說這本書的中心是講述一個「故事」，這就是反映在漢字起源及其發展的中國文化史，而不是採用「學院式」的論文體來寫本書。用中國傳統的話來說，這是一本深入淺出的著作，非常適合大眾閱讀，尤其在國語文程度日益低落的這個當兒。

季旭昇　台灣師大國文學系退休教授，現任文化中文系教授。

■推薦序

不可多得的漢字研究教材

賴明德

《漢字的故事》是一部探討漢字構造和漢字歷史的生動作品。它是由精通中西文化的當代瑞典漢學家林西莉教授精心構思所寫成的。它的特色是對包括甲骨文和金文的漢字原始形貌及其核心結構，作精確的解析；對漢字的歷史和掌故，作詳盡的敘述。由於取材具體實用，詮釋清楚生動，娓娓講述，如數家珍，讓人在閱讀時，倍感親切有味，興趣盎然。

本書難能可貴之處，是充分運用近代發現的大量考古資料作依據，對漢字構造的發展，詮釋明確，證據豐富；書中所刊載的文物圖片，都是作者親自用心拍攝，精挑細選；所敘述與漢字有關的掌故，都是作者本人從田野調查中，實地尋訪求證所得，故全書具有高度的科學性、藝術性和歷史性。對初習漢字者而言，無論是華人或各國人士，它是一部具有啓發性的教材；對專門研究漢字的人而言，也是頗具參考價值的資料。

全書一共詮釋了三百零四個與日常生活事物密切相關的漢字，包括動物、植物、畜牧、農耕、環境地景、交通工具、文物、樂器等。經由作者細膩的描述，每一個漢字都成了中華民族成長發展中鮮活的圖像，不但讓世人透過這些最貼近生活的文字，驚豔於中華文明的瑰麗璀璨，而且更能感受到漢字形體龍飛鳳舞，多采多姿的造字之美。

本書原作以瑞典文字寫成，譯爲漢文之後，台灣版採用正體字直行排印，既保持漢字構造的明確樣貌，又切合傳統文獻的書寫形式，這樣呈現對漢字的講述最爲恰當。

個人在大學講授漢字構造長達四十年，從經驗中獲知，學生對漢字構造愈能清楚領會，不但對每一個字的形、音、義可以牢記不忘，而且在運用文字時，愈能精確、信實，得心應手，揮灑自如。個人在多年教學生涯中，雖然研讀和參考過有關漢字研究的教材無數，卻發現能夠像《漢字的故事》一書這麼豐富精彩，而且具有學術性的作品，實在不可多得。

當今，全世界正在興起一股踴躍學習漢語文化的熱潮，除使用漢語文系統的人口之外，每日計有三千萬各國人士正在勤習漢語與漢字。本書的發行，相信必將對全球學習漢字的人產生極大的助益和影響。

賴明德　台灣師大國文學系退休教授。

漢字的故事（暢銷十周年紀念版）　目次

台灣版十周年紀念序　連不懂中文的人都看得津津有味　陳穎青……3
台灣版十周年作者序　漢字與歷史文化的保存……5
台灣版作者序　用「原體字」接觸漢字的源頭……7
原版作者序　漢字為什麼是這個樣子？……8
推薦序　深入淺出的漢字文化史　季旭昇……10
推薦序　不可多得的漢字研究教材　賴明德……12

前　言　甲骨文和金文……15
第一章　人和人類……23
第二章　水與山……45
第三章　野生動物……63
第四章　家畜……101
第五章　車輛、道路和船隻……115
第六章　農耕……131
第七章　酒和器皿……159

第八章　麻與絲……171
第九章　竹與樹……183
第十章　工具與武器……197
第十一章　屋頂與房子……211
第十二章　書籍與樂器……237
第十三章　數字和其他抽象的字……261
第十四章　意與聲：從象形字到形聲字……275

附錄一　漢字的筆順……287
附錄二　參考書目……297
附錄三　中國歷史朝代和時期……310
附錄四　重要考古遺址位置圖……312

誌謝……314
譯者後記……315
索引……316

前言

甲骨文和金文

日

這個漢字的意思是太陽，
最初它是一幅畫。

月

這個漢字的意思是月亮，
最初它也是一幅畫。

何以見得？

了解漢字的起源主要有兩個來源：
甲骨文和金文。

＊本書所呈現的甲骨文與金文，作者皆按原始尺寸複製。為區別兩種不同的字體，甲骨文以黑色字表示，金文則以灰色字表示。

甲骨文

一八九九年的一個夏日，作家兼學者劉鶚到北京達仁堂爲患瘧疾而住院的朋友王懿榮買中藥。這副藥裡包含一種幾個世紀以來就有的普通成分：「龍骨」。劉鶚站在那裡，看著店家把「龍骨」搗碎。他驚奇地發現，骨上有類似漢字的刻紋！

王懿榮的燒一退，兩位先生就進城把北京各家藥店的每一塊骨頭買下來。在這些骨頭上一共刻有一千零五十八個奇怪的古老文字，比當時的人所能了解的任何文字都要古老。

當時中國人對自己文字起源的了解都來自成書於西元一二一年左右的《說文解字》，該書對大約九千個字給予一般性解釋。在兩千年當中，中國學者以敏銳但又刻板的方式繼續討論《說文解字》對這些字的解釋，而沒有任何新的資料來源。一層又一層的解釋文章疊起來像一座小山那麼高。

北京中藥店的獸骨第一次直接觸及古代。我們可以看到，人類在很久以前把太陽寫成這樣：

把月亮寫成這樣：

中國文明可能不是第一。據我們所知，古埃及和兩河流域的人民定居得更早，他們飼養家畜和發展文字，但是蘇美、巴比倫和亞述很早以前就消失了。相反地，今日中國則是直接繼承六千至七千年前誕生在黃河流域的文明。

今天已經沒有人使用蘇美人的楔形文字或者埃及人的象形文字，但是今天的中國漢字則直接建立在最早出現於中國的文字基礎上。在很多情況下，漢字和這些古老文字仍然很相近，只需稍做解釋中國人就能明白。

因此當一九〇三年劉鶚以《鐵雲藏龜》的書名發表甲骨文著作時，所引起的轟動也就不足爲怪了。

當時的人對甲骨的來歷和年代一無所知。但是活躍的語言學家，特別是敏銳的文物商人，無不向安陽郊外的小屯蜂擁而去，充滿傳奇色彩的商朝末代國都在西元前一千多年就坐落在那裡。

在小屯附近有一個大土堆，窮苦的農民在那裡挖「龍骨」，拿到城裡賣給中藥店。從西元五〇〇年以來他們一直這麼做，但是自始至終沒人注意到上面刻的文字。可能是因爲農民不識字，他們經常磨去上面的字，以便使骨頭更光滑，更具賣相。

一九二八年在小屯進行的挖掘是中國歷史上首次考古的科學性挖掘。考古學家發現了豐富的獸骨和龜甲，統稱爲甲骨。商王確信死去祖先的靈魂在蒼天神靈的周圍，當他想與他們的靈魂溝通時就使用甲骨占卜。經由靈魂的傳遞，商王可以向祖先提出問題和願望，包括征戰、狩獵、建築、祭祀、天氣、收成豐歉、夢兆和生老病死等等。

問卜的人磨光一塊骨頭，通常是一塊牛的肩胛骨或龜的腹甲，在上面鑿出一排一排的深槽。他們大聲地向祖先喊著商王的問題，同時將一根燒得通紅的小木枝放到槽裡，由於溫度太高，甲骨會出現裂紋並發出清脆的響聲——時人稱做甲骨「說話」。從裂紋當中問卜者能讀出答案。他們事後經常把問卜和答案用刀子刻在所用的甲或骨上，有時候還記錄占卜的結果應驗還是不應驗，然後把它們貯存起來。

當時的人在龜腹甲上鑽洞。在假想的中軸線兩側對稱地排列著長串的洞，是由一種較長的橢圓形洞和一種較小的圓洞組成。其目的是使甲壁變得薄一些，當燒灼的小木枝放到洞內時比較容易裂開。鑽洞需要很高的技巧，因爲洞的形狀能夠決定裂紋的方向和形狀。最重要的是不能把壁鑽透，每個洞底都必須留有一層很薄的甲壁，不到半公釐厚，祖先對商王的回答將以裂紋的形式表現出來。

當時一般是從上至下以及從右至左書寫。時至今日許多中國人還是這樣寫。

商王的問題寫在甲的外面，上面還可以看到出現的裂紋。「卜」這個字就代表這樣的裂紋。中國人今天寫這個字與三千多年前寫的十分相像。字形的區別主要是因爲大家不再用刀刻字，而是用柔軟而圓潤的筆和墨來書寫。

古代這個字讀「噗」——當甲骨裂開，龜甲講話時就發出這樣的聲音。

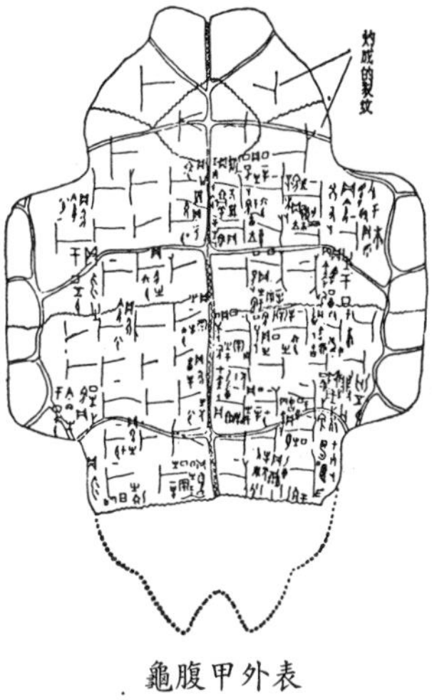

龜腹甲外表

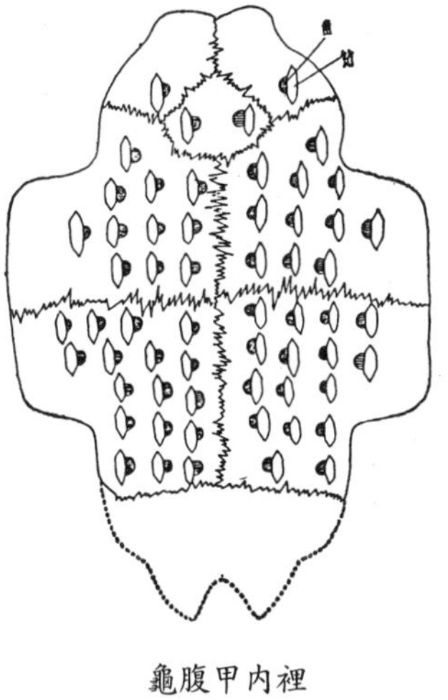
龜腹甲內裡

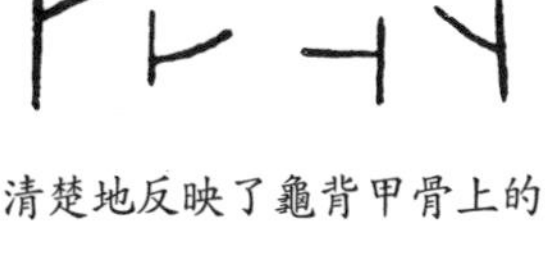
這些甲骨文清楚地反映了龜背甲骨上的細小裂紋。

大約在西元前一一〇〇年商朝滅亡——最近又有一說是一〇二七年。檔案館、祖廟和其他建築全部坍塌。當洹水氾濫時，廢墟上蓋了一層厚厚的細黃淤泥，所有的東西從此埋沒了三千年。

根據最近的統計，在小屯及其附近地區進行的各種挖掘，總共找到大約十七萬五千塊甲骨，其中大約有五千塊有卜辭。一直放在我的寫字檯上的辭書《甲骨文編》收錄了四千多個字，其中有三分之一的字在一九三四年辭書出版時已經爲學者所確認。此後又追加確認了一定數量的字，但時至今日，仍然有半數的字我們無法確切知道它們的意義。

占卜儀式和祭祀祖先兩項占用了歷代商王大部分時間。一年可分爲很多節期，每個節期六十天，而每一天都要按照某種固定的程序祭祀不同的祖先。爲了保證計畫的祭祀儀式能令祖先滿意，商王事先要詢問祖先。

狩獵、征伐和收成豐歉等等都要舉行占卜儀式。他們每十天都會要求預卜未來的節期將會發生什麼。有一個大約西元前一千三百多年商武丁年間的卜辭，內容包括商王的提問、甲骨的回答和應驗情況的記載。

在「癸巳日」占卜人設詢問甲骨：

「最近十天會發生災難嗎？」

商王所讀甲骨的裂紋表示：

「會有災難。可能有令人不安的消息傳來。」

到了第五天丁酉，果然從西部傳來令人不安的消息。止戈告曰：

「土方圍困東部邊境，攻擊兩處村莊。土方還掠奪了西部的田野。」

劉鶚一九〇三年發表的甲骨卜辭使用的是複製的方法，通常稱做拓片，很像兒時我和小夥伴玩辦家家酒時所做一些買東西的紙錢：我們把紙放在一個眞正的硬幣上，用一枝軟鉛筆在上面不停地畫，直到硬幣上的圖案顯現出來爲止。

中國人現在還用這個方法，每當他們休閒時，在公園或寺廟看見好看的雕刻就神不知鬼不覺地做拓片。文字一般都深深地刻在石頭上，就像在中國古代把甲骨文刻在龜甲和牛的肩胛骨上一樣，很容易複製。

在製作眞正的拓片時，把一張稻草做的薄薄的、濕潤的紙放在要複製的東西上，仔細地把紙按到底

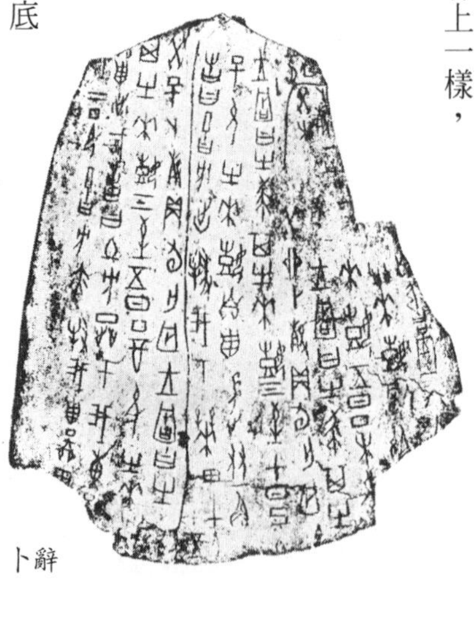

卜辭

面上，使紙接觸所有的凸面，然後拿一個圓墊蘸上墨水，在上面拍打或塗抹，使墨水分布均勻，手勁既輕又穩，不能使墨水流到凹面，以免把應該是白的地方變黑。當紙稍微乾一些的時候，小心地把紙從底面揭下來，拓片就做好了。這時候文字是白色的，周圍的面是活靈活現的黑色，石頭或甲骨上凹凸不平的地方都能顯露出來。

絕大多數表面凹凸不平的東西都能用這個辦法複製，例如斧頭、刀子、硬幣、浮雕，甚至圓形的青銅器皿，只是需要很高的技巧。這種拓片比照相或繪製更清楚，讓人會有一種身臨其境的感覺。這本書裡的很多插圖就是這樣的拓片。

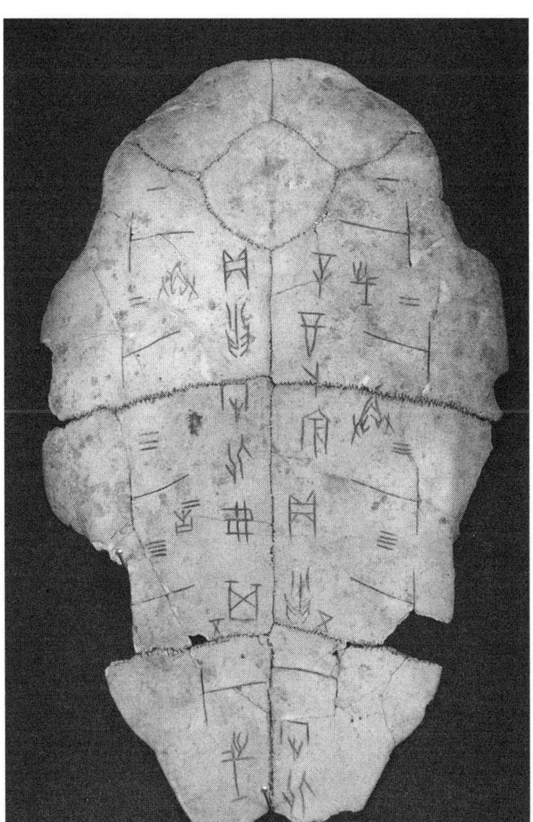

文字是中國文化的中心。人類幾千年的生活經驗和認識都蘊藏在文字中，從文字上還可以看到山水、動植物等中國大自然。從甲骨文的方形筆畫、金文柔軟但仍然蒼勁有力的筆畫，直到今日的漢字，初看似乎差距很大，但實際上彼此的關聯並未中斷。寫法變了，唯掌握和反映現實的方法依然如故。自第一批文字創造以來這段悠久時間，現實本身的變化不像大家所想像的那麼大。商代甲骨，寬十二、高二十公分。

卜

向祖先和最高主宰者問卜的甲骨，從裂紋——即「卜」字的前身，我們可以讀出答案。

《鐵雲藏龜》的拓片，一九〇三年。

金文

一九二八至一九三七年安陽城外的發掘主要是爲了尋找甲骨文，但是同時也發現了大量驚世的精美青銅器。這些青銅器與當時的人用美酒佳餚祭祀祖先神靈所舉行的儀式有關。

宋朝（九六〇—一二七九）以來，中國的知識份子蒐集了很多古代青銅器，特別是研究上面的銘文。直到發現了甲骨文，學者專家才有了能夠解釋漢字起源和發展的唯一材料。安陽的這次發現使專家第一次獲得了大量純正又清楚標明年代的青銅器。這些發現不僅能夠重新確立中國古代史，也爲確立中國文字歷史奠定堅實的基礎。

銘文經常只有一個字，可能是姓氏或族徽。但是也有比較長的，記述器皿問世的經過、誰下令製作的、紀念某個人或某事件。根據學者周法高的統計，一九七〇年代大約有五千件帶有銘文的商周青銅器問世，銘文中出現近兩千個與今天的漢字相應的各種金文，還有一千個被認爲是族徽，沒有相應的現代漢字。

銘文的「太陽」是這樣寫的：

而「月亮」是這樣寫的：

這些出現在商代青銅器的文字比甲骨文更具有形象。從事數十年古文字研究的學者董作賓認爲，我們應該把金文看作商代的較古文字，而更簡潔和抽象的甲骨文年代則較近。

其他學者認爲，當時的人有意識地在青銅器上使用一種早已過時的文字，以達到裝飾作用，就如同今天的我們

古代中國人祭祀祖先所用的青銅器也有銘文。商代青銅鼎上飾有鳥紋、蟬紋和祥雲圖案，銘文經常只有一個字，可能是一個名字。到了周朝後期，青銅器蓋上已能看到詳細的長篇銘文。

刻印章時仍使用古老的字體一樣。製作方法也可能各具意義：甲骨文是用刀子刻在堅硬的甲骨上，而金文則借助一把勺子在柔軟泥土製成的模子上澆鑄成型。

商朝滅亡以後，後代的人幾乎完全停止了使用甲骨占卜，但是在以後的八百多年中，仍然繼續澆鑄青銅器祭祖。在這個漫長的時間裡，金文的形式也在簡化，到周朝後期，明顯的古老形象早已消失殆盡。

本書所有的金文都是來自青銅器，按原件大小複製，採用灰色印製，以和甲骨文區別。

無論在青銅器上還是在甲骨上，我們見到的文字都是高度發展的，一定都有過一段很長的前期發展史，不管它的樣子顯得多麼原始。不過對於這種前期發展史我們只是一知半解。村民在西安郊外的半坡村發現了刻畫符號的彩陶陶片，其符號與某些文字很相似。經碳十四測定，確定陶片爲西元前四八〇〇至四二〇〇年製作的。部分學者確信，這些刻畫符號是甲骨文和金文的前身。另一些學者則認爲，這不是文字，而是陶器的製造者於燒製前在泥土上所繪的圖形或符號，以便較容易確認哪些是爲誰家製造的。這個問題至今還是個謎。

半坡博物館展臺上的陶片。

安陽附近最初的發現地點至今仍未發掘完畢。一九七六年，在離祖廟不遠的地方又發現了武丁之妻婦好的墓。這座墓是迄今爲止已發掘的商代墓室陪葬品最豐富、保存最完好的，也是唯一一個與著名歷史人物有直接關聯的。

一九八四年夏季的一個上午，我與安陽考古所首席考古學家鄭振香一起到婦好墓去。路邊只有一個簡單的路標。墓地所在的田野上，空氣濕潤，麥子和玉米生長旺盛。附近幾個農民正在耕地。

「現在是盛夏，爲什麼他們要耕地？」我納悶著。

「在這片田地下面我們又找到一座墓地。」她說，「它比婦好墓大得多，位於地下十四公尺處。但是當我們發掘的時候遇到了麻煩，在九公尺深處有一層流著地下水的沙層，就我們現在具備的技術無法把水引開以避免淹沒墓地，所以只好把土填回去。」

「當然，我們也想知道到底這是誰的墓，很可能是武丁自己的。」她繼續說，「但是全國各地每天都有三千件新發現的文物送到當地博物館，一整年都是這樣，我們必須先照顧這些文物。這個墓埋在地底下，總有一天我們會把它發掘出來。」

中國古代史的絕大部分埋在地下，無人知曉，未經研究。但是與劉鶚一八九九年到中藥店買藥時所知道的知識相比，一個全新的世界已經展現出來：漢字世界。

在我們開始人類與人體有關的漢字篇章之前，僅補充一點。金文是漢字第一個標準字體——**小篆**的源頭。小篆在西元前二〇〇年確立了統一字形。當時秦始皇征服了黃河流域的一批小國，爲了鞏固自己的統治地位並且有效治理國家，他下令進行一系列改革，其中包括統一文字。

在此之前，不同的王國字體各異，但是現在有三千個常用字規定了統一的形式。小篆字體優美，直到今天仍然在裝飾作用上經常使用到，如印章等。但是，日常使用起來，小篆顯得很呆板，所有的筆畫都一樣寬，所有的字都一樣大，局限性很強。因此沒過多久，就出現了一種更加自由的新字體——隸書，它又成爲另一種新字體——**楷書**的起點。從漢末到現在楷書一直是中國的標準字體。我們在這章首頁看到的「日」和「月」兩個字就是用楷書寫的，本書選用的其他字也是這樣。

一般來說，中國人在漢朝開始用毛筆和墨書寫。毛筆有其獨一無二的柔性，只要稍微改變對紙的壓力，就能使筆畫變細或變粗。這就又引出兩種更自由的字體：草書和行書。不管它們怎麼龍飛鳳舞，都離不開楷書，是楷書的速寫形式。

直到一九四九年中華人民共和國新政府執政後，面臨教育幾億人讀書寫字的巨大任務，才推行文字改革，這是自秦始皇以來的第一次。在一九五〇年代簡化了二千二百個漢字。有很多是過去幾百年常用的簡寫字，但從未由官方認可；還有一些是新規定的。很多新的簡體字引起強烈不滿，出現了正簡字體並存的局面。毛澤東和朱德等人堅持使用未簡化的正體字，很多知識份子也是這樣；但是，在一九五〇年代文字改革家思量的主要對象——鄉村的農民當中，簡體字則大爲推廣開來。

小篆

隸書

楷書

行書

草書

第一章

人和人類

很多最古老和最清楚的字都是人類與人體不同部位的形象。就讓我們從「人」字開始。在我不知道古代的漢字是怎麼寫的時候，我認爲人字是腿的形象，我看見前面的路上有一個人在大步往前走。但是我錯了，當我了解了甲骨文和金文是怎麼樣寫以後，我發現「人」字是人的剖面形象。她直立著，手下垂或者輕輕舉到前面。個別的情況下頭朝前一些，但是在絕大多數情況下僅僅能看到身體，就像從稍遠的地方看大街上或者田野上的一個人一樣。

「人、亻」字出現在很多合成字裡。它經常以在古代中國誰都明白的形式出現，儘管已經過了三千年。

下圖的泥人比甲骨文還要早些，但是與安陽郊外小屯村出土的甲骨文屬同一時期。這個面目友善的小人歪著頭站在那裡呼喊著，目光有點呆滯。耳朵很大，長髮梳到腦後，盤成髮髻。手臂很長，此時無事可做，垂下來，抱著身體。

這是中國藝術最早表現人物的一件作品，簡單得像一個字。

站立著的人，新石器時期的泥塑。東方博物館，斯德哥爾摩。高十公分。

藉由把人字上下顛倒或轉動，以及把人字與人字組成不同的結構，古代中國人創造了很多新字：兩個人，一個跟著一個，組成「从」字（「從」的古字形）。在甲骨文和金文上，兩個人有時候朝左走，有時候朝右走。在西元前二〇〇年統一文字之前，字型不穩定的情況是常見的。

化

兩個人，一個在上，一個在下，好像兩個人磨破了腳躺在那裡，「**化**」的意思是變化。它還可以組成「化學」，化學是關於物質變化的學說。它還可以與別的字組成與變化有關的很多詞。

比

兩個人站在一排：**比**。

北

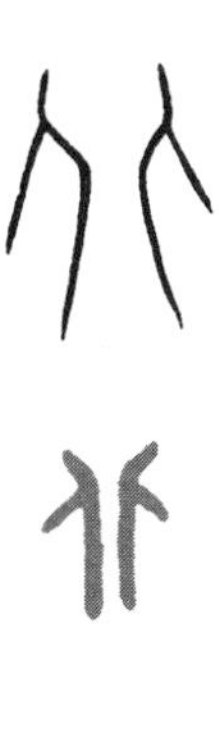

最下邊的兩個人背靠背，面朝相反的方向。這個字最初的意思是背後、後面，但是隨著時間的變化，它有了「**北**」的意思。這與中國的民居和其他場所都是坐北朝南有關。這個傳統可以追溯到文明之初，在地理現實中可以找到根據。寒冷的西伯利亞大風和春天蒙古高原的黃色沙暴都來自北面，居民爲了保護自己就要背對著它們。北面是後邊，是背後，是黑暗和寒冷。因此中國人總是面朝南，對著太陽，連皇帝上朝理政時也總是面南背北。

大

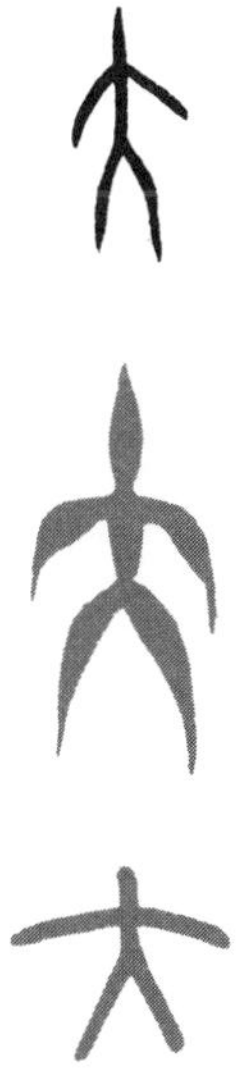

我們在「**大**」字裡看到一個人，叉著腿，伸著雙臂，好像一個守門員等著接球。或者僅僅爲了引人注意而吸足了氣以顯示自己偉大？

夫

同一個形象，上面又加了一個筆畫，組成「**夫**」字。大家認爲這一筆畫是爲了把成年人的頭髮別起來的簪子。

但是簪子並不像「夫」字暗示的那樣使用，不僅男人不使用，在相當程度上女人也不全使用，這一點在商周墓室出土的文物中可以得到證明。髮髻和簪子標誌著成年，很像過去姑娘一把辮子盤起來就意味著結婚了。髮簪標誌著一個界線。地位愈顯赫的人髮簪愈多愈精美。商王武丁的妻子、婦好墓的主人就有七種不同樣子的四百九十九根髮簪，足夠梳成多種漂亮的髮型。

在一般情況下，古代中國人使用簡單的磨圓的骨簪，但是也有出席官方儀式的髮簪，在這類髮簪的頂端裝飾著美麗的玉球，通常採用鳥的形式。這些髮簪屬於最早幾代王朝墓室中最常見的出土文物。考古學家借助它們出土的數量以及多種不同的形式差別，來判斷出土文物的地點及年代。

在婦好墓出土的近兩千件文物中，專家找到了兩個玉人，一男一女。他們的腿稍曲，正面對著我們。男人的雙手順著大腿直接垂下，但是女人滿不在乎地向觀眾亮出自己的性器官。

商代婦好墓出土的玉人。安陽。高十二・五公分。

我們在「大」字和「人」字看到的一個人向兩側平伸雙臂的形象也出現在其他字裡，例如「夾」字。我們看到三個人，中間一個大人，向兩側平伸著雙臂，兩邊各有一個小剖面人，用力支撐著。

在「立」字中，我們看到那個人雙腿平穩地站在地上，地做爲一橫，顯得很突出。在甲骨文和金文，這個形象很清楚，容易理解；但是現在這個字的字形很早就變化了，大家沒有看到過這個字的最初形式，所以很難理解它爲什麼是「立」的意思。

「交」字也是這樣，最初的形象是一個人交叉雙腿。很早以前這個字的意思也轉化了，有了「結交」、「交流」和「交通」的意思。

天

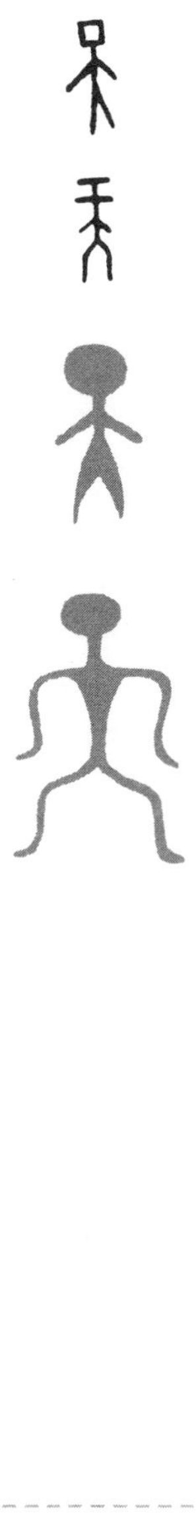

與「人」和「大」字有密切關係的是「天」字。後來也指蒼天，自然界萬物和人類世界的最高主宰者。

中國人從什麼時候開始崇拜蒼天，現在還不清楚。但甲骨文有這個字就表明早在商代就已經開始了。從周朝初期，這個字就與社會生活聯繫密切。帝王被視爲天子，其任務是統治國家。這個說法一直延續到辛亥革命君主制度被推翻爲止。

甲骨文的「天」字頭是方的，或者僅是一道，而金文則更寫實，一個大人，長著健壯的圓腦袋。

目

這裡坐著一個小人，可能是一個奴隸，雙手虔誠地放在膝上。他眼睛很大，目光朝上，好像坐在那裡已經很久了，正等待著什麼。這件僅有五．五公分高的雕塑出自安陽郊外商王武丁之妻婦好之墓，三千二百年前她被埋葬時的陪葬品有她來世需要的一切，僕人、禮器、鏟子、戰斧（她本人是有名的統帥）、玉飾和象牙雕刻。

人的眼睛的造型非常有特點，這種特點不僅出現在其

他動物雕塑和同時期裝飾於銅器的獸形紋上，也表現在「目」字上。同樣大的眼虹膜，同樣長的曲線，一直伸到鼻根。由於西元前二〇〇年的統一文字，「目」的右上角高起來的所有線條都變成了直的。儘管如此，我們不需要太多的想像就能在今日「目」字的後面看到古代的「目」字。

商初青銅器上的獸形紋，拓片。

小篆

一個站著或坐著的人和一隻大眼：見。

一隻眼睛上有睫毛：眉。

最古老的「眉」字一般只局限於眼睛和眉毛，但是在很多甲骨文我們可以看到整個人。 字的那個人跪著，很像一個小奴隸。身子很小，但眼睛和眉都很大，顯然具有誇張作用。同樣的形象也出現在金文，由於某種原因，它的意思沒有受到確定。我自己認爲它仍然是「眉」的意思。

我們在其他眉字看到的主要部分這裡都有。在金文中，這個字的作用是表示姓氏。青銅器的擁有者可能由於自己不同尋常的濃眉而有了這個姓氏吧？

眼的形象也是「**面**」字的出發點。在甲骨文，眼的周圍是荒無人煙的大地。面皮一直上升到眉，向下到面頰，整個面孔就是一個平面，成為「目」的背景，是「面」最有特點的部分。

我第一次實際接觸到「面」字，看到它簡潔得那麼富有天才，是在安陽郊外的小屯考古所。

這一天大家在修復挖掘發現的各種文物。在一個展臺上有一些沾著薄薄塵土的展品，它們反映了三千多年以前一個人在這個地區的生活片斷，其中有一個面模及其複製品放在綢布上。這是一個為數不多且保存完好的商代眞人像。是一個死人面模？可能，誰能保證呢，也許是個陪葬的奴隸或馭手。

我現在仍然不知道我為什麼如此受到這張面孔所吸引。可能僅僅因為在各種陶片、銅製箭頭和戰車護板當中，我遇到了一個活人——她當然是死人，蒼白的臉上長著一雙迷濛的眼睛，緊閉的嘴和高高的顴骨，開朗，然而不能交流。

這張相片一直吸引著我。我把它掛在寫字檯前的牆上，我們兩張臉天天越過漫長的時代而相遇。

人面。小屯考古所，一九八四年。

耳

「耳」字的第一個統一形式，小篆。

「耳」字出現在甲骨文和金文則有多種不同的形式，差別相當大。有些猛一看與耳朵的形狀相差甚遠，但是考慮到外耳七扭八歪的構形，那些字形的樣子也就不足爲怪了。

金文的「耳」字有很多最具特性的線條呈現於右邊人耳的圖像中，比如上耳和下耳的柔和曲線。該圖像選自一九〇五年出版的一本中國百科全書。

最初幾個朝代有明文規定百姓應該怎麼把握和呈現實物的不同部分。不管是造字還是畫圖都出自某種形式的直觀，因此文字本身和藝術裝飾的各種形式經常有很大雷同。

秦始皇時代「耳」字有了最初的統一形式。這種形式與甲骨文和金文有很大差別。但它是「耳」字的雛形。

商代後期青銅器上的人面，拓片。

自

初夏的一天，我沿著北京的北海騎車，在人行道旁看到這樣一齣小小的「自鳴」。在老城區的許多地方房屋建在高出馬路的臺階上，孩子坐在外邊寫作業，老人縫著衣服等等。在房子的外面有人修整了特別好看的小花圃，和雙人床差不多大小。玫瑰飄香，蔓生植物爬向屋頂，在架子上有仙人掌和蘭花，還種著幾盆水仙。牆上有鳥籠，小鳥爭相鳴叫，好像要超過汽車聲和叮叮噹噹的自行車鈴聲似的。

每次經過這裡，我總是慢慢騎，以享受這伊甸園式的情調。一天，一家人正坐在小板凳上吃晚飯，我跳下車，和他們談論起花。

「是誰修了這個花圃？」我問。

男人自豪地笑了，指著自己的鼻子：「是我。」

在相同情形下，我們瑞典人可能會輕輕拍拍胸脯，但中國人恰恰是指著鼻子。這不能不說這種手勢由來已久，因爲漢字的「自」最初的意思是「鼻子」，是一個鼻子的正面圖，有鼻翼和鼻梁。

我們西方人的鼻子在臉部上突出很多，所以我們想到它自然會著重在側面。中國人就不是這樣，絕大多數人的鼻子在臉上並不突出，對他們來說正面圖最能表現鼻子特徵。

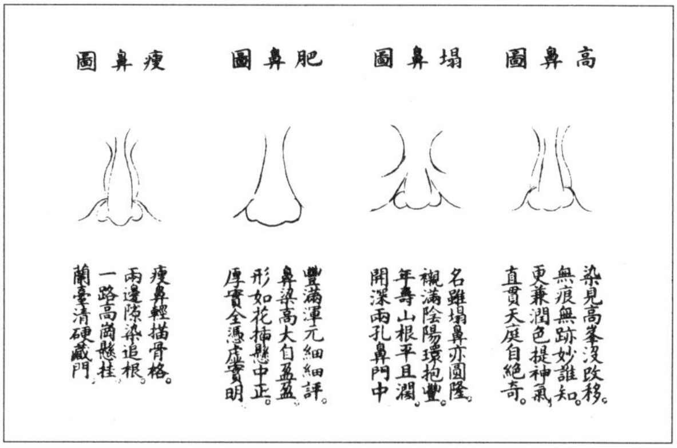

一八一八年出版的各種鼻形範本，有高鼻、瘦鼻、肥鼻、雀斑鼻、塌鼻、蒜頭鼻。這些鼻形都是從正面看的模樣。

這是個「口」字，第一眼看上去像孩子畫的一張大笑的嘴。興奮的嘴角現在已經消失。它看起來可以是任何四方的東西。它轉義可以變成「開口」的口，「入海口」的口，與其他字組成合成詞「門口」、「出口」和「入口」等等。

在古代要讓所有的人都吃飽是很困難的，孩子經常站在那裡，張著飢餓的口等著吃東西，想到人自然想到塡飽口。在語言當中保留它作爲紀念。在中國，當有人問我家有多少人時，我回答我們有四口，而不是我們瑞典語的四「個」。我看到孩子飢腸轆轆地等著我帶食物回家做飯。

居民數量在中文叫「人口」。現在中國有十幾億人，十幾億多張口要吃飯。

甘

一點東西在口裡就成了「甘」字，意思是甜，好吃。

齒

我們在早期文字見到的表現眼睛、眉毛和耳朵的風格，也同樣表現在一把同時代的沉重銅鉞上。臉是猙獰而兇殘的，但是銅鉞也與用人殉葬有關係。後人在一個王公的大墓進口處發現了這把銅

人面鏤空銅鉞，山東省博物館，濟南。

鉞，再往內裡，在死者周圍陪葬著來世繼續跟隨他的四十八個殉葬者。

銅鉞上齜著稀疏方牙的嘴極像甲骨文的「齒」字，但是這個字很早就變形了，一九五〇年代文字改革以後，這個戲劇性的古老形象已經蕩然無存。

心

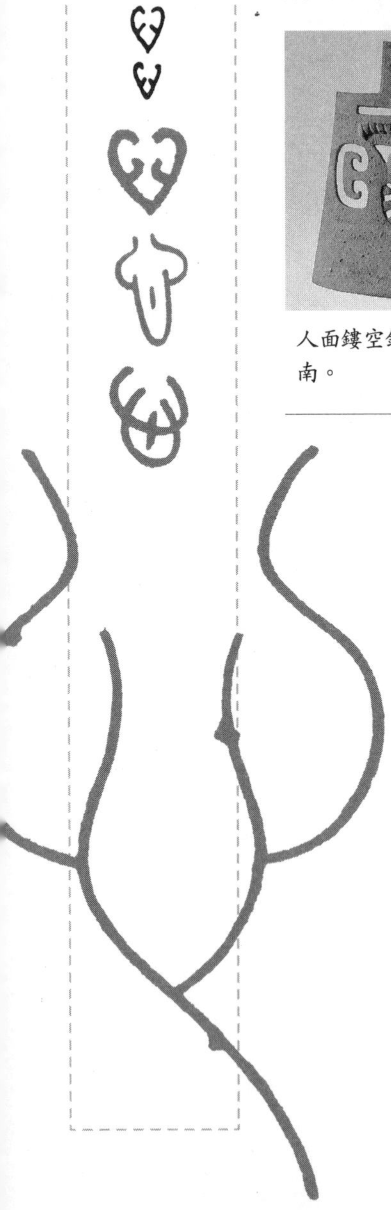

「心」字的樣子現在似乎完全不可理解。可能是因爲我們實際上並不經常看見眞的心，不管我們怎麼具體地感受到體內心臟的跳動，心的形象仍然是抽象的。誰能畫出不同的心室和脈搏的確切位置呢？

我們印象中的心與我們在春天刻在樺樹幹的心有更多的關聯，經常穿著一支箭，因爲「心」的意思是愛情，與此有關的還有想念、憂傷和疼痛。

在中國，心也表示各種不同的感情，與它有關的很多合成詞都與感情和感覺狀況相關，就像表現觸及人的內心世界和他的道德之心一樣。

甲骨文的「心」字與我們通常印象中的心沒有太多的不同。

息

鼻和心組成**「息」**字，「嘆息」的息，「休息」的息。不錯，當我們在菜園裡幹完活兒坐下來休息，或當我們總算爬上了樓梯的時候，鼻子和心確實有某種感覺。

我們只要到大街上走走，就會看到很多與人有關的古字原形：眼睛和耳朵，鼻子和嘴巴，開闊的臉龐，街上行人閒逛的姿勢，或者只是簡單地站在那兒閒看四周。

從金文我們可以看到，「手」這個字起初確實是一個長著五個指頭的手的形象。但是這個形象能不令人吃驚嗎？爲什麼手指稀疏得像花莖上的葉子？爲什麼我們看不到對於手的功能具有決定性作用的拇指呢？對一個人來說，在所有的手指中，拇指應該是最顯著的。

一隻手該是個什麼樣子，在我們的想像中是千差萬別的。我自己想它是這個樣子，是左撇子，像我似的。

但是稍微思考以後，我感覺到畫一隻手有許許多多方法，就像我前面一句話說的，一隻手該是什麼樣那麼自然。手，人最重要的工具，要僅僅在一個圖形中描繪出來並不那麼簡單。

我坐在書桌前，我自己的手和漢字的手都在面前，我思索著現實和漢字的關係。圖形一下子消失了，而我看到這個字並不像我開始所想像的那樣不完整。把中指看作手掌的中軸，就會發現所有的手指是均勻地分在兩邊。我所具備的手構造的知識，如骨、筋和肌肉，使我誤入歧途。如果我要理解古代的人如何看待和表示自己及世界，那我必須把自己從三千年後在瑞典成長和教育所累積的常規知識裡擺脫出來。

但是還有另外一個角度看這個問題。早在商代，手這個字已是一個文字而不是一幅圖畫了。正像其他字一樣，在它的背後很可能有一個包含各種簡化過程的漫長歷史。這一點可以從關於手的其他漢字看到。

在左邊的漢字中，其意思爲左手和右手，只能看見五個手指中的三個。

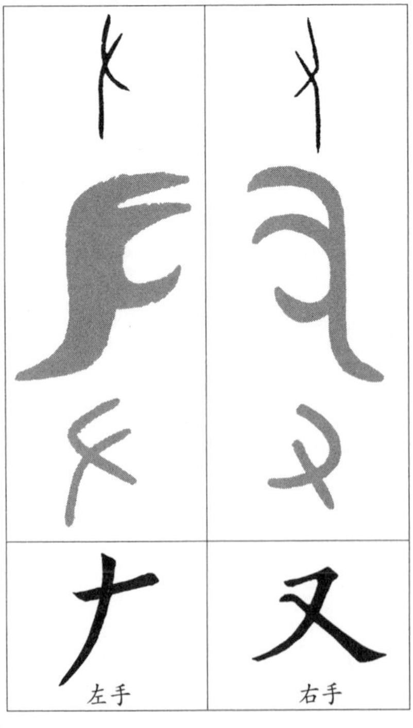

從整體上看，左手保留了最初的形式，而在今天的漢字中，古老右手的特徵已所剩無幾。但是在很多用它組成的合成字中，它的意思仍然是手。其獨立的意思是重複，表示在白天的勞動當中一次又一次地重複自己的動作。

用於偏旁經常寫成這個樣子。

友

表示手的不同的字能組成很多合成字。其中之一是「朋友」、「友誼」的「**友**」。最初的意思是伸出兩隻手以眞正朋友的方式共同做一件事情，後來發生了變化，看起來就像左手和右手相交，字形也很好看。

看

我們看到了另外一個漢字，一隻手遮蓋著眼睛，就像當陽光太強又要看清遠方的東西時，我們所做的那樣。這個字的意思是「**看**」，也當「看書」和「看望」使用。看起來是一字多義，但是我們稍加思索就會知道瑞典人以同樣的方法使用這個「看」字。我們說我們「看」報，儘管我們事實上是讀，而當一個鄰居來拜訪的時候，他說，他只是來「看」一下，想問問他能不能借把剪樹籬的鐵剪。

取

我們在「**取**」字當中看到了右手，它朝一隻耳朵伸過去想抓住它。別動！這個字最初也用作娶妻——字形有某種戲劇性——但是爲了表達這個意思，古人早在商代藉由加一個「女」字設計出一個新的字，我們很快就會看到。

反

把一隻手彎過來，或者顚倒一下就成了「**反**」字。

攴

攵

「**攴**」（音同撲）字也有一隻右手，高舉著一把鋤頭或斧子。它從來不單獨出現，但是能與很多字組成具有強烈攻擊性意思的合成字：「敲」、「攻」、「散」、「收」、「敗」、「赦」、「敝」、「放」等等。大家可以看到，在秩序恢復之前一定會有這些可怕的場面出現，因此「攴」字也出現在與秩序有關的字上，如「牧」、「政」、「敕」。有人經常說，一切權力都建立在暴力之上。當我們看到大家是怎麼使用「攴」字的時候，無疑會贊同這種觀點。

「父」字也有一隻手，但是另一部分是什麼意思，專家各有不同觀點。可能是一個東西，代表權力和權威，可能是一件武器，可能是象徵祖先。

一隻手抓著一根樹枝：**支**。

「爪」字起初也是手的形象，如同一隻爪朝下抓著。在由它組成的合成字，其意思仍然是手。寫成這樣：，例如「爭」、「爲」。

兩隻手互相靠近：「廾」（音同拱）。這個字從來不單獨出現，但是與其他字組成很多的合成字，例如「弄」、「弈」。

手和手臂可以有很多用處。周代銅雕像這兩個肌肉豐滿的漢子在一場輕鬆、近乎舞蹈式較量中互相抓著。他們項頸粗大，腰板筆直，弓著腿，雙腳踏地，這樣才能使上勁，眞是唯妙唯肖。這件周代雕塑只有一掌高。它是中國古代爲數不多、表現人的一件現實主義作品。

當我看到這些小人時，我總會想到北京南城天橋的快速摔角，它是絕大多數亞洲式格鬥的雛形，像雜技和魔術一樣能吸引很多觀眾。完全不像我們這裡進行的那種沉重、互相壓擠和氣喘噓噓的摔角。動作敏捷、快速，觀眾還沒來得及喘口氣，對手早已倒在地上。

摔角早在西元前七〇〇〇年的中國就是一項著名的體育運動，而它的歷史肯定能追溯得更早。右頁的這兩個甲骨文，樣子就像一件雕塑作品的簡單草圖，也就是「鬥」字的前身。

摔角手，周代銅雕像。大英博物館。

止

這個字的最初意思是腳，就像我們能看到的早期文字一樣，它也是腳趾分開的一隻腳的形象，有的時候是左腳，有的時候是右腳。這個字早在甲骨文和金文就被徹底簡化，但是我們從藁城出土的一塊陶片的照片意識到它的前身是什麼樣子。該城是安陽北面的一座商業古城。經碳十四測定，該陶片產自大

約西元前一三〇〇年。我們清楚看見上面有一隻腳，腳上是慣於赤腳走路者不受拘束、張開的腳趾。曾經沿著沙灘散步或曾光著濕腳丫走在地板上的人都能認出這種情景。

如今這個字主要用於站、立、「止」，但是在合成字仍然保持其原來的意思——足。

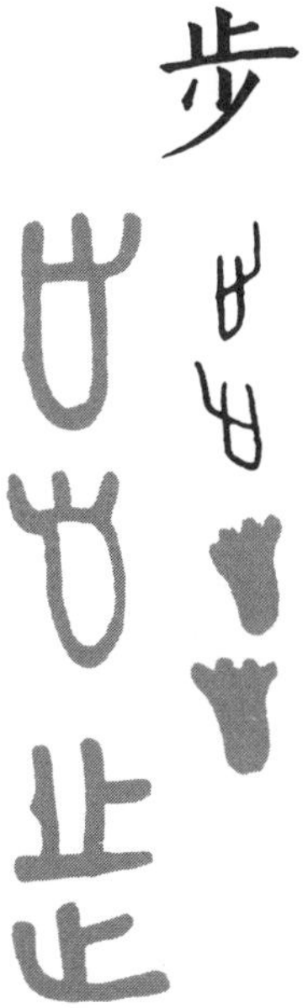

走

一隻右腳長著一個分開的大腳趾，底下跟著的是一隻左腳：**步**。

一隻腳和一個人甩著雙臂，大步向前：**走**。

我們目前還不知道有無類似的甲骨文，但是有很多金文，它們都很清楚。

出

「**出**」這個字現在已經看不出與人體有任何關聯，它最初也是一隻腳的形象，好像從什麼裡出來，字中一條彎彎的線條特別明顯。

身

大家都會贊同這個字的意思是「**身**」，但是辭書一個字也沒有解釋我們看到的這個身。可能它僅僅是一個挺著大肚子、舉著手的胖子吧？

胖在中國很少被認為好看，思想家孔子早在西元前五百多年就警告大家不要暴食暴飲。但是飢餓一直沒有遠離，因此大夥兒還是抱著某種敬佩和嫉妒看待那些幸運者，他們有錢大吃大喝，儘管他們變得很胖。

這個喜佛純粹是中國人的創造，他大腹便便地坐在那裡，肚子像兩腿之間的一塊發麵，這尊佛一直特別受到飢餓者喜愛。想想看，他變得這樣胖要吃多少東西！

現在普通人相遇仍然經常使用古老的問候語：「吃飯了嗎？」如今的意思只是「你好」，但是它使人想起那艱苦的年代，如果一個人能每天有飯吃，就可以炫耀自己的幸福。另一句快樂的問候語是「你發福了吧」，現在的意思僅僅是「你好嗎？看樣子你過得不錯！」我一

直不喜歡這句問候——特別是當我真的胖起來以後就更不喜歡。

那麼這個「身」字到底是怎麼回事？僅僅是一般意義上一個胖子的寫照嗎？當我們仔細看那些最古老的漢字時，就會發現很多，啊，可以說絕大多數，肚子上都有一個突出的小點。看作肚臍的話，它的位置就錯得離譜。古文字的創造者可不是畢卡索。但是我們可以想一想，如果它是一個孕婦的形象，小點表示孩子，那就合乎邏輯，啊，幾乎是漂亮。有什麼能比把「身」這個概念描繪成一個挺著大肚子的孕婦更好呢？當肚子裡有了一個活蹦亂跳的生命時，確實身子會感到很沉重！

如果這種解釋正確，詮釋金文的「身」字大概就可能了，不僅表現了孕婦那沉重的肚子，還表現了乳房。有趣的是，中國人也使用「有身」一詞表示懷孕了。

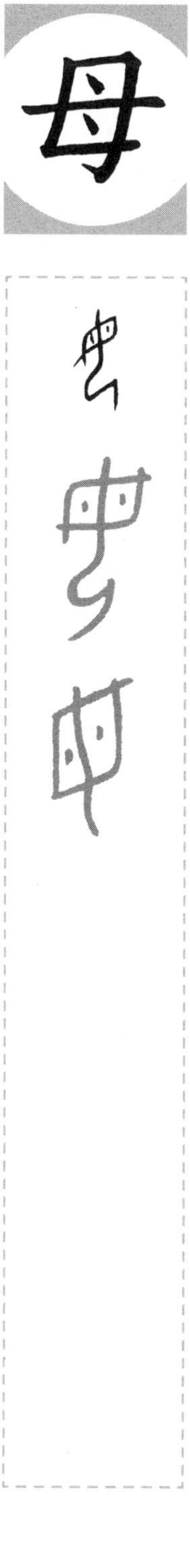

今天我們無論如何也看不出「女」字與「母」字有什麼共同之處，但是起初它們幾乎是相同的。兩個字都表示一個人跪在地上，雙手交叉放在胸前。兩個小點表示乳房，這是這兩個字的唯一區別。

「女」的姿勢有些不清楚。伸出的雙臂表示順從，這是一部分專家的意見，或者我們乾脆把這些婦女的姿勢看作日常在廚房地板上工作、做飯和哄孩子。

因爲前者的理論說，中國婦女在近二三千年過著屈從的生活，對男人唯命是從，她們生活中唯一的實際任務是生兒子。只有生兒子才能傳宗接代，只有他們才能立祖宗牌位，生者經由這種牌位與祖先保持聯繫。生女兒被認爲是一種不幸。過去中國人經常溺死女嬰——這是要男孩不要女孩的最主要辦法，希望下次走運生個兒子。當有人問父親家裡有幾個孩子時，他經常只回答有幾個兒子，不把女兒計算在內。即使長大成人的女孩兒，一旦月經來了就被嫁出去，夫家等待她爲自己的新家生兒子。遇有饑荒歲月，百姓把年齡很小的女孩兒賣給有錢的人家當使女，也賣給妓院或茶樓。從十九世紀末開始女孩兒也被賣到紡織廠，爲了餬口被迫在廠裡工作，睏了就睡在機器旁。

奻

兩個「女」放在一起的意思是吵架。在過去的中國家庭女人彼此之間有很多理由吵架。她們當中沒有一個人是自願到這個家庭來的，家庭以外她們沒有任何權力。婆婆因爲自己的痛苦生活而報復兒媳，極力保護自己爭得的權力，不管這種權力是多麼小，她會聯合力量來對付丈夫帶回家裡的小老婆或姨太太。

姦

三個「女」放在一起的意思是虛僞、沒教養、通姦。「這個字」，高本漢說：「對女性實在不敬。」確實讓人莫名其妙。這個字當中的三個「女」同樣可能是指一部分男人的好色舉動吧？這種解釋至少是合乎情理的，特別是由這個字組成的合成詞還有強姦的意思。

奴

「女」字與「手」字放在一起的意思是「奴」。手代表奴隸主的權力，他手裡有一個女人等於有權擁有她，或者代表女奴在他家裡從事的繁重勞動吧。

怒

「奴」字加一個「心」字是「怒」，這是很多婦女對於被迫所過生活的一種正當反應。

成年婦女依附於丈夫和兒子，總是被稱做「王家媳婦」、「兒他娘」，或者乾脆叫「屋裡的」、「燒火的」、「老蒺藜」……在中國大陸，直到一九五〇年頒布新婚姻法她們才有權利使用自己的名字，法律明確規定禁止殘害兒童，禁止買賣婚姻，在社會和家庭中男女在法律面前都是平等的。如今中國婦女都有自己的名字，結婚的婦女也保留自己的姓氏。

重男輕女的思想可以追溯遠古。甲骨文有這樣一個卜辭，當時的人請上蒼說出王的妻子是生兒子還是生女兒，有時候還對甲骨的回答下評論：生兒子就記錄「好」，生女兒就記錄「不好」。

早在商代家庭體系就建立在牢固的家長制基礎上。但是如果我們進一步往上追溯到人類已經定居下來的新石器時代，情況就不同了。很多中國和西方的專家都認爲，最古老的中國社會是母權制。有人引用《莊子》的一段話作爲這種論點的證據。該書是中國最古老和最有意義的一本書籍，可能成書於西元前三〇〇年。這段文字在談到最早定居下來的人類時說：「知其母，而不知其父。」對於現代人類學家而言，這點材料不足以證明就是母權制，他們認爲新石器時期的埋葬形式更有意義：女人經常是單獨埋葬，周圍是隨葬品，與後來完全不一樣；後來她們被放在旁邊，對著死去的丈夫，顯然男人更加重要。

有人認爲在中國西南少數民族地區發現了進一步的證據，大家熟知的一些中國古代的生活習慣和工具至今仍然保留著。在一部分納西族人當中是婦女組織和管理生產。她們也掌管家庭生活。外祖母是家長，在她的家裡生養著她自己生的孩子，她的女兒和女兒的女兒。婦女可以自由地選擇男人，而孩子完全歸婦女所有。她們不結婚，男人在夜裡拜訪她們，天一亮他們又回到自己母親家裡，他們是在那裡生活和勞動。財產歸婦女繼承，孩子隨母姓。成年的男人被稱做「舅舅」，母親和「舅舅」共同照顧孩子，但是和中國古代一樣，通常是知其母而不知其父。這自然是說，家族的最高神是女神。

關於中國婦女的地位和中國古代可能存在的母權社會制度，問題過於廣泛和複雜我就不贅述了，只能說，這個題材很大，很有意思，從整體看，我們知道得還很少。然而我們可以進行有趣的觀察：一大批跟婦女方面有血緣關係的合成字都包含「女」字，一部分是與女性有關係的人，如娘、妣、姥、姊、妹、媳、姨，另一部分是與男性有關的人，如姪、婿。「女」字還組成了家庭有姻親關係成員之間互相使用的特殊問候語，以及很多重要的字，如「婚」和「姻」以及令人吃驚的「姓」。與此相應的與男性血緣有較密切關係的字卻沒有。

這個題目眞值得研究，但是很遺憾我們現在不得不到此打住。

子

子，令人依戀的生命，呈現了一個嬰兒的形象。我特別被這個字的古老形式所吸引。它使我想起了我自己孩子小時候的情形和我的小弟弟小妹妹，他們伸著胳膊躺在床上或搖籃裡，裹著棉毯，大大的頭，令人憐愛的小軀體。

皇帝被認爲是天子，寫成「天」和「子」兩個字。

好

「女」和「子」組成「**好**」。文字創造者是考慮一個人有了女人和孩子生活得不錯，還是他考慮一個女人和自己的孩子在一起感到幸福？或者他是考慮這個女人能生孩子很好，很能幹？

保

「人」和「子」組成「**保**」。

在甲骨文和金文，有些情況下我們看到孩子抱在成人

懷裡，有些情況下孩子則被揹在身後，直到今天中國人仍然這樣揹孩子。

早在一九○○年前後就有西方學者提出，中國人是從中東遷徙到中國的，差不多在同一時期印歐人離開烏拉山脈南部的家園移居到印度和歐洲。

對這種理論持否定態度的一派中有人指出，中國文化起源於中國。這個人就是瑞典人安德生（Johan Gunnar Andersson），國際知名的地質學家，一九一四年受雇於中國政府，探勘擴大採礦工業所需的煤炭和其他貴重礦產資源，他完成了這項任務。但是在中國長達十年的工作中，他逐漸對在各地考察碰到的動物化石產生了興趣，其中就有能入中藥的「龍骨」。在尋找龍骨的過程中他被引入考古領域，這對他獲得史前中國的各種知識有重大意義。

一九二一年春天，他第二次來到北京西南四十二公里處的周口店，在一個廢棄的採石場考察帶有化石的地層。在那裡和山坡上的幾個洞裡，他和年輕的助手斯坦斯基（Otto Zdansky）發現了大批的山雞、鹿、豬和其他動物骨骼化石。他還發現了四方的石英石，邊角很鋒利，很可能是用來刺東西的。這個想法啓發了他，人類最早的工具自然不是製造的，它們是從路邊的木塊和亂石中揀來的。他派斯坦斯基到山洞中工作。據他的著作《黃土地之子》所述，他拍拍洞壁說：

「我似乎感到這裡有我們一位祖先的遺物，你一定要找到它們，抓緊時間，堅持下去，直到這個洞被掏空，如果有必要的話。」

斯坦斯基照辦了，一大批資料被送往瑞典烏普薩拉，供進一步研究。後來在那裡找到大約在五十萬年以前生活在這個山洞的類人動物的一顆門牙和一顆臼齒，這種動物被命名爲「北京猿人」。

在離周口店第一次挖掘以後半年，「中國通貢納爾」（安德生的稱號）啓程去黃河中游的河南省。在仰韶村附近考古學家不僅發現了有趣的化石，還發現了石斧和有著紅黑對稱花紋的陶罐。這些發現引他繼續西行，來到甘肅省的蘭州地區，在隨後的年代他在那裡找到近五十個新石器時期的居住點和一個墓葬地，這些都屬於世界上最鼓舞人心的發現。

周口店、仰韶和甘肅的發現是中國第一批田野考古的成果，它們清楚地表明，在史前很長的一段時間，當地就有人生活著，因此西來的論調是站不住腳的。

在隨後的一九二○年代和一九三○年代，陸續進行的科學發掘證實了安德生的發現，也使之更加完整。在周口店找到了四十來個人的遺存和大約十萬件石器，其中很多是石英石，與「中國通貢納爾」的預言完全相符。

一九四一年秋天，專家擔心亞洲的戰爭會擴大，把所有的北京猿人頭蓋骨裝入兩個大木箱，準備運往美國，以躲避日本人的掠奪。後來這些東西全部失蹤，沒有人知其下落。如今只有斯坦斯基發現的兩顆牙齒仍然保留在烏普薩拉。

「讀者不必爲失去這些珍貴文物而過分傷心」，年邁的古生物學家賈蘭坡在其著作《中國猿人》這樣安慰讀者，並指出一九四九年以來有了很多這類發現。

其中有不少是在涇河、渭河、黃河的交匯處發現的，山西、陝西、河南三省也在這裡交界。這個地區本身也是華夏文化的發祥地，在安德生的仰韶和甘肅的考古地之間有一個村子叫藍田，也發現了兩個人的遺骨，很可能都是女的，她們的年代明顯早於生活在周口店的猿人。在離此處不遠的丁村和大同郊外的許家窯，十萬年前生活著和我們相同的人類。我們到處可以找到人類生活的遺跡。如今已經有成百個新石器時期的發掘點，證明當時人類已經開始過定居耕作生活。有幾處位於山東半島，如龍山和大汶口；其他的位於古老的文化發祥地。其中最重要的一個村子是半坡，位於渭河谷地，碳十四測定年代爲西元前五千至前四千年。它是已經發掘的那個時期村子中最大的一個，在那裡發現的地基、陶器和工具不僅與六千年來的人類生活相似，而且與今天中國的生活和文字也有很多類似之處。

第二章

水與山

沒有哪個地方像華北平原那樣單調、平坦。沒有山岡，沒有河谷，只有一眼望不到邊的黃灰色土地。它東邊與山東的山脈接壤，西邊與山西、陝西和河南的山脈相連。這些山不是特別高，但是它們從平原拔地而起，相比之下顯得比實際高度更雄偉。黃河正好是這種地形的動脈，流經華北平原，把這兩個山區連接起來。

這個地區是華夏文化的發源地。統計數字表示，直到今天這個地區比中國其他地區耕地面積都大，人口更稠密。全國大約有三分之一的人口居住在這裡。華北平原實際上是一個大三角洲，由黃河沖積而成。世界上沒有一條河流像黃河那樣攜帶眾多泥沙。尼羅河每立方公尺含一．五公斤泥沙，黃河平均含三十七公斤，在某些支流，專家曾經測得七百六十公斤。黃河在入海口每年能造出二十三平方公里的新陸地。

這是一條危險的河流，大家稱它爲「黃患」。當它流經發源地青藏高原時，它是馴服的。那裡的山脈險峻，河水清澈。但是爾後，它在內蒙古的沙漠中拐了個大彎便奔騰南下，穿過黃土高原，那裡的山坡覆蓋著細土，很容易被河水沖走。它穿過狹窄的河段向下流去，經過落差很大的四千公里河谷以後，沖過最後一道關，流入離入海口最後幾千平方公里的平原，流速大減，河道變寬，攜帶的泥沙沉入河底。

幾千年來黃河不僅造了個華北平原，借助人爲的幫助黃河也高過了這個平原。泥沙的沉積使河底升高，從而也帶來河水水面的升高。爲了防洪，居民沿河修了河堤，這個工作持續進行，河裡的泥沙持續淤積。沿岸居民繼續建造河堤，在很多地方河床高出周圍地面十公尺多。當夏季的雨水比常年來得猛、下的時間來得長的時候，河堤很容易坍塌。但是這一切不是黃河的過錯。一九三八年發生了一次最嚴重的災難，當時的領導人蔣介石將軍下令掘開鄭州北面的黃河大堤，以阻止日軍前進。至少有八十九萬人被淹死，一千二百五十萬人無家可歸，整個地區被泥沙覆蓋幾十年。然而並沒能阻止日本人。

有一個關於洪水的古老故事。事情發生在西元前二二九八年，很像《聖經》洪水故事的中國翻版。滂沱大雨使黃河氾濫，山腳下的平原和谷地被河水淹沒，人民飢寒交迫。爲了擺脫災難，所有的男人都離開家，他們在一個叫禹的人領導下，挖溝渠，築堤壩，開山闢地，經過八年艱苦奮鬥（有的說十三年或三十年），最後他們成功地把洪水引入大海，重新開始耕作。

這項工作剛開始的時候，禹正好新婚。他對國家和人民的責任感使他三過家門而不入，啊，有一次他都聽到自己的兒子在哭，他也沒有進去。有的人認爲他應該進去看一看，但是他回答說：「如果我可以中斷工作，那麼其他人也可以這樣。那我們怎麼能把洪水引走呢？」就這樣他們又繼續工作。

禹，或者後來被稱為「大禹」，成了夏代第一個皇帝。過去百姓把這件事看成是神話，後來大家對這件事愈來愈認真。不久前有人在嵩山附近找到了有城牆和崗樓的一座舊城遺址，根據資料記載，該城是夏朝國都的所在地，離這裡僅幾十公里的地方就是傳說中的大禹故里。

大禹死後又發生多次洪水。從西元前六〇二年到今天，不間斷的歷史記載證明，在過去的兩千五百年當中，每兩三年就發生一次嚴重洪水。這些洪水代表黃河已經無法決定它到底要從哪裡流走。黃河二十六次改道。不是小的改道。大約在西元前二千年，黃河在離北京很近的天津附近入海，但是西元前六〇二年它厭煩了，把入海口移到了山東半島以南八百公里處的海岸附近。西元七〇年舊戲重演，入海口移到山東北面，這回持續穩定，一直到一一九四年，入海口又移到山東以南。就這樣，黃河在一個扇形平原上來來往往，搬來很多泥沙。經過部分小的改道以後，黃河占領了其他幾條河流的河道，造成很多麻煩，爾後平靜下來，從一三二四年以後的五百多年間它比較馴服，平靜地從山東南部入海。但是一八五五年平靜結束了，它又朝北流去，到了今天的河道位置。在那裡它固定

洹水流經安陽，離發現甲骨文的地方只有幾公里。

了下來。在近幾十年當中，中國政府在兩千公里長的河岸修起了防洪的「萬里長城」，固定河道，利用黃河發電和灌溉。有二百萬人終年管理和監視黃河。

揚子江根本不叫什麼揚子江，這是歐洲人瞎編的，在中文大家總是叫它長江，意指很長的河流，這條河從來不像黃河那樣令人不安。它也發生過無數次的氾濫，但是在它流向大海的沿途，周圍布滿湖泊和沼澤，它們能蓄積大量江水，具有緩衝作用。長江不像黃河那樣攜帶泥沙，因此能較好地保持河道不變。

長江本身是一條很大的河流。它是亞洲最長的河流，遠洋貨輪可以直達離海岸幾千公里的武漢，較小的船隻還可以再向上航行幾千公里。它流經中國最富庶和人口稠密的幾個省，這一點使十九世紀進入中國的西方商人和傳教士特別感興趣。

水

對中國人來說，只有黃河是河。河裡的水才是水，湖水和海水不是水。「**水**」字是有著河道、漩渦和沙岸的一個河的形象，當我們站在岸邊看著河道的時候，看到的正是這樣。

在合成字中這個字僅僅被寫成三點氵——中文裡習慣稱做「三點水」。

川

石刻文，周代。

黃河流經山西、陝西等水土流失嚴重的山區。河水在鬆軟的黃土地留下的印跡與我們看到的「州」字很相似。

還有很多其他的字用同樣的方法表示河。其中一個字的意思就是「川」。中國西部一個省份的名字就有這個字：四川，意指四條河之地，長江及其三條支流流經這個省份。

可能純粹是巧合，表示水的字與表示河的字，出於相同的東西。我們在另一個字裡看到一段河岸被彎彎曲曲的河叉圍著。這個字完全符合「河」的概念，河流看起來完全是這個樣子，但是它的意思卻是「州」，河中小島。後來這個字變成了行政管理單位的名字「州」，過去包括兩千五百人口。如今這個字主要當做地區用。

對於最初的定居者來說，河是生活的中心。河是很大的威脅，但也是很大的機會。在試圖馴服和利用河的過程中，成長的社會不同於我們瑞典的社會。我們說單個是強大的，想想那些森林中的伐木者和荒原上的開拓者就是這樣。中國人會說單個是無力的，有成千上萬隻手才能保住河堤，幾千人共同努力才能開河挖渠，引水灌溉。沒有共同的努力便一事無成。

就是在這片肥沃的黃河泥沙沖積土壤上誕生了華夏文明，但是當黃河氾濫時，繁榮的村鎮也是在這片相同的土地上被掩埋。在一公尺厚的細黃泥底下它們一動不動地躺著。農民在上面種小米和玉米，當村民開渠或挖井時，有時候他們會發現精美的青銅器，然後他們拿到附近的城市去賣給文物商人。華北平原上布滿隱藏的城市，但是居民還只來得及挖掘出少數幾個。

不過當地政府開始改造黃河，修了一連串發電站、水庫以及幾千公里的新河堤，特別是在通向大海的兩岸種植了很多樹，來固定住河道。

山

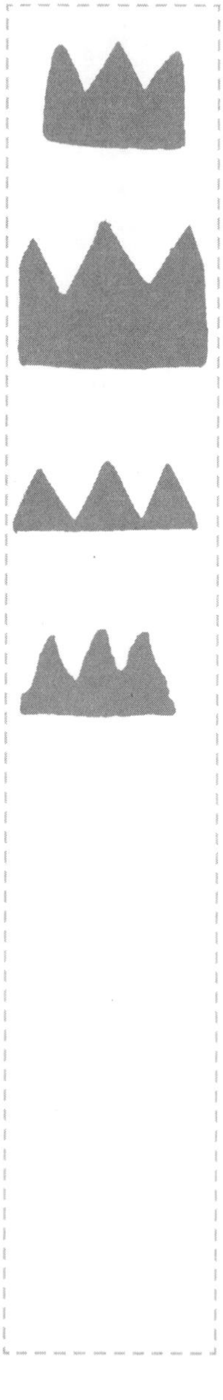

孕育了華夏文明的華北平原群山環抱。我們不知道哪一座是「山」字的原形，但是很多山看起來都像這個字，而且自古以來都被一種神聖的氣氛所籠罩。

此石刻文是按周朝後期的實物原尺寸複製的。

在山東半島的西部屹立著泰山，平原從那裡延伸至大海。泰山是中國五嶽之首，中國歷代皇帝都在那裡舉行最隆重的祭天儀式，接受蒼天賦予他們統治天下的使命。他們在那裡祈求五穀豐登，消除水災和地震。

泰山很早以前就是一處重要的道教中心。山勢雄偉、險峻，山谷寧靜、祥和，對那些想躲避戰亂和投入大自然懷抱的人有很大吸引力。對於道教徒來說，存在的一切都屬於一個很大的整體，一切都是有生命的，一切都是互相依存的。藉由仔細研究大自然的秩序，他們試圖揭示控制大自然的規律，並使自己的生命與這些規律互相協調。廟宇和道觀如雨後春筍般地出現，隱居者在峭壁上建造草屋。

從五世紀起佛教徒也在泰山立身，泰山變成了具有不少商業主義色彩的宗教中心。對普通人來說，泰山最重要的意義在於，它是死者獲得最後宣判的地方。中國人總是冀求到東嶽廟（過去在華北各個城市都有）燒香、祭祀，祈求死後得到更好的待遇，但是最可靠的辦法是實地到泰山去朝拜。按照中國的習俗，個人單獨去更能好好地表達自己的願望。很多手無縛雞之力的老者，懷著最後的一絲希望讓孝順的兒子把自己抬到山頂，祈求泰山消災免禍。

甚至在今天，來訪者仍絡繹不絕地登上陡峭的臺階，因爲即使泰山的宗教色彩已經減退，仍然有數以百萬的中國人夢想一生能登泰山頂一次，目睹太陽從大海噴薄欲出的景象。至少要拍一張彩照。

但是泰山報復那些不體面的攀登者。統一中國的鐵腕人物秦始皇在西元前二〇〇年曾試圖登上泰山，以圖蒼天贊同他的政權，但是暴風雪迫使他從半途而廢。我自己有幸在一九七八年十二月爬到半山腰。後來出現了暴風雪。

泰山腳下分布著不少建於不同時期的廟宇、塔和有趣的城鎮。其中一個城鎮是曲阜，孔子於西元前五五一年誕生之地。此地有他的墓和後代，如今已是七十九代。孔府在一九四九年革命以後成了博物館，過去孔府的佃農每年要繳數萬噸糧食的地租，如今不用繳了，大家希望這些地租能派上更有益的用場。

在離曲阜幾十公里的地方有個大汶口。一九五九年工人在修建鐵路複線時，發現了幾百個來自文化高度發達時期的古墓，西元前四五〇〇至前二千年當地曾經很繁榮。後來又很快發現了新的文物。現在大家已經知道，新石器時期的山坡上曾經布滿村莊。當時的人用鎬種地，用弓箭打獵，用網和漁叉捕魚，製造黑、白、黃和淺紅色的精美薄胎陶器。

有幾件刻有文字的陶器和陶片就屬於這批有趣的文物，有些是迄今所發掘的文物中最古老的。它們來自不同的發掘點。因此有人認爲，這確實是文

字（不僅僅是圖畫）有了公衆已經接受的形式，在較大地區流行使用。

其中一個字呈現相同的太陽和山上的雲或者海，這是一座有五個山尖的山，很像泰山拔地而起。

根據古老的傳說，太陽每天從泰山升起，然後開始在天上運行。因此泰山在新石器時期的太陽崇拜中扮演某種角色，但是我們對這一點知道得不多。陶器以及上頭裝飾用的文字與這種崇拜有關係。

這兩個字被認爲是「**升**」字的前身，後來則寫成：

從泰山出發沿黃河西行五百公里便到了嵩山，即中嶽，在山腳下有人發現了迄今爲止最爲古老的夏、商文物，大禹曾經生活在那裡。那是一座狹長的山脈，像泰山一樣布滿廟宇。著名的少林寺就坐落在此山，是佛教在中國的主要聖地，亞洲的各種格鬥武術都發源於此。西元五世紀的嵩山書院是中國最先進的道教中心。

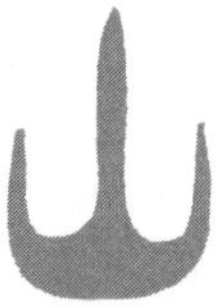

西安有一處保存各朝代石碑的著名博物館，名叫碑林。在其中的一塊碑上可以看到夢幻般的華山，高聳入雲，宛如仙境，有泉水、浮雲、峽谷、松樹和谷地。與之相比，我們人類顯得那麼渺小，華山怎麼不讓人崇拜呢？此畫一六六〇年出自詩人、畫家武林一之手，是關中八景之一。

再往西走三百公里還有另一座山，那就是西嶽華山。它位於渭河和黃河的匯流處，黃河在那裡沖下群山，向東流入大海。華山，連同其他三座突起的山峰拔地而起，從那裡可以看到中國古代歷史的交會點，它是山西、陝西和河南省的交界處。

距其僅幾十公里遠，就有六十萬年前藍田人居住的地方。藍田人是今天中國人的祖先。此地就是半坡，新石器時代最著名的定居點。這裡是周、秦、漢、唐等偉大朝代的國都。這裡還有秦始皇陵，有數以千計的兵馬俑，啊，這裡有數不勝數的名勝古蹟。此外，鄠縣農民畫也讓人無法忘懷。

華山俯視著這一切，俯視著潼關，它是關中平原的咽喉，是歷代王朝安全的屏障。

據文字記載，第一位商王於西元前一七六六年曾到華山祭天。當他的王朝於西元前一〇二八年失去天賦大任的時候，第一位周王也到那裡去祭天。以後歷代皇帝也都這麼做。

「華」的意思是繁華、光華、偉大。華山就是這樣風光。我本人還沒有到過那裡，但所有的人都把它描寫成中國最美麗的山脈之一。

「華」也是「中國」的意思。這個字被認爲是一朵花的形象，但是一九五〇年代中共推行簡體字之後，我們已經看不出這個特徵了（华）。

這個山字，像金文一樣蒼勁有力，它出於米芾（一〇五一—一一〇七）之手。米芾是中國傑出的書法家。此人是個全才，身爲大臣除了奏章寫得不錯以外，他還能詩善文，工於金石，蒐集古畫，此外他還是畫家，儘管現存的畫作沒有一幅能確認是出自他本人之手，但是藉由其追隨者的仿作，大家對他的藝術仍然有很多了解。他擅長山水畫，多以煙雲掩映樹石。

米芾用寬筆和濃墨創作了「山」。這個字蒼勁有力。下頁的這幅畫，被認爲是出自米芾之手的幾幅書法之一，山峰高聳雲端，細筆勾雲，墨點成像。

儘管技巧不同，但是在「山」字和這幅風景畫的山峰之間

米芾書寫的「山」字。

無疑有著相通之處，不僅僅在外表，而主要表現在內涵。

華山和黃河之北，太行山像一道寬闊彩虹延綿不斷，它是華北平原與秦晉黃土高原的分界線。沿著山腳有一條古代中國最重要的商業大道，如今那裡有南北大動脈京廣鐵路。旅人可以通過八個關口從山裡進入平原。很多中國古代城市都坐落在交通樞紐上，其中就有安陽。

「愚公移山」的故事就發生在這個山區，這是顯示古代中國人民決心和力量的偉大故事。

在愚公的門前有兩座山擋住去路。後來他對由此造成的一切麻煩感到厭倦，下決心率領幾個兒子用鋤頭剷除這兩座大山。這時候走來另一個老人，諷刺說，你們這麼做未免太愚蠢了，光憑父子數人要剷平這兩座大山是完全不可能的。

愚公回答說：「我死了之後還有我的兒子，兒子死了又有孫子，子子孫孫是沒有窮盡的。這兩座大山雖然很高，卻是不會再增加了，挖一點就會少一點，為什麼挖不

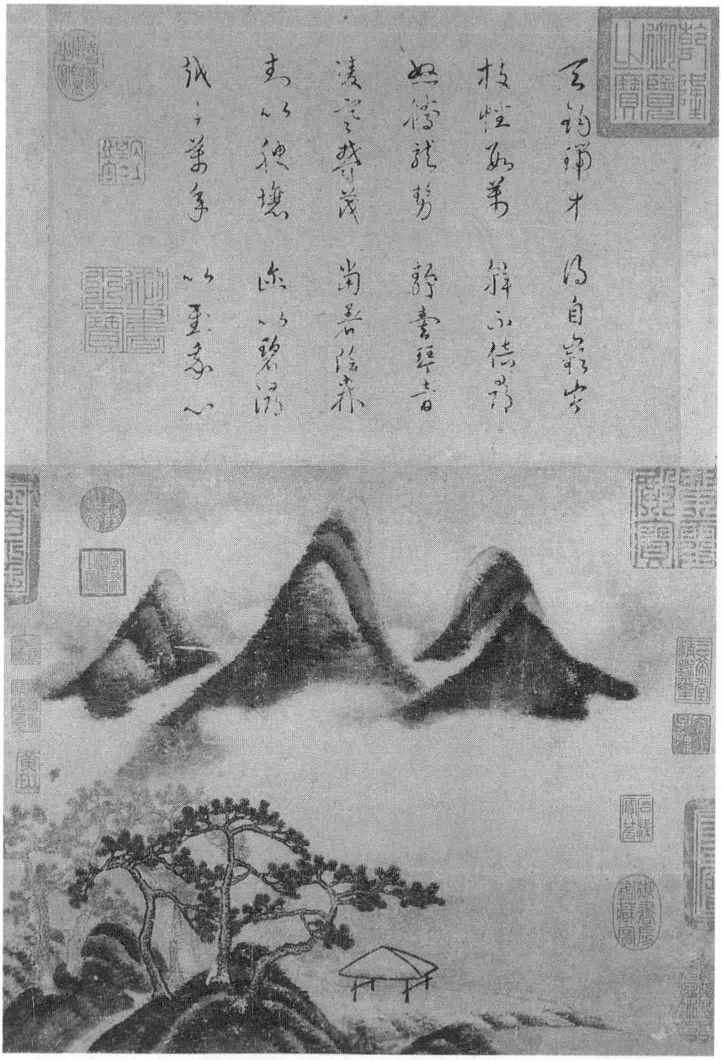

鬱鬱蔥蔥的山峰迷夢般地從濃霧中的山谷拔地而起。近景有幾棵古松樹和一座涼亭，經由想像我們從畫中尋求大自然的力量和美。這是米芾的山水畫，畫中題詩是乾隆皇帝（西元一七三六至一七九五年在位）御筆，他也鈐上多顆印，包括右上角的「乾隆御覽之寶」。

平呢？」就這樣他毫不動搖挖山不止。這件事感動了上天，他派了兩名神仙下凡，把兩座山揹走了，讓大家極爲驚奇和感動。

山西和陝西的山確實可以挖掉。很多山不是眞正的山，它們是由很厚的黃土構成的，風把它們從西北的沙漠刮來，落在地面上，有很多地方厚達數百公尺，經過雨水的沖刷，形成很多溝壑，啊，有一半的面積是由溝壑組成的。小河把泥土沖進大河，大河又把它們帶到山腳下的平原。是這些泥土使黃河變黃。黃海也是黃的。離海岸幾百公里的海面上還是從沙漠帶來細黃土染成的黃色。

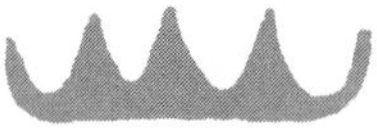

仙

用一把普通的鋤頭和堅韌不拔的精神，農民以愚公爲榜樣挖掉了大山，塡平溝壑造良田，在上面長出了穀子。他們還在山坡上挖窯洞，作爲住房，免得房子占用寶貴的耕地，耕地在高原下和河谷的平地上，農民則世世代代生活在狹窄的高坡上。一切都要付出艱苦的勞動，從來沒有什麼「神仙」幫助他們。愚公和他的兒子可能早把家搬走了，而沒有挖掉大山。但是對於黃土高原的貧苦農民來說別無他途，每一平方公尺的土地對他們都是生死攸關的。

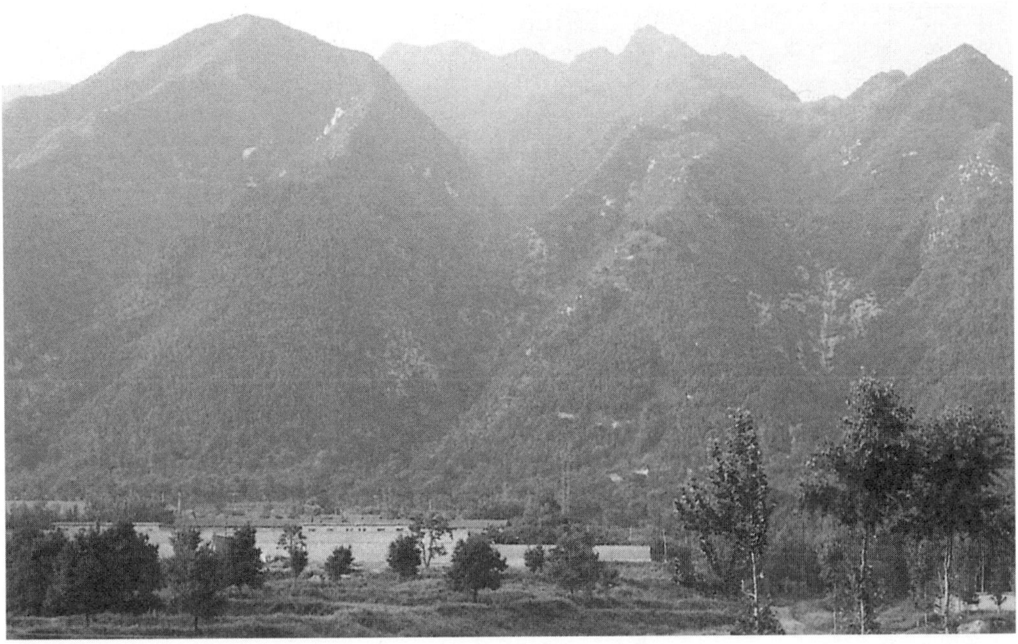

旅客搭乘火車沿汾河谷地前行所看到的霞光掩映的太行山。

谷

這個字是「谷」，也可說成是一條山谷的出口。

我只要看到這個字，馬上就會想起一個人走進黃土高原溝壑裡的滋味，寒冷的春風刮著，晴空萬里，細軟的黃土像麵粉一樣。沒有一棵樹，連一根草棍也沒有。只有乾涸的河底，歪歪扭扭的黃土牆和濃烈的艾草味兒。

幾個月以後一切都會改變。夏天第一場暴雨將使小河漲滿湍急的黃泥水，朝山谷的出口奔騰而下，路上所有的東西都會被沖走。

自古以來，「谷」字也當做「好」、「善」以及「親近」用，從一九五八年開始，中國大陸的漢字簡化運動把原來寫起來很複雜、意思相同的「穀」字簡化成「谷」。這樣做並不奇怪，最初農民正是在山谷裡種出了穀物，所以說「好」、「善」和「親近」。

陝西黃土高原上的谷地。深深的溝壑愈來愈深地侵入農田，一場暴雨就可以把村子分成兩半。

按照《說文解字》的解釋，「厂」（音同喊）這個字當峭壁講，是一個陡峭山坡的形象，居民可以住在那裡。確實如此，我們很容易從這個字認出黃土高原陡峭的高坡。上部是高原平整的地面，左邊有一個坡通到谷底。

甲骨文的造型卻耐人尋味。內角邊上的那個小撇起什麼作用？這個字是不是高坡上開一個窯洞的剖面？我們在後面很快就能看到，相同的筆畫意思就是「洞」。

這個字從來不單獨出現，但是它能組成很多合成字，不是跟各種山有關，就是與各種房屋有關，或者是表示其他空間，如「廚」、「廄」、「廁」和「廠」。峭壁和住房有很長一段時期是一個意思。

黃河朝南方迤邐流逝，在肥沃的河谷留下彎彎曲曲的河床，很像我們看到的「水」、「川」、「渚」和「州」字。周圍是一望無際的黃土高原，山脈在風雨侵蝕下幾乎寸草不生。高原有時候像巨大的沙丘，有時候像是方形的山頂，平地就像一塊地板，突然又變成了峭壁。土是鬆軟的。直上直下的坡就是「厂」字的原型，稍微傾斜和塌陷，就像圖中的山西汾河谷地。

與「厂」字相同的形象也出現在「石」字。這個字現在的組成中，上面的一橫向左方伸長，但早先它的寫法同「厂」一樣。按一般說法，它表現了一個石塊在峭壁下。有人也許會奇怪爲什麼石頭在下面寫得像個「口」字。也許它並非如我們所看到的是一個掉下來的石塊，因爲在山的側壁上，一個山洞是很容易鑿成的。這個字的「口」，意思是打開、張開。當然也許我們看到的就是一個眞正的石塊，還有它的孔洞和凹坑。

《芥子園畫譜》自從一六七九年在蘇州出版以來，一直是中國畫家的範本，畫譜有很長一段講山和石。上面寫著，在畫石的時候，要特別注意石頭上的孔和表面光的陰陽變化。石頭千奇百怪，畫之前一定要

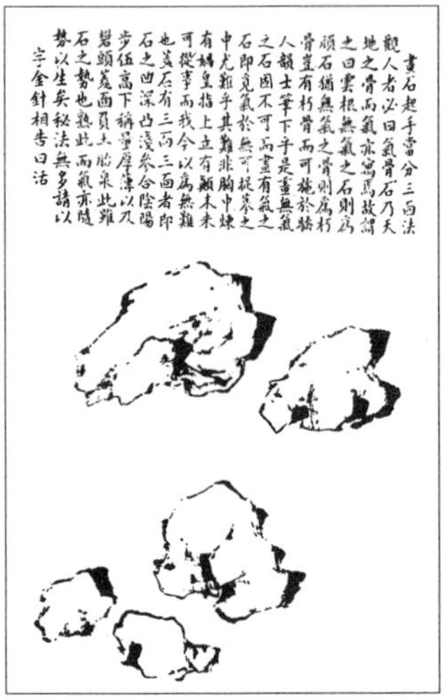

完全了解它們的結構。但是僅有這一點還不夠，我們首先要表達石頭所具有的內在力量。它們是有生命的。

作家畫幾塊破碎的石頭作爲自己文章的插圖，時間和水在上面留下痕跡。它們的形狀有的跟「石」字相似。

中國人非常喜歡石頭，特別是出自蘇州太湖畔的太湖石，因水浪的衝擊和沙的運動作用，太湖石有很多深溝和孔洞，看上去就像嬌嫩的瑞士玫瑰。其他地方也有各種奇石。一六三四年出版的一本介紹建造花園的著名作品中，除了太湖之外還提到了其他十三個湖和山，愛好者可以在那裡找到想要的石頭。如果上面的形狀按中國的標準不盡人意的話，蒐集者會經由把孔鑿深或者把石頭放到湖裡一代或兩代時間，幫助大自然完成。在人和大自然共同完成一件完美藝術品以後，識貨者會把它當作一件現代主義雕塑——透氣和透光，運到花園的牆角，或者作爲一處景觀的中心，這處景觀有石徑、亭子、平靜交談時坐的靠背椅，有涼洞和令人心曠神怡的茉莉花和牡丹。

如果石頭上有小瑕疵，藝匠就用竹子或碎陶瓷末把它

們磨掉。爲了得到準確的平面，還可以把石頭放到下水道一兩年，讓雨水磨掉稜角。對於寫字檯上可當裝飾品的鎮尺，或與矮竹、小五針松共同組成盆景的石頭，通常都會如此處理。

對於很多中國人來說，這類石頭不管是大還是小，它們都具有聖像作用，他們與這些石頭保持著密切的個人關係，天天需要接觸。在談到米芾時大家這樣說，他每天都向自己花園裡的大石頭磕頭，並且用「吾兄」這樣的敬語問候石頭。

中國文人與大自然的關係有很大成分的神祕主義，但是他們追求的不是與上帝或者更高神靈的結合，而是與一切有生命的東西爲伍。對他們來說，峭壁、石頭、水和其他東西都像人、花和動物一樣是有靈性的，而對我們這些經常缺乏想像力的人來說它們是「死物」。

人類不是大自然的主人，她與天地間的其他東西一樣包括在「大統一」裡，受人通常稱爲陰和陽的宇宙力主宰。它們像黑夜與白天，冬天與夏天，生與死一樣相互依存。它們是同一現實的不同側面，在動態平衡中保持宇宙的和諧。一切都是變化的，都會在不斷的長河中形成新的組合體。除了這種不停的、緩慢的變化以外，沒有什麼東西是一成不變的。

中國人把山看做是陽，看做是人體中的骨骼。水是陰，相當於人體中的血液。就像人體沒有血管中的血液循環，脊髓和細胞就不能生存一樣，山和石頭沒有水也不行。水經由滲漏、碰撞、沖刷和壓擠使山和石千姿百態。因此中國畫家畫風景畫時——或者套用中國術語叫「山水畫」，不僅僅是取材，它還是世界觀和道德觀的一種結合。

一幅描繪瀑布的中國畫，首要目的不是要描繪飛瀑的景象，畫面中高原潮濕的空氣、山脈的高聳和峭壁上激起的耀眼水花，也不是要讓我們或憂或喜，或者畫家想使我們產生某種感情，他的用意是讓我們思考我們應該怎麼生活：不要自負，不要追求名利。不要破壞大自然的秩序，要盡力去理解和按大自然的規律去生活。要把自己的存在看做是「萬物之一」，謙虛、平靜、開朗和做到「謙卑」。就像《道德經》第八章所說的：「上善若水：水善利萬物而不爭，處衆人之所惡，故幾於道。居善地；心善淵；與善仁；言善信；正善治；事善能；動善時。夫唯不爭，故無尤。」

原

這個字的基本意思是「源泉」。從上面冒出了水，順著峭壁朝下流淌——一種經典題材，特別是在中國的山水畫中。

我個人非常喜歡這個字，它給我一種自由的感受。水是生命的源泉，是生命的起始。

如今這個字主要用於轉意。用它可以組成很多詞語，其作用很像瑞典語中「原始」這個詞頭，如「原始社會」和「原始森林」，以及「原料」、「原色」和「原則」等等，所有的字都與「原」字有關。用這個字也能組成「平原」一詞，「黃河中下游大平原」幾個字就有這個「原」字，華夏文明就起源於此。

瀑布從峭壁上一瀉而下，這是經常出現在中國畫的主題，我們在「原」字也看到了這種景象。李可染（西元一九〇七—一九八九年）作品。

火

北京周口店的原始人早在五十萬年以前就學會了使用火。其中一個山洞就像是「廚房」，地面覆蓋著一公尺厚的灰、炭塊和燒過的動物骨頭。洞外的灰燼證明他們在夜間生火嚇跑野獸。

長期以來，我們一直認爲他們是世界上第一批利用火的人。但是一九六〇年代，在藍田和西侯度等地又有了很多新發現，那些地點離黃河東轉的地方很近，這證明人類在六七十萬年以前就開始利用火來做飯。

這些早期的人自己可能不會生火，他們可能利用閃電或從林火中取來火種，然後精心加以保護，用來照明、取暖、預防野獸，也可能用來狩獵。當他們遷徙的時候，不惜任何代價帶走火。火成爲無價之寶，代代相傳。

江西廬山瀑布。

據說直到後來很晚，大約九至十萬年前中國人才學會生火。

「火」字很容易使人聯想到它的最初形式是「山」字。猛一看大家可能有點兒不信。但是當大夥兒坐在火前，看著熊熊火焰照亮黑暗的時候，就會感到這個形象是正確的。山和火。山是宇宙中熄滅的火焰，火是熔岩中燃燒的山。

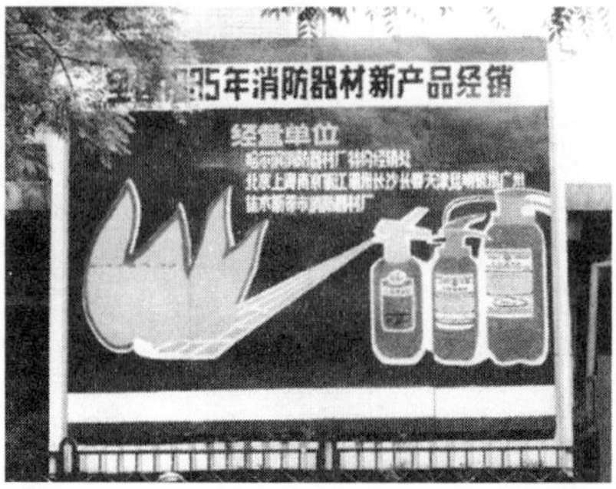

北京街頭的滅火器廣告。廣告上熊熊的火焰與甲骨文的「火」字多麼相似。

災

中國絕大多數自然災害是由河水造成的。甲骨文的「災」字完整地表現了一條帶鋸齒形的奔騰河流。

這個字的正體是由「火」和「水」組成，是對於可能降臨我們頭上的可怕自然災害的現實主義描寫。

炎

兩個「火」字一上一下組成「炎」字，因此也有「發炎」的意思。

灰

「手」與「火」組成「灰」字。可能是用手從燒盡的火堆中扒出灰燼，使火重新燃燒起來。也可能僅僅用手把細灰收起來，最後還剩一點兒留在乾柴和火焰裡？

有的時候，當我情緒低落，或者照中國人說的「灰心」時，我總是想到這個字。

我記得瑞典詩人泰格納爾說過這樣兩句憂傷的話：

「我的心？我的胸膛裡沒有心。

罐子裡裝的僅僅是生命的灰。」

這兩句話低沉而沮喪。不過有時候確實有這種感受。

第三章

野生動物

魚

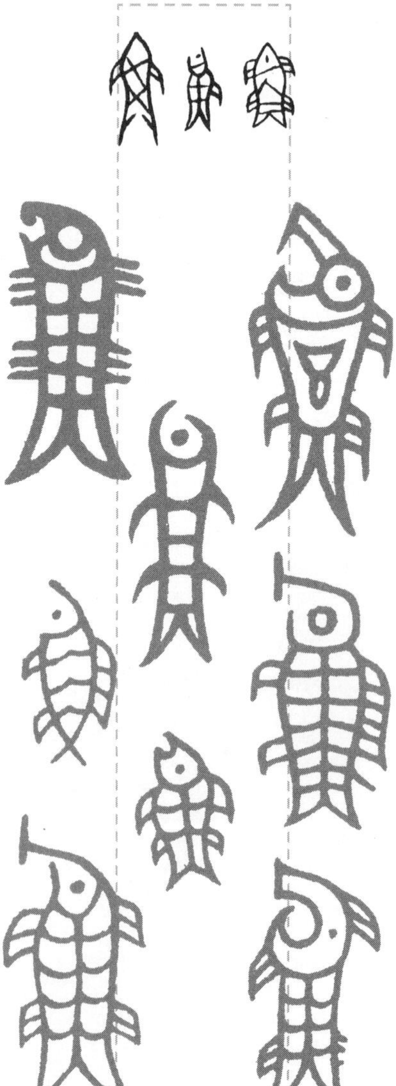

人類在河谷定居下來，開始耕種很長一段時間，不過仍然極度依靠狩獵和捕魚爲生。有些學者甚至認爲，他們所以定居下來，就是爲了獲得織網以及狩獵和捕魚繩索所需的植物資源。

在半坡我們發現了大量的魚鉤、魚叉和網墜，垃圾裡發現了鯉魚骨頭，令人感興趣的是，鯉科魚是考古發現的唯一魚種遺存。生活在安陽地區的人主要也以捕魚爲生，我們在考古資料裡確認的六種魚類中，有四種是鯉科魚。

半坡博物館早期陶器上的圖形。

在半坡陶器中，魚的題材是很常見的。在那些最古老的陶器上的魚，其表現手法是現實主義的。

在後來的陶器上魚的樣子變成了對稱的圖形，兩條或更多的魚共同組成一個圍繞器皿的裝飾帶。有時候簡化成由三角形組成的帶子——這是半坡陶器最常見的題材之一。

很多早期的形象在造型和規格上是非常統一的，讓人覺得是一個字。其實不是字，但可能是這類形象構成了圖與象形文字之間所缺少的環節，當我們看到由圖過渡到象形文字時，那是一種極罕見的情況。

甲骨文和金文出現過很多「**魚**」字。金文特別富有表現力，我們看到了碩大的、肌肉豐滿的魚身、魚鰭、圓圓的眼睛，有時候還有長著尖牙利齒的嘴。

心目中有了這些形象，我們就很容易理解正體字的「魚」字。簡體字的「鱼」字也很容易理解，儘管它已經失去了大部分古老的、富有表現力的特徵。

對半坡的人來說，魚可能是一種圖騰動物，或者是一種富足的象徵。不管歲月怎麼流逝，魚在今天仍然是有餘和財富的象徵，是勤勞致富的象徵。

我們在春節貼的年畫當中，經常會看到胖娃娃騎在大紅魚上，或者把它們抱在懷裡，就像抱玩具熊一樣。

這是一個雙關語。「魚」字的發音與「餘」字完全相同。就像我們只要看到一顆心，馬上就會聯想到愛情。中國人一看到一條紅魚，馬上就會聯想到有餘和財富。

有可能受佛教世界觀的影響，在佛教世界魚是擺脫各種羈絆的自由象徵。在佛教畫和雕刻以及大佛腳印的浮雕——一種常見的裝飾題材，我們經常可以看到魚的形象；當一位和尚召喚弟子誦經時，要敲一個巨大的木魚。

很多寺廟的院子都有一個養著鯉魚或金魚的水池。過去在隆重的宗教儀式上，從和尚那裡買一條魚，然後放生是一種善行；如今則是從某一位養金魚的人那裡買魚，賣魚的人並排坐在市場上，身旁放著搪瓷魚缸，客人買好魚以後放進塑膠袋，帶回家倒入架子上的玻璃魚缸裡，讓魚過著一種孤獨的生活。

金魚和鯉魚是中國最令人喜愛的魚種。牠們是近親。如果一條金魚擺脫了缸養生活而重歸大自然，牠的顏色會逐漸變成棕色或灰色，能長到三十公分長。牠會完全變成一

年畫「有魚」。男孩子抱一條大魚，象徵「有餘」。這是對畫的右半幅。

古老的金文「魚」字與漢代青銅器的飾物相隔上千年。但是占主導地位和反映現實方面卻是一致的，我們常可以在中國的文字和繪畫看到這一點。

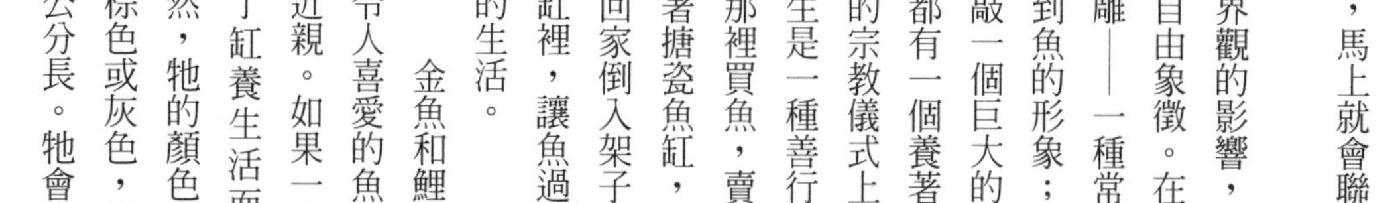

條鯉魚。

養金魚是一種專門技能，甚至可以說是一種起源於中國的藝術品種。養魚的歷史可以追溯多遠是很難說得精確的。晉朝（西元二六五—四二〇年）的文字材料曾提到過金魚，但是眞正養起來是到了宋朝（西元九六〇—一二七九年）才有。從此以後人類繁殖出三百四十五個不同的金魚品種。像鯉魚一樣，金魚也可以活很長時間。活二十至二十五年對於金魚來說不算什麼。最珍貴的品種是紅色的，顏色很柔和，牠有一對突出的圓眼睛和巨大的鰭。在瑞典語中稱做「天空望遠鏡」。

中國人養鯉科魚至少已有兩千五百年歷史。鯉科魚生長快，不怕環境擁擠——看，那是一條眞正的中國魚！過去農民在稻田養鯉魚，但是現在大都經常利用一九四九年以後建造的大型水庫養魚。在很多地方還有人建造正規的養魚塘。

各種不同的鯉科魚可以生活在一個魚塘裡，但生活在不同的水層，既分離又共棲。生活在中間水層的青魚喜歡吃貝類動物，牠們的排泄物餵養了生活在淺水層白鰱吃的蜉蝣生物。至於白鰱的排泄物則餵養了生活在塘底的鯽魚和鯉魚。

顧名思義，草魚喜歡吃草。牠們能很快把湖裡全部水草吃光，效率極高。夏天的時候，牠們每天吃的水草與體重一樣重。成年的魚吃草的重量可高達三十五公斤。我們成功地在瑞典的五十個地方養殖了草魚，而荷蘭人則養草魚來保持運河乾淨。

在上海郊區的寶祥村，魚民養殖的鯉魚每公頃每年產量可達十噸。魚塘面積每天都在擴大。很多農民意識到他們在土地上養魚比種植穀物或蔬菜收益更高。

鯉魚是一道很美的魚菜。清蒸鯉魚，或加豆豉和少許胡椒，澆一點由黃酒、糖和醬油做的汁兒，甜辣可口，香極了。

在中國內地省份，居民過去經常只吃乾魚。說「只」實際上是錯誤的，因爲曬乾是保存魚蝦和其他貝類動物的良好方法，直到現在這種方法在中國還是很普遍的。曬乾的東西味道更濃，吃時不需要多少佐料就可以提高一道菜的味道。

鯉魚是勤勞致富的象徵。中國有一個古老的故事，說每年三月鯉魚沿黃河而上，要通過

鯉魚躍龍門年畫。

平原與山脈交會的龍門。由於水流湍急，只有極少數鯉魚可以跳過去。跳過去的就可以變成龍——萬物生靈之首和皇帝的象徵。因此在古老的中國社會，鯉魚是前程遠大者的象徵，考生想方設法通過皇帝的各種考試，在社會上獲得榮譽和地位的敲門磚。

如今黃河已經被征服，要跳龍門很困難，但是年畫的大魚還是可以跳過去。年畫的表現方法與金文中仍然完全相同。

在農村，農民在河塘養魚，魚長大以後他們借助一種拉網捕魚。這種網是長形的，下到離岸有一段距離的水中，然後把網拉成一個愈來愈窄的弓形，像一個口袋似地把魚一網打盡。這種網非常適合底平而沒有石頭的淺水湖、河和池塘，否則網會被牽絆掛住。這種網可能在新石器時代就出現了，但是當時這種網和其他魚網是什麼樣子，現在已經沒有人知道。這種網是由植物纖維織的，很早以前就爛掉了。但是表示網的甲骨文卻極爲簡單明瞭地表現了當時魚網結構得相當不錯的樣子。

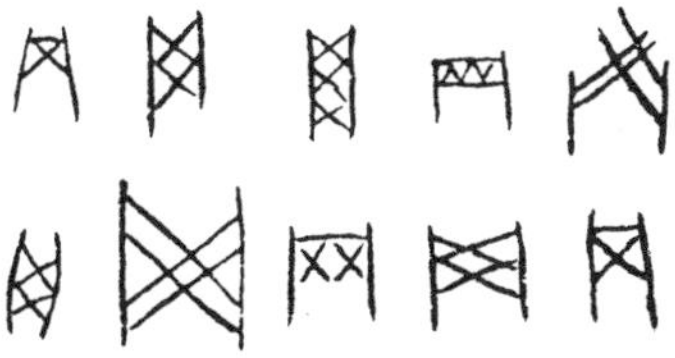

在這些「漁」字的前身中，我們看到一張網朝一條大魚拉過去。兩隻手正好伸進一張明顯與拉網相同的網裡。

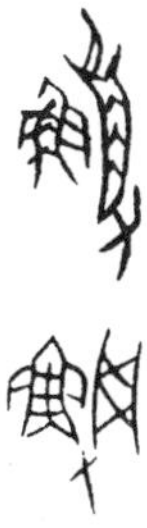

當時一定有很多不同的網。網不僅僅用於捕魚，也用於狩獵。一些甲骨文看起來不像我們習以爲常的魚網，更像某種圍欄，借助它可以攔住水道或小路，從而防止魚或其他獵物逃離這個地區。另一些看起來像是下到河水裡的網。有一個字很像由柳條或竹子編成的網袋，直到現在大家仍然可以在小河裡看到這類網袋，魚被水流沖到裡面便不能逃脫。

我在山東沿海看到過使用類似網袋的東西，那裡有一條小河，河裡有很多魚。當地村民在河裡放了一長串結實的網袋，六公尺寬、二十公尺長，他們每天去收魚。魚袋被水流沖緊，就像一個大漏斗漂在水中。魚袋很粗，遊過來的魚看得到，但是水流太急，不管魚兒如何費力也逃不掉，差不多所有魚的尾鰭都掛在網上。

网

在新石器時期和最初幾個朝代的定居點附近，經常發現網墜。這表示，當時也有垂直水中、由網墜把網拉到水底的普通的魚網，與今日中國農村仍然使用的網完全一模一樣。

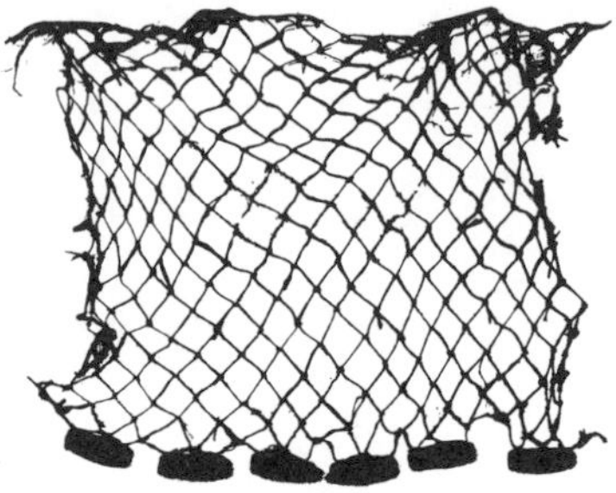

古代魚網復原圖。

今日簡體的「网」字既像魚網，也像網的古字，這是中國大陸推行簡體字後又重新使用的古老字形。自漢朝開始使用比較複雜的「網」字，一九五六年後，簡體字才又採用這個字的古老字形——這是說明許多古老字形極清楚明瞭的一個典型例子。

「漁」字有很多不同的變化。

這是一張中國享有盛名的農民畫，由距半坡幾十公里的户縣農民畫家董正誼在一九七三年創作，他是一九五〇年代末期到農村落户而且受過正規教育的畫家，擔任教員，參加了源自當地的業餘美術創作活動。在金色的拉網內，巨大的鯉魚跳出水面，也彷彿躍出畫面。網是沉重的，滿是豐收的魚，大家通力合作把漁獲拉上岸。而齊心協力就會大豐收，正是這幅畫的主題思想。富有是可能的，但是得勤奮勞動。

我們看到金文是一條大魚，張著嘴，極力想擺脫兩隻可怕的大手。這是一個直到今天我們仍然經常看到的景象，當魚塘裡的水被抽乾，農民挽起褲管下塘去捉魚時，就是這個樣子。

在甲骨文，除了我們過去看到的那些字以外，還有一個表示一隻手拿著一個釣魚繩的字。這個字的樣子就算是一個學齡前兒童也能一目了然。

令人喜愛的「漁」字表示一大群魚在水中暢游。有一種寫法是水中僅有一條魚。當各種不同的寫法後來逐漸標準化以後，這個字就變成了「漁」字。

百姓也用箭頭和弓捕魚，特別是箭頭，百姓對它的了解遠多於網——箭頭是用堅硬的材料製作的，如石頭、骨頭、獸角和青銅。這種箭頭的形式有別於亞洲其他地區的。柄不是鑲進箭頭的套裡，而是箭頭鑲進柄裡。

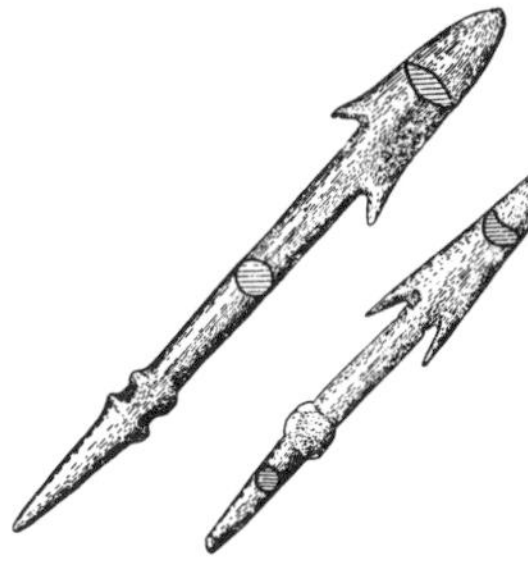

半坡博物館的骨製箭頭。從圖中可以看到削過的痕跡。

一件周代酒器的雕飾。在七十二頁可以看到整件酒器。

箭頭可以與竹子做的箭柄連在一起。竹子的內層是軟的，但是「節」（或者我們稱之爲按一定距離反覆出現的固定部分）是堅硬的。把箭頭用力裝進這樣的「節」中是很牢固的。

上面這兩個骨製箭頭出自半坡，可能是捕魚用的。柄上奇怪的稜和箭頭下半部的作用很可能是爲了把箭頭緊緊地鎖住。它也可能具有固定弓弦的作用。在這種情況下箭頭或矛完全可以當做魚叉使用，在世界上的很多地方，當地居民用魚叉捕捉鯨魚和較大的魚類。

一批周朝後期的青銅器同樣裝飾著狩獵圖。有一個常見的主題是，獵人朝一大群鳥射箭，箭頭拴著一根長繩，其用意可能是爲了防止中箭的鳥再飛走，也可能是爲了落箭時較容易收回箭頭。

在商代箭頭一般是用石頭或骨頭製作的，與舊石器時期的人開始用弓和箭的情形一樣。當時有很多種箭頭。最常見的箭頭是由一塊磨得光光的像樹葉狀的石頭製作的，四周很鋒利。另外一種是用骨頭製作的，三角形，有很長很鋒利的翼，像半坡的箭頭。在商代也常見青銅箭頭，但僅僅材料是新的，而古老的形式則保留了下來。

矢

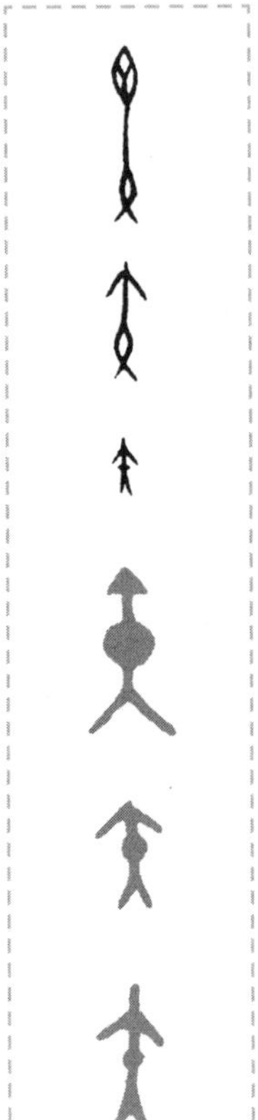

在甲骨文，表示箭頭的「矢」字有幾種不同的寫法，其字形好像是根據商代使用的箭頭的特徵創造出來的。其中有一種形式特別像磨得光光的石頭片，另外一種很像有著鋒利雙翼的三角形箭頭，正是這種箭頭，後來有了發展前途。

內

入

「矢」字還包含在其他兩個字裡，其基本意思是「內」和「入」。最初的形式是表示一個尖尖的東西，與「矢」字的上半部分有很多相似之處。

至

「至」字表示箭頭射中的目標。

疾

一個人伸著雙手，很像一個「大」字，腰部中箭：「疾」——它的不同意思足夠寫一篇小說！

這個字最後確定的形狀誠然與「箭」字有關，但是「人」以及與此有關的戲劇性故事完全消失了。

這個字的左半部分（疒）可以與其他字組成一大批合成字，《馬修斯漢英辭典》共收錄一百三十二個這樣的字。它們都與暫時的或慢性的病有關。

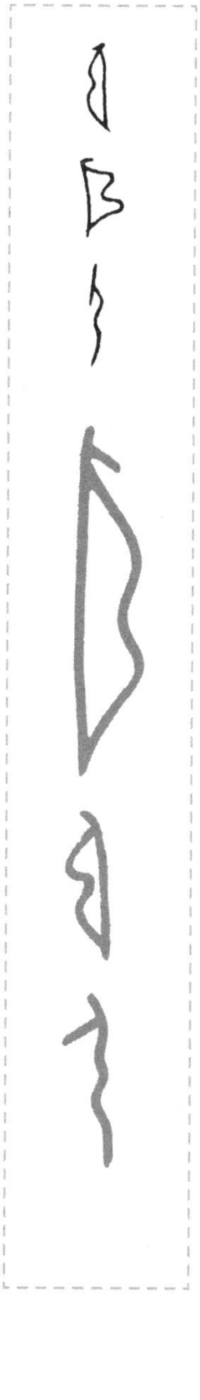

中國青銅器時期的弓，其結構完全不同於中世紀歐洲士兵作戰用的羅賓漢式長弓。弓不是單一的整體，它們是由薄木片或薄竹片完全按照現代層壓結構的原則組合而成的，用角和牛筋加以固定。

各種不同材料特性的結合使弓具有極大的威力。據推算這種弓的拉力可達七十公斤，明顯超過絕大多數現代弓的拉力。儘管這種推算不是特別準確，但是從各方面判斷，中國弓都是很有效的武器。愛斯基摩人和印第安人，還有中國西部地區的少數民族至今仍然使用弓，其結構很像中國青銅器時代的弓，借助它獲得生存所必需的食物。

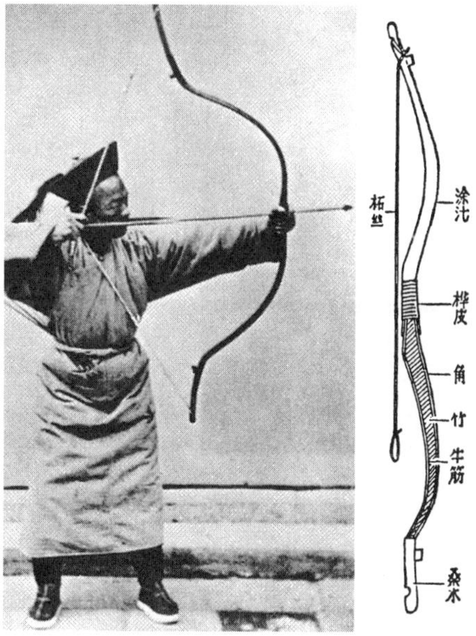

一八七一年北京的一位滿族軍官和青銅器時代弓的復原圖，儘管兩者相隔三千年，但弓還是一樣。

弓在中國有很長的歷史。考古材料證明，古人在兩千八百年前就已經使用弓了，直到十九世紀末，弓箭手還是皇帝軍隊的主要兵種，經由考試選拔軍官，其中就有射箭的科目。

至今發現的最古老的弓是戰國時期的，也就是東周的後期。這把弓在長沙的一座古墓中出土，由四層竹片製作，愈往中間愈厚，兩端是木製的，便於裝弦。整把弓都由竹片、絲和精細的漆包裹著，大約有一．四公尺長。

商朝的弓可能還要更長一些。當時已有一種尺，稱爲「弓尺」，丈量土地用的。大約長一．六公尺。這種弓的結構應該與長沙弓相同。甲骨文和金文的「弓」字其外形就是根據這種弓創作的。

周朝石鼓上的「弓」字。

射

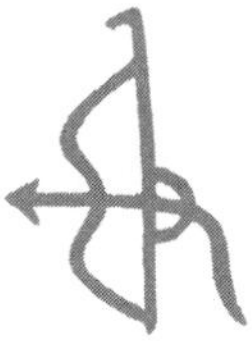

戰國時期的一件青銅酒器。

我們從與長沙弓同一時期的一件青銅酒器上看到，弓既可用於射殺也可用於和平方面。酒器的上半部雕飾著歡樂的場面，時人採桑葉，演奏樂器，準備慶典，並彎弓搭箭，捕獵像天鵝或大雁這類肥碩的長頸鳥。

下半部描繪的是征戰的場面——可能是攻占一座城池，以及河裡的兩條船彼此戰鬥，人和魚混在河水裡。最左邊有兩個女人，穿著鑲花邊的長裙，舉著弓，準備射箭。

同時期的一座古墓發掘出一塊磚，裝飾著騎馬射箭的圖案。射手在鞍上轉身搭箭，欲朝馬後邊射出所謂的帕提亞式箭。

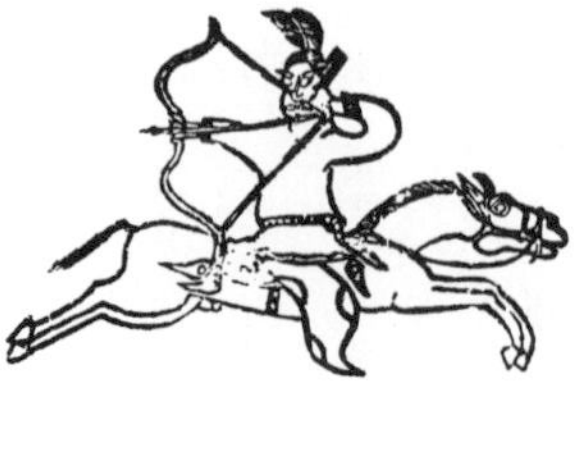

從甲骨文和金文的「**射**」字，我們能看到弓和箭，有時還能看到一隻手。由於西元前二世紀統一文字，大家誤把「弓」字換成了「身」字，因爲「身」字最早的形式與「弓」有某種相似之處，而最初的鮮明形象變形了。

周朝後期中國人把墓磚上射手使用的那種弓發展爲弩，它是火槍傳入之前最有效的武器。從漢代開始以及後來的一千年當中，弩都是中國軍隊的標準武器，直到被火藥（中國的另一項發明）取而代之。

早在希臘或拜占庭時代，弩就被介紹到歐洲，但是一千年以後才被普遍使用。當時這件事引起極大恐慌，一一三九年教皇和拉特蘭會議禁止使用弩，至少不能用來對付基督教徒，但無濟於事。在整個中世紀火槍傳入之前，弩在中國和歐洲都是最主要的武器。

在新石器時期和最初的幾個朝代，黃河流域的氣候更像現在中國的華南地區，氣溫要高幾度，也更濕潤。今天我們看到的光禿禿的山和幾乎寸草不生的原野，在當時則是繁密的森林、肥美的草地、沼澤和湖泊。這是一個能使各種動物繁衍生息、使人類得有豐富獵物的環境。

在山區有大量的鹿和野豬，還有老虎。在森林的邊緣和田野上棲息著大量的野雞、鵪鶉和鷓鴣。湖泊裡有魚和龜，而在湖邊潮濕的草地上生活著從北方繁殖歸來的鴛鴦、大雁、天鵝和蒼鷺。

那裡還有一些如今我們無法與中國連在一起的動物，如犀牛、大象、貘和孔雀。但是在最初的幾個朝代，這些動物無憂無慮地生活在黃河流域一帶。我們從考古出土文物，特別是從甲骨文，可以知道這一點。

此後氣候逐漸變冷也漸趨乾燥。濫伐森林、濫開溝渠和墾荒改變了很多動物的生活條件。鹿消失在北方和西部的森林和草地。犀牛完全絕跡。大象只活動於雲南的邊境地區，當地人駕馭牠們搬運木材。那裡還有數量很少的老虎。其餘的都回到滿洲地區去了。這些習慣於滿洲寒冷和冰雪氣候的長毛猛獸，原本就是從滿洲遷徙到黃河流域的。生活在那個地區的四至五種龜僅存一種體型很小的淡水龜。在各地的市場經常能看到牠們——我的中國朋友說，用這種龜做湯或紅燒特別好吃。

洛陽附近出土的漢墓磚，高一公尺多。

鹿

哲學家莊子說，中國最早的人類生活在鹿與獐子之中。生活在西元前三世紀的莊子怎麼會知道這一點？原因不清楚。不過他說的話都由考古發現證實了。藍田人、北京人以及他們的後代在五十萬年當中都是靠捕獵鹿為生。

安陽出土的文物也能證實這一點：鹿骨是常見的，鹿是經常出現在鐫刻作品中的動物。今天的「**鹿**」字與最初的樣子已經有很大距離。但是甲骨文和金文的「鹿」字長著角，身體作跳躍狀，雙眼警惕地看著平原。請看看這些字，脊背上的有趣橫線和「跳躍」特別像剛被抓住！

鹿不僅可以提供肉和製造工具、衣服和裝飾品的原料，在宗教儀式中還扮演重要角色。公鹿每一年都脫角，每一年又長出新的，皮軟軟的。每一年大自然都會開始新的生長期，光禿禿的土地上會長出新的生命——就像鹿的頭上長出角。對於生活在歷史初期的人來說，鹿角是新生和生命開始的象徵，在人類強迫太陽出來和萬象更新的超自然崇拜活動中，鹿角扮演重要角色。

在亞洲的很多地方和美洲的印第安人當中，即使在當代舉行崇拜儀式時，信徒也頭戴鹿頭假面在火堆前跳舞，中國和蒙古的巫覡啟程去蒼天和地府尋找土地神和死去祖先之前，要用鹿頭裝飾自己。

在周朝玉製的護身符和青銅器的裝飾物當中，我們也會遇到與甲骨文的「鹿」很相似的各種形象。

青銅器上的鹿，周朝後期。

首

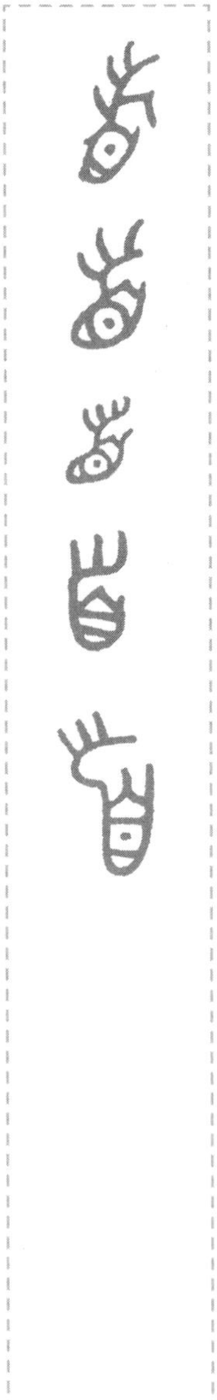

在安陽附近出土的一件周代青銅器讓人嘆爲觀止，上面至少裝飾了一隻鹿的八種不同形態。可能是一隻梅花鹿。正面裝飾著兩個剖面鹿頭，共同組成一個正面鹿頭。

梅花鹿原產於中國。牠的個子相當小，屁股是白色的，棕色的皮毛上布滿白點。鹿角高而壯。在最初的幾個朝代，梅花鹿是最通常的獵物。梅花鹿還用於各種不同的祭祀場合。

安陽出土的青銅器，上有鹿頭雕飾，商代。

如果讀者像我下面做的那樣，把青銅器上的剖面鹿頭圖拿下來分別擺放，就會清楚地看到圖和「首」字很相似。

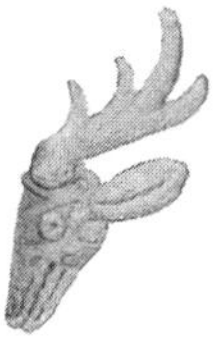

「首」字主要是根據鹿的形象創造的論點在幾十年前才被提出，但是從未爲人所接受。恰恰相反，絕大部分書裡仍然重複著《說文解字》沿用了兩千年的說法，即「首」字是一個人的頭和頭髮的形象。

考慮到甲骨文「首」字的形象，這種說法很難令人信服。按照我的眼光來看，就像在青銅器上一樣，牠是一個動物的頭而不是一個人頭。

不過是一隻鹿嗎？難說。當時還有其他的字明顯地表示鹿首。下面的這些甲骨文據說是一座城市的名字，但是很遺憾，在後來的字當中找不到相應的字。作爲「首」字的前身（中文「首都」一詞的第一個字），還算說得過去。但是關於這方面的發展沒有任何記載。

鹿頭對於「首」字的造型有何實際意義？這一問題現在還沒有解決，但是我確信彼此有所聯繫。除此之外，還有任何東西比具有強烈象徵意義和美麗、動人的鹿頭更能代表這個概念嗎？我們人類怎能與它相比，起碼外表是無法相比吧？

鹿後來逐漸失去了宗教意義。但是鹿能起死回生、使人充滿生命力，甚至能長生不老的看法還留存下來。據說，在十九世紀的內戰中，士兵經常讓一隻鹿走在軍隊前面，以保證軍事勝利和

用神奇力量保護士兵的生命。直到今天中國人仍以梅花鹿的鹿茸爲藥材。中藥店喜歡用鹿茸當做招牌。鹿茸以強健的外形和柔軟光滑的表皮成爲中藥最引人注目的成分。

據說鹿茸含有強身健體的重要成分，不過鹿茸一定還要活著的。鹿自己脫下來的鹿茸藥力不足——鹿茸一旦達到成熟便開始鈣化，這時屬於藥的價值逐漸喪失。因此大家毫不猶豫地在初夏鋸下鹿茸，而血液仍然可以自由地在剩下的鹿角裡循環。

搗碎的鹿茸被認爲能使有性功能問題的男人創造奇蹟。年輕公鹿的鹿茸效果最佳，但是這方面的資源很少，價格極貴。中國每年向日本出口數量可觀的鹿茸，看來日本人的性功能問題特別大。中國人還出口乾的鹿胎盤，據說這種可怕的藥材對於多種婦女病都有療效。

一塊漢磚上有一隻鹿的造型。牠的流暢線條表現得似乎不是梅花鹿緊閉的犄角，而更像美化四不像的巨大開放式犄角。這種鹿原產地也是中國，是世界上最大、最強壯的鹿種之一。中國古代這種鹿在黃河流域潮濕的森林裡是常見的，而在甲骨文中大家經常會看到講述幾百隻被射死的動物的銘文。

四不像在自然界很早就絕種了，十九世紀末葉僅在北京以北承德的一處皇家園林裡保存唯一一個種群。一九〇〇年義和團之亂失敗，西方列強大舉進攻中國的同時，還宰殺動物，只有一小部分被送往英國而倖免於難，從此牠們的後代便生活在沃本修道院的貝德福德公爵莊園裡。

一九八五年秋天，二十隻鹿回贈予中國，牠們是曾遭掠奪的鹿的後代。中國政府爲牠們建造特殊的公園，試圖爲牠們重新創造一個在黃河流域森林地帶的原始環境。

四不像。

龜

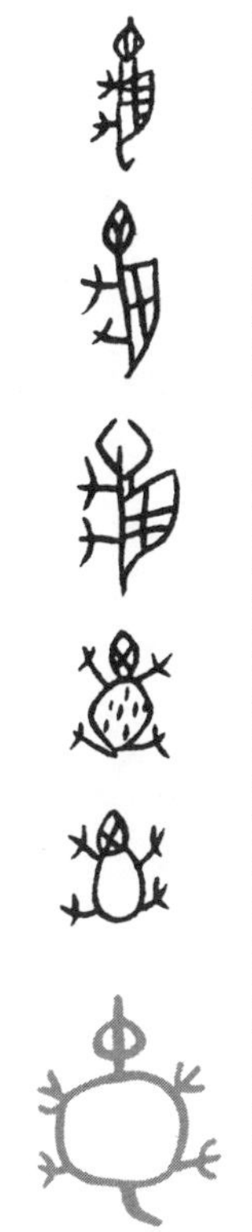

這是一隻龜。只有把它翻過來看到腳的時候才認得出它是龜，但是它的形象很清楚：巨大的龜甲上布滿深深的紋路，細細的脖子上長著前趨的頭，腳趾分開。這些甲骨文的字意思爲「龜」。

由於西元前二世紀統一文字，「龜」像其他很多文字一樣失去了明顯的象形特徵。但是如果耐心一點，我們仍然能夠認出眼前這個動物，它既有龜甲又有腳，不管這個字的筆畫看起來多麼繁雜。

一九五八年的文字改革後，情況變得更糟了。改革以後的「龜」字與實物失去了一切聯繫。

在最初的幾個朝代，「龜」字還有另外一種寫法。這種寫法更多來源於龜甲。對古代的中國人來說，動物的這部分特別有意義——他們向祖先和蒼天提的問題正是寫在甲骨上。這兩種寫法很可能是根據兩個不同的種類或不同的用途而創造的，但是其間有什麼聯繫則還沒有任何考證或調查。

類似龜的形象成爲神奇的裝飾因素，這早已出現在新石器時期的陶器以及商、周時期的很多青銅器。這一點與中國神話中龜的中心地位有關。大家相信龜曾經在混沌初開的時候參與一腳，從此以後在牠巨大的背上馱著宇宙的柱石。

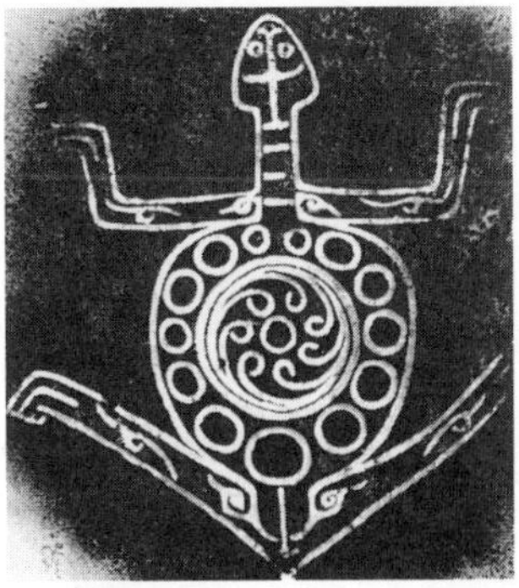

陝西出土的一件商代深底青銅盤上的飾物。

龜也與神祕的陰陽學說以及神祕的方陣有密切的關係。傳說中的皇帝伏羲在龜甲的裂紋中發現了八卦，三條線的符號可以互相配搭成六十四卦，直到今天中國人仍然認爲它們象徵各種自然現象和人事現象。占卜的書《易經》使八卦傳遍全世界。

古代中國人認爲龜只有雌性的，雄性龜根本不存在，因此傳宗接代成了問題。根據一種說法，龜藉由意念自己解決那部分細節。還有一種說法說牠求助於蛇。兩種情況都缺少合法父親，由此產生了一大批罵人的話，這些低級的、富有性聯想的髒話直到今天還很普遍。

但是龜畢竟支撐著宇宙，由此帶給牠很多沉重而光榮的使命。據說有人在北京天壇柱子底下放了活龜。大家相信牠不吃不喝可以活三千年，此外牠還有防止木頭腐爛的奇特功能。

龜的壽命很長，有些種類可以活一百多年，而且可以長時間不吃不喝——不過還不是三千年。我記得我曾經養一隻龜，像養孩子似的。每年冬天牠都藏到五斗櫥底下，春天再爬出來。有一年夏天牠失蹤了，我們以爲牠死了，等到第二年春天積雪融化的時候，牠又自由地在院子裡爬來爬去。牠冬天到底藏身何處，我們一直不曾了解。

這樣一種動物成爲長壽、力量和堅韌的象徵很容易理解。僅僅憑牠的外表就足夠了。龜甲、光滑的古老腦袋和布滿皺紋的脖子，多像一個老壽星！

西安有一座古老的孔廟，廟裡有幾間黑暗的大廳，現在成爲博物館，館內有永久保存的十三種最優秀的古代典籍，鐫刻在巨大的石碑上。在那裡散步如同置身於森林之中。文字上的光彷彿剎那間從沉重的灰色石頭中散發出來，那裡有詩人和皇帝的各種手跡，集中了整個古代的智慧，並且一目了然。它們離我那麼近，伸手就能摸到它們——這使得這個地方成爲中國最傑出的知識聖殿之一。

幾塊最大的石碑是由龜馱著。牠們伸著頭瞪著富於思索的眼睛趴在沉重的智慧下邊，保持著永恆存在的觀念。

在蒙古的草原上我和我的孩子曾經碰到過這樣一隻龜，那是在蒙古帝國昔日國都喀拉崑崙附近。有銘文的碑石早已佚失，徒留下龜變成了好玩的遊戲石雕，我不相信牠有什麼不高興的。

西安碑林馱著石碑的龜。

喀拉崑崙附近的石龜。

象

不借助於古漢字我們很不容易看出這個「**象**」字。最主要的困難在於象不是我們習慣看到的四隻腳站著，而是垂直立著。原因很簡單，對於那些把文字刻在甲骨的書寫者來說，表現動物的文字有很多構成了問題。中文是從上朝下寫，所擁有的空間極爲有限。老虎長長的身軀、狗的尾巴和象的鼻子以令人生氣的方式打破秩序，侵犯到周圍的行間。爲了解決這個問題，書寫者把體長的動物立著排成行，只要把它平翻，就會看到一切形體都有，沉重的身軀、鼻子和尾巴。

青銅器的銘文和字明顯是大象的寫眞，上面也有更加正規的形式，今日的文字就來源於此。

很多護身符、小的雕刻以及青銅器採用象的形式，就像我們在下圖看到的象形酒器，它是在最初幾個朝代的墳墓裡發現的。這是我特別喜歡的一件古物，祥和、可愛，脊背的蓋上是一頭小象。這是一件商代酒器，如果我們把這件雕鑄作品與甲骨文比較一下，就會發現甲骨文是多麼寫眞。

在中國舊石器時代有很多像長毛象和箭龍這些象類動物。考古學家在幾個古代定居點發現了碎骨和一部分完整的巨大動物牙齒。到了商代僅存一個種類，即所謂亞洲象，這種象的眼睛很小，目前僅存在於中國南部邊境、東南亞和印度，過去牠們具有運輸功能，在戰爭中也能發揮重要作用，與漢尼拔象差不多。

商代銅酒器，十七・二公分。

中國的鳥類特別豐富，僅野雞就有二十種。世界上其他的野雞都是由其中一種長著白頸的品種繁衍而來的。雄性野雞漂亮的雞翎和鮮嫩的肉導致雞被引進世界很多地方。十六世紀引入歐洲，很快得到狩獵的上層階級和藝術家的青睞，有多少受獵野雞的靜物畫記載在歐洲藝術史上！十九世紀末野雞才引進美國，以填補幾乎被射殺殆盡的野火雞的獵物地位。

野雞、鵪鶉、鷓鴣、孔雀和普通的家雞同屬雉科，牠們習慣於生活在周圍有田野的開闊森林裡，牠們可以在那裡找到食物：穀粒和小爬蟲，晚上睡在樹叢裡或樹上。古代黃河流域正好具有這種環境，因此目前考古材料已被確認的四種不同的鳥類中，有雞、野雞和孔雀三種屬於這個科就不感到奇怪了。第四種是兀鷹。

如果我們再看一看文字，古代鳥類就顯得更加豐富。我系統地查閱了高本漢編著的周代語言詞典《漢字形聲論》，發現至少有一百個字與鳥類有關。差不多四分之一是不同品種的野雞、牠們的羽毛和叫聲形容；有差不多同樣多的字與水鳥有關，絕大部分是不同的大雁和鴛鴦的名字，但是也有表示蒼鷺、天鵝和鸛鳥的字，甚至還有代表鵜鶘和鸕鶿的字。鸕鶿是一種經過人類訓練可以捕魚的黑色鳥。

在其餘的五十種當中有一半是未命名的鳥，剩下的是一些小型鳥的名字，如麻雀、燕子、金鶯、翠鳥和欔鳥，以及寒鴉、喜鵲和渡鴉等烏鴉類。另外還有表示猛禽的鷹、隼和雕等十幾個字也屬於這個範圍。

除了表示這些鳥的專有名詞以外，還有兩個普通名詞，其一是表示長尾鳥，另一個是表示短尾鳥。這種畫分對於那些習慣另一種科屬分類系統的人來說顯得有些奇怪，但是考慮到這些漢字產生地區的鳥類品種，特別是這種畫分是在三千年以前進行的，也就不足爲怪了。

我們在甲骨上看到一群嘰嘰喳喳的鳥。華麗的羽毛在風中抖動，嘴裡發出短促、金屬般悅耳的叫聲。

在周代，從這組字結晶出來以表示長尾鳥和短尾鳥的兩個字，是今日漢字的前身。「鳥」的一組是表示長尾鳥的，「隹」的一組是表示短尾鳥的。從甲骨文這些漢字的形式看，我們可以追溯它們的發展歷史直至其最後定形。

據我所知，還沒有人對不同漢字之間的關係徹底分析過，但是從我綜合的結論不難看出，分類方法是很多的。很多被認爲是這個字前身的甲骨文，有諸多理由可視爲另一個字的前身。表示不同鳥類品種的漢字有百分之十以上還分爲兩種不同的情況——一種是長尾鳥，另一種是短尾鳥，如野雞、家雞、雁和雕。

這可能是畫分雄性和雌性的一種方法，但如果是這樣，依我看來，這種方法也不可能自始至終行得通。

有些專家強調，原本只有一個「鳥」字，直到周代後期才分爲兩個。這種理論目前還未能普遍爲人所接受。我們可以想像存在兩個不同的表示鳥的漢字，但是我們不能借助這個漢字得出鳥類相貌的某種結論。

現在還不行。按道理這個問題應該有可能解決，至少可以解決一部分漢字。漢字是建立在對鳥類及其運動方式細心觀察的基礎之上，很多字是明顯的寫眞。有人認爲，一位有經驗的鳥類學家很容易確認它們。很多在過去畫入表示長尾鳥的甲骨文最近又有了歸類，其中包括被認爲表示鶉雞類和啄木鳥的最古老形式。下面這兩組哪個是鶉雞類，哪個是啄木鳥，應該是顯而易見了。

這兩個字都可以在金文找到自己的對應物。

直到最近，這些通常與一群漢字放在一起的鳥造型被認爲是表示氏族部落或家庭的名字。許多沒有找到前身的漢字自此告一段落。

有一些肯定是表示名字的，或是被氏族部落視爲祖先的神祕的鳥象徵圖形。正如瑞典的林德、科維斯特、布魯姆、貝里、隆德和很多其他姓氏一樣，原本都是具體的東西——菩提樹、樹枝、花、山和坡。中國的名字和文字可能也是一樣。

隨著不斷的考古新發現，肯定會有愈來愈多的鳥被確認。在這方面可以借助商、周時期富人用來裝飾衣服的護身符或懸掛的飾物，它們是由很薄的玉片或骨製成，裝飾凹凸的線條。從側面看很像甲骨和青銅器上的鳥。有很多很像文字。

如今大家已經不再用護身符之類的東西，但是在黃河流域的黃土高原地區居民仍然用剪影或剪紙裝飾房子，他們仍然經常稱這些東西爲辟邪。從文體學的角度看，在把握和描寫現實的方法上，商、周時期的護身符與文字非常一致。

族徽，
未確認的字。

鳥類吉祥物。

剪影是用彩紙剪的，通常是黑色或者紅色，貼在白色窗紙上、門上和牆上，或者貼在天花板上。剪影可說是一種婦女藝術。當孩子睡午覺、做晚飯還太早的時候，婦女就坐在炕（家庭共用的大床）上剪紙，與瑞典婦女鉤熱鍋隔熱墊和繡耶誕節桌布一樣，或者就像昔日她們用白紙剪裝飾食品室的花邊一樣。

有經驗的老年婦女用平常的剪刀直接在大塊紙上剪，不需要圖版。她們能剪出粗獷但極爲新鮮活潑的線條，瞬間的靈感和純熟的剪技得以順暢發揮。

題材是眾人熟知的日常的動植物：牛和羊，雞和豬，鹿和鳥，白菜、瓜和桃子。一切都是發生在屋裡或屋外的小事。兩隻公雞打架，一匹馬掙脫韁繩跑了，幾隻鳥落在一棵果樹上。

在中國的許多地方，剪紙已發展成一種工業，使用機器一次能切出一大批的剪紙，樣子完全一樣，題材更多的是夢境而不是日常生活：神奇的風景、嫦娥奔月。但在山西和陝西的古老貧窮地區，我們仍然可以找到原本是民間藝術的剪紙：一種簡單、極爲便宜的美化生活的方式。

延安周圍地區以剪紙聞名。在最初的幾個朝代，此一地帶曾經是重要的軍事、政治和商業中心，直到十三世紀蒙古人占領中國爲止，它一直是中亞和北部沙漠之間重要的通商樞紐。

爾後開始走下坡路。當商業活動停止的時候，交通斷絕了，整個地區停滯不前。由於高山和峽谷的阻隔，居住在不同河谷的民眾彼此孤立，與外界的文化接觸中斷了，嚴重的饑荒使人口銳減，當一九三五年秋天毛澤東和紅軍長征到達延安時，大片地區都是不毛之地。

地區閉塞的結果，很多古老的風俗習慣被保留下來，婦女仍然按照當地的傳統剪紙，爲灰色的（在黃土高原地區更確切地說是黃色的）日常生活增加一點兒生氣。

一九八〇年，當地婦女把她們的剪紙作品首次公開在北京展覽時，在考古學家和人類生活研究專家當中引起很大震動。出自那些既不會讀書也不會寫字的單純農家婦女之手的作品，呈現了最初幾個朝代的剪紙藝術的形式。這之間是怎麼聯繫在一起的？她們看到過多少或者受到過多少古老藝術（青銅器、玉器或漢朝浮雕和磚瓦）的影響呢？

可能什麼也沒有。

金文的雞字。

一九八七年夏天，我在延安一帶找到了幾位年邁的剪紙婦女，以便多加學習她們的藝術。在這些人當中有一位叫紀蘭英，當時六十四歲。她和兒孫住在延安城外一條山谷的幾個裝有漂亮木格窗子的窯洞裡。在她的世界裡沒有書，原因很簡單，她和家人都不識字。十五歲的孫子誠然上過幾年學，但是連自己奶奶的名字都寫不來。家裡唯一的書是一本薄薄的地租賬本，但是沒有人認識上面寫的是什麼東西。紀蘭英到過延安，但是從來沒看過電視或電影，她根本不了解最初幾個朝代中國藝術的形成。她肯定地說，她的技能是從當地老年婦女那裡學來的，或者是她自己想出來的。

延安剪紙。

在其他地方我也看到過相同的情景。住在山谷處的姥姥、奶奶和其他老年婦女，當小姑娘求教剪紙技巧時，只有她們有興趣、耐心和時間教她們。紀蘭英的媽媽曾經竭力不讓她從事剪紙這行業——家裡窮沒錢買紙——但是她用樹葉代替紙。最後，一位鄰居婦女被她感動了，教了她幾個古老的圖案，以及如何握剪刀，比如要表現鳥兒的羽毛細尖時應該怎麼做。

我問過紀蘭英很多關於圖案、形式、特別是不同剪紙的象徵意義的問題，她總是有問必答，但是問答的內容經常過於簡單。「花兒是美麗的」，「鳥兒是歡娛的」，「村子裡家家養雞」等等，當我進一步詢問時，她經常這樣回答：「我也不清楚，我們大家都是這樣做的。」這不是因爲她不願意回答，在我待在村子裡的那段時間我們幾乎無話不談——家庭、經濟和風俗習慣。紀蘭英和我遇到的其他人知道得確實很簡單。圖案對她們來說是那麼自然，從小就是這樣，她們從來沒有想過圖案的事。當她們坐在炕上剪各種圖案時，她們喜歡作品本身和作品所散發出的平靜。當她們把自己的剪紙貼在窗子、牆上或者高高地貼在窯洞頂上的時候，她們興高采烈，「看，多麼漂亮！」這就滿足了。但問題是，這種傳統究竟還能保持多久。隨著生活水準不斷提高，如今其他裝飾物正取而代之。剪紙被認爲陳舊，很多人更喜歡用影歌星的宣傳照裝飾房間，認爲那象徵發展和進步。剪紙這個藝術品種的消失可能僅僅是個時間問題。

據我所知，還沒有人對剪紙藝術的發展歷史認真調查研究過。可能永遠不會有人去做。剪紙是用很容易損壞的材料做的，每年都要換一次或幾次，我們不知道，這種傳統風格是怎麼流傳至今而不中斷的。黃土高原地區至今確

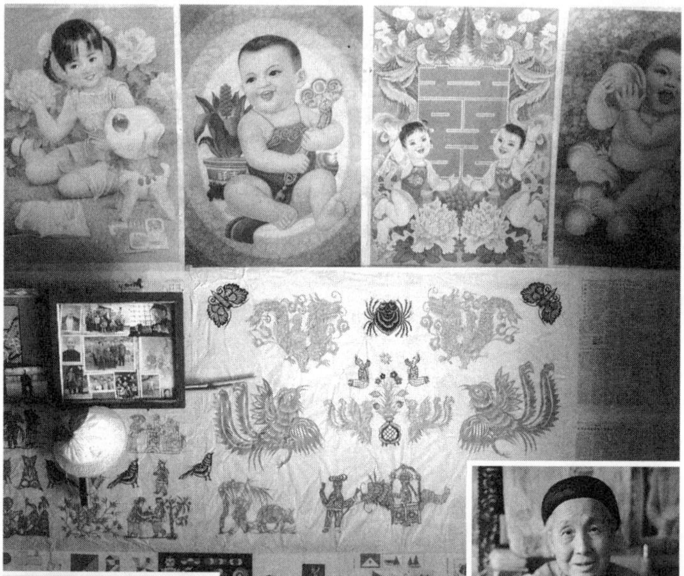

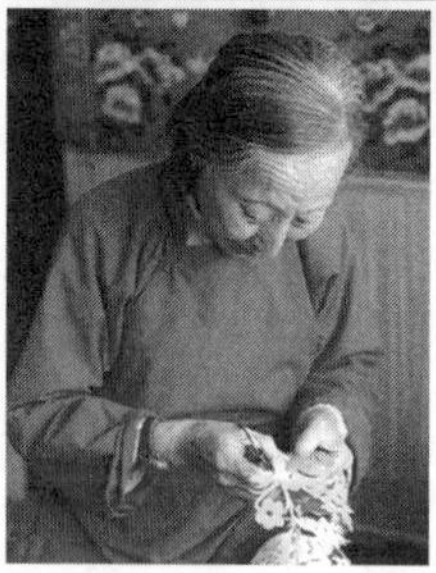

左爲紀蘭英，右爲楊喜仙。下面剪紙就是她們兩個人的作品。

楊喜仙家廚房的牆上貼滿圖畫，就像中世紀的一座鄉村教堂。胖娃娃年畫，周圍都是牡丹、鳳凰、龍等吉祥物，與鳥和《老鼠嫁女》、《孫悟空大鬧天宮》等著名故事的場景交相輝映。

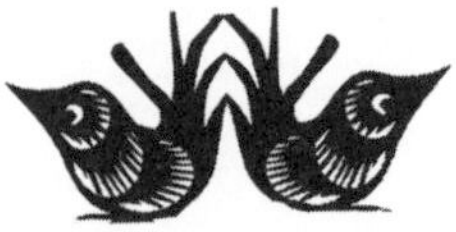

確實實存在和生產的剪紙，證明了傳統的力量，以及在掌握和描寫今日中國常見的現實方法有著驚人的一致性。

左圖的安塞剪紙，兒童每隻手上有一隻鳥，另外有兩隻鳥像侍者一樣拉著上衣的衣角，頭上梳著很多中國兒童從古代至今天仍然如此打扮的兩隻小辮子。通常男孩子在頭頂正中央梳一個小辮子，就像一個驚歎號，女孩子梳兩個辮子，據說可以辟邪。這圖中的辮子梳成鳥的形狀，完全符合延安地區的語言使用習慣——這類辮子在當地叫做「雞」。或者剪紙上的辮子實際上不是辮子，而是成人的髮簪形狀，而這種簪經常做成鳥的形狀吧？雞，特別是公雞象徵著太陽和白天，太陽一出一切黑暗和危險都消失了。牠們還吃害蟲和有毒的爬蟲，可以保護大人和孩子。在安塞村，每到五月初五婦人仍然在孩子的衣服上縫兩隻布雞，自古就是這樣做的，爲的是給孩子驅邪。這時候還會唱一首歌，歌詞大意是：

雞能啄，
虎能衛。
雞吃害蟲，
虎驅邪惡。

五月初五是盛夏的開始。氣溫一天比一天熱，害蟲愈來愈多，愈來愈危險。爲了保平安，大家在這個時候把一隻捉住蠍子的公雞剪紙貼起來。這種方法總是靈驗的。

祖母抱著的孫女梳著兩個小辮子。

安塞剪紙。

鳴

不論是「長尾鳥」還是「短尾鳥」都可以與其他的字組成很多表示鳥的名字，或者是與鳥的動作、聲音有關的字。「口」字加一個長尾鳥共同組成「**鳴**」字，還可以轉意爲「鳴響」、「鳴笛」等。在山區，通道很窄，路人可以在危險的轉彎處或鐵路隧道的進出口附近看到這樣的路標：鳴笛！鳴！

隻

「短尾鳥」和「手」字組成「**隻**」，中國人在談到一

群動物中的一個時用這個字，如一「隻」雞。我們在甲骨文和青銅器上可以看到一隻右手伸向一隻展開翅膀和尾巴的鳥。

同樣的題材也經常出現在延安地區的剪紙當中，但是形象更加細膩。我們不僅能看到手，還能看到整個人，有的時候還有一張桌子、一把椅子或者一個籃子——不過手裡拿一「隻」雞仍然占有中心地位。

我們從下圖看到了一位婦女拿著一「隻」鳥，他們親密無間地站著，心平氣和地對視。鳥圓圓的眼睛閃閃發光，跟幾個金文很像。

在下左圖也出自延安地區的剪紙，我們看到一個人，懷裡抱著一隻雞，明顯是一隻母雞。母雞張著嘴，我們能感受到牠似乎正在啼叫的印象，就像母雞生蛋以後通常會叫那樣。那個人手裡正好拿著那個雞蛋。旁邊有一個籃子，它是一個裝滿雞蛋的籃子？或者是雞窩？

鳥兒是屬於延安地區剪紙的最常見的題材，我們見到最多的形式是兩隻相對的鳥兒。這是剪紙技術的一種自然結果：把紙疊成兩層，一次能剪出兩隻鳥兒。金文的「雔」字看起來就像與剪紙有著古老的血緣關係。我們看到兩隻鳥嘴對著嘴，尾巴高興地翹著，就像在任何剪紙上看到的那樣。

雙

西元前二世紀第一次統一文字，當時的人不知何故給這個字加上了表示手的「又」，可能為了配合「隻」的意思。一九五八年的漢字簡化則把這個字鳥的特徵全部去掉，反而給這個字加了表示手的「又」，寫成「双」。如今這個字與最初的形式失去了所有的聯繫，但是「**雙**」字的概念用「双」表達同樣不錯。

雀

「**雀**」這個字，上半部的意思是「小」，而整個字的意思非常貼切，就是指「小鳥」。

周代後期青銅器上的長腿長頸鳥。

「雚」奇怪的上半部分大概可從甲骨文得到解釋：我們看到的不是鸛鳥的頭嗎？兩個「口」字不是表示鸛鳥正在極爲尖聲地叫嗎？

鸛鳥有一種不同尋常的飛翔方式。牠讓自己兩隻又細又長的腿朝下伸著。我們在金文看到的是牠的腿還是牠飛翔的翅膀？

「隼」。「這是一個圖。」高本漢在《漢字形聲論》一書談到這個字的時候精闢地說。他在《字辨》一書說得更詳細：「一隻鳥站在一種架子上：一隻獵隼。」

在亞洲用隼捕獵是一種古老的方法，西元前七世紀的亞述人就用這種方法，這可能是最古老最著名的例子了。如果我們相信這個隼字是眞的，那麼中國人當時也用這個方法。

當時的人怎樣馴養隼，現在不得而知，但是在十九世紀，獵人一開始讓捆著腿的隼先在一根棍子上站三個月，第一個月用布蒙著隼的頭。獵人讓隼逐漸習慣人類提供的食物，當牠最終飛出去捕捉動物時，起初在牠腿上拴一條長線，牠的任務是捕捉獵物，牠要把獵物交給獵人，以便得到一塊食物，比如內臟。打獵回來牠又被緊緊地拴在棍子上。

隨著十一世紀十字軍東征和商業往來日益增多，這古老的亞洲捕獵方法傳入歐洲，在中世紀成爲上層階級極爲喜愛的捕獵方式。

在中國的偏遠地區，用隼捕獵的方法保留至今。我本人就遇到過一個隼的馴養者，那是一九六〇年代在蒙古。他騎著馬行進在一個山谷裡，頭上帶著擋風的耳扇，風一刮，看起來就像臉周圍有兩隻黑翅膀。隼站在他的皮襖袖上，那是一隻威嚴的動物，馬鞍旁邊掛著他們的捕獵成果——一串野兔。

表示短尾鳥或長尾鳥的字存在於絕大多數的鳥名當中，與它有關的很多其他合成字適切地描寫了鳥的各種動作——「霍」、「雅」、「睢」、「鳴」、「應」、「隺」、「集」、「崔」。這是細心觀察大自然的諸多證據之一，大自然是字的基礎。

「焦」，一隻鳥掛在火上，這個字出於觀察鳥的一個殘酷題材。

焦

中國人肯定拿鳥做食材。聽一聽這首《楚辭》吧，活者竭力用各種美食引誘死者的「靈魂」死而復生：請回來吧，啊，靈魂！灶上的鍋已經沸騰，裡面裝滿美味佳餚！

> 五穀六仞，設菰粱只。鼎臑盈望，和致芳只。內鶬鴿鵠，味豺羹只。魂乎歸徠！恣所嘗只。
>
> 鮮蠵甘雞，和楚酪只。醢豚苦狗，膾苴蓴只。吳酸蒿蔞，不沾薄只。魂兮歸徠，恣所擇只。
>
> 炙鴰烝鳧，煔鶉敶只。煎鰿臛雀，遽爽存只。魂兮歸徠！麗以先只。
>
> 四酎並孰，不澀嗌只。清馨凍飲，不歠役只。吳醴白櫱，和楚瀝只。魂乎歸徠！不遽惕只。

楚國與周屬於同一個時代，位於長江下游。但是它的烹飪技術和這首辭〈大招〉所描繪的令人垂涎欲滴的原料在黃河流域也有採用。美食是與死者靈魂接觸的最佳方法，這相同的思想存在於兩地。祖先仍然屬於家庭成員，當飯菜的香味升入天空時，他們會像其他的人一樣發問：什麼東西這麼香？在很多卜辭當中都有王詢問客人（即祖先）關於菜譜的事：要牛還是要羊？要多少？一頭？十頭？五十頭？

鳥，特別是雞，仍然是中國烹調的重要食材，很多人家在庭院的自行車與花圃之間擺放竹籠養雞，也經常在房簷底下掛鳥籠子，籠裡養一隻會叫的鳥。

我們養狗和貓。中國人養金魚和鳥。我們外出散步帶狗，中國人帶鳥，完全一樣。黎明，當晨霧逐漸消失以後，老年人集中在公園或沿街散步，把自己的鳥籠子掛在樹上，或者掛在樓群周圍小建築物的一根繩子上，這樣的環境是自然形成的，不是刻意設計出來的。

鳥籠子是圓柱形的，很像切達乳酪，裡邊的鳥張著嘴不停地啄，以便保持自己的勢力範圍。他們養的鳥大部分是不同品種的雲雀、中國知更鳥或者夜鶯。這個國家真正的歌唱冠軍和寵物是畫眉鳥，牠一開口，連夜鶯都要自慚形穢。

每天早晨，老先生提著鳥籠子出門。在這些會面場所確實有一定的比賽成分：哪隻聲音最高？最有力？時間最長？但是最主要的原因是藉由溜鳥互相見面，手裡提一個鳥籠子，誰都可以爲人所接受。

當灰濛濛的早晨被白天所代替，路上的自行車和汽車的洪流愈來愈稠密時，老人早已經帶著蒙著藍色棉布的鳥籠子回家了。到了黃昏他們又聚集在那裡。喧囂的白天沉靜了，而從昏暗的樹林裡傳來同樣活躍之聲，老人在談論著白天發生的事情。

雉

箭頭和鳥共同組成常見的「**雉**」字。

羽

翟

「**翟**」是諸多表示「雉」和「羽毛」的字之一。字的上半部表示**羽**毛。這個字是否是鳥的羽毛，或者是翅膀上的羽毛或者鳥翎的寫照，不得而知，專家各有不同的觀點，只是在這裡可能意義都不大。鳥和羽毛的寫照共同提供了一個什麼是雉的一致觀點。

通常雉的尾羽最多不超過半公尺長，但是其他種類的雉尾羽可長達二公尺。在周代很多祭祀儀式上使用尾羽裝飾軍旗、戰車，甚至樂器。

後來，在皇帝統治時代最高級的幾種官服繡著雉的圖案——二品官服繡金雉，三品官服繡銀雉。其他品級的官服分別繡有天鵝、孔雀。大雁、白鷺、鴛鴦、鵪鶉、翔食雀、金鶯，這是古代黃河流域鳥類完美的綜合！

北方的雉類有兩公尺長的翎，直到今天這類長翎仍然是京劇中將軍頭上最漂亮的裝飾物，演員在臺上轉來轉去，如同巨大的蟲子或鳥，經由不同的方式抖動翎子表示喜怒哀樂。不識字的觀眾也能馬上明白劇情的變化。

當演員用力搖頭，翎子在他頭頂上像一個旋轉的樹冠時，大家明白他已經怒髮衝冠。反之他一次又一次地

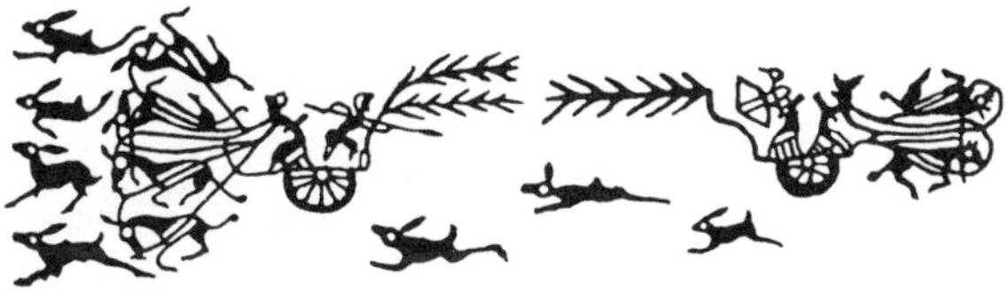

周代飾物圖案。

深深鞠躬，翎子碰到地上，表示大為吃驚，必須要仔細地考慮。

當他讓一根翎子在食指與中指之間從根到頂滑動，同時把它朝身體彎成弓形時，這時觀眾明白了他在偵察遠處的一個目標，可能是附近一支敵軍、一座城市或一座山。如果雙手做相同的動作，表示他心滿意足。反之，如果他用顫抖的雙手把翎子在胸前彎成小圓圈，表示煩躁不安。

《大鬧天宮》中的孫悟空得勝後雙手握雉翎大笑。

虎

這些字表示虎，沒有人會提出懷疑，張牙舞爪，搖擺著危險的尾巴，碩大的身軀。

虎應該是立著的，如同我們在甲骨文看到的那樣。很可能是出於實用的原因，把它像其他的字一樣整齊地放在行裡。但很容易看出，它們是側視圖，四隻腿立著。

下圖這隻玉製小老虎也是側視圖。牠緊縮身軀，準備關鍵性地一跳。耳朵朝後，露著牙齒。我們似乎已經感覺到這隻獵物在拚命吼叫。

這是商代的一件衣飾配戴物，在安陽郊外婦好墓中發現。這類飾物在商周時代很普遍，不僅有虎的形狀，如我們看到的那樣，還有鳥和魚的形狀，當時

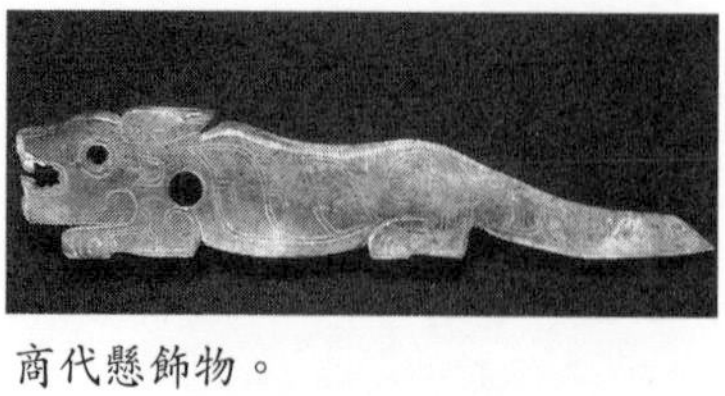

商代懸飾物。

的人經常把它們掛在腰帶上。這類配戴物具有辟邪作用，人死後也帶進墳墓當陪葬品。

甲骨文的「**虎**」字逐漸變得更加形象化，而這種發展還在繼續進行。

在某些金文當中仍然留有虎口、爪和搖擺的尾巴，但後來消失在繁雜的筆畫裡。

不借助於甲骨文和金文，幾乎無法看出現在的「虎」字就是中國百獸之王老虎的形象。但確實是牠沒錯。

在中國有很多關於虎的有趣故事。其中最有名的是「武松打虎」，他在酩酊大醉時遇到一隻老虎，這隻老虎長期在廣大的地區傷害百姓，武松赤手空拳打死了牠。這是一個極爲驚險的故事，所有的中國孩子都喜歡這個故事。

周代青銅器上的虎。

這個故事情節包含在《水滸傳》裡，該書描寫十二世紀聚集在魯西的一群綠林好漢。早在兩千多年以前這個地區屬於商朝國土。他們的義舉被編成很多故事，爾後經由優秀的說書人一直傳頌了幾百年。

我本人第一次聽說書是在開封的一個廣場上。說書在過去是中國最普遍的消遣娛樂。這一點大概毫不奇怪，因爲人口中僅有極少數人識字，但是大家都想聽驚險故事。一九六〇年代初，我當時是在中國的留學生，廣場和娛樂場所總有說書的。在一個簡陋的棚子裡，沒有任何布景，大家在半黑暗中坐在硬靠背椅上，通常手上拿著一杯茶。我永遠忘不了觀眾聚精會神的場面和說書人爲了強調故事戲劇性而敲打的枯燥竹板聲。

如今大多數人都識字了，但是武松打虎的故事仍然沒有失去吸引力。公園裡借小人書（連環畫）的隊伍排得長長的，武松打虎的故事書總是被借光。

老虎是一種危險的動物，是純粹傷天害理的。但是對中國人來說，虎的形象從來不是單一的，它不僅僅是一種威脅，也是一種安全和保障。按照中國的民間傳說，虎與土地有關，因此也與祖先有著親密關係——在古代土地和祖先是兩個中心概念。虎還是女性的象徵，因此有很多關於虎（確切地說是母虎）從邪惡勢力中救出人類、用奶水餵養棄嬰的故事，很像古羅馬創建者傳說「羅慕路斯、雷穆斯與母狼」的故事。

直到今天虎在中國仍然有雙重的面孔。最令人喜愛的一種玩具是一種布做的小老虎，裡邊塡滿蕎麥和碎布。額頭上有一個「王」字，像虎一樣強壯、威武，孩子跟虎玩就可以變成王，有同樣的安全感。過去婦女總是親手縫布老虎，就像我們給自己的孩子縫布娃娃和玩具熊一樣，但是如今已可以在絕大多數商店裡買到很多型號的布老虎。

今天孩子的帽子和鞋上仍然繡有老虎圖案，期許他們能消災辟邪，如同商代的武士頭盔有獸面紋，胸前有虎形象的護甲。古代的士兵舉著刻有猛虎的盾牌，隨時準備大吼一聲撲向敵人，把他們撕得粉碎。

商代青銅斧上的裝飾圖案（上），當代兒童圍兜（下左）以及頭戴獸形盔甲的商代武士。

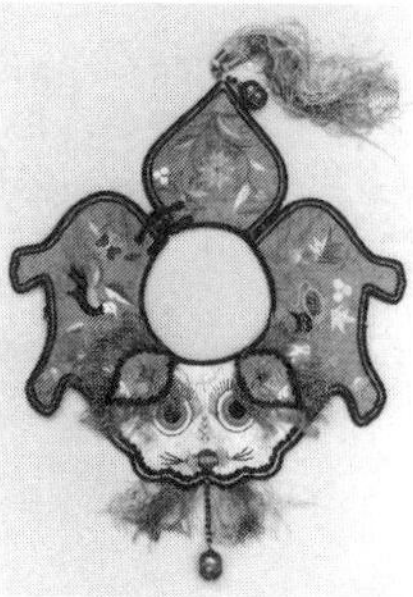

幾年前我在西安城外一處市場看到形如一隻斑斕猛虎的小孩圍兜。我一下子想起了一把商朝青銅斧，上面有一個小人，他瞪著一雙大眼睛透過兩隻立姿大老虎的嘴巴往前看，就像孩子從繡有老虎圖案的帽子和圍兜向外看一樣安詳。

我們很難找到比延安城外的安塞剪紙更能描繪中國文化中老虎的雙重面孔。兇惡的大嘴露出鋒利的牙齒，與甲骨文和金文的虎嘴一樣嚇人。我們看到剪紙側面圖的老虎形式也相同，兩隻警惕的大眼睛和額頭閃亮的「王」字，與我們從布老虎身上看到的是一樣的。

這隻虎是一位八十歲的婦女剪的。從年輕的時候起，她就爲自家和其他村民剪裝飾品。她出身自一個貧窮的農家，直到一九七九年被選出來指導剪紙訓練班時，她才有自己的名字王占蘭。

「紙老虎」。對政治感興趣的人會想起毛澤東於一九四〇年代同美國記者史莊（Anna Louise Strong）在延安的談話。當時正值戰爭期間，共產黨人處境極爲艱難，但是毛澤東充滿信心。他認爲帝國主義者和一切壓迫人民的反動派，以及形形色色的獨裁者注定要失敗，他們可能像眞老虎那樣嚇人，會咬死人和吃人，「但是，」毛澤東說道，「他們終歸會敗戰，變成紙老虎、假老虎。」

我們迄今爲止看到的動物大都是眞的，但是在商周時代牠們還扮演重要的神祕主義角色。如我們看到的那樣，龜參與創造世界；鹿、鳥和虎隨著歲月的交替與自然的更新和土地有關。古代人的生活與大自然有著密切的關係。他們把動物看做是自己的前世，王族甚至把下列動物看做自己的祖先：大禹，夏的始祖，傳說他的祖先是熊；商朝的祖先是一隻玄鳥；而周朝的締造者是在牛、鳥和羊的保護下成長起來的。

因此動物在人和祖先之間具有傳遞信息的作用，與牠們的聯繫是攸關生命的：藉由牠們的幫助人類才能與上帝或天接近，上帝或天主宰一切，從自然界的巨大變化到王公的健康、狩獵和戰爭的勝負。

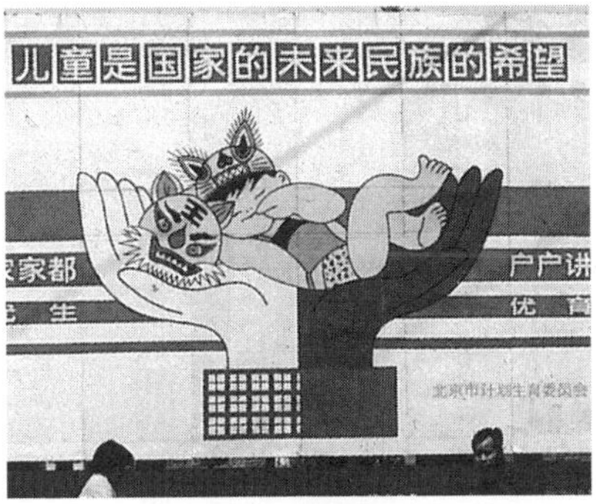

這張畫上寫著「兒童是國家的未來民族的希望」，畫上的男孩頭戴虎頭帽，甜蜜地睡在虎頭枕上。北京，一九八五年。

當對祖先的崇拜到達頂峰時，動物的標誌出現在很多祭祀儀式裡。道士主持敬神儀式時，頭上戴鹿或虎的頭，肩披斑斕虎皮，他們使用的酒器飾有動物圖案，甚至整個酒器就是一個動物的形象。

商代最華貴的器皿是一只酒器，它的樣子就是一隻老虎。肚子柔軟的毛上有一個人形，就像母猴身上的一隻小猴。老虎的嘴張著，露出兇狠的尖牙，但是人形很安詳，他的目光認眞，就像一個新生兒那樣看著世界，安靜、好奇，但是絲毫不恐懼。

「是一隻老虎。」我說，但是仔細看一看身軀就會發現，它是各種不同動物形象的綜合體，虎的背和尾巴實際上是一隻象的頭，象長著長鼻子和結實的牛角。大腿上盤繞著卷著尾的龍，在人形的褲子上纏著蛇。把手上是各種爬蟲，把手端部在大象頭的地方，蓋子是「虎」頭，上面有一隻鹿。在大家看不到的底部，是一隻長角的龍和兩條大魚。

那麼這到底是什麼東西？是一個祭祀野獸的兒童或者奴隸？是一個家族神祕的祖先的誕生？或者可能是他得以出世的性交本身？

青銅器上的動物形象是一種很複雜的神祕主義語言，我們還沒能解釋清楚。目前仍然

商代虎食人卣。

有各種不同的解釋方法，但是基本特徵已經很清楚了。很多題材似乎是闡述從一個時期過渡到另一個時期，首先是生，然後是死，接著就是復活。

大自然是一種威脅，但也是保障的源泉。人類起源於大自然，又回歸於大自然。人類投身於大自然的保護，自己的生存也就有了安全感。這種相互依存的關係表現在中國早期藝術的許多方面。受到具威脅性的野獸所保護的人類是大自然的孩子，又是大自然的主人。

「人類按照自我願望控制大自然的能力愈強，動物的意義也就愈小。」這是張光直說的，他是中國考古學界的世界傑出專家。在神祕主義的描寫當中，每一個細節都被解釋和渲染爲宗教方面的描繪（如同歐洲中世紀的教會），擺脫這種神祕主義的觀點以後，動物的題材逐漸變成了純粹的裝飾，過去人類對動物的忠誠與虔敬也隨之消失。人類變成了一切的主宰。

但是在民間美術和民間傳說中，古老的動物圖形仍然留存著，我們在今天仍然能見到它們，它們是青銅器時代祭祀器皿上所飾獸面紋的衍生物。

動物的崇高神祕地位並不能阻止人類爲了日常需求利用牠們。肉、皮、骨、角以及絨羽都是這個國家人民需要的重要原料，但是王公和後來的皇帝把其中的大部分據爲己有。他們有很大的狩獵圍場，可以進行狩獵，同時也是與鄰國發生戰爭衝突時的軍事訓練場。

根據某些統計資料，甲骨文的卜辭有一半是講述狩獵的。從那些詳細記載的結果可以看出，森林中生活著很多獵物。

從下面這塊西元前一三〇〇年武丁王時期的甲骨可以看到：

戊午時殻問甲骨：

我們要去丘附近打獵。有獵物嗎？

這一天狩獵得到：

一頭虎，四十頭鹿，

一百六十四隻狐狸，

一百五十九頭無角鹿。

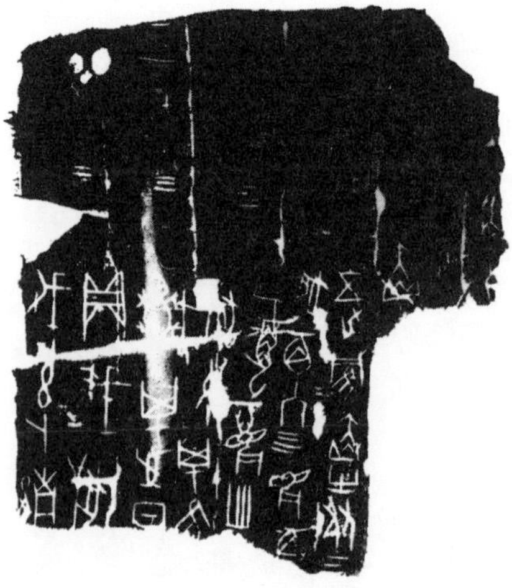

獸

當時有很多不同的狩獵方法，獵人經常使用網，在下圖我們可以看到幾隻動物正自投羅網（我們在有卜辭的圖形中看到兩個像網似的東西，其意爲「獵」）。就一隻老虎而言，有虎嘴就夠了，誰都知道牠是什麼。

獵人用陷坑捕大型動物，就像這兩隻鹿。

不過似乎還有另一種狩獵方法，比較不尋常的方法。方框裡的那九個字都表示「獸」。我們看到字的右邊是「狗」，我很快會講到它；但左邊是什麼東西呢？

專家有很多說法：可能是「大」、「盾」、「網」、「吵」、「用鏟子威脅」、「手鼓」——一句話，他們也不知道。

我相信，部分新的出土文物可以解開這個謎。

一九七六年，有人在大同附近發現一個石器時代的人類定居點。大同位於山西北部，在北京以西兩千公里處。經測定這個人類定居點年代爲大約西元前十萬年，在很多方面都令人感到興趣。

在中國土地上發現了跟我們同屬智人的早期人類頭蓋骨和大量不同種類的鹿骨。還發現很多噸圓圓的石頭球，大小不等，最小的僅有一百克重，最大的有兩公斤重。有一部分只磨好了一半，因此可以很容易看出製造過程。看樣子這個地點是石球加工場地。石頭是從附近一個湖濱取來的。

石球是做什麼用的？在中國西南邊陲雲南省有兩個原始的少數民族——納西和普米，直到幾年前還使用一種有趣的狩獵方法：他們在半公尺長的繩子兩頭各拴一個石球，做一個扣或者用繩頭結一個把手，然後讓石頭在空中旋轉，隨後朝平原拋出，繞住逃跑野獸的腿或角。

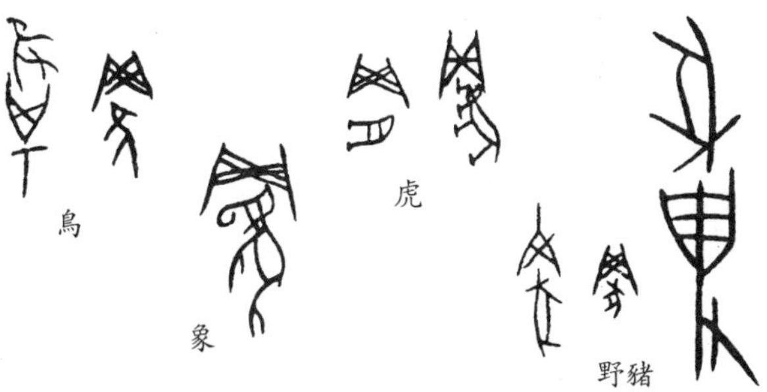

野豬　象　虎　鳥

周口店博物館陳列的這張畫表現了石器時代的人類獵鹿的情景。下圖是陳列在半坡博物館的西元前四千多年以前的狩獵用石球。

南美洲潘帕大草原的印第安人直到十九世紀末仍然使用相同的狩獵方法。達爾文在《小獵犬號航海記》一書以讚揚的口氣講述了他們使用「布拉斯」(bolas) 的技巧。

我第一次看到「布拉斯」是一九七六年，在玻利維亞的一家博物館裡，它描述了南美洲的牛仔怎麼樣生活在連一棵樹也沒有的平原上，平原上的井由腿骨作井壁，坐骨作椅子。他們繼承了印第安人的狩獵方法，用石頭捕獵。我買了一個石球，在將近十年的時間裡，它一直放在我的寫字檯上當鎮紙，並使我經常回憶起那個陌生的世界。

我啓程去西安，參觀反映中國最早的定居人生活的半坡博物館。導遊帶領我們徑直地穿過第一展廳，隨便提了一下我們沒有來得及細看的一座展臺上的幾個打獵用石球。如果我家沒有那個南美洲的石球，我無論如何不會在意她說的這句話。這時候我又走回去，驚奇地發現了一塊石頭，它簡直就像我家裡那塊石頭的複製品，但卻早了六千年。

沒有這個經歷，我永遠也不會注意到多年來我在中國不同的考古文獻中碰到過這些不尋常的資料。如今我閱讀著許家窯定居點的材料，許家窯位於大同郊外的高地上，在這裡和山西其他地方發現了大量文物，這些考古材料使我明白，石球是中國石器時代人類最重要的狩獵工具。

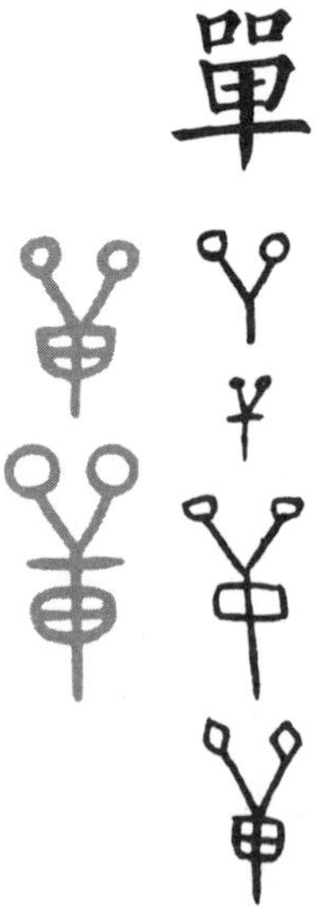

高本漢在《漢字形聲論》中說，「單」這個字在中國古文字中的意思是「累」、「極限」。但確切的意思不得而

知，也沒有這個字是根據什麼實物創造的任何說明。這個字可能僅僅是「蟬」的一種表現形式，他說，唯一的理由是這個字包含在現代「蟬」字當中。

這是一種很奇特的解釋。不過有趣的是，高本漢舉出「單」字的二十五個合成字中，有八個與「單」、「彈」、「蟬」等有關。而其他的字，就我看到的而言，沒有這類密切相關的聯繫。

如果情況是這樣，即石球是石器時代人類最主要的狩獵工具，不僅中國最早智人使用，六千年前半坡的石器時代人類和今天中國的少數民族仍然使用，很自然它們涵蓋在與「彈」和「戰」有關的字中。石球迫使野獸站住，狗迅速趕到滯留牠，直到獵人趕來——有什麼能比狩獵最主要的兩個工具共同組成狩獵目標「獸」更自然呢？

愛斯基摩人和不少中國的少數民族至今仍用石球擊鳥，不過這些石球一點兒也不比瑞典孩子在春天遊戲用的石子大。抓一把石子撒在一塊布中，就像把它們放在弓弦上，射出去以後，總會有石子擊中鳥，把牠打昏，人趁機過來，擰住牠的脖子。

周代金文，很可能是族徽。

龍

除了我們看到過的自古以來就有一種威風和具神祕色彩的那些動物以外，還有另外一種動物，即龍。但是從各方面判斷，這是一種純粹想像的動物。誠然也有一些專家表示了這樣的想法，這種動物的原形就是至今仍然生長在長江裡的一種體型很小的鱷魚，或者是曾經生長在今日蒙古境內的草甸岸邊的某種遠古動物。對於這種理論沒有人認眞對待，也沒有人注重中國作家聞一多的說法，他說，龍原本是一種蛇，隨著歲月的流逝中國人賦予牠愈來愈多的神祕主義聯想。龍是中國人民想像世界的一部分，所謂「龍屬於自然」的解釋被視爲沒有什麼意思，至少對普通人是這樣。

在西方的童話和神話中，如在聖經中，龍一般被描寫成會噴火，經常是有幾個頭的怪獸，代表邪惡。貝奧武甫、西古爾德和聖．約朗這些英雄爲了解救純潔少女和受困的城市，或者爲了奪取爲龍所劫掠、藏匿的大批財產，而與龍進行生死搏鬥。

在中國不是這樣。古代的人會向龍乞求，特別是求雨。對中國人來說，龍象徵慈善、力量、豐收和變化。中國人想像著，牠——歸根究柢是牠，男子漢力量的最佳啓示——冬天蜷縮在湖底或河底休眠。當春天來臨、空氣中總算又充滿了潮濕和溫暖的時候，牠又升天，在春夏那個半年裡飛在空中，用滂沱大雨清洗自己的龍鬚。牠的爪是天空的一道道閃電，牠的聲音是吹掉枯葉和使大自然顫抖的雷鳴和暴風雨。不錯，牠很危險，但是如果有人手拿樹枝爲牠跳舞，向牠乞求，牠可能會讓烏雲聚集在山頂，讓雨下在乾旱的田野上。

關於這個奇特生靈的最古老描繪是在一只很大的陶盤上，發現於晉南的陶寺，離龍門不到一百公里，黃河從那裡的山脈流下，進入華北大平原。那個陶盤和當時發現的很多文物經

碳十四測定爲西元前二五〇〇至前一九〇〇年的古物，由此推斷爲出自中國最早的朝代夏。

龍盤蜷著，占滿整只盤子。龍身粗大，像蟒蛇，也像裝飾在寬大和稀疏的帶子上。或許那黑色的形式象徵山脈？這不是不可能的。按照後世的描寫，這條蛇有著像鯉魚一樣巨大、平坦的鰭，頭很小，長著某種可形容爲角的東西，嘴裡噴著火或蒸氣，像是一根樹枝。難道不是那長長的舌頭在舞弄嗎？

在一千年以後的甲骨文也有過類似的描繪。在甲骨文中龍的爬行動作充滿力量，張著大嘴，體態健壯。有時候牠們頭上還有一種裝飾，就像在陶寺發現的那件龍的文物一樣，我們在部分字中也見過類似的裝飾物。

這個歡樂、簡潔的「**龍**」的形象在隨後幾個世紀被加上很多細節。在漢代，根據一般的觀點，龍角像鹿的，耳朵像牛的，眼睛像野兔的，蹄子像老虎的，肚子像蠶的，而頭像駱駝的。牠能隨心所欲地變化。可以毫無問題地變得小如蠶，大到能塡滿天地。牠可

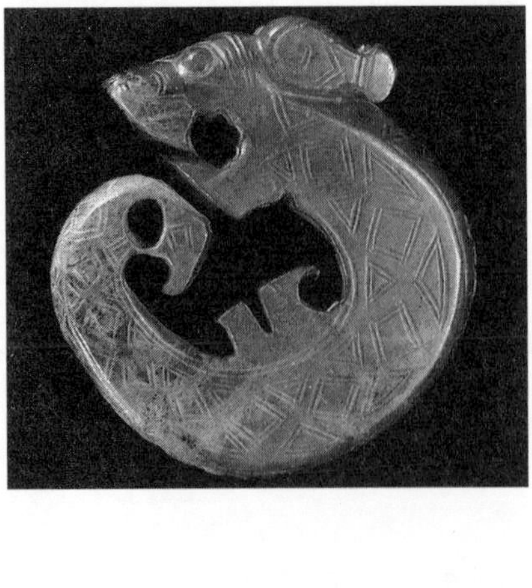

以成爲暗的或亮的，如果需要甚至可以變成無形的。這個奇特的寓言動物是很多富有特色的故事的主人翁，特別是在佛教和道教的傳統中。中國人經常看到牠出現在大海深處的水晶宮，由蝦兵蟹將保衛著，但是龍不是一般意義的神祕主義動物，牠爲萬物生靈之首，象徵著中國和皇權。按照傳說，西元前二七〇〇年統治黃河流域中心地區和被視爲中華民族始祖的黃帝是龍的化身。後世的統治者極爲推崇這種觀點，自詡爲眞龍天子，以使自己的地位合法化。他們周圍的一切逐漸有了龍的標誌。他們的座位稱爲金龍寶座，床被稱爲龍床，刺繡精美的華麗長袍稱爲龍袍等等。裝飾著龍的柱子支撐著他們宮殿的屋頂，他們吃飯用的瓷器同樣有令人喜愛的龍的圖案。

裝飾著皇帝私人物品的龍總是繪有五個爪，而普通用途的器具上龍只能有四個爪。如今這樣的時代已經過去了。我們在任何一家商店都可以買到繪有五爪龍的瓷器，青年人穿的恤衫和出口到我們歐洲的絲綢睡衣都飾有五爪龍，就像昔日皇帝的衣服一樣。

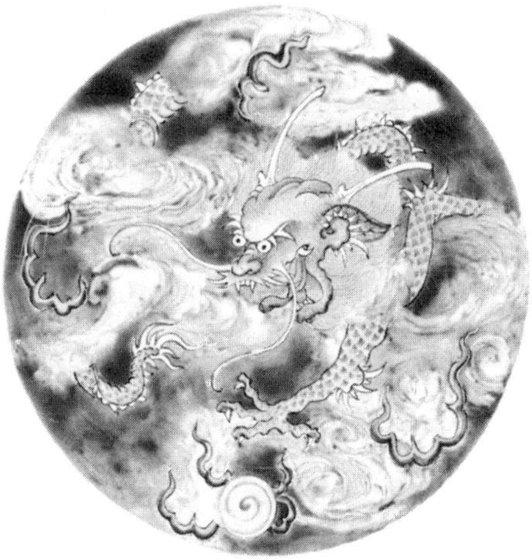

雲龍，十八世紀搪瓷盤上的圖案。

過去對普通人來說，龍是很可靠的，他們經常以龍子爲榮。他們在自己的門上裝飾龍的畫兒和木雕，給兒子命名帶有龍字的名字，希望他們有天賦，健壯而沉穩。

每年有兩個盛大的民間節日與龍有關。第一個是正月十五，節日意義在於，春節過完，春天來臨。這一天舞龍的隊伍高高興興地穿過城鄉，人群敲鑼打鼓，男孩子放的鞭炮響徹天空。龍是由燈籠組成的，有時候可能幾百盞，以此表示龍體的關節。龍是裝在一根竹竿上，由排成一長串的舞龍手舉著。第一個，也是最大的一個燈籠形狀如一個龍頭，其後的燈籠一個比一個小，尾部最後一個燈籠最小。舞龍者慢慢前進，同時上下舞動手舉的燈籠，飄動的光點組成一條閃亮的龍，在黑暗中蛇行前進。經常有一個獨舞者引導舞龍的隊伍，他手裡拿著一個紅球狀的燈籠放在龍的前面，在觀眾的歡呼聲中龍追趕球，龍由於抓不到球而低頭噴火星。

另一個形式是在白天慶祝，龍是由紙或布製作的，鰭是畫的，顏色鮮豔奪目。牠同樣是由舞龍者用一根長竿舉著，比由燈籠組成的龍更野蠻、更難駕馭，但有著同樣的魔力。

舞龍可能起源於幾個慶祝開始農耕的儀式，當時的人需要把龍從冬眠中喚醒，向牠求雨，以便播種。

直到今天，「龍」字仍然與幾種灌溉工具的名字有關係，如農人往稻田灌水用的連環水車、自來水開關在中文裡叫「龍頭」。這些稱呼可能僅僅是因爲它們與龍長長的身軀和張著大嘴的頭有關，但是民間的語彙經常植根於民眾的認識，以上的例子很可能就是屬於這種情況。

第二個與龍有關的節日是中國農曆五月初五。這一天要賽龍舟。這種船又長又窄，可容納上百個舵手。在船尾或者船中間坐著鼓樂手，給舵手助興或爲他們喊號。賽龍舟很可能與舞龍一樣，最初都是與求雨有關，不過它還與一個悲劇故事有關。

這個悲劇故事描述楚國無辜的政治家和詩人屈原（西元前三四〇至前二七八年）如何遭罷官和放逐，經過多年的流放，他得知祖國國都被占領和毀滅的痛心消息，他有朝一日返回家鄉的希望因此破滅。這時候他寫了《離騷》，屬於中國詩歌最膾炙人口的作品，後來他在自己的長袖裡裝滿石塊，跳進汨羅江身亡。在他逝世的周年忌日，後人用粽子祭祀他的靈魂，在江上賽龍舟驅趕惡魔。

如今賽龍舟已經成爲最爲壯觀的民間節日活動，農曆五月初五這天不僅在汨羅江上賽龍舟，也在很多江河上比賽，特別是在華南地區。後來也傳到日本和東南亞。

天安門廣場上由幾千盆花組成的龍形裝飾物。

第四章

家畜

犬

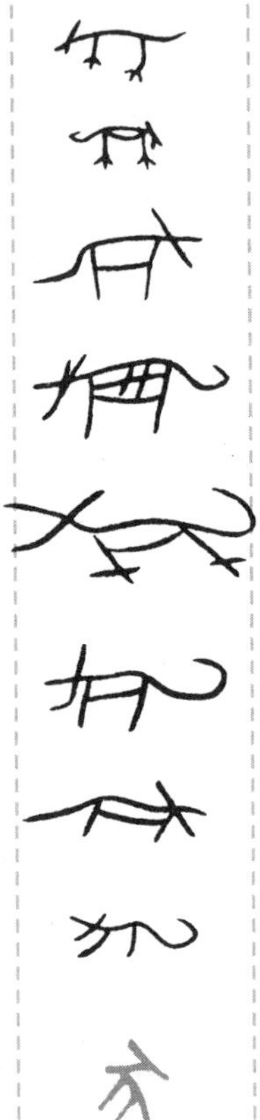

晚期金文的「犬」字。

作偏旁用的「犬」字。

在我們西方世界，犬被譽為「人類最好的朋友」。儘管也會把一個人的行為描述成「像一條狗」這樣貶意的用法，但一般來說，犬還是受到人類的讚譽，被視為對人友善、忠誠、助人和陪伴。

我們西方人可能認為中國也是這樣，因為在那裡犬做為首要家畜至少有八千年了。但是創造「犬」這個字的時候，犬比較被視為野獸世界的一部分，而不是人類世界的一部分。這點從很多合成字可以找到證據。很明顯地，當時的人考慮的不是已馴養和忠誠的犬，而是瘋狂、粗野、好鬥和殘酷的犬。我們可從一系列表示野獸的「犬」合成字看到這一點，不僅包括狼、狐狸這類食肉動物，還有獾、獺、黃鼠狼（人類世界以外的如犬動物），以及各種猴類。

對「**犬**」最早的描述出現在商代的青銅器皿上。圓瞪的眼睛和貪婪的大嘴給人一種兇猛、近乎野蠻的印象。那絕不是寵物犬。

甲骨文的「犬」樣子顯得溫馴多了，不過所看到的還是蜷著長尾巴、警惕性很高的動物，有幾隻狂吠著，聲音似乎還不絕於耳。

洛陽是周朝位於黃河之濱的國都，那裡的一塊墓碑上刻著一隻犬，軀體強壯，四肢短而有力。行家一眼就會看到這是一隻狐狸犬，北半球能幹的工作犬。高高豎起的耳朵和蜷在大腿上充滿活力的尾巴，是其他品種的犬不具備的特徵。

中國實際上有自己的狐狸犬：鬆獅犬，牠是兩千年以來世界上最古老、最馳名的一種品種，但是很多人認為牠還要更古老。鬆獅犬與格陵蘭的愛斯基摩犬、俄國的西伯利亞犬、我們瑞典的拉普蘭犬和耶姆特蘭犬是近親，都與幾種日本的短毛狐狸犬血緣更近，中國還有一種短毛狐狸犬。牠是不是我們在洛陽古墓碑上看到的那種狗？

除了幫助獵人捕捉鳥和其他小動物以外，鬆獅犬還被當做廟宇的看門狗。鬆獅犬也被當成毛皮和食肉的來源飼養，直到今天這種情況依舊。狗肉被認爲是佳品，據說黑色鬆獅犬的小狗肉最好吃，九個月以前的小狗肉營養最豐富。在中國的很多地方都有專門的狗肉館，愈往中國南部就愈普遍。餐館主人在點餐前還讓客人挑狗，就像在義大利挑選水池裡的鱒魚一樣，魚在魚簍裡歡蹦亂跳地等待著；只有看上去最鮮嫩的會被選中，然後按照烹飪的程序任人宰殺。

也是起源於中國的北京狗歷史悠久，卻很少讓人食用。牠們是宮廷的寵物，特別受到那些無所事事的后妃所青睞。她們穿著襖袖肥大的衣服，經常牽著狗散步。沒有人能比古怪的慈禧太后更熱中於此事，她在整個十九世紀下半葉統治中國。在她統治期間，宮殿裡到處是各式各樣的北京狗，宮廷畫師不停地爲她的寵物畫像。

元代拓片。

一八六〇年歐洲人大肆掠奪北京圓明園，北京狗連同其他掠奪物品被運往歐洲，從此北京狗傳遍全世界。

至一九八〇年代，在中國狗並不常見，至少在城市是如此，因爲一九五〇年代以來展開的衛生運動，野狗遭到捕殺。由於狗食的主因，寵物狗也逐漸遭到禁養。老百姓說，幾十年的民不聊生，僅有的糧食人自己還要吃呢。只有有助於工作的牧羊犬和看家犬被留了下來。

我現在還記得我第一次到上海的情形。那是一九六一年新年，居民在住宅區舉辦了一個臨時動物展覽，擁擠的動物籠子沿一條小街擺著。其中一個籠子裡有一條狗，周圍擠滿了孩子。這時離國共戰爭已有十幾年之久。他們過去有誰看見過狗？

隨著人民生活水準提高，狗開始恢復早已失去的領地。但是一九八一年以後，城市又開始禁止飼養寵物狗，主要是由於衛生的原因。

吠

「犬」字加「口」字組成「**吠**」字。儘管在十九世紀末葉，中國沿海城市的西化家庭豢養寵物狗，但是狗在中國的地位從來不像我們慣常的那樣視之爲家庭成員。就像在我們古老的瑞典農業社會一樣，狗的主要任務是看家把門，不讓小偷進入。一隻狗愈富有警惕性和進攻性，愈被視爲能完成該盡的任務。馬可波羅最早在書中講述令人尊敬的中國狗，後繼旅行者也敘述多虧狗不停地狂吠，有如屋頂和院牆上的一個無形音筒，他們才得以在遠方的黑夜裡安營紮寨。狗護衛著主人的家。

典型的中國雜毛狗，黃色，耳朵豎立，尾巴蜷起。

哭

「犬」加兩個「口」是「**哭**」。

臭

「犬」加「自」是「**臭**」字。難道是嗅覺靈敏的狗聞到了臭味兒？還是狗本身發出的臭味兒？過去絕大多數中國狗都很瘦，到處亂竄，半野獸似的動作，從來不洗澡。牠們有無法形容的固執和頑強，同時也膽小而齷齪，總是沿著大街跑竄，在沙堆裡反咬自己身上的跳蚤。牠們似狼，身上有臭味兒，有些具有傷害人類生命的危險性。

伏

「犬」字加「人」是「**伏**」字。這個字的不同涵義反映了中國人對狗的態度。

「伏」加「天」組成「伏天」一詞，指七月底到八月中旬這段時間，這時候酷熱難忍，大家都準備「伏」了。

器

「犬」加四個「口」是「**器**」。這個字謎似乎不可理解，但可能還是有辦法解釋的。從新石器時代到今天，中國人一直在大缸裡儲存食物，是不是大缸的開口之處(口)有犬看守著？

或者是犬看守著房子底下約一公尺深的地下室入口，那裡儲存著糧食和各種貴重東西，如祭祖用的器皿？後人在石器時代的半坡村和安陽都發現過大量這類地下室，這種儲存方式直到今天仍然沿用。「這在北方地區是一種非常有效的儲糧方法。」農業專家佛朗西斯卡・布朗這樣寫道。貯藏小米效果最佳。地下糧庫裝滿以後，把門關緊，

地下室幾乎是密封的。糧食在儲存過程中散發出的二氧化碳能夠殺死可能存在的各種害蟲。如今這種儲藏系統在小麥生產國是以「青貯塔」名字出現的。

豕

我們把「豕」（音同史）字左旋九十度來看，就不覺得奇怪了。這時候「豕」字的樣子輕便、平直，就像一頭豬，一個長著黑毛的自由行者，自古以來牠就以肉味鮮美可口、糞便肥經濟效益高而著稱。

對中國人來說，豬一直是最好的家畜。牠不挑食，在房子周圍晃來晃去，把能找到的糧食、水果和剩飯剩菜都吃下肚去。啊，甚至其他動物和人的糞便也不嫌棄，並能變成可口的食物，如果牠願意的話。

典型的中國北方豬隻，石槽裡還有幾隻。

這位小善人不停地生產優質肥料，豬糞在舊式的農業結構非常具有價值。毛澤東說，一頭豬就是一座完整的小肥料廠。此話不錯。一頭豬每年能提供一噸優質肥料。這是一種了不起的貢獻。沒有牠中國農業就會受影響。

豬的全身都是寶：

豬鬃可以製成刷子，

下水可以製成香腸，

皮可以製成革，

骨可以製成骨粉（一種優質肥料），

血可以製成漆木材的底色和漁網的防水材料。

還有肉！溜肉片，需要加上筍片、蔥或者香菇。一湯匙食油，一湯匙酒和一點薑末——別的不需要了。

如果挑選的話，中國人更喜歡豬肉，豬肉遠比牛肉好，他們認為牛肉老、粗。比雞肉也好得多，雞肉誠然清

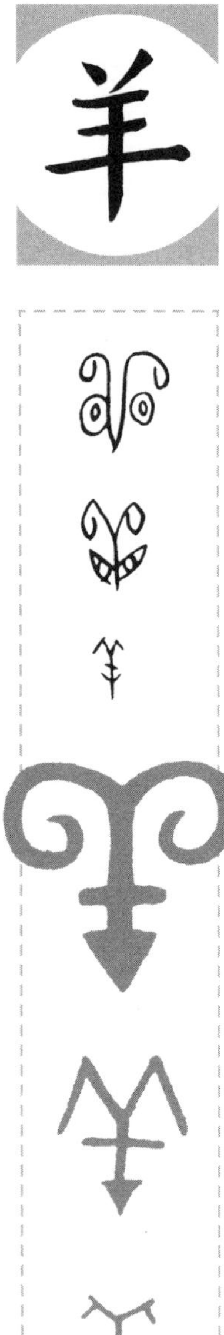

爽、可口，但是缺乏滋味。

中國人常說，豬肉質量的好壞與豬的生活條件成正比。因此不難理解他們爲什麼把豬養得好好的，即使圈養的動物也過著類似人的生活。我們走進有幾百隻家畜的豬圈去看，那裡就像有著漂亮私人馬匹的馬廄一樣，規畫得井然有序。

延安以南的貴陵剪紙——豬。

不過這樣做也跟需要糞便有關係。有很多人長期居住在同一個地點，以便仔細了解土地所需要的養分。河水以及河水帶來的淤泥是土地肥沃的基礎，來自農業和家庭的一切廢棄物——秸稈、各種外殼和泔水都回歸土地，經常是經由豬隻，還有家畜和人的一切糞便。

人的糞便被視爲最有價值的肥料。一切都被收集起來存放好。在農村事情比較簡單，居民通常使用公用廁所。但是在某些年代，比如一九六〇年代，當生活供應出現危機的時候，農民把精力更多地投入到自留地上而不是集體的土地上，中共當局展開了反私利主義運動。不能只考慮自己得好處，要考慮集體！要使用公用廁所！

在城市裡，居民用垃圾車或垃圾船把一切廢棄物運到農村的荒郊野外，但是只在幾年前，馬拉的大糞車還通過北京的大街小巷，一邊叮叮噹噹地響一邊撒漏。北京人把它們稱爲「蜜罐兒」。車把式的喊聲和居民忘記事先倒而匆忙跑出來的開門聲仍在耳邊回響。

我永遠不會忘記蘇州的紅色或棕色的馬桶，漂亮得就像工藝品一樣日復一日地放在那裡，對著長滿青苔的磚牆閃閃發光。對於那些每天一次坐在下水道旁邊刷馬桶的人來說，配備抽水馬桶的公寓肯定是乾淨的天堂。

一塊陶片上刻繪中國綿羊的古老形象，這非常著名，大約有六千年歷史。犄角強勁有力，眼睛直瞪瞪地看著我們。

這個形象與最早表示「羊」的文字有很多相同之處，但文字的年齡只有圖像的一半。有些字仍然是明顯的圖像，其他的已經變成標準的字，羊炯炯有神的眼睛簡化成一直道。

創造這個字的人可能竭力用現實主義的手法表現一隻羊。在北京歷史博物館的一件青銅器，鐫刻幾個藝術性呈現羊的強健形象，其年代與甲骨卜辭屬於同一時代。四個有力的羊頭伸出來，如同船頭雕像，位於器皿的最寬處。我們馬上認出了那塊陶片和文字上的典型特徵：巨大的角、高高的鼻梁和炯炯有神的眼睛。

北京歷史博物館收藏的商代青銅器。

商代有很多對動物和人類生動的現實主義描繪。文字稜角分明不是因爲沒有能力描寫現實，確切地說，這時候的文字已經有了一段很長的歷史，早已超越了描摹實物的階段。但究竟是怎麼發展的，我們目前幾乎一無所知。

美

「羊」字可以與很多其他字組成褒意詞。其中一個是由「羊」和「大」組成的「美」字。在甲骨文和金文，這些字似乎是表現一個人頭上長著公羊角，就像與各種祭祀慶典儀式有關的牧師和巫師。我們同樣也可以這麼想，「大」字是修飾「羊」的，一隻大羊，肥肥的，長滿毛，看起來確實很美。

羔

「羊」與「火」組成「羔」。羔的肉鮮嫩可口，大家喜歡以牠做菜。

羹

如果我們把「美」字和「羔」字放在一起，就得到了肉湯和鍋的名字，即「羹」。早在西元前五世紀的很多文獻就有描寫。當時的人在一個大鍋裡煮肉，放上鹽、醋、各種調味料和某種青菜，通常是蔥或者白菜，烹調出一種燉肉。據說大家一起吃，從王公到普通百姓，一直延續了幾千年。

但是在一般情況下，羊總是以一種奇怪的方式淪爲第二等。不錯，大家總是把羊當做祭祀物，直到現在還是如此——但是長期以來大家把牛視爲更理想的祭祀物。

不錯，中國人是喜歡吃羊肉，但是從來沒有像喜歡吃豬肉那樣。

不錯，中國人總是剪羊毛，但是更喜歡穿棉、麻和絲綢衣服，儘管無法找到比羊毛更細的東西。巴黎的服裝設計師皮爾卡登一九七〇年代來到北京時，立即被中國喀什米爾羊毛的優良質地所吸引，簽定了購買合同。他對自己的收穫感到很慶幸。

綿羊，寬大的尾巴，渾身白色，一直養在羊圈裡，從來不曾自由地放牧在「野地」，除非在遠離文明的偏遠省份。中國與蒙古有很長的邊界。那是個牧業國家，很多世紀以來百姓只靠吃羊肉和喝馬奶生活，大家把羊肉簡單地煮一煮，然後每個人用自己鋒利的腰刀割下一塊吃。可能沒有任何其他事物比這更遠離中國飲食文化了。用於昔日的「蒙古人或韃靼人」的「胡」字也意味著固執、殘暴和野蠻。詞的本身就有野蠻性。

在蒙古餐館，至今仍然每餐提供羊肉。他們認爲，羊肉愈是肥得打顫就愈好吃。

但是當做早餐就顯得太特別了，至少對於從童年時代就不習慣吃這種特定食品的人而言。

十三世紀蒙古人征服中國，在北京建立自己的國都。在他們統治的一百年裡，有幾道以羊肉爲食材的原始性菜餚傳遍整個中國北方。是不是在此之前那裡的人就吃過很多羊肉？專家還沒能確切知道，蒙古統治者在這個國家推廣普及羊肉有何種意義。

不管怎麼說，有一點是事實，北方人吃羊肉明顯多於南方人。但是有一道菜已經傳遍全中國和全世界，就是涮羊肉，旅行者叫它爲「蒙古火鍋」或「成吉思汗火鍋」。這是一種火鍋，每位客人把很薄的羊肉片、蔥和白菜放到滾燙的清水裡，加上各種調味料，連同芝麻燒餅一起吃。一種後世改進的「羹」。

牛

狗、豬和羊在中國是最早的家畜。從最早的人類定居點周圍的廢棄堆積物中發現大量骨頭就可以知道這一點。各類大型牲畜是後來才有的。在商代牛經常是祭祀動物。當時的人爲了神祕主義的目的把牠埋入巨大的坑或祖廟的柱子底下，在牠們的骨頭上寫下向祖先靈魂詢問關於征戰、狩獵和莊稼豐歉等重大事件。

那時的統治者一定擁有大群的牛。卜辭上經常講到有幾百頭牛，有一次爲了一個儀式就殺了一千頭牛。

看來當時的人只有在舉行儀式的時候才吃牛肉，與日常所吃的其他家畜肉不同。一部分肉供奉祖先，剩下的留給王公和王室成員享用。

祭祀儀式使用的青銅器經常飾有牛的形象。這兩個牛的形象就來自商代用來煮祭祀用肉的一只三足鼎。

這頭怒氣沖沖的小牛犢裝飾在周朝初期的一件青銅器上。牛角的弧度與在某些新石器時期居住點發現的牛角以及漢朝初期雲南滇王國雕刻的牛角相當一致。

「**牛**」字最古老的形式與我們剛才看到的形象很相似，與眞牛差不多，兩者出自相同的時期，用於相同的場合——祭祀和各種宗教儀式。

後來的「牛」字，結實的弓形角被折斷了，但是高高的鼻梁和耳朵的平行線卻保留下來，與過去的一樣。傳統的解釋是，「牛」字表示一頭俯視的牛，有頭，有角，兩隻前腿和尾巴，我一點兒也不相信。

商代的人用動物頭骨裝飾家宅，這是動物在日常生活中重要性的自然反映。中國西南部地區的少數民族至今仍然這麼做。他們把牛頭掛在房子上，這是財富和權力的象徵，就如同我們這個世界，過去侯爵和領主懸掛馴鹿和麋

商朝後期青銅器上的牛頭，上海博物館。

鹿的頭、印度王公在大廳懸掛虎頭完全一樣。古代並不像我們有時候想像得那麼遙遠。

但是牛最主要的任務是幫助人類從事農業生產。僅僅幾年以前大家仍然認爲，直到西元前五世紀中國才開始使用犁。但是由於一個三角形石質犁的考古發現，這個界線前移了一千年，有很多證據表明，使用牛拉犁早在商代就有了。

此後大部分農業勞動是由牛和水牛完成的，直到今天仍然是這樣。牠們拉犁、耙和簡單的脫粒機，農業技術人員說，當遇到石頭的時候，這些動物像一臺小馬力拖拉機那麼有勁，不管牠們顯得多麼跟不上時代。使用牛的一個明顯好處是，農民不需要城市的燃油和機械配件，只消費當地生產廉價的玉米、秸稈和其他粗纖維飼料，此外牛還可以生產上等糞肥。然而現在眞正的拖拉機鋪天蓋地而來，牛和水牛的日子屈指可數了。但是幾百年前卻是另一個樣子。當人口迅速增長、戰爭連年不斷、民眾生活出現困難的時候，皇帝頒布禁止屠宰耕牛的聖旨。違者杖罰一百，很多人要戴「枷」兩個月。

似乎不存在違反聖旨的誘惑力。由於拉車拉犁的漫長生涯，耕牛的肉變得硬而乾，做不成什麼美味佳餚。直到今天，中國菜譜仍然只有少數的牛肉菜餚。

造成這種情況也有宗教原因。道教徒把牛理解爲精神力量的內在象徵，他們想像，祖師老子離開這個世界時，是騎著一頭青牛西去天國。佛教徒忌葷。此外，牛，特別

老子騎青牛出關圖。

是母牛，是大地的象徵，因此吃牛肉是禁忌。

在合成字當中，「牛」字經常以這兩種形式「牜、⺧」出現。

牧

「牛」和「攵」，意爲「**牧**」，即「放牧」。右半如同我們看到的，是一隻手拿著一根棍子。

告

「牛」和「口」，合成「**告**」。「以肉爲祭品在祖廟述說重要事情。」高本漢這樣寫道。這種解釋有點兒牽強附會，但是總比傳統的說法要好：「用嘴做一頭牛用角做的事情」，即「進攻」，「控告」，轉意爲「告訴」。是誰的嘴在叫或者在告訴什麼呢？很容易想像，是牛站在祖廟外面吽叫，等待不幸的命運。是一種聲音「告訴」大家祭品準備好了。

這個字還能組成具有普通意義的詞，如作「報告」、「通告」。

馬

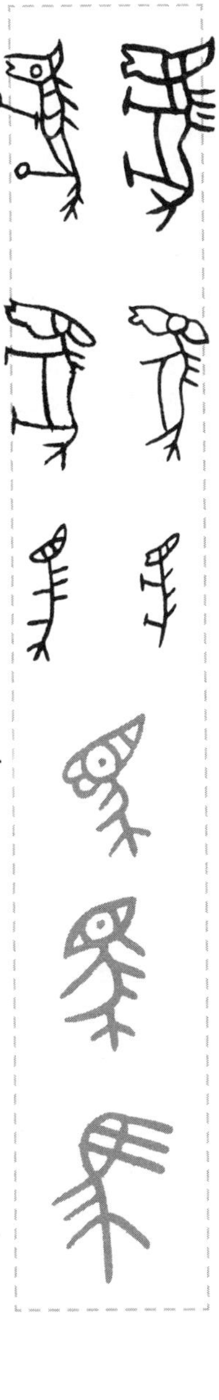

中國人不是經常與馬打交道的民族，與他們在大草原、北部和西部的鄰居不同。誠然從史前開始中國土地上就有馬，但是一般來說馬不耕地、不拉車，而由牛和水牛做這種事。他們也不用馬馱負東西，而由驢、騾和駱駝做這類事。而人類的運輸工具，船、轎子和獨輪車要比馬更爲普遍。

在最初幾個朝代，中國馬主要作用是拉王公的獵車和戰車，馬和主人一起被埋葬，以便來世繼續爲主子效力。在部分宗教儀式上中國人也使用馬，但從來沒有像使用牛那樣廣泛。中國人不吃馬肉。這種忌諱似乎很早以前就廢止了，但是馬肉在中國食譜從來就不普遍，眞正的馬在中國仍然少見。

古代的馬很矮小。牠們長著大腦袋，鬃毛和耳朵豎立著，短腿，長著一撮毛的長尾巴向下垂著。牠們很像所謂的普氏野馬，在與蒙古接壤的新疆地區至今仍有少量出現。專家認爲，正是這種馬在新石器時代經過人類馴養成功。

安陽婦好墓中出土的兩件商代小型玉馬。

「馬」字在成爲現在這種樣子之前，經歷了一個漫長的發展過程，變化相當大。不過只要我們注視一下從簡單圖畫到今日文字的逐步發展過程，所有的變化都顯得相當自然。

下圖不是一個字，而是馬的圖畫。這個圖畫出現在約西元前一千年的一把砍斧上。這個圖畫顯示了當時馬的樣子：大腦袋和短腿。

甲骨文的幾個「馬」字，早先的字仍然是眞馬的實際樣子，牠們站在那裡，耷拉著沉重的腦袋，馬鬃和馬尾表現得很清楚。較後期的字則已經過大大地簡化。

而金文比甲骨文要晚，也更標準化，但是其中有兩個字仍然可以看出馬的口、鼻以及圓眼睛等細微之處，隨著時間的流逝，這些細微之處也消失了。對於從來沒有看見過這個字古老形式的人來說，幾乎無法理解，組成這個字的筆畫怎麼會表示馬？

下面這個字出自鐫刻在石鼓上的一段長題詞，這個石鼓屬於中國歷史上保存最完好、被人描寫最多的古代文物。它是在唐朝連同九個其他類似的文物在西安西部渭河谷地被發現的。長期以來不少專家認爲，這段石鼓文西元前七七一年就出現了，也有專家認爲是西元前四二二年。今天普遍的觀點認爲，最遲是周朝後期鐫刻的，這個地區在西元前二二一年正處於統一中國的秦國。石鼓文有歌頌秦王行獵、他的馬和車的內容，字體遒勁有力。秦始皇統一中國以後，下令統一文字，這種字體就成了所謂小篆的範本，後來小篆發展成近兩千年來具有標準作用的字體。

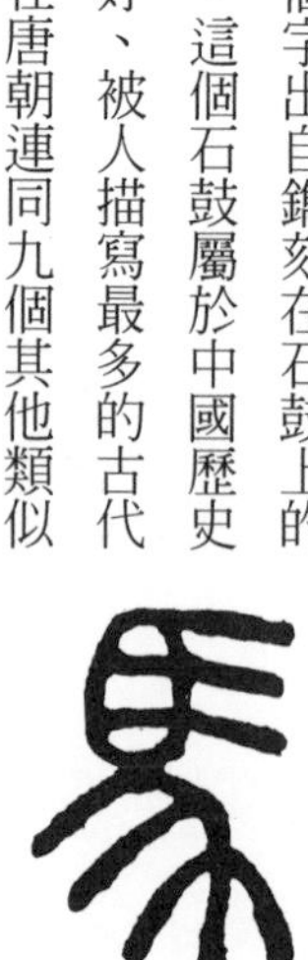

有九個筆畫的「馬」字寫起來還是比較麻煩的。因此有些人很早就在個人範圍內開始簡化這個字。以手寫體爲出發點，中國人在一九五〇年代創造了一個簡體字「马」。我們在甲骨文看到的那匹強壯馬匹，現在只剩下幾個奇怪的筆畫，絲毫無助於人的想像力。

角

角。我們看到一個有著許多皺褶的寬大的角。這個字轉意以後，也用在與其形狀近似的東西，如「海角」、「尖角」。因此「角」字出現在中文的地名，如「非洲之角」和「好望角」。

解

在上面這個甲骨文，我們看到一頭牛和抓住牛角的兩隻手。

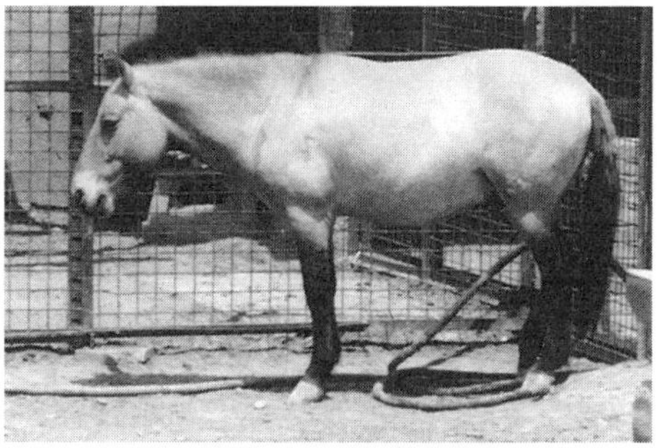

北京動物園的一頭蒙古野馬，模樣憂傷，耳朵低垂。牠可能正夢想著中國西北新疆的遼闊草原，那裡仍然存在爲數極少的中國野馬。

兩隻手後來換成了「刀」字（我後面會提及），這一變化使人馬上想到這個字的意義：刺開、分開、解開。這個字能夠組成意味著擺脫困難和壓力的合成詞，最有名的是「解放」，一九四九年中國共產黨革命的中文同義詞。這個字也可以組成溫文的片語，如「解決問題」、「解答」、「理解」，中國人把獲得成果的過程看做「解放」思想的結果。

革

「**革**」字是一張從上邊看拉平的動物皮。腿被分開了，最上面的是頭和角。這個字可以組成「革職」、「革除」、「改革」和「革命」——統治者失去上天委任和失去權力的時刻。

第五章

車輛、道路和船隻

出現在中國古代唯一的一種車輛，就是統治者的行獵車和戰車。它們精美、輕便。高高的車輪固定在軸上，軸上裝有方形的車廂，裡面可坐三個人——馭手、弓箭手和手握砍刀的武士。商朝的人一般在車上只套兩匹馬，後來常見套四匹馬和六匹馬。

在安陽出土的商代戰車和一輛相同的戰車復原圖。

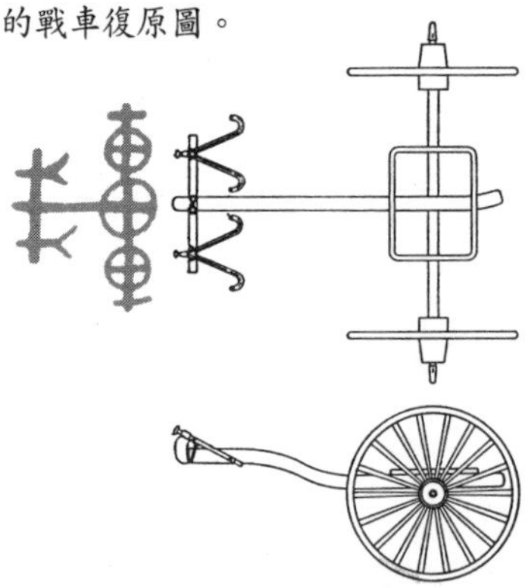

車經常做爲陪葬品，連同馭手和馬匹埋在統治者的墓室裡，它們在地底一直沉睡到今天。後人在安陽曾經發現過很多這樣的車輛，讓我們得以一飽眼福。

有一輛車就在安陽考古所旁邊的一座簡陋房子裡。打開門時，一股濃烈的濕氣和泥土味兒撲面而來。那裡僅有濕氣和泥土。所有的木頭很早以前就沒有了，但是在它們消失之前，在細密的泥土中留下了印記。

說「印記」可能用詞不當。千百年來泥土壓擠車輛，隨著歲月遞嬗而變得像黃土高原的山一樣堅硬。在車的木製部分和車廂的柳條製品腐爛以後，就出現一個空洞，也就是在泥土中出現車子的模樣。借助這個模樣澆鑄出那輛古車，細緻地再現了昔日古車的木製形式和車廂。

人人驚奇地看到表示車的許多字與商周時期真車的結構完全相同。一切都有：輪子、車廂、軸和桿，甚至每匹

馬車的前身——古代輕型戰車，如今只能在博物館見到。這輛古戰車陳列在北京。

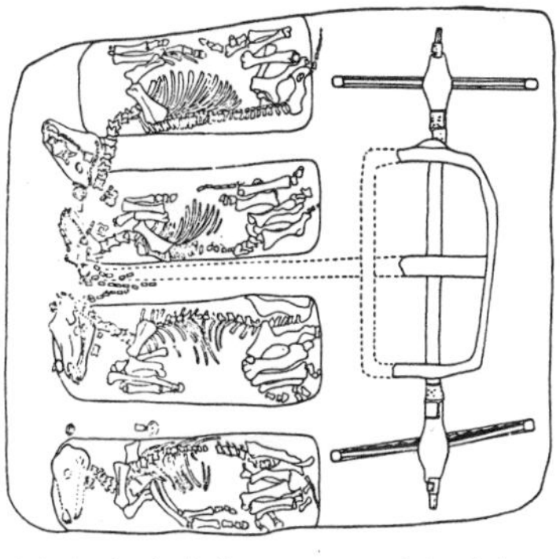

周朝初期的隨葬品：四匹馬拉的車。

四匹馬拉的車復原圖。

馬脖子上的V形夾板都有。

從結構可以看出，中間的兩匹馬套在車桿的固定夾板上。拉偏套的馬可以較自由地動。馬夫用長套把牠們固定在車軸上，馬的胸前有一個肩墊，當牠用力往前拉車時，肩墊繃緊。在西元前三〇〇年至五〇〇年的某個時候，由這種肩墊發展成一種木製夾板，它使馬匹可以有效地使出全身的拉力。用一根韁繩把拉偏套的馬與隔壁的駕轅馬連起來。

特別令人驚奇的是，那些在城鄉之間運送蔬菜、木材和磚瓦的驢子和騾子，至今仍然按照類似的原則配套。在中間駕轅的是有耐性的驢子，在斜前方拉偏套的是騾子。我們初次看到這種配置肯定不敢相信自己的眼睛，這種安排太奇怪了。其實這有很多好處：馭手用騾子可以掌握車的方向，騾子徑直走，促使驢加快速度。

周朝初年金文的「車」字。

「**車**」字在甲骨文和金文是常見的。打獵和征戰在國家政事中屬於最重要的事件，主政者自始至終要向祖先請示應該怎麼辦。

看來首先是車輪引起早期文字創造者的興趣，這一點很容易理解。當國王的戰車部隊高高車輪隆隆駛過，去征討北方和西方的敵人時，對青銅器時代平靜的村莊莊民來說確實是一大景觀。

甲骨文的卜辭說，西元前十三世紀初，武丁王的軍隊多達五千人。一次就抓獲俘虜三萬人，後來把俘虜用於祭祖和做為統治者的殉葬，或者用於新宮殿的開幕式——一次就用了六百人，另一次用了八百人。

有表現車輪滾滾去完成某項使命的壯觀圖像。輻條旋轉，儘管我們看不見三位狩獵者或征戰者，但是我們看到了朝後開門的車廂，當短兵相接或者鹿被射穿胸部躺在地上的時候，朝後開門便於上下。

周朝後期弩開始成為最主要的武器，弓箭手逐漸隱

退。由於弩在拉緊時需要一個固定座，因此戰車也失去了軍事意義，變成了運送人和商品的普通車輛。

這時候輪子已經有了一個新的天才結構。輻條不再平放，不再與輪緣成水平狀，而是斜拉起來，輪子形成碟狀。這是一項重要發明，大為增強了輪子的堅固性，這是非常需要的，因為車子裝上很多東西的時候，很容易超載，又經常行走在高低不平的路上，輪子很容易斷裂。

此後這種形式的輪子在中國是常見的。在歐洲我們直到十六世紀才開始使用這種輪子，比中國晚了近兩千年。不過也有了更多的重要發展。

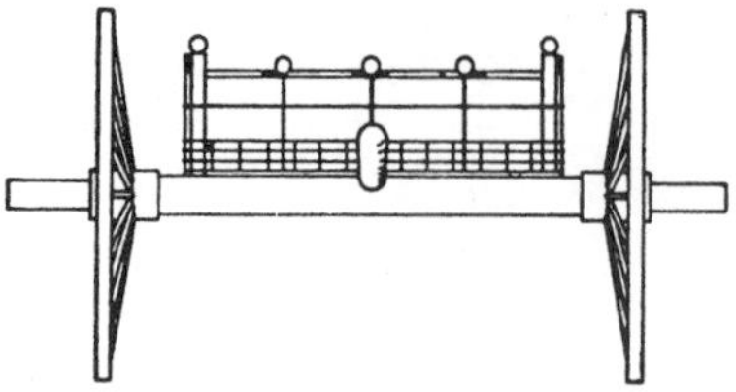

一九四六至一九四九年國共內戰時期，北京平原上的運糧車。

這種車也由一根車桿變成了兩根，但是從西元初年開始到現在並沒有發生太多的變化。中國農村現在使用的車子，即使在兩千年前也不會引起多大驚奇，唯一的不同是使用膠輪，以減少行車的噪音。在中國漫長的歷史當中，人力是使用最多的動力，直到一九七○年代還經常可見人力拉犁和拉車。有一天我在北京的北海附近等公共汽車，就親眼見到了這種車。當時是一九六二年夏天。

這種人拉車的景象如今在城市已不多見，但是在農村的市場和小工廠通常還是可以見到，最引人注目的是車子是由婦女拉的。

一九六二年北京北海附近人拉的大車。

轟

有一個特別有意思的字「轟」，由三個「車」字組成。我們一定想像得到，車子轟隆隆響的噪音對商業大城市的居民和廣大平原的長途旅人來說是多麼厭煩。

漢朝有一個皇帝對此大發雷霆，下令拆掉車輪，讓僕人抬著他。就這樣轎子誕生了，一直沿用到一九四○年代。當有錢的中國人和外國人想登泰山的時候，他們就讓人用轎子把他們抬上去。泰山本身只有一千五百公尺高，但是山勢非常陡峭。在一九四二年出版的舊導遊書我讀到了這樣的內容：上泰山要花六個小時，「坐轎子可以到達，三元錢」。當時在泰山山腳下泰安的旅館過一夜，單人房六元錢，雙人房十元錢。

在一般城市的平地上，中國人則使用「力克沙」（rickshaw音譯），一種安有兩個輪子的輕型黃包車，由一個人邊拉邊跑。中文稱做「人力車」。我們的叫法是模仿這三個字的南方人發音。

輦

有人說「力克沙」是日本人發明的，一八七〇年左右傳到亞洲各地。按照李約瑟的觀點，這種說法不對。「力克沙」是由青銅器時代的車變化而來。很多材料都證明，在古代是人而不是馬拉統治者的車。有一個字就表示兩個人套在一輛車前面，這個字就是「**輦**」（音同捻）。

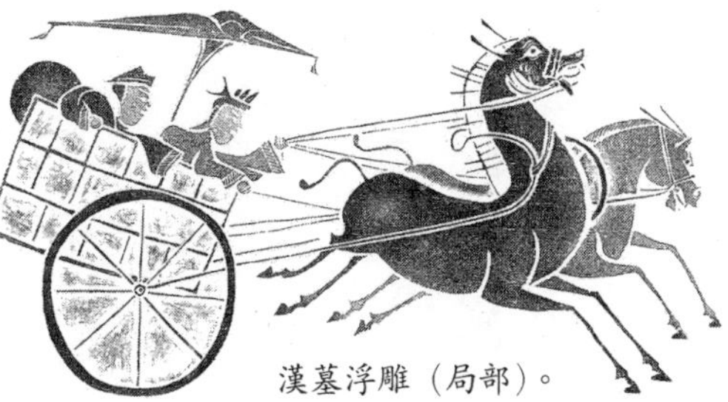

漢墓浮雕（局部）。

在香港旅行者坐苦力拉的車遊覽是一種娛樂，在亞洲的很多地方，如古老的殖民地城市加爾各答，人力車很普遍，對中產階級來說它是一種較簡單的計程車，就如同中國的三輪車一樣。人力車是一種實用和舒適的代步工具，如果你習慣的話，不然當你舒舒服服地坐在車廂裡享受幸福，卻看到拉車人汗流浹背，你會很不忍心的。

十九世紀後期慈禧太后坐過的黃包車。

對於大多數中國人來說，人力車和其他代步工具都有等級的涵義。他們過去從來不旅行，如果他們想到什麼地方去，也是步行爲主。但是在他們的日常生活中，車子卻具有非常重要的作用，因爲沒有這種設計富有天才性的獨輪車，他們就無法應付日常生活。這種車是在漢朝時候設計的，直到今天樣式幾乎完全相同，而且仍然是中國農民和建築工人最主要的輔助工具。如果需要的話，它也可以運人。

到目前爲止，最古老的獨輪車模樣是從一塊漢代墓磚上看到的，據推算是西元前最後幾年問世的。在隨後的一個世紀又發現了很多類似的獨輪車，比如在四川的古墓。逐漸形成的這種天才型設計的中國獨輪車，載重量直接由很大的輪子承受，因此載重量更大，而且比我們那種輪子裝在最前端的獨輪車明顯地更好掌握。用一輛獨輪車運五至六個人不會有問題，因爲推車的人不用受力，而是集中精力掌握平衡和往前推。

漢代墓磚上的手推車（上圖）和現今山東農村的手推車。

一九〇七年春天，擔任多年瑞典傳教會會長的彼得·瓦爾登斯特羅姆和妻子安娜到華中地區視察該會自一八九〇年初進行的傳教活動。他的著作《前往中國》不僅包括了一系列生動的旅行信札、記載瑞典傳教士的生活，還講述了中國的日常生活、他和妻子在那陌生環境裡的經歷。下圖是這一對夫婦乘坐人力車的情景。他們顯得相當滿意，不過瓦爾登斯特羅姆說：「我的妻子發過誓，她以後再也不讓別人拉自己了。但是一到香港她又不得不坐上去。我們被人力車夫圍得水泄不通，而我們要走的路也那麼長，我們不得不坐。她開始掉淚，但是沒辦法。後來習慣了，她很快變得像我一樣覺得很有意思。對呀，當中國人高興拉我們的時候，我們何樂而不爲呢？」

一九〇七年瑞典傳教士彼得·瓦爾登斯特羅姆（Paul Petter Waldenström）和妻子安娜在中國。

另外一種代步工具是獨輪車，一種安裝一個輪子的笨重車子，輪子兩邊各有一個擋板，人可以坐在兩邊，背靠擋板，免得被輪子碰傷。獨輪車是便宜的代步工具。在中國內地缺乏道路，只有這種獨輪車能運人和貨物。但是當我們旅行的時候，不能性子太急。中國人從來不性急。

十九世紀中葉以來，有很多新型車引進了中國，有的稱做「汽車」，有的稱做「火車」。它們冒著蒸氣、閃著火花快速通過大地，火車的爐子火光閃閃，根據中國人對它們的最初印象而這樣稱呼是可以理解的。還有一種車稱做「自行車」，騎者不用別

用「車」字做招牌的北京一家修車鋪，一九八五年。

人的力氣而用自己的力氣。

「車」這個字還有「機器」的意思。但是它跟外國的新式發明，如汽車和火車沒有什麼關係，而是指中國農村的實際情況。長期以來，中國農村種地靠灌溉，灌溉是沉重的勞動，因此當農民認識到車輪也可以用於不同機器上抽水澆田的時候，那是一種很大的進步。輪子還可以用在風車、風箱和紡車上。結果「車」字包含在一大批機器的名字裡，不是跟灌溉有關，就是與建立在輪子旋轉的原理有關，如「風車」、「紡車」和「車床」。

用一架大水車作動力的連水磨。選自徐光啓的《農政全書》，一六三九年。

所有沿西伯利亞鐵路到中國的旅行者都會在邊界上有幾個小時的有趣經歷。這時候要換火車輪子，以便從俄羅斯的寬鐵軌過渡到中國的標準鐵軌。車廂一節一節地由千斤頂支起來，把新輪子推進去安裝好。於是我們知道，我們是怎樣依賴交通共同的標準；俾斯麥一八七〇年怎樣統一德國的度量衡和貨幣，結束了德國的分裂狀態。

開封附近黃土溝裡的車，一九〇七年。

西元前二世紀，秦始皇在中國制定了統一的貨幣和度量衡，當時中國第一次統一。與此同時還制定了「車同軌」的規定。這是一項重大改革。秦國的土地是由鬆軟的黃土組成，車一過就留下很深的轍，車子行進在高低不平的路上，的確造成困難。

改革的首要目的就是要使皇帝能有效地控制國家。暢通的道路意味著能較迅速地調動軍隊，這在一個剛剛建立的國家是一件意義重大的事情，因此皇帝下令在全國建立龐大的道路系統。經由這些道路，他的軍隊可以鎮壓「蠻子」（像希臘人一樣他們把版圖以外的人稱做「蠻子」），並把它們併入秦國版圖。在歷史上，中國人第一次接近

中俄邊境車站滿洲里，一九八四年。

他們今天的疆界。我們對中國一貫的稱呼最早就是來自秦始皇的秦國。

秦始皇制定的「車同軌」規定在他統治的地區一直保留到二十世紀。德國探險家李希霍芬在當時到中國旅行的日記中說，陝西、山西和中國西北的廣大地區有自己的車軌標準，比東部各省的車寬二十公分。爲了能繼續前進，在邊界附近不得不換車輪，當地有車間，車輪換得很快，與現在從俄國和蒙古到中國需要換火車輪子一樣。

行

「**行**」字是指十字路口，在甲骨文和金文一清二楚，就像城市規畫圖一樣。它還可以組成「執行」、「進行」、「旅行」等片語。

就旅行的道路而言，中國人很早就很行。李希霍芬稱之爲「絲路」，即從中國到地中海的漫長通商大道，人盡皆知。中國建立的第一個日常使用的道路網知道的人就比較少。那種道路先於波斯人和羅馬人，比以修建道路而著稱的印加人早兩千年。

早在商代，道路就由一名特別的官員管轄，到了周代交通規模非常龐大，不得不制定用於特別繁忙的十字路口的交通規則，禁止野蠻行車。一向有條有理的中國人把道路分爲五種不同的類型，包括人和家畜走的路，手推車走的路，單行車路，雙向車路以及路寬足夠三輛車並行的主幹路。

在今日中國，不僅車速需要規定，在農村還產生了新的問題，新富的農民開著拖拉機帶著妻兒老小到處跑。中國大陸幾乎所有人都騎自行車，僅在北京東西走向的主要道路長安街上，每天就有十萬人騎自行車通過，很多人無視交通法規。

我們對於古代的交通運輸情況知之甚少，但是甲骨文講了大規模的貿易，其中大部分可能是各地向國都繳納的貢品和稅賦，但是也有省域之間的貿易。當時著名的地區有上千個，其中有很多至今仍然能夠在地圖上找到。

經商的人顯然很精明。商朝主要地區山西的商人，當時控制了絲路沿線的大部分商貿活動，直到今天，「商人」一詞與「商國的人」還是同一個寫法。

舟

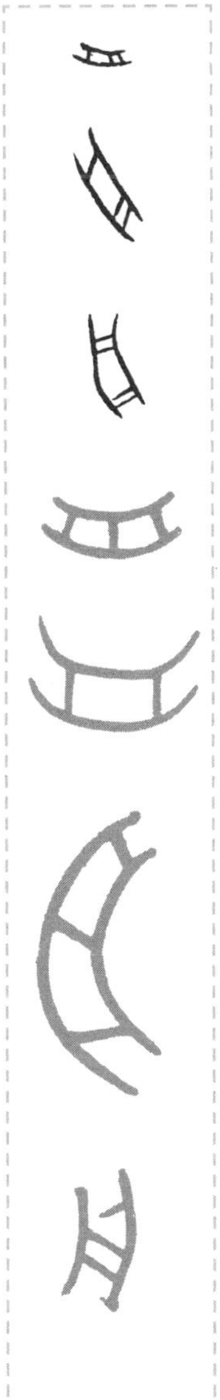

路在當時僅僅是交通網的一小部分，大部分可能是在水上進行的。商朝控制的地區河流縱橫，河畔的生活最具有朝氣。

山區的水上交通一向很困難。河道上布滿石頭，水流湍急，水位變化很大。幾千年來，當地的人一直使用易於通過淺灘和拉縴又不特別沉重的筏子。青銅器時代的筏子很可能是由竹子做的，現在中國很多筏子也是由竹子做成。沒有比竹子做筏更自然的了，幾乎沒有比竹子更堅硬和更輕便的材料。此外，粗大竹竿的空心被很薄的隔板分成很多節。即使有一節損壞而進水，未遭損壞的竹節內的空氣也會托浮著竹筏。它們就像某種浮舟或防水的艙壁。

因此竹筏幾乎是不沉的。此外，竹筏體輕，不變形，載重量大。重慶鴨江上的竹筏最有名。它們經常有一百三十公尺長，載重七噸，然而吃水不到一公寸。

在中國的河流上還有很多其他種類的筏子，不過它們的特點都是共同的：由橫梁把竹筒連在一起，竹子的細頭朝前，筏頭朝上翹（竹子用火烤過後很容易彎曲），容易在水上滑行。

河流進入下游平原比在山區容易駕馭，至少在一般情況下是如此，但是河水不是特別深，河水帶來的泥沙很容易形成沙灘。因此船夫的船通過那裡時經常只吃水一公寸

蘇州一條運河上的運菜船。船頭和船尾都是直的，橫隔板把船分爲幾部分。自周代以來，水上人家一直沿用這種結構，這是中國特有的，從「舟」字可以看出這一點。

左右。船是漂在水上，不是像我們的船「入進」水裡。

中國船的形狀也不一樣。它們有一個平的或者稍微圓形的船底，沒有龍骨，都有一個結實的舵。船頭和船尾是直的，輕微朝上翹。從船舷的上緣直到船底有著把船分成不同部分的結實隔板。它們組成船的基體。這種結構在世界其他地方是看不到的。

我們驚奇地發現，「舟」字的古老字體與筏子和船的典型形狀極爲相近，平直的船頭和船尾看起來是那麼清楚，就像船的隔板。

有些學者認爲，中國船的結構起源於竹筏。其實我們只要看看竹子本身就足夠了。如果我們把一段竹子劈開，把它們放在水上，就會看到李約瑟曾經指出的那樣，它們與有著平直船頭和船尾以及防水艙的中國船原型是多麼相近。

藕塘中的一條船，周圍是歡蹦亂跳、長著大鱗的魚。背景是一張網。這一切都清楚地表現在甲骨文和金文。江蘇農民畫，西元一九七九年。

沒有人知道，舢舨、小河船、平底帆船和海船是什麼時候出現的，但是中國學者認爲，年代可以追溯到周朝後期。這些船肯定是從古代傳下來的，特別是平底帆船，當它們行進在沿海港口附近的現代化大船中間時，笨重的船體和沉重的黑帆看起來就像類似飛蛾的怪蟲。

廈門港的舢舨船，一九八二年。

實際上它們並不笨重。平底帆船是人類設計效率最高的船型之一。「它奇特地平穩，速度快，載重量大，頂風能力強，能迎著潮水和激流前進，能在水淺、灘多的河流入海口航行。在這些方面，平底帆船都是獨一無二的。」造船專家如是說。平底帆船使用風力要優於其他船隻。

早在三世紀這種船就傳到了印度，從九世紀到中世紀末，印度洋成了中國、印度和阿拉伯的天下。當時中國商船定期開往東南亞、印度、斯里蘭卡、波斯灣、紅海和非洲東海岸。他們得益於約十二世紀發明的指南針，除了防水船艙以外，指南針是航海史上最富有意義的一項發明。這兩樣都是中國人發明的。

阿拉伯世界是中國絲綢和瓷器的最大市場之一。中國人則在阿拉伯世界尋求象牙、珍珠和香料等商品。從索馬利亞到莫三鼻克的非洲海岸線附近，在近幾十年挖掘出數量驚人的中國瓷器和中國錢幣，最早的是七世紀的，絕大部分是十二世紀和其以後的。

不是所有的旅行都是貿易性質的。從一四〇五年到一四三三年鄭和七次下西洋是聞名於世的壯舉，當時他受皇帝派遣訪問三十七個亞洲國家，意在與這些國家的統治者建立聯繫和奉送禮品。

這是一種外交親善旅行，主要目的是提高中國皇帝的威信和促進商業往來。科學家也參與了這些旅行，他們致力於蒐集這些國家的動物學、人類學和繪製地圖方面的資料以及珍奇物品。

外國的統治者對這些商船的到訪自然印象深刻。一四〇五至一四〇七年前往占婆王國（今日越南）、爪哇、蘇門答臘、麻六甲、斯里蘭卡和印度南部澤科德（葡萄牙人晚了近一百年才來到）考察，隊伍由三百隻船和總共兩千七百人組成。鄭和自己的旗艦是一艘平底帆船，長一百四十七公尺，寬六十公尺。

在學校裡我們只讀葡萄牙人和西班牙人偉大的探險旅行故事。當然他們的旅行是偉大的，不過他們的最初目的不是爲了發現域外世界，而是爲了擴大國土，尋找原材料和改造異教徒。葡萄牙人在非洲東海岸旅行的故事是殘酷和野蠻的。當一四九八年葡萄牙人總算轉過好望角，並在阿拉伯人的幫助下到達印度的時候，他們在各地看到的城鎮比祖國的更富裕，更安靜和更有條不紊。往來於印度洋的船隻有著悠久的傳統，比他們自己駕駛的船明顯先進。

海船，選自《琉球國志略》，一七五七年。

他們帶來的商品和禮品在亞洲受到當地人的嘲笑，這種情況一直延續到十九世紀初英國人開始做鴉片生意。這時候大家只好捂上嘴。亞洲國家想要黃金和白銀，其他東西他們自己有。爲了擺脫劣勢，歐洲人以十五至十六世紀長期宗教戰爭所累積的經驗爲解決爭端的模式，拿起了武器，用暴力手段奪取他們想要的一切。

中國人的旅行完全是另外一回事，如同李約瑟所說：「是在已知世界裡的一種顯示力量、但計畫周密的視察性周遊。」不錯，他們也經商，想要各地統治者的貢品，但是他們從來沒有制定過任何經商標準，沒有建任何城堡，沒有掠奪奴隸，沒有占領任何土地。他們尊重其他國家的信仰，祭祀不同國家的神，尊敬受訪國；他們帶來其他人不能提供的商品，自己則尋求中國沒有的珍貴物品、動物、寶石和藥材。他們身爲強盛中華帝國的大使四處巡遊，自信地顯示自己文明的優勢，不卑不亢。

直到今天，中國的運輸還有一大部分靠船，內地也是如此。在長江三角洲和靠大河引水的平原地區，水路和其他道路一樣普遍。在那裡會看到帆船在稻田和菜地之間靜靜地駛過，伴有風吹粗大纜繩和船槳划水的聲音。這是一種超現實主義的經歷，起碼對已經習慣於廢氣和噪音的人是如此，那些都是所有運輸方法不可避免的。

航行在大運河的船，蘇州，一九七三年。

上有天堂
下有蘇杭

在小城市的運河上，船夫用船尾安裝的一個長槳使船前進。在蘇州就是這樣，它是我看到過最美麗的城市，白灰粉刷過的低矮房屋，駝背形小橋，四合院裡點綴著亭臺水榭和金魚池。那裡的運河是那樣的迷人，足以使把畢生精力浪費在威尼斯的卡納萊托傷心落淚。

大運河就從蘇州城外穿過，它是世界上最長的人工開挖運河，與長城齊名。它是溝通中國南北的大動脈，全長一千七百八十公里，直接穿過中國最發達的農業耕作區，比蘇伊士運河長十倍，比巴拿馬運河長二十倍。它南起杭州，該城在宋朝時期曾是國都，像蘇州一樣迷人。

這條運河始鑿於西元前五〇〇年，當時是周朝，後人在不同的時期又繼續開挖。到了十三世紀末，蒙古人吞併中國，把國都遷到離他們本土較近的北京，把運河也修到那裡。沿著運河，他們把富庶南方各省生產的稻米、景德鎮的瓷器、蘇州生產的絲綢和檀香扇，用平底舢舨和帆船

渡船。十七世紀末葉問世的《芥子園畫譜》插圖。

運往北方。更不用說還有紹興黃酒。

十九世紀中葉左右，由於黃河改道造成黃河以北的運河淤塞，後來出現了鐵路，鐵路承擔了運輸任務，運河於是廢棄。直到一九六○年前後中國人才使它重新通航，幾十萬人投入這項工程，他們用小竹籃和獨輪車運走淤泥，修復堤壩和閘門。

到了一九八○年代，大運河又扮演了一個新的、更加重要的角色，即它成了南水北調工程的一部分。十四個大型抽水站和十一個新水閘仍在建設中。從長遠看兩千噸級貨輪可以在田野之間通過。乾旱的平原將能終年灌溉。

「**受**」，兩隻手從各自的方向抓住船。或者是兩隻手抓住船運來的商品？甲骨文和金文的「舟」字是明顯寫實的，但是由於秦始皇統一文字之故，「舟」字的筆畫減少到我們現在所見的兩隻手之間的幾筆。

帆

不僅是船，還有筏，甚至是獨輪車，都裝上了帆，因為大家喜歡利用強大而平穩的季風，季風有規律地吹遍中國大地。

按照李約瑟的觀點，最早的「**帆**」字表示一個簡單的雙桅杆斜杠帆，如今只在美拉尼西亞才有。這可以證明，中國與東南亞和南太平洋的交往源遠流長。

美拉尼西亞式雙桅杆斜杠帆船。

為了使這個字變得更清楚，中國人在早期加了一個「巾」字，據說是一塊懸掛的布的形象，但是沒有證據。這就是如今「帆」字的模樣。然而文獻記載最早的帆是由竹子製作的，用竹杆或其他簡單材料編成。用布製作帆則代表豪華和富有。

商周時期的青銅器鐫刻很多漂亮的字，從中我們能看到模仿當時的船隻樣子，看到撐船的手和乘船的人。

圖像很清楚，但它們是什麼意思？我們不知道。就我們現在所知，沒有任何現代字形恰好與這個字相同。它們當中很多字看來像是家族、地點和不同職業的名字，當字形最後固定下來的時候，它們就消失了。

然而還是有很多可談的事情。有很多圖像表示一個人站在船上。他肩上挑著擔子，上面有一串串瑪瑙貝。人和貝也出現在很多沒有舟的字。

貝

瑪瑙貝在最初幾個朝代當做錢幣使用，長幾公分，有瓷器一般光亮而堅硬的外殼，還有一個布滿皺紋的小「嘴」。瑪瑙貝出產在太平洋和印度洋一帶，但是在中國沿海至今仍鮮爲人知。古代的情況還沒有調查過。與其他絕大多數貝類相比，瑪瑙貝顯得相當平常，很難理解爲什麼如此受青睞，而成了世界上最早的一種錢幣。

新石器時代的陶器上飾瑪瑙貝。

原因也許十分簡單，遙距大海的中國內地很難找到這種貝。也可能因爲瑪瑙貝很像女性的生殖器。在世界的很多地方的人賦予瑪瑙貝某種神祕的色彩。非洲人相信，瑪瑙貝會賜福，能使婦女、兒童、馬匹和其他貴重物品不受邪惡之眼的傷害。瑪瑙貝還與豐收、生死有關。古代中國可能也有這類想法。新石器時期的陶器經常裝飾著瑪瑙貝圖案，在一些古墓裡也發現了眞瑪瑙貝。統治者的坐騎配戴著裝飾兩排瑪瑙貝的輓具和馬嚼子。死者也經常有上千枚瑪瑙貝作爲隨葬品，爲了安全，親人經常把這類隨葬品放在死者的手中或嘴裡。

甲骨文的「**貝**」字相當忠實地反映了一顆小型瑪瑙

貝。長「嘴」周圍的皺紋只用少數幾筆來表示，但保留了從上至下的斜線。

瑪瑙貝資源似乎不能長期滿足需求，因此早在商代中國人就開始用青銅製造瑪瑙貝，樣子很像眞貝，也拿骨頭來製造。後者的外表與眞貝一模一樣，但是「嘴」邊的皺紋時人並沒有太認眞看待，只在面上畫了幾條橫線，而這些筆畫又出現在甲骨文，「貝」字最後就保留了這種樣子。

到了周朝後期，瑪瑙貝在中國較發達的地區已不再做爲錢幣使用，但是在中國的南部和西南部則保留下來。馬可波羅在十三世紀的遊記中說，在現今雲南地區的居民把印度引進的瑪瑙貝當做錢幣和裝飾品。據資料記載，這個地區的瑪瑙貝一直使用到十七世紀中葉。

貫

兩顆瑪瑙貝用繩串起來意爲「**貫**」，在古老的文獻裡，一貫就是串在一起的一千個錢幣。

得

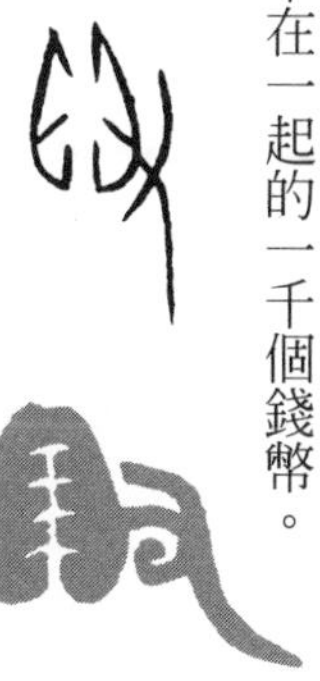

商代錢幣的基本單位是由兩串各十個或二十個瑪瑙貝所組成。一隻手抓住一顆漂亮的瑪瑙貝意爲「**得**」。這個字還有「一定」的意思，使人想起我們絕大多數人都經歷過的那種些許尷尬的境地：基於某種原因我們一定要「得到」錢。由於不詳的原因擴大了這個字的傳統形式，在字的左邊加了一個「彳」（據說意爲「用左腳邁一步」），然而意思沒有變。

具

一個貝和兩隻手組成「**具**」。

「貝」還可以組成一大批合成字，都與商業、價值和資金有關。但是錢幣變了。早在西元前十一世紀，當時的人就澆鑄銅幣，當然是貝的樣子；後來在鑄造鉞幣和刀幣時，就模仿受人歡迎的金屬器具。

秦國人在西元前三世紀開始鑄造圓形硬幣。幣的中間有一個方孔，以方便民眾能用繩子把它們串起來，利於攜帶，就像過去穿串瑪瑙貝一樣。方孔可能與製造過程有關，也或許與中國人天圓地方的世界觀相關，不過專家的觀點有所分歧。

圓形硬幣流通了很久。當西元前二二一年秦王滅了鄰邦而稱帝時，硬幣在整個國家正式爲百姓所接受。稍微改動以後，這種錢幣存在了兩千一百年，直到辛亥革命推翻帝制才畫下句號。

在某些時期，國家很難找到足夠的金屬澆鑄硬幣，這時候中國人在桑樹皮造的紙上印出錢幣的樣子。政府當局在紙上戳蓋官印，規定它們與金屬錢幣等值。世界上第一張紙幣就這樣誕生了。但當時通貨膨脹率很高，紙幣從發行起有效期只有三年。

在九到十世紀的時候紙幣開始發展，此後幾百年當中，紙幣有了強大的地位。在元朝，當蒙古人統治中國的時候，紙幣是唯一合法的錢。但是改朝換代時候，人心不安，當局與人民之間經常缺乏信任。一四五〇年明朝拒絕按金屬幣值兌換紙幣的時候，紙幣變成了廢紙，就此消亡。

後來出現的唯一貨幣是銅錢（用繩串起來），或者是純銀錠，在買賣達成的時候，由私人錢莊或商人用手秤仔細，以確定銀錠重量。

除了國內錢幣以外，被稱做墨西哥銀元的錢幣在近四百年當中對付款方式具有重要作用。如我們所見的，中國人出口絲綢和其他受歡迎的商品，並希望對方能用白銀交付貨款，那些沒有白銀資源的國家就需要從其他國家獲取白銀，以便與中國進行貿易。這就給西班牙一個有利地位。

十六世紀初，西班牙占領中南美洲控制了當地豐富的銀礦資源，爾後菲律賓也被畫入西班牙版圖，在白銀的原產國和中國之間建立了直接交流關係。從一五六五年到一八二〇年，有價值四億披索的白銀運往中國，直到一九二〇年代，墨西哥銀元在北京、上海等大城市仍然是最常流通的一種貨幣。

在一三八〇年左右的這張紙幣中央，可見「串」錢的圖像，共有十串，每串十枚硬幣。皇帝的紅色大印保證幣面的價值。紙幣規格長三十四公分，寬二十二公分。

西元六二一年發行的「開元通寶」硬幣。

第六章

農耕

田

請看下面這幅畫。想像我們站在一座山上，俯視那肥沃的平原。有河流，有行船，有橋樑，還有一大片房屋。我們看到最多的是方塊的田野，上面籠罩著水氣，田裡長著水稻和各種農作物。

田野組成一個方塊圖案，由窄窄的田埂分開。每當田裡水位下降的時候，大家就可以走在田埂上面，也可以在上面推沉重的獨輪車，這種車很可能就是爲了在田埂上使用而設計的。

這幅畫創作於一九七二年，然而這種田園風光自古有之。在中國這種景象已有幾千年。我們看到「田」字的時候就會明白。

早在甲骨文，「田」字就有了固定的字形，但同時也有其他寫法。

其中一個甲骨文分成六塊田，非常像漢墓出土的一個小型雕刻上的田野。右下圖表現了五個大人和一個孩子在

我們用《聖經》的「流奶與蜜之地」來形容一個富饒、美麗的農業區。中國人則說「魚米之鄉」，這使人想到華中肥沃的地區，雲霧繚繞的水田生長著稻子，大小河流肥魚跳躍。國畫，一九七二年。

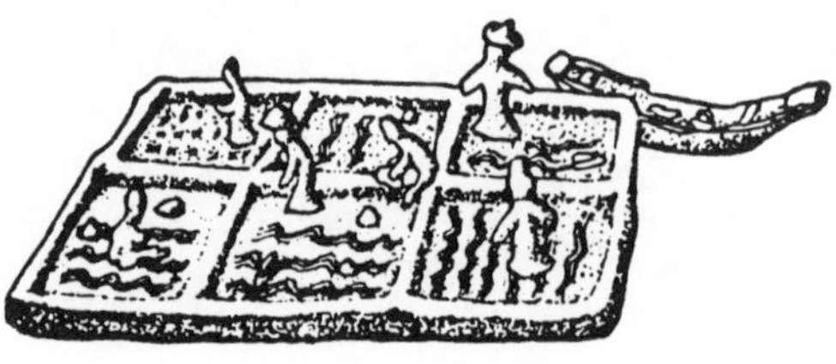

田野上勞動的情形。一條像月牙一樣輕便的船停靠在運河旁邊。

我們已經看到，在最初幾個朝代，除了死者之外，動物以及死者來世所需的武器、裝飾品和禮器也一同葬入墳墓。從長遠來看這一切非常昂貴，因此在漢朝開始更實際地安排這一切，用所需物品的陶器來代替實物，如我們剛才看到的田野和船隻，因爲製造陶器簡單、省錢，死者可以帶走很多。

這樣也不必擔心實物太大墳墓放不下的問題。墳裡可以放置一個眞人所需要的各項物品的雕塑：房屋、樹木、水井、石磨、鍋灶、倉房、車和船，以及可以保護僕人、雜技演員、樂手、馬匹、狗、豬、鴨和雞的崗樓，人畜生活在大房子內或房子周圍。

很多墓雕是使用模具製作的，生產速度很快，但是也有很多是手工做的。其中有很多生動、細緻的描繪。從整體上看，它們很可能正確地呈現了當時的生活情景，其中的器物就是人有朝一日死而復生後眞實生活的原型。

對我們來說，墓雕提供了解西元前數百年中國日常生活的珍貴機會。有時候透過它們也有助於了解爲什麼文字是這個樣子。誠然文字的出現要比它們早一千年，但是當時的發展情況不像現在這麼快，比如商代建築的很多特徵我們在漢墓雕刻中也能看到，其中有不少特徵一直保持到今天。

墓壁上刻畫著家族誕生的神話故事，其發展過程是家族所引以自豪的，也刻繪紀念統治者和國家而舉行的各種儀式。這些刻在石頭或磚上的浮雕也描繪漢代的生活，其中大部分我們會在下文看到。

我們不能肯定「田」字像一開始呈現的那樣清楚單一。有些學者認爲，「田」字上的各條線不是田埂而是水渠，大禹的追隨者借助這些水渠排除洪水。另外一些人則認爲那是人工挖掘的灌溉渠，但是沒有證據能證明早在創造這些字的商代就有這類灌溉渠。

另外還有些人認爲，「田」在古代還有「狩獵」的意思。他們說，從發展史的觀點看這個意思是最古老的。按我們現在的理解，一塊田實際上代表一個地區可以分爲很多狩獵區，只是到了後來那裡的土地才移爲耕種之用。

「田」字可以組成很多合成字。比如「**疆**」字，在甲骨文它是由兩個「田」字組成，有時還加一個「弓」字。

金文的「田」字形相同，但是可以看到把田字分開的平行線，強調邊疆的概念。

到了周朝後期，這個字又加了一個我很快就會講到的「土」字，這可能顯得有點兒畫蛇添足，但是不同的增補是完全可以解釋的。考慮到「田」字還有「狩獵」的意思，所以加「弓」字是很自然的，獵人經常在遠離人口密集的邊疆地區打獵，我們看到的弓箭就成了最主要的狩獵武器。當獵人轉而開始耕種土地的時候，又把弓當做尺用。一弓長等於一．六五公尺。

畝

「田」字也包括在「**畝**」字，歷史上「畝」一直是丈量土地面積的單位。這個單位面積一直在變化。現在一畝等於〇．〇六六七公頃（或者說足有兩個網球場大）。這個字的右半部分一直沒有找到令人滿意的解釋，在簡體字（亩）已被去掉了。

男

田埂，平整的土地，一行行的莊稼。要付出勞動才能做得井然有序，人的勞動似乎是最主要的。如果我們相信「**男**」字是由「田」和「力」組成的話，至少是如此。

力

兩千年來，大家總是說，「**力**」字表示手臂——力量的古老象徵。但是現在的人對這種解釋提出了疑問。很多新發現的字，特別是考古發現和人種學觀點更相信，這個字表示一種農業工具。在壯、侗、瑤、珞巴和

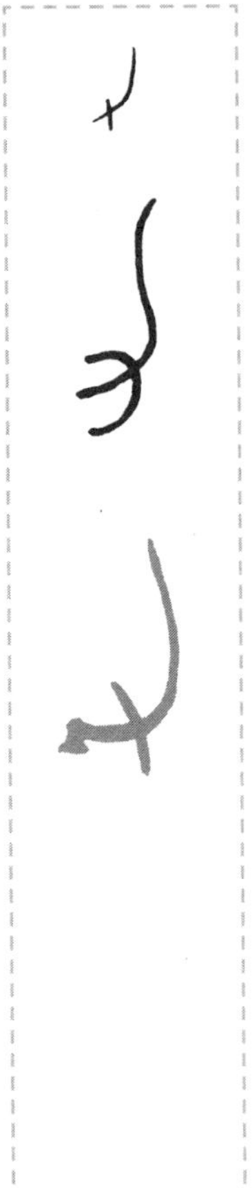

其他生活在中國西南部的少數民族中，至今仍然保留著原始的刀耕火種的耕種方式，以及在中國發達的中心地區很早就消失的古老生產工具的耒。

耒

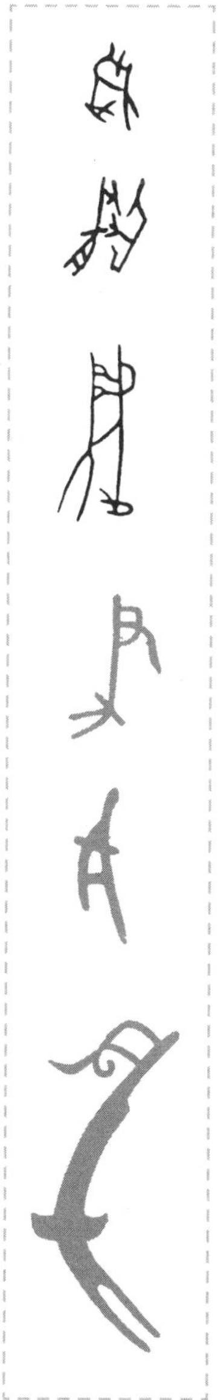

耒也稱踏犁，是由一塊彎曲的木頭製成，下部裝有一根橫梁。農人用腳踏在橫樑上面，犁頭就會向前滑動。農人用它僅僅是爲了犁出壟溝，然後播種，效果不錯。

古代黃河流域的農民耕種一種細沙土，黏土的含量很少，這些古老的文字就表現了他們曾經使用的這種犁，使人想起了今日部分少數民族仍然在使用的這種農具。

另一種仍然保留在少數民族當中的古老工具就是「耜」。它由一根直棍組成，下部稍寬，像耒一樣，裝有一根橫梁，腳踏在橫梁上「鏟棍」就插入泥土裡。

在祕魯和玻利維亞的高原印第安人當中，此圖的農具至今仍然常見，名爲taclla。

在幾個商代古字我們看到了類似的工具，不過裝有尖頭。橫梁在這類字中大都十分顯眼。我們還能看到握住柄的一隻手或兩隻手，馬上就要向橫梁踏去的那隻腳顯得過分突出，大腳趾分開的樣子與「止」字所見完全一樣。

這個字一般解釋爲「耒」，稱它爲耜也許更正確，因爲耒可能就是「耜」。

漢磚上神農的形象，他在神話中被視爲中國農業之父。他使用的這個工具很像「耒」字。

土

「土」字至今仍然等待著我們去解釋它。我們知道它在不同時期樣子也不一樣，但它是根據什麼實物創造的還不清楚。有些專家認爲，「土」表現一棵苗破土而出，如果這種解釋成立，「土」字就是一種簡明、自然的形象。另有些專家則認爲，它是一個土堆，與我們在村子周圍遍地可見的墳墓差不多。部分甲骨文周圍的小筆畫可能表示瀰漫在風中的土粒。

高本漢認爲，「土」字是一個清楚的「生殖器」形象。如果他的論點成立，「土」字就是一個男性勃起的生殖器，轉意爲繁育。世界上很多地區都有類似的說法。但是當我們仔細看一看甲骨文的最初形式，這種解釋似乎難以讓人信服。這個字確實是表現一個直立的東西，但是光這一點就足夠了嗎？

金文的這個字同樣令人費解。

但是這個字非常重要。在高本漢的《漢字形聲論》一書有一百多個字是「土」字組成的合成字。百分之九十的內容與種植和農業有關。有一批純是農業術語，如垈、栽、培和塡。剩下的字有一半是表示過去和現在村子裡的「屋」、「街」、「壇」、「場」和「墳」等；其餘的字表示「堤」、「墻」和「堰」，這些是人類保護自己、利用河水所必備的東西。也有幾個字表示「毀壞」，它使人想起農民爲了生存而付出的徒勞而無功的辛勤。

坐

兩個「人」加一個「土」是「坐」。

里

「田」和「土」組成「里」。在最初的幾個朝代，二十五戶組成一個里，但是隨著人口的增長，對土地的壓力增大，一個里逐漸包括大約一百戶人家。

隨著歲月的流逝，每戶可耕種的土地面積愈來愈少，導致對現有土地過分使用。就像中國現在，根據聯合國糧農組織的統計，中國僅擁有世界耕地的百分之七，但卻養活世界百分之二十二的人口。平均每人所擁有的耕地面積只有一、二千平方公尺，就像瑞典一塊普通的住宅基地那樣大，與人口過多的孟加拉一樣多，或者說一樣少。印度平均每人所擁有的可耕地面積是中國的兩倍半。「里」字也用於表示長度的度量單位，相當於半公里。一九五八年後用的簡體字，表示裡邊和內部也用這個字。

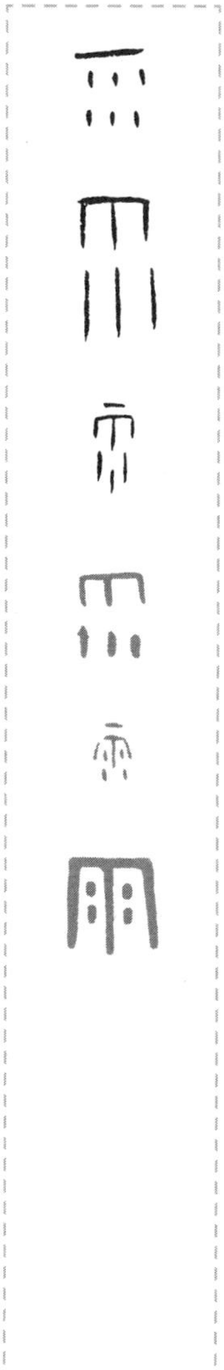

河水是中國一切耕種的基本條件，但是不下雨也不行。雨量多少取決於西伯利亞和中亞的情況。

冬季，天氣寒冷造成高氣壓，冰冷的寒風吹向溫暖的太平洋。它們經過戈壁大沙漠吹過中國，風捲起黃沙形成危害很大的沙暴，然而並不帶來任何水汽，幾乎整個冬天中國都是乾旱的，特別是北方。土地龜裂。到處覆蓋一層塵土。眾人皮膚乾裂。幾乎人人咳嗽和吐痰。

到了五月情況正好相反。西伯利亞和中亞高溫、低壓，風從南方和東南方的海上吹來。大量的水蒸氣在中國上空形成雲雨，爲田地解旱，河流和水塘灌滿雨水。

但是華北夏季的雨水難以測定。雨水愈少的地區，雨量愈不均勻，這是個嚴酷的事實。而在其他地區，則可以準確地知道雨季到來的時間，甚至能知道在哪一周，哪一天，因爲季風是按時刮起的。

華北卻不是這樣。有時候一年也不下雨。河流乾涸，土地龜裂。太陽毀掉所有的耕地，莊稼旱枯而死。農人在乾涸的河道找水，試圖救活幾塊農田。

第二年大雨滂沱，雨水從山谷奔騰而出，如脫韁的野馬，河水氾濫。爾後突然都結束了，在眾人面前的是坍塌的峽谷和梯田，被沖毀的土地。河流改道了。

過去有一兩年這樣的氣候就可以毀掉全省，迫使幾百萬人離鄉背井，賣兒賣女。他們祈禱蒼天和聚集雲雨的高山，手拿樹枝求雨。沒有別的辦法。

從一九五〇年代開始，中國人使用了比較有效率的辦法，在全國各地大量興修水利工程，包括水渠、池塘和水庫，借助這些設施來調濟不同年份的水資源。但是如果根本不下雨，大家也只能望空興嘆，無能爲力了。再多的辦法也沒用。

「雨」是雲的形象。天空懸掛著很多眾人渴望的水滴，如果我們能使它澆灌乾旱的農田該多好呀！不過要適中，夠了就好。

但是情況經常不盡人意。華北百分之九十以上的雨水降在夏季很短的時間內，經常是以雷雨大風的形式出現，肇因於這個地區氣溫多變的關係。

雷

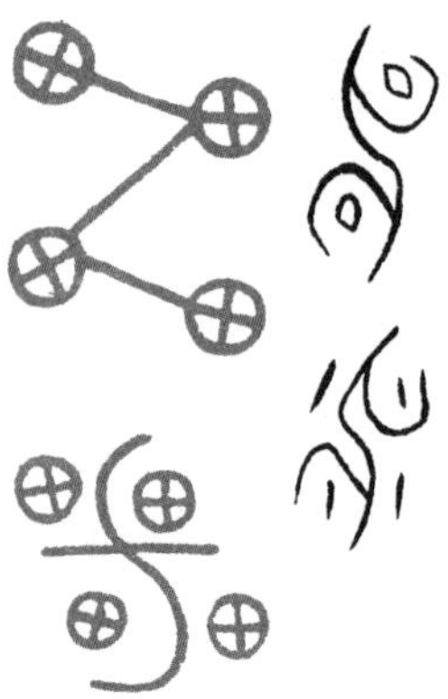

「雷」字表現了田野上空的一塊雲，雨是對現實情況卓越的描寫。但是如果我們回顧一下這個字的最初形式，這個形象就顯得過於複雜。在西元前二世紀統一文字的時候，雲雨下面不是一個「田」而是三個「田」，金文是四個「田」。相反地，即使偶爾出現這個字也與雨沒有關係，我們看到的是一條連接各個田塊的長線。

在甲骨文，正是這條線具主導作用。線的周圍是很細的筆畫和圓圈，眞實地呈現了閃電，當閃電畫過天空，光和聲音就是這樣包圍著它。

電

我們在金文的「電」字看到了類似的形象，字的下半部分是「伸」、「重」和「擴」的意義，在某些段落也有使人敬畏的意思。按照古老的觀點，它表示「電」。如果這種解釋正確，這個字的敬畏意思會更加合理。當閃電畫過天空的時候，有什麼比它的閃光更令人敬畏呢？

過去打雷的天氣不僅爲廣大民眾所敬畏，在不打雷的季節打雷更是人人畏怕。民眾把打雷視同洪水、地震等自然災害一樣，是天公對統治者、對皇帝管理國家的不滿，因此人民相信，這些自然現象預示著暴亂、內戰，特別是改朝換代的重大政治轉化。

一九七五年發生了唐山大地震，按照官方公布的數據，死亡二十四萬二千人，八十萬人無家可歸，這件事在傳統觀點的中國老百姓眼中立即理解爲政治將要發生變化。僅僅過了兩個月，毛澤東逝世；不到兩年，鄧小平在全國推動前所未有的經濟建設。當兩件引人注目的事件相繼發生的時候，人民產生迷信思想是不足爲怪的。

霍

老的「霍」字是由「雨」字和三隻鳥組成的。在未親眼看到這樣的自然景象之前會覺得這種組合令人吃驚。平原上空一片烏雲；樹木、草原和互相鳴叫的鳥；突然天下起了雨，一群鳥拍打著翅膀飛入雲端，離平原而去。在今天的寫法中，三隻鳥只剩下一隻了，不過這個形象還不錯，至少對我來說是這樣。

「雲」。最早的字形是這個字的下半部分。我們看到兩個長長的、停留不動的雲槽和一塊正慢慢在上升氣流中滾動的浮雲。

爲了強調這個字的意思，早在周朝就給這個字增加了一個「雨」字，後來這個字形保持了兩千年。當一九五〇年文字改革的時候，又恢復了最初的簡單字形。中國古代的人若活在現代也會認識這個簡體字。

「雲雨」是男女歡合的古代雅稱。過去沒有雨水華北地區就沒有收成，因此雨水和繁育具有相同的意義。飽含水蒸氣的雲可以滋潤大地。

這個詞來自於一位公子或者楚王的一個傳說。他們當中的一位去遊歷巫山，與打獵的夥伴分散了，走累了以後躺下睡覺，夢見與神女歡合。離別時，他問神女是誰，能否再相會。仙女回答：「旦爲行雲，暮爲行雨。」仙女說完便消失了。

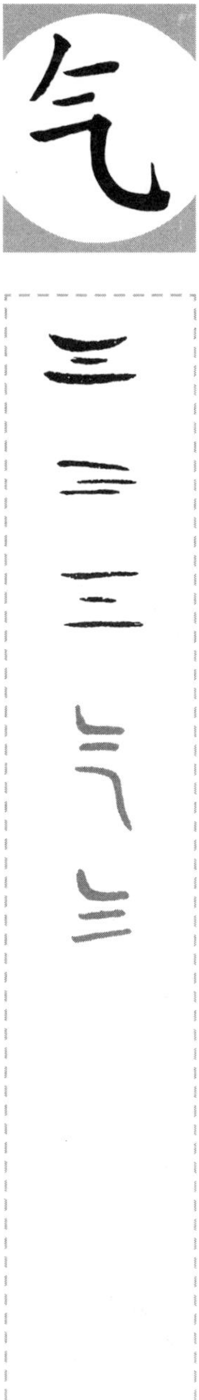

我們在「气」字見到的不是兩條而是三條朝天空飛去的雲帶，據說這個字表示地面蒸發的水氣在天空形成雲。華北的夏天晴空萬里，就我看到的而言，這種解釋是合理的。從六月初到以後的一二個月裡，白天的天空總是籠罩著一層均勻的白色雲霧，它使各種陰影消失，單調的光線使眼睛極爲疲勞。但是早晨和晚上濕氣變成薄薄的平行雲層在空中飄動。按照另外一種解釋，「气」字表示煮飯鍋裡冒出的「蒸氣」。這個字包括在很多合成詞裡，如「天氣」和「氣氛」。在中國哲學和中醫學，「气」字具有重要的作用，它構成充滿生命力、周流全身的氣機，它能調節和平衡人類與大自然的生命，以及精與氣的關係。

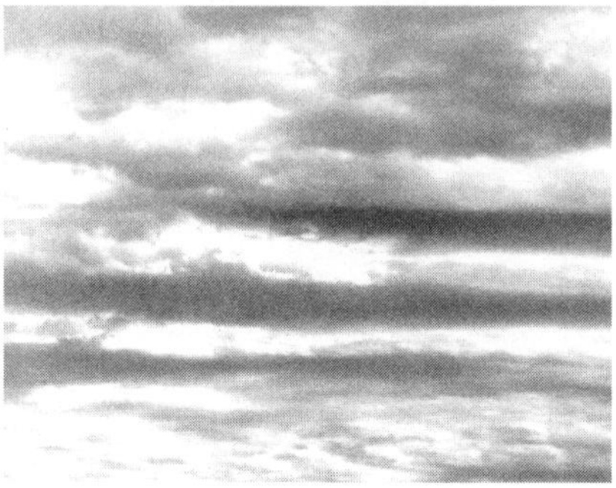

地面蒸發的水氣在天空形成雲。

在河邊由田埂分開的稻田裡農人正在插秧，幼苗從水裡長出來。左邊這張圖選自十七世紀出版的徐光啓名著《農政全書》。該書是在明末混亂的年代出版的，這時候農民的生活比過去任何時候都苦。國家經濟跌入谷底，不間斷的內戰使城鄉變成廢墟，農民起義和自然災害接踵而來。華南某些地區人口過多，農業稍有歉收就會引發饑荒。北方各省農田荒廢無人耕種，特別是因爲缺水。

摘自徐光啓所著的《農政全書》，一六三九年。

《農政全書》彙集了有關農業方面的著作約三百部，徐光啓試圖向大家證明，好的農具、優良的品種，像白薯、玉米和棉花這類新農作物以及比較有效的利用土地，可以大幅度提高單位面積產量。一旦遇有災荒歲月，書中還有度荒的辦法。書中大約有三分之一篇幅是插圖，收有四百種吃下可以活命的野生植物。有很多是苦的，但是稍微煮一下苦味就沒有了，然後再用油炒一下，加上鹽和醬油等調味料就能吃。

徐光啓用左下這張有田埂的圖說明，農人應該怎麼樣在枯水季節利用寬闊河岸的邊角地。他在書中寫道，如果建築起足夠高和堅固的堤壩，水很難滲透過去。這樣就可以很容易用腳踏水車把水排到田裡。今天的農民也會贊成，他們也是用這樣的方法來耕種水邊肥沃的沙地，不過他們不是用腳踏水車，幾年前他們就開始用柴油抽水泵完成這項沉重的勞動。

古代的農民既沒有腳踏水車也沒有柴油抽水泵，但是他們熟悉各種農作物。請看右邊的這個字，它表示草、苗和芽。

在甲骨文它只有一個芽，幾片薄薄的葉子破土而出，但是到了周朝後期，當時的人把它寫成兩個芽。這種形式很早就發展成像兩個十字的樣子（艸），一九五〇年代簡體字又簡化得更多。

這個字組成了一大批與植物有關的合成字。在高本漢著的《漢字形聲論》一書中有四分之一是編製席、帚、籃和屋頂的薦、藺和葭。另有四分之一與種植有關：菑、藝、蒙、蓴和獲。剩下的是蔬菜名，如蔥、蒜、菽；花名，如莜、萍和蘜；還有一大批水生植物和攀緣植物，如蘊和蘗。還有些字表示解決和視察的字，如蕆、蒞。

我們看到疲倦的種田人靠在鋤頭上，看著田地上一天勞動的成果，青苗茁壯成長。

三個嫩芽組成：

如今簡化的這個字有著古老的特徵：卉。

一隻手和兩個植物組成的「芻」字有「柴草」和「草」的意思。

「奔」字如今已經看不出原來的涵義，但是在金文則顯示著全速：一個人擺動著雙臂在草地上奔跑。

圃

左圖表現一塊長著各種蔬菜的菜園，四周有圍欄和高樹。有些蔬菜已經長高，有些還是小嫩苗。河道從附近流過，我們很容易感受到從田裡發出來宜人的芳香。

從金文的「**圃**」字我們可以很清楚地看到菜田和圍欄裡的菜苗，不借助它們的形象，我們可能很難理解現在的「圃」字。

徐光啓《農政全書》的插圖。

世界上大概沒有哪個地方能像中國那樣有效地利用土地。每一小塊土地都用來耕種，哪怕只有幾平方公尺。大家像管理自己的庭院那般管理著作物。每一棵苗都得精心照料。他們培土、鋤草、綁秧和保暖，每一棵苗天天要澆一瓢糞水，一滴也不能多，一滴也不能少。

中國人經常在一塊土地上同時種植多種作物。在棉花未長大之前，在棉壟之間種上速熟的白菜和蔥。在穀子中間點播豆角，在穀子需要整片田地的時候，豆角也已經成熟了。

在中國北方有冬季的那半年，夜裡寒冷，經常下霜，但是這並不妨礙農人種植新鮮的蔬菜。他們在菜園上搭起薄竹片架子。每天晚上架子上的葦簾放下，早上太陽出來天氣變暖，再把簾子捲起來。北風大的時候把簾子捲起一半，這樣能有效地擋住北風，使菜苗不受北風侵襲，同時能使它們得到所需的陽光。借助這類簡陋的「溫室」，農人在整個冬天都能種植蘿蔔、不同品種的菠菜以及多種蔬菜。有上千萬人口的北京所需要的幾千噸蔬菜大部分就是這樣生產

運煤和蔬菜的人力車，安陽。

出來的。這樣的種植方法已經用了一千多年。

很久以來，蔬菜是除了糧食以外中國食譜最主要的部分，特別是白菜、蔥、豆角和各種不同的速生葉類青菜。蔬菜所含豐富的維他命和礦物質（主要是鐵），以及烹調過程僅使用少量的油脂，都使中國人長期以來比世界其他民族生活得更好更有益。美食專家說，中國的窮人在深凍技術和空運事業發展之前，都比歐洲和美洲的富人吃得好，至少在沒有發生饑荒和水災時是這樣。

一九三〇年對中國人的飲食曾進行一次調查，當時的農民從不同糧食裡獲取近百分之九十的卡路里，從肉類裡獲得百分之一（僅爲百分之一），其餘的是從根莖類植物和蔬菜裡獲得。現在大體上還是這樣。不同的地區、城市與鄉村、不同的社會階層都有很大的差別，但糧食和蔬菜仍然是絕大多數中國人的飲食主體。

但是目前情況正在發生緩慢變化，糧食的消費在下降，肉類消費在增加，但是蔬菜仍然占重要地位。

井

井

這是個「井」字。在古代這個字也表示「某個村莊的田地」。字的形狀一直是這樣，但它是根據什麼樣的實物創造的？西元二世紀的《說文解字》如此寫著：井有蓋和欄。當時的井就是這個樣子，我們有時候在出土的漢朝墓磚雕刻上也可以看到。

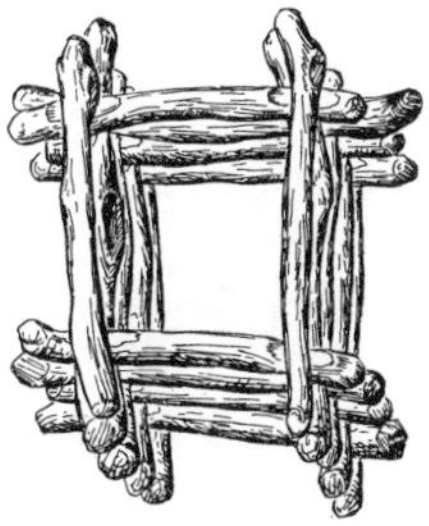

「這是井口的框。」高本漢說，大家也同意他的看法，只是這種觀點沒有現實根據。二十世紀出土的文物一致證明，井在古代是圓的。保存最好的一口井是周朝的，它甚至還有半公尺高的陶圈。沒有一口井能解釋「井」字的形狀。

一九八五年，中國公布了十幾年前開始在藁城郊外的考古結果，在眾多珍貴文物中有兩口井，是迄今爲止在中

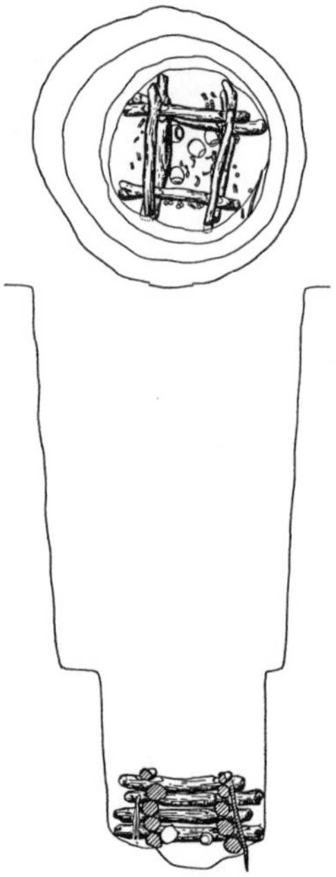

西元前一三〇〇年的一口古井復原圖，井底下是一個木框。

國發現最古老的井。經碳十四測定，年代是西元前一三〇〇年，與甲骨文屬同時代。

我想強調，這兩口井的構造可以解釋「井」字。像之前發現的所有井一樣，藁城的井也是圓的，但是有趣的地方來了，在井底有一個四方的框，是用圓木做的，四五個擺在一起，所組成的樣子完全符合「井」字的形狀。

爲什麼這種框是木頭做的？

記得我們在沙灘挖洞是怎麼做的嗎？一開始沙子又乾又細，愈往下挖坑愈濕。小時候我在法爾斯特堡度過夏天，我們經常在沙灘上玩建造沙灘城堡，在周圍建造護城河和城牆，問題是，我們挖得愈深，從底下冒出的水愈多，護城河很快被淤平，城堡倒塌。

古代中國的挖井人在鬆軟的泥土中挖井的時候，他們也會遭遇類似的問題困擾。當他們把井挖得夠深的時候，地下水噴湧而出，井壁被洶湧的水流沖毀。爲了壓制地下水的破壞作用，他們在井底放置木框，水可能會繼續流出來，但不會造成更大的破壞。

井水一旦超過了地下水位，問題就不復存在了。愈接近地面——井口，井體愈寬。藁城的水井就是這種形狀，很明顯是按設計藍圖施工的。

井底的木框誰都見過，大家每天辛辛苦苦地從井裡打水，沒有人能避免。當水桶在井下慢慢灌滿水的時候，人就靠在井邊等待。幾隻蟲子倉皇逃逸，打破水面的平靜，井底方形木框隱約可見；然後有片刻的寧靜，當水面再度恢復清澈，提水人開始拉緊井繩，把水桶提起來。

有一口井直徑近三公尺，深五公尺。井底除了木框以外，還有二十多塊陶片，是從打水人手中落入井中的。此外還有骨製的小東西，如勺子和髮簪。如果打水人過於彎腰，很容易掉下這些東西。

我們在表示水井的幾個甲骨文可見到中間有一個黑點。黑點是什麼意思？在藁城的井被發現之前，有些中國學者在書中寫道，黑點是從井裡打水的水桶。考慮到考古新發現，這種解釋似乎是可信的。

但是如果我們把「井」字框起來，就會看到它與古「田」字是多麼相近。

「井」字是否表示一塊田地，居民有計畫在田中央挖掘一口井？一部分學者提出了這一想法，他們並以古文字爲證。

哲學家孟子（約西元前三七四—前二八九年）的著作有一篇描寫周朝初期施行的井田制。每一塊土地都經過仔細丈量，分成九份。由八戶人家管理這塊土地，每家有權使用一塊，剩下的一塊由他們共同爲天子管理，以此做爲某種賦稅。當人口增加的時候，就開墾新的荒地，然後用相同的辦法分割土地。

這種分割土地的辦法通常稱做「井田制」，因爲分割的形狀與「井」字很相似。

西元前八世紀的《詩經》就多次提及井田制，但是否眞正存在和執行過孟子所說的這種制度，在中國歷史上是爭論最多的問題之一。這種土地制度僅僅是一種理想？還是確實存在這麼一種土地分配制度？

對於孟子來說，這可能是最富有烏托邦夢想的公平社會，在這樣的社會中，如同我們說的，每個人生活都有保證，所以他竭力在當代使這種曾經是事實的烏托邦再次成爲眞實。

在徐光啓十七世紀編輯的農業技術專書中，這種制度是這樣表述的：八「夫」，中間是王的「公」田。

夫	夫	夫
夫	公田	夫
夫	夫	夫

當孟子在西元前三世紀描寫這種制度時，中國人早已放棄此一制度了。土地正在轉向私人占有化。鐵製犁的出現和糞肥的有效使用使得農業產量增加，因此對於王來說，最重要的是設法減少「私有」土地和增加「公有」土地。增加的土地資源可以用作建設水利設施和道路等，從而進一步增加王的權力以及控制和擴大國土的可能性。

但是對於很多人來說，王的權力增加並不是好事。孟子見梁惠王曰：

「狗彘食人食而不知檢，塗有餓莩而不知發；人死，則曰：『非我也，歲也。』是何異於刺人而殺之，曰：『非我也，兵也。』王無歲罪，斯天下之民至焉。」

對於孟子來說，王的首要任務是爲百姓造福，不能做到這一點百姓就有權造反。百姓必須有最基本的生活條件，否則社會就會解體，不再有阻止各種犯罪活動的規範。這是孟子的基本思想，因爲一個良好社會的基本條件就是平分土地。他說，但這僅僅是開始，爾後必須注意讓所有民眾接受教育；人類的本性是善，人類需要教育。

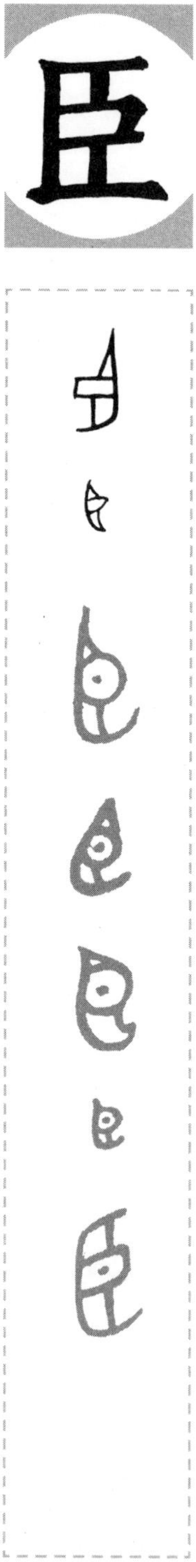

社會並沒有按孟子所說的方向發展，至少一開始不是。西元前二二一年秦王征服了黃河流域各國，並自封爲始皇帝。他下令大規模修築運河和道路，動員全民增加他個人和秦國的權力。

但是平分土地的思想仍未實現。幾百年來，不同的改革家在批評政府的失職或者完善自己的土地改革制度時，繼續引用孟子的思想。所有讀過《毛澤東選集》的人，儘管他們不知道，卻聽過幾千年來孟子對他們說教：

「造反有理。」

「爲人民服務。」

孟子做爲那個時代的理想而提出古老的井田制，可能直到現在依然存留在華北的土地上，不管這聽起來多麼令人感到驚奇！平原上的土地（主要是屬於商、周兩個朝代的土地），都有極爲明顯的畫分形式，整個地區的土地有著統一的標準，有規則的地塊和嚴格的南北走向。

英國學者李明（Frank Leeming）根據最近發現的三百張非常精細的地形圖指出，這種分田方法可以追溯到西元前四世紀到唐朝中葉一直有效實行的所謂「均田制」。

這種制度的出現絕非偶然。早在周朝，平原的人口稠密，當時的人必須從已經存在的這種組織結構來考慮問題，這種組織結構就是古老的「神話般」的井田制——如果你相信李明陳述的理論。孟子曾經描繪這種井田制，但總是當做烏托邦而忽略。

在一九三〇年代，曾經是秦國首都的咸陽附近的渭河谷地，每塊土地一般爲三百三十二公尺寬。如果李明提出的理論正確，這是三份井田的寬度。這種標準也適用於山西、河南和山東；令人感到有趣的是，漢代的史料證實，在實行「井田制」時期，每戶分得方形田地的邊恰好是這個長度。

但是人口不斷增加，每戶能分得的土地愈來愈少。過去只養活一百戶人家的土地逐漸要養活幾百戶。爲了應付這種局面，李明認爲當時的人取消了東西方向的分配數額，只保留南北方向的數額。在當局調整土地數量的時候，只能考慮到固定的寬度，能有多少地就分多少。

農業收入在整個中國的歷史上一直是國家和民眾收入的主要部分，只有在最近幾十年這種狀況才有所改變，但是今天的農民仍然要按規定數量繳交公糧，或者以其他原物料代替。

在最初的幾個朝代，帝王直接控制生產，派遣官員親自監督田野上的勞動。「臣」字就表現一隻監視人的大眼睛，「老哥我看著你呢！」

大臣也要對帝王俯首帖耳，是帝王的僕人。「一隻低垂的眼睛，」高本漢總是這麼說，「眼（拉丁文是 *pars pro toro*）是一個俯首帖耳的人的形象。」他的話讓我們想起拉丁文的「臣」（部長）字也是「僕人」的意思。

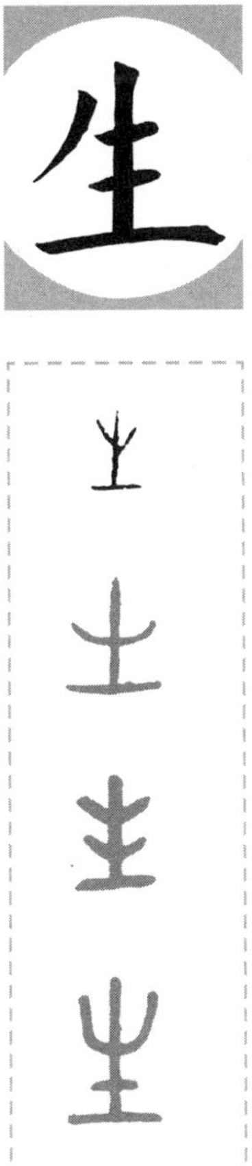

田地、灌溉水渠和水井，人類在地球上生存的百分之九十的時間是在沒有這些良好條件的情況下生活的。他們曾經是狩獵者、採集者，他們從寬厚的大自然獲取所需要的一切，特別是各種野生植物。

史前生活在中國中部和東部的人要比其他地方的人過得好，從植物學的觀點來看，這個地區是地球上最富庶的一個主區。一大批植物活過了第三紀和各個冰河期，在歐洲僅存五千種原生植物，在中國卻有三萬種。

很可能在植物種類與中國農業的出現之間有某種關係。人類是什麼時候和什麼原因定居，依靠耕種土地獲取食物，詳細情況我們知道得並不多。如果我們相信最近的考古新發現和碳十四測定的結果，那很可能發生在七千至八千年以前。

有不少傳說試圖解釋這種重要的過渡。傳說中的關鍵人物是神話故事中的神農氏。神農氏統治時期，據說是在西元前二八〇〇年左右，當時人口急遽增加，單靠採集和狩獵難以爲生。這時候神農氏設計了一種犁，當天空飄下穀粒時，他把穀粒收集起來，教人耕地和播種。

我們自然不能把神話當做史實，但其中畢竟包含某種象徵性眞理，是對文字出現以前各種事件的紀念。有誰能知道，如果中國歷史像現在這樣迅速地展開畫軸，說不定神農氏會在某一天展現自己在渭河谷地的黃土地上耕地的情景。

關於神農氏的各種傳說，最有意思的是，他不僅被視爲中國的農業之父，還是中國的草藥學之父。據說他能分辨出幾百種中草藥，知道什麼樣的病該用什麼樣的草藥去治療。

據說他蒐集的三百六十五種中草藥，成了西元二世紀中國第一部著名中草藥著作的基礎。隨後又出現了幾百種類似的著作。其中最有名的是李時珍的《本草綱目》，一五九六年第一次出版，隨後又多次再版，最近的一次是一九八一年。書中介紹了一千八百九十三種重要藥物，絕大部分是草藥，還有八千一百六十個方劑。這本著作今天仍然是未來醫生的基本教材。

對於來自歐洲的「蠻子」來說（歐洲重要的草藥知識大部分已經失傳，起碼對普通人來說是如此），在中國的「調味花園」裡散步是一種特殊的經歷。我永遠不會忘記石家莊解放軍醫院周圍所種植的草藥，一九七六年一位頭戴軍帽的主任醫師帶領我們參觀，並講解醫院使用七百種中草藥的哪幾種，那裡有拉維紀草、薄荷、茴香、蜜蜂花和芥子，如今這些植物在我們西方主要是當做調味品，儘管我們也知道它們是古老的藥材。不過當地也有很多普通的觀賞性植物，我自己家的花園就有，如連翹、忍冬、烏頭、桔梗、毛蕊花和款冬花，甚至還有車前草，我一直把它當雜草對待。

「有一部分在我自己家的花園就有。」我吃驚地說。

「我不敢相信，」她漫不經心地回答，「這些是中藥材，花園從來沒有這類植物。」

當我回到瑞典以後，我拿出植物誌和我從上海買的中藥字典，把我花園的植物查了一遍，跟我說的一樣。在我們做爲觀賞植物的野草中，有很大部分是中國的草藥，不過當我發燒的時候，我眞敢吃碾碎的連翹嗎？

我眞要蒐集忍冬以備冬天孩子咳嗽時使用嗎？

我有一個朋友是藥劑師，他笑著說：

「我對連翹一無所知，不過忍冬屬於止咳的藥。上回我給你的那種也是一種忍冬，你沒有注意到嗎？」

在中國中草藥知識至今仍受到重視，孩子在學校要熟悉他們當地最主要的草藥植物。一九七八年秋天，我親眼見到這種情況，當時我在山東半島最前端一個叫大漁島的漁村住了幾周。有一天，六年級的孩子要到村子後邊的山上去採集三種不同的中草藥，我也跟去了，一名鄉村醫生也參加了全部活動——勞動結束後野餐和唱歌。回來以後草藥交給了藥房的赤腳醫生，他們在那裡把草藥洗淨，晾乾。三種草藥都有消炎作用，屬於治療氣管和肺部疾病的藥。其中一種也可以治療腹瀉。

此後我訪問了多家中國大醫院，專家從一九六〇年代中期開始研究傳統中草藥的化學成分，把它們的效果與西藥效果比較一番。他們發現，有很多中草藥的療效非常好，儘管見效比較慢，但副作用較小。

遇有嚴重的病，民眾採用中藥和從石家莊製藥廠買來的西藥（如青黴素和鏈黴素）相結合的方法治療，這家藥廠離有「調味花園」之稱的解放軍醫院不遠。它是亞洲最大的製藥廠之一，不僅在中國，也向鄰國提供物美價廉的青黴素。我對中國人的評價是，他們是講究實際的民族。

幾千年來，中國的植物世界最主要的作用自然不是藥房，而是食品庫。遇有旱澇的艱苦歲月，顆粒不收，百姓重新成爲採集者，他們所具備的野生植物知識就顯得至關重要了。

我們在前文已經看到了「苗」字。這裡又有另一種小苗，「生」，它可能是生長在北方或西北地區結子的一種草，或者是野生蔬菜中的一種。下邊的一横據說表示土地。這個字來自甲骨文。

很多金文形象幾乎與甲骨文一樣。還有一些金文多一兩片葉子，但是隨著歲月的流逝，葉子被削減成只剩一個筆畫。

這時候我們離「生」字的標準形式已經很近了。

韭

這是「**韭**」字，表示一種發出輕微香味的中國韭菜。拉丁文爲*Allium odorum*或*Allium tuberosum*，是北方飯菜當中的常見食材。

不管是甲骨文還是金文都沒有這個字，雖然自古以來中國人就食用韭菜，《詩經》就曾經提到，該書最古老的詩篇可追溯到西元前十世紀的周朝初期。

《詩經》是中國最古老的詩集，也是了解古代中國日常生活的源泉。書的第一部分〈國風〉，是由優美的情詩和民謠組成，充滿對自然界植物和一年四季各種農活兒的具體描寫。

金鶯歌唱，姑娘提著籃子爲蠶去採桑葉。大家煮錦葵和豆子，把黃麻泡進水裡，吃野果，曬棗子，收穀子，釀酒和打繩。當秋天來臨，蟋蟀到床底下冬眠的時候，住戶會用煙把老鼠熏跑，糊上朝北的窗子縫，免得刺骨的寒風吹進來。

細心的專家讀完全書以後發現，書中共提到四十六種不同的蔬菜。他們認爲，大部分蔬菜生長在詩歌誕生的地方，不少蔬菜的原產地就在那裡。

有很多蔬菜至今仍然是中國食譜的典型食材。竹筍、白菜、蔥、韭菜、藕、小紅蘿蔔、蘿蔔和不同種類的豆角。眞是一座豐富的食品庫！

但是最令人驚奇的是，這些字沒有一個出現在甲骨文，只有極少數出現在金文。對這種現象的一種解釋是，在當時存在的成千上萬卜辭中，這些字的字形還沒有固定下來。但是最可信的原因卻是：百姓當時還不種植蔬菜。到處都是野生蔬菜，要多少有多少，大家不必爲此發愁。婦女在河邊採集豆角和小紅蘿蔔，就像地中海沿岸婦女採集車前葉做沙拉一樣，確實用不著卜卦詢問蒼天。

穀子的豐歉、獵物、對鄰國的征伐、帝王牙痛和后妃會不會生個兒子？這些都是具有另外價值的問題。結果的好壞關係到國家的政權和存在。

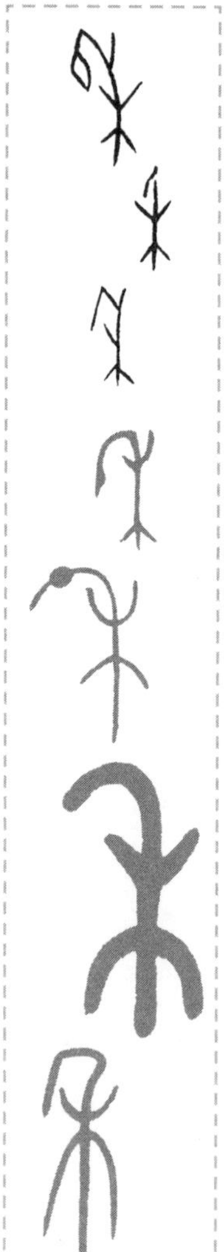

這個字是「禾」。我們歐洲人聽到這個字想到的是我們身邊通常有的小麥、黑麥、燕麥和大麥等穀物種類。中國人想到的是小米和大米。

實際上我們應該把這個字翻譯成「穀子」，因爲在創造這個字的地區，幾千年來穀子一直是主要糧食作物，挖掘出土的文物清楚地證明了這一點。直到今天穀子仍然是華北農民的主食。

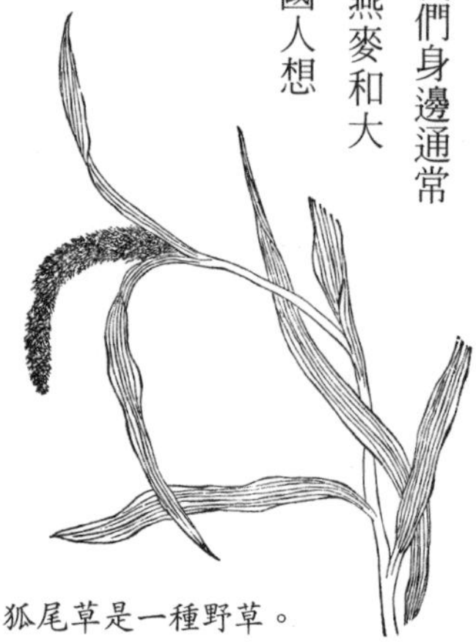

狐尾草是一種野草。

小米有多種寫法，所有的寫法都經常出現在甲骨文和金文，是指人採集或種植的不同種類的穀物，主要是 *Setaria italica*（粟）和 *Panicum miliaceum*（野黍）。由於種類繁多導致部分名詞混亂，直到今天仍有這種情況，但是經常翻譯成穀物、糧食的這個「禾」字似乎是最古老的。植物學家認爲，它是指新石器時代出現在整個華北地區的各種野生的禾，至今仍有些屬於野生狀態。它實際上是一種令人討厭的稗草！但小米是一種營養豐富的糧食，它含有的蛋白質與小麥一樣多，還有多好幾倍的磷、鎂、鉀和多種重要的維生素B。

「禾」字的甲骨文和金文的外形非常清楚，表現穀物特徵的沉重穗子顯得很突出。

黍

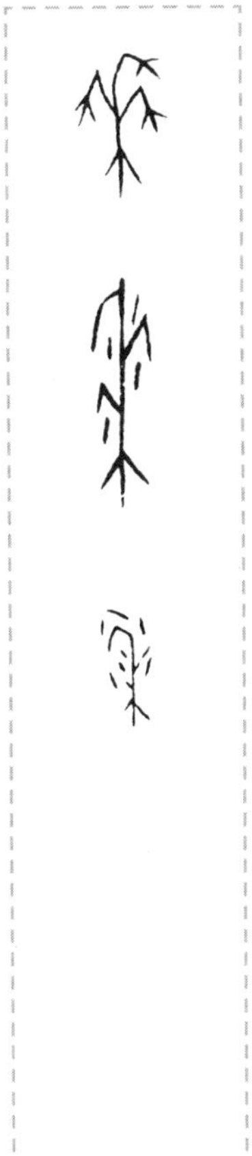

野黍是中國自新石器時代以來一直種植的另一種常見穀類，它的穀穗不是緊密的，而是分散的。

甲骨文的「**黍**」和不同的野生穀物很相似，小的筆畫表示正要落在地上的穀粒。

這不是不可能。原始的穀類成熟期的先後相差很大，因此古人必須分批收割，一穗一穗地掐取。如果不及時收割就會掉落在地上，這對人類是很大的損失，因爲穀粒太小了。

小米可以做粥，可以做飯，也可以釀酒，祭祀的時候既可以用米食上供，也可以用酒上供。直到宋朝（西元九六〇—一二七九）還留存一種儀式，宋人在這種儀式上供奉一種特殊的小米，儘管他們不再食用這種小米，但是爲了重要的祭祀活動仍然種植這種穀物。開天闢地以來，中國人早已習慣用這種米做的飯和釀的酒來祭祀。

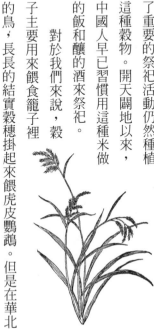

對於我們來說，穀子主要用來餵食籠子裡的鳥，長長的結實穀穗掛起來餵虎皮鸚鵡。但是在華北，如同在非洲一樣，小米是一種受人喜歡的糧食。沿黃河流域的「古典」地區農村，直到今天人人早晚都要吃上一碗小米粥，像古代一樣。他們同時吃鹹小蝦和用紅辣椒醃漬的酸蘿蔔，中國人說「很下飯」。

穀物的一種：蘆粟。

幾千年來出現過數不清的穀子種類。單單在穀子不占重要地位的山東半島，在一九五〇至一九六〇年代就收集

漢朝墓柱上的圖案（局部）。下面有一名農夫駕馭兩隻牛耕地，上面是一排穀子。陝西博物館，西安。

了兩千種，分屬六百個完全不同的變種。

在各種土壤和氣候條件下它們都可以生長。它們有著令人吃驚的耐乾旱和高溫的能力，但是在沼澤地和貧瘠的山坡上也能生長。在條件惡劣的耕作省份山西和陝西，農民同時種植兩個不同品種的穀子，希望至少有一種能有所收成。

和

「禾」與「口」組成「**和**」字。當大家都吃飽了，家裡一片祥和的氣氛時，那是一天最美好的時刻。也可能是：當眾人知道倉庫裡裝滿了糧食，過冬有了吃的東西，大家因而感到祥和？

香

「**香**」字如今寫成「禾」與「日」字的筆畫。但「日」字最初是由「甘」字轉化而來，如我們所見到的，它呈現出一個口，舌頭上有一塊糖之類的東西。

造這個字的人大概是想表現小米飯在灶上蒸，慢慢地煮著，屋裡充滿香味兒？也可能表現小米釀造的米酒散發出的香味兒？誰知道呢。不管怎麼看來是很香的。「香」字經常出現在人名、糖果名以及像牙膏這類商品的名字裡。帶「香」字的名字能給人美妙的聯想。城市名「香港」的第一個字是「香」，意思是「芳香的港口」。

年

「禾」字也包含在「**年**」字裡。「年」字起初是「收穫」的意思，是由「人」和「禾」組成。如今已經很難看出這一點。但是古老的字形是很清楚的。

秋

「禾」和「火」組成「**秋**」字。對，大家想的完全合乎邏輯。成熟的穀物紅似火，這是初秋的特徵之一。

或者是與秋後燒秸稈有關吧？這是一種秸稈變成肥料的簡單方法，此外也能使來年播種變得容易一些。

「秋」字寫得這樣清楚，不免使人遐想它的起源。但是很遺憾，表示「火」的部分以多種形式出現在古字裡，很難確切知道它代表什麼意思。「秋」字也有秋收的意思。按照中國的農曆，每年八月七日爲立秋。從這天起農人開始秋收（過去在瑞典「秋」字的動詞就是開始秋收的意思），這時候秋天已經來了。穀子收割完，馬上播種冬小麥。中國的土地沒有一刻休耕時間！借助動物和人的糞肥、河泥等自然肥，幾千年來這些土地都能獲得好收成，只要有足夠的水。

秉

一隻手抓著一棵穀子在古文裡意思爲「一把」，後來逐漸變成了表示穀物的量詞，而且也有了表示「抓住」的意思，即「**秉**」字。這個字可以與其他字組成各種詞，其中包括與政權有關的詞。

這使人想起，中國歷史有很長一段時間農民以繳公糧來付稅。農業是國家經濟生活的基礎，「抓住」糧食的人也就掌握了國家政權。

麥

「**麥**」字表示一棵有芒的麥子。在甲骨文和金文，這個字的字形大體上已經固定下來，至秦始皇統一文字的時候只是美化了一些筆畫，此後兩千年都沒有什麼改變。一九五八年推行簡體字，對麥字的簡化結果是少了四筆（麦）。然而這種簡化還是值得商榷的。人民因此與在中國生活和書寫達三千五百年的代代子民失去了聯繫，爲此少寫四個筆畫值得嗎？

「麥」一般稱做「小麥」，與它相對應的是「大麥」。

這兩種冬季播種的作物，與春季播種的中國傳統作物小米和大米很協調，因此能有效地輪作，對於土地和民生非常有益。

小麥很久以來在中國就備受忽視。它雖然在史前時代就已經生長（小麥來自中東），但是在幾千年當中總被視爲窮人的飯食，地位低於小米和大米。中國人認爲它太粗糙。「不過很清楚地，它能解飢。」漢朝的一本書有點惋惜地如此說。西元一九四年的饑荒使穀物價格猛漲，小米的價格比小麥高出兩倍半，但是大家想吃的還是小米，而不是小麥。就在這個時期，人民開始更有效地利用石頭製作的磨把小麥磨成麵粉，由此引發一次飲食變化，百姓不再只知道煮小麥吃，他們可以製作出很多可口的食品。

在這個時期，漢朝的統治向西到達了羅馬帝國東部邊境省份，連接東西方的絲路在沿線的商業出現了初次繁榮。可能就是在小麥原產地的某處高原上，中國人學會了用麵粉和水和成薄的麵皮，做成包子和餃子。這些形狀小巧的麵食裝滿了肉和蔥等內餡，在人種中心論的西方食譜經常把這些東西稱做「中國餃子」。

中國人很可能是從駝隊商人那裡學會這種技巧，後者往來於沙漠和中國人口稠密的平原。商人在城門外的帳篷裡做「野蠻」的飯菜。在亞洲各地，人人都做這種帶餡的圓形或半月形食品，但是什麼地方都不如中國人做出的這類食品易消化，而且花樣眾多，由此揭開了中國飲食歷史上全新的一章。

作料調好的豬肉和大蔥是最常見的餃子餡，但是沿海各省也經常用蝦和蟹做餡，其中最香的餡是豬肉和蝦的混合餡，這種搭配別提有多妙了。餃子可以煮著吃，也可以蒸著吃，可以連湯吃，也可以蘸醬油和醋一起吃，可能還要加一勺糖。如果剩幾個，第二天用油煎一煎，這時候吃起來更香。

還有很多甜的麵食，裡邊有黏黏的紅豆和棗泥餡。

有些飯館專門賣這類小吃，但是在北方，大家通常把聚在一起包餃子當做一種樂趣。餃子並不難做，但是費時間，因此理想的辦法是三五好友大家一起來，餃子包好了，肚子也正好餓了！

薄薄的麵皮還可以做令人垂涎欲滴的春捲以及小小薄荷餅，薄薄的餅裡有香油、蔥花和胡椒粉等作料。還有饅頭，不加糖，也不加鹽，比乒乓球稍大一些。不吃米飯可以吃饅頭。對於習慣吃棕色長麵包的人來說，第一次吃饅頭覺得饅頭沒什麼味道，可是，饅頭軟軟的，就著各種炒菜和作料吃起來美極了。

絕大部分麵粉用來做麵條，北方人把麵條當做主食，就像南方人把米飯當做主食一樣。有各式各樣口味不同的麵條。他們用對我們來說極不尋常的方法做麵條料理：有雞湯麵，有雞絲、芹菜和香菇炒麵，或者用豬腎和香菇炒麵，或者……各種花樣，無窮無盡。

麵條很長，也是長壽的象徵，在古老的中國，長壽是人人醉心追求的。毛澤東八十歲的時候我正好在上海，麵條在當地不像北方那麼長。我問一位好朋友，是否會有官方的慶祝活動。「沒有，不會有任何慶祝活動。主席不同意舉行任何慶祝活動。」然後她笑了一笑說，「我們想在今天晚飯時吃麵條慶賀他的生日。」

過去的人是用全麥麵粉做各種麵食，如今西方的白麵粉傳入中國，這種麵粉很細，做出來的麵食既白又漂亮，但是無論是在味道方面還是在營養方面都失去了很多。

我們西方這種麵包過去中國從來沒有，除了與外國人有關的少部分人以外，但是現在也有了西方式的麵包。最近在城市裡有了在模具裡烤的麵包，公園裡的食品攤像糖果一樣把它們賣給在寺廟和假山之間遊玩得饑腸轆轆的遊客。他們直接吃，就像我們西方人吃一包炸薯條或爆米花一樣。在很多地方還有用普通麵包做漢堡，這種麵包是按美國的專利烘焙的。

小麥的名氣一天比一天高，但是勞動起來明顯比小米費事。小麥經常受到害蟲和各種病毒侵害，單位面積產量低，而且難以儲存。它還要求較多的肥料，而中國農民的肥料一直不足，因爲他們從來不像西方農民把牲畜養在大範圍的圍欄裡。不過現在也有了化肥和大規模的噴灌技術，很快小麥就有了優勢。

「米」字非常清楚，但我們看到的是什麼東西呢？「是一個圖像。」高本漢輕巧地說。不錯，然而是什麼東西的圖像？「穀粒。」《說文解字》說，「是穀子。」

「打穀場上有四堆穀子。」另一本有關文字的書說，並引證部分甲骨文的這種字形。

「不對，」考慮其他甲骨文的人說，「那分明是稻

穗，那根橫線是稻稈本身。黑點是稻粒。」

「完全錯了，」其他人說，「那根橫線是脫粒工具。」眾說紛紜，莫衷一是。但是沒有一種說法令人信服。然而眾人畢竟感覺到，它是刻畫某種具體的東西。我們通常把這個字譯成大米，但它還有「種子」的意思。說種子非常合適。《辭海》是這樣寫的：一種穀物或其他植物的種子。去皮以後是白的。

去了皮的稻穀通常稱做「大米」，去了皮的穀子則稱之爲「小米」，只有一兩公釐大。「米」字轉意也可用作小事或類似的東西，如「花生米」和沿海地區的「蝦米」。「蝦米」是一種絕好的寫照。曬乾以後蝦米只有米粒那麼大，但是非常香！

多數外國人認爲，中國人的主食是大米。其實不盡然。從新石器時代以來就有兩種界線分明的農業傳統。長江以北主要種植穀子和小麥；江南主要種植水稻。

這種情況自然有其道理。穀子和小麥能適應北方惡劣的氣候和降雨量不平均的情況。稻米要求的條件比較高，它既要求溫暖也要求充沛的雨水。旱地稻有些例外，它只能生長在能定期灌溉水的土地，或者是雨水，或者是人工灌溉。這種自然環境只能在河谷、沼澤以及華南的三角洲找到。

後人在黃河流域早期的農業文明中發現了水稻，慮及古代黃河流域溫暖、潮濕，當時種植水稻是很有可能的。但是當時眞的種植水稻了嗎？大家的想法分歧很大，觀點各異。

百科全書經常這麼寫著，水稻發源於印度，從西元前三千年以來印度一直以產水稻著稱。但是現在在中國有了很多考古新發現，這種理論可能站不住腳了。大量的碳十四測定資料證明，早在西元前五千年，農民就在長江三角洲的沼澤地大量種植水稻。一九七六年挖掘石器時期的村落河姆渡時，到處都可以看到水稻的遺存，有著大量米粒、稻芒、稻稈和稻葉的遺存層達半公尺厚。那裡確實存在著種植和農業，特別能說明這一點的是，他們還發現了大量的鎬頭和其他農業工具。

那裡發現的水稻是目前所知世界上最早的。即使稻米不是發源於中國（有些學者持這種觀點），大家也知道，長江流域各村落的百姓種植水稻，就像黃河流域的居民種植穀子一樣早。

水稻是一種喜歡潮濕的草。但是在七百多種不同的水稻當中，有一種能適應除了潮濕以外的其他生長條件。這就是旱稻。它能夠在缺水和土壤條件較差的環境下生存，比其他稻種明顯成熟得早。儘管它的味道不像其他稻種那樣好，但是結實、適應性強。這種稻是由於一次長期乾旱於一〇二七年傳入福建省的。人民挨餓，百姓無法賦稅，於是皇帝下旨推廣由占婆（今越南）傳入的旱稻，以恢復生產。

新稻種很快傳遍華南各地。過去只在有水源保障的河谷才能種稻，如今則開闢了新的可能性。經過了幾百年，江南的山區就變成了梯田，在空氣濕潤的梯田上長著綠油油的稻子。這是中國一大古典美景。

普通稻栽植以後要一百五十天才能吐穗。占婆稻只需要五十到一百天。在長年的實驗中，農民培育出適合當地土壤、雨量和氣溫的新品種，到了十九世紀中葉，農民把時間縮短到三十天。從此以後，農民每年至少種兩季稻，最南部地區可收三季。這中間還可以種一茬蔬菜。

生存條件明顯得到改善。即使一季收成不好，還可以在當年有其他機會。於是人口大量增加，中國的重心南遷。儘管自十三世紀以來，中國都是以北京爲統治中心（只有很短一個時期例外），但國家的經濟中心一直在南方。在這種變化中，稻米扮演重要的角色。

瓜

在西方的植物書中這樣寫著：南瓜、冬瓜、黃瓜和甜瓜是在世紀之初的某個時候傳入中國。具體時間已經無法確定。一九七〇年代考古發現證明，這些瓜類已經在中國存在很久。

在石器時代的河姆渡村落，學者專家發現了冬瓜的種子，這樣我們只跨幾步就到了西元前五千年以前。在村子裡發現的很多陶器也有明顯的冬瓜形狀。其他的考古發現也顯示，西元前七〇〇年在陝西就有甜瓜，成書於同一時代的《詩經》就提到過甜瓜。碳十四測定年代爲西元前二七五〇年的出土文物，也發現了甜瓜的遺存，但是對於具體時間大家仍有分歧。

絲瓜。

越瓜。

不管怎麼說，屬於葫蘆科的植物在中國已經存在很久了。我們可以在金文中明確無誤地看到一個「瓜」字，它掛在架子上，充滿甜汁，這是進一步的證明。

然而甲骨文卻沒有這個字。不管在炎熱的夏天甜瓜是多麼清新可口，它對國家的生死存亡可能沒有意義，大概用不著爲它的收穫卜卦詢問蒼天吧？

「瓜」字包含在很多葫蘆科的植物名字裡。甜瓜、南瓜和黃瓜屬於中國人最喜愛的蔬菜和水果。只要環境許可的都在房前屋後種瓜。我在北京的幾位朋友家中，整個房前和大部分屋頂夏天都爬滿了葫蘆秧。寬大的葉子在房頂上空創造了美麗的涼棚，室內充滿柔和的光線，使眼睛在強烈夏日陽光下感到很輕鬆。還有那葫蘆，用手一敲，有悶鐘的聲響。

我一九六二年要離開中國的時候，老琴師管平湖爲我畫了這張傳統畫，以紀念我們上音樂課那間屋頂夏天爬滿的矮瓜等遮陽植物。老琴師的父親是位宮廷畫師，他本人也在宮中受栽培成爲畫家。一九一一年推翻清廷後，管平湖利用餘生致力於中國傳統的弦樂「琴」，一種自孔子時代就開始柔和悠揚的樂器。

第七章

酒和器皿

酉

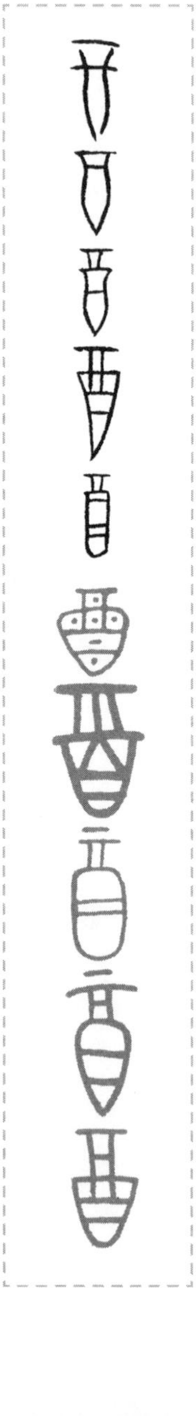

自古以來中國人就會釀酒。從周朝詩歌和甲骨卜辭充滿各種關於酒的誘人描寫可以看出，酒在商代社會扮演著極爲重要的角色，特別是與各種祭祖典禮有關。沒有多少字能比「酒」在卜辭中出現得更加頻繁。

新石器時代的陶器。

中國人不像我們把酒分成酒精含量低的色酒和含量高的烈性酒。他們把一切能使人醉的飲料統稱爲酒，不管度數有多麼高。在幾千年當中，色酒是中國人釀造的唯一酒精飲料，使用的原料一般有穀子、野果以及李子和桃這類水果。用蒸餾方法使色酒含有較高酒精濃度是西元一千年才有的事情。

起初是怎麼想出要釀酒的，我們對此知道得不多，但是一九八五年公布的商代藁城出土文物有一座十五公尺長的建築，從各種材料判斷它是某種色酒釀造廠，是迄今所能找到最古老的色酒廠。考古學家在一個罈子裡找到了一種灰白的乾塊，他們認爲這是當時使用的酵母遺跡。此外還發現各式各樣的陶器。有些很寬的開口陶器很適合用於穀物或水果發酵，這是釀酒過程的第一步。其他的陶器較細、較高。其中有很多是尖底的，上面裝飾橫條或稜紋。

「酒」字是仿照這些罈子及其前身的形狀造出來的。

按照馬氏辭典的解釋，「酉」字的意思爲用八月新穀子釀造的酒，沿用《說文解字》的說法。它漂亮得像是一種新開胃酒的廣告。這個字還指下午五點到七點這段時間。它是一個酒罈的形象。

酒

就「酒」字的一般概念而言（《說文解字》解釋爲「人類的喜與不幸」），中國人是根據酒罈的形象創造這個字的，加上「三點水」表示液體。當他們在西元一千年用蒸餾方法釀出烈性酒的時候，以這個舊字爲基礎區分新的酒精飲料。

葡萄酒在中國一直不普遍，雖然在唐代就出現了，但是直到今天除了西部產葡萄的沙漠地區以及與西方人有聯繫的社會階層以外，葡萄酒仍然少見。蒙古人發酵的馬奶酒，不管喝起來多麼醇香，從來沒邁出他們的版圖之外。

中國最有名的色酒是黃酒，特別是紹興產的。這種琥珀色的米酒醇厚而芳香，用小巧玲瓏的酒杯溫熱以後喝下去，彷彿直接流到血液裡。黃酒已有兩千三百年的歷史，馳名海內外。

無酒不成席，遇有紅白喜事絕對必要，如同在中國的重要慶典一樣。過去一對夫婦生下女兒時，就要把一罈酒埋在地下，等女兒長大出嫁時再挖出來。主人請客人和祖先喝罈裡的酒，剩下的做爲珍貴禮品，由出嫁的女兒帶到新家。

但是也有烈性酒，是名副其實的燒酒。酒精含量在百分之六十五到百分之九十五，還添加一些草藥、水果或者像蛇和蜥蜴之類有毒的爬蟲。最烈性的要蒸餾十二次。

「畐」字與「口」和「田」沒有任何聯繫，儘管它的模樣似乎有。像「酉」字一樣，從側面看它也是一個長脖子的酒罈。在甲骨文它被當做「福」字用。轉意是很容易理解的。罈是最重要的儲存器具，不僅對酒來說如此，對乾的東西，如糧食也是這樣。而當罈子裝滿東西時，心裡怎麼會不充滿富足感和對未來美好的憧憬呢！

福

爲了區分這兩種意思，中國人很早就在表示酒罈的最初形象加了一個表示預卜的「示」字，成了「**福**」字。填加的「示」字經常被說成是棍子，那根預測吉凶和解釋影響人類生活的不尋常自然現象的棍子。收成好嗎？糧倉能裝滿嗎？過得幸福、富足還是大難要臨頭？

新石器時代的陶器。

後來的中國人總結出有五種幸福：福、壽、康、寧、樂。每到春節家家戶戶就在臨街的大門貼上紅對聯，祈求來年幸福、吉利。如今這個傳統大體上消失了。對聯的內容大都關於傳統而不是宗教和迷信。

「福」字也經常出現在家具、布疋和瓷器上，做爲裝飾之用。有時候可以看到五種幸福寓意在五隻蝙蝠的形象裡——這是中國人喜歡的一種字謎。其中「蝠」字與「福」字的發音完全相同。

壺

這是個「壺」字。在最初的幾個朝代，它是指溫酒用的壺，如今泛指盛裝熱液體的器具，加上其他的字可以組成「茶壺」和「水壺」等。

「壺」字經常出現在甲骨文。它表示那些壺體又高又重、有結實底座的壺。有些壺的頸很漂亮，還有小眼睛和把手。這是必要的。實際的壺經常有半公尺高，用的時候很燙手。

這類壺以及它們與「壺」字的關係還有幾個問題有待解決。其中一個是蓋的問題。甲骨文和金文的所有器皿圖案都有蓋，但是實際上保存至今的同時代器皿卻經常沒有蓋。周朝的陶壺不完全代表如今所保存的壺。然而「壺」字肯定是根據類似壺的器皿創造的。

蓋本身有一個令人頭痛的問題，即易碎，這一點大家都知道，特別是陶質的蓋。這個問題也關係到青銅器，青銅器一般是有蓋的，就像文字顯示的那樣，因此挖掘出來的文物應該能找到大量的蓋，對不對？但實際不是這樣。這類壺蓋直到周朝才普遍，比「壺」字的創造晚了幾百年，這類蓋是平的，像瓶蓋。

周代硬質陶酒壺。

同時還有一些商代的其他酒壺，樣子很像古老的漢字，蓋子頂端總是有一個明顯的圓球。唯一的區別是把手可以放下去。不過這類把手我們在已經看過的酒壺中也能找到。

請看左圖的這把青銅酒壺。它半公尺高，確定爲商朝中期製造的。壺面鐫刻著有力的饕餮紋和雷雲紋。這把壺是一九八二年夏天在鄭州商城回民食品廠銅器窖藏坑出土的。鄭州是商代主要的城市。它在本質上與過去的「壺」字所依據的難道不是一樣嗎？

商代的饕餮紋提梁銅卣，鄭州。

但是它卻稱做 **卣**（音同有）。

有些外觀類似、功能也相同的器皿卻有著不同的名字，而那些外表不同的器皿又有著相同的名字。這是怎麼一回事呢？

據我所知，問題還沒有很好的研究結果。可能這一切是個錯誤，宋代學者爲青銅器分類時所依據的不是充分的考古材料。這個謎底對我們這本書是無足輕重的，但是不知道其間的關係讓人很不舒服。借助一直源源不斷的考古發現，總有一天會有好奇者撥雲見霧。

至此，我們僅僅知道，今天的「壺」字最初是根據一種溫酒的器皿創造的，此後藝術史家一直如此稱呼它。

在我寫完這些文字的一段時間裡，有一天我坐讀《詩經》，有一行詩吸引了我，我就去找高本漢的譯文，驚奇地發現，「壺」字在周朝初期，也就是《詩經》創作的年代，意思爲「葫蘆」。

有著漂亮形狀的葫蘆就是第一個「壺」，此後這個名字就泛指時人逐漸用陶和青銅器製造的那些壺，有沒有可能是這樣？

在我們自己的語言裡也有很多類似的情況。積木如今經常都是塑膠做的，而不再用木頭；學校的一學時（一堂課）不是六十分鐘，而是四十分鐘；驅動現代車輛的不再是馬，但度量發動機的單位仍然用馬力。

漢字也是這樣。當它們剛成形的時候，也是以當時的人使用的實物爲出發點。然而隨著時間推移，實物的外表經常變化，但漢字依舊保留了昔日的樣子。它們的意思早已被普遍接受。

葫蘆從最初人類定居時代就被用作盛物器具、打擊樂和弦樂樂器、吹奏樂器、瓢、蟋蟀籠子等等，最主要還是被當做取水和存水的壺。儘管葫蘆屬於葫蘆科植物，但它的皮堅硬、密實。其形狀各式各樣：有的有長而細的頸，有的有沙漏式的腰。所有的種類都有一個碩大的身軀，秋收的時候裡面裝滿成千上萬個種子。

幾千年來，葫蘆在東南亞創世的神話中扮演著重要角色，根據一個傳說，第一個人來自葫蘆。葫蘆經常出現在與收成、生育有關的慶典中，如婚禮。

葫蘆形陶器。新石器時代，西安。

這個字也是「酒壺」的意思，那又怎麼解釋呢？其實沒啥特別，「卣」字也是一個葫蘆形象，只要看一看它的古字，就會一目了然。

可能是有某種特殊用途，或者出自某個地方的壺的名字吧？或是一種方言的字？

打水時會用到很多容器。有一種容器構造很不一樣，這一點從黃河流域的地理可以找到合理的解釋。半坡和其他定居點都在河邊高坡上，每次打水總會遇到一個問題：怎麼使懸掛在長繩上的水罐倒下灌水？所有從船上打水的人都知道這有多麼困難。這種水罐就解決了這個問題。它們的把手緊靠下邊，這使它們頭重腳輕，因此在水面會倒下，水就從罐口流進去。水灌滿了，罐子靠自身的重量自動立起來。這時候只要拉上來就行了。

各式各樣的陶器在中國農家仍然很常見，因爲秋收以後各種糧食都保存在家家戶戶裡。玉米成串掛在廚房的屋簷下，穀類放在大缸裡。院子裡通常有一公尺高、帶蓋的醬缸，裡邊深色的醬菜散發著芳香。最初幾個朝代的陶器，甚至是新石器時代的，在今天中國任何農家廚房都有可能還在不知不覺地使用。

「**食**」字表現一個有足和蓋的結實容器。按《說文解字》的解釋，「食」字下半部分表示「穀香」、「美宴」，這是一個很好的提示。

「食」字也有「缺」、「暗」的意思，它組成「日食」和「月食」等合成詞。我過去覺得這些合成詞很模糊，直到我親身經歷一次日蝕，才體會到這個隱喻是多麼確切——月亮確實「吃」掉了太陽。

陶罐太貴，自家做的紙缸同樣可以好好地保存乾燥的東西。將舊報紙的紙漿和漿糊塗在陶器上，曬乾，然後小心地揭下來，就完成了一個很好的容器胎，上面可以糊上漂亮的花紙。

右圖是半坡原址博物館內大約西元前四千年的骨灰甕。當時的人習慣把早夭的兒童埋葬在屋角外邊，至今仍有很多地方有此習俗，如半坡所在的渭河谷地。它們與六千年後山東大漁島村打漁人家的醃菜缸和黃醬缸（上圖）形狀仍非常相像。

合

兩個古字字形非常相同的字。表示口上有一個蓋，其意爲「**合**」。

它與其他的字可以組成很多與合作有關的合成字，在商業、唱歌和生活方面。

同

這是一個「**同**」字，可組成「同志」、「同心」、「同意」等詞。

「同」的意思爲，與你經常同在，因爲看法相同而同意你的意見。

鬲

把源於古代的所有字都列出來太冗長了。讓我只舉出最吸引我的一個。它是古代的一種容器，有著世界其他地區鮮爲人知的奇特結構。它就是「**鬲**」（音同立）。

它有三條牢固的空心袋足，像是盛水和酒的罐子。有一種理論認爲，把容器的三個袋足連在一起擱在地上更穩固，因而出現了這種容器。有可能，從節約能源的角度看，這種容器在任何情況都優於常規的容器，因為它與火的接觸面更大，食物能更迅速煮熟，柴火用得更省。

但是有趣之處不僅僅在於「袋足」的形狀。當我們更加仔細看的時候，會發現它們的形狀類似女性乳房，圓而豐滿。很多陶器的袋足像剛餵過奶的乳頭那樣突出。陶器愈古老，這種特徵愈突出。

這種相似絕非偶然。在早期社會婦女是家族中心，男人來來去去長期外出打獵，而女人一直待在村子裡。她們生兒育女，為全族人做飯。「她們從事農業、採集植物，」專家說，「製作日常生活以及祭祀天地各種儀式所需要的器物。」

女人家坐著，手裡拿著柔軟的泥，懷裡抱著孩子。這些陶器製作者把陶罐的形狀做成養育生命的乳房是相當自然的。這些婦女的內心難道不會產生強烈的自我崇拜，對自己能生育孩子的軀體充滿快樂和滿足之感嗎？否則她們能製作出這樣的容器嗎？

也可能是母牛和母羊的乳房吧！有人這麼抬槓。

我不相信。漢人的飲食從來不包括牛奶，也不包含黃油和奶酪。沒有人去擠牛奶。牛奶和羊奶是給正在發育的小牛和小羊吃的，跟女人奶水給孩子吃完全一樣。不管如何，人類是自己世界的中心。如同女人奶水能提供孩子營養一樣，三條袋足（或三個乳房）容器裡的飯也能給全家人營養。這種富有慈愛魔力的形式很容易理解。

這種形狀的容器早在新石器時代就出現了，在商代達到鼎盛時期。這時候它在盛食物的容器中是最常見的。在某些出土的文物中，它占了所有發掘容器的四分之三。它們幾乎都是煙熏火燎，有長期使用的痕跡。但是後來這種形狀的容器大踏步後退了，到西元之初已完全絕跡。

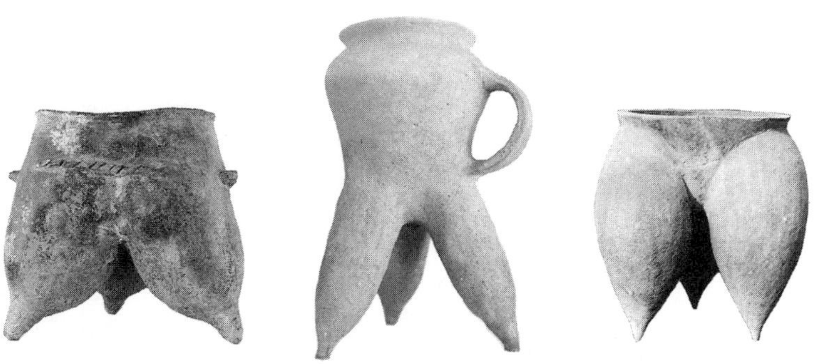
鬲有三隻形似乳房的中空袋足，這是中國獨有的。左邊兩件出自新石器時代，右邊一件出自夏朝。

這時候，情況發生了變化。當狩獵失去了意義而農業獲得發展的時候，男人承擔了主要的生產任務，占據了村落中的主導地位。據說，在商代女人的地位還很強大。大約在西元前一三〇〇年，統治的武丁王把自己三個妻妾分封為各地區的「諸侯」，其他妻妾也位居高官，甚至身為征伐鄰國的軍事統帥。但是女人身兼村落生活領袖的地位已經在消失。

當實用而又沉重的轆轤普及以後，男人也成了陶器的製造者，後人從陶器上留下的指紋就可以看出這一點。盛食物的容器也變了。具女性乳房的明顯外形已經消退，僅剩空心的「足」還留著。

那「鬲」字呢？沒有變化。它的形義相當明確。

它一定是人類所設計最實用的一種容器。但其歷史還沒畫下句點！中國人在它的口上放了另一個底上有孔的容器。碩大的袋腿蒸煮著食物，熱氣上升，上面的容器做菜

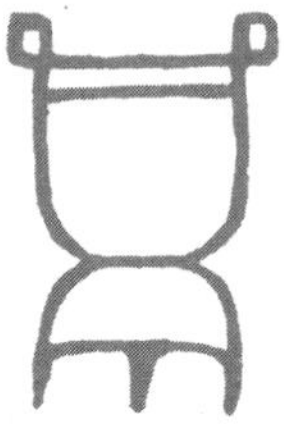

仰韶附近的不召寨出土的蒸煮用具。新石器時代。

和其他食物。上下一體，不論是熱量和味道都不會逸失。

這是一項典型的中國發明！

這類二合一的容器通常被描寫成「飯鍋」或「蒸鍋」。它給人的印象是，上半部分蒸大米飯，就像我們西方人有時候會做的那樣。

但實際上不是。首先大米在這種容器廣泛出現的地區並不特別普遍，這些地區的人大都是吃粟類。此外，不管是大米還是粟類顆粒都很小，很容易從上方容器相當粗的底孔漏下去。

不管是在新石器時代還是在最初的幾個朝代，中國家庭的標準食物，正如我們已經看到的那樣，都是由穀物和肉煮成一種很稠的粥，需要煮很長的時間味道才能出來，因此放在下邊的袋足容器比較容易炊煮；而蔬菜和其他比較易熟的食材就放在上面的容器煮，這樣顯得更自然。這種解釋有一件容器的銘文可證明。銘文說，這種容器是在旅行時用來煮大米和小米粥用的。

鼎

商代的人開始用青銅鑄造很多日常容器，鬲也變成了最常見的青銅容器。另一種容器像鬲一樣由新石器時代流傳下來，稱做「鼎」。起初是圓的，有三條腿，後來演變成方的，又加了一條腿。在規模和涵義上都變大了。最初它是普通人使用的一種容器，後來變成了高貴的祭祀容器，是國家權力的象徵。中國人迄今發現最大的圓形鼎有二百二十六公斤。最大的方鼎有八百七十五公斤，一百三十三公分高。女兒說，跟普通的昔得蘭矮種馬一樣高！

你們大概還記得大禹治水的故事吧？據說大禹經過多年努力終於把洪水引向大海，人民又能耕種以後，他於西元前二〇七〇年建立了夏朝，把國家分為九個州，下令鑄造象徵這些州的九個銅鼎。

「九鼎」共同代表君王和國家的權力。四百多年以後夏朝失去了上天付委的天命，鼎就轉交給了勝利者商朝。據史料記載，商朝滅亡以後，鼎的責任也交給了周朝。

下圖有著尖足的厚重商代大鍋就是當時銅鼎的典型代表。商代銅鼎簡潔而莊重，同時期的金文也是這樣。

後來這類容器的外觀逐漸變得輕便了一些，足部有了凸起的紋飾，如青銅「刺繡」。這種發展仍在繼續。

周代很多銅鼎的足部都給人一種印象，它是容器最主要的部分。鼎足經常被製作成側看像是鳥或者其他動物的形象。

「鼎」字就是根據這類容器創造的。

缶

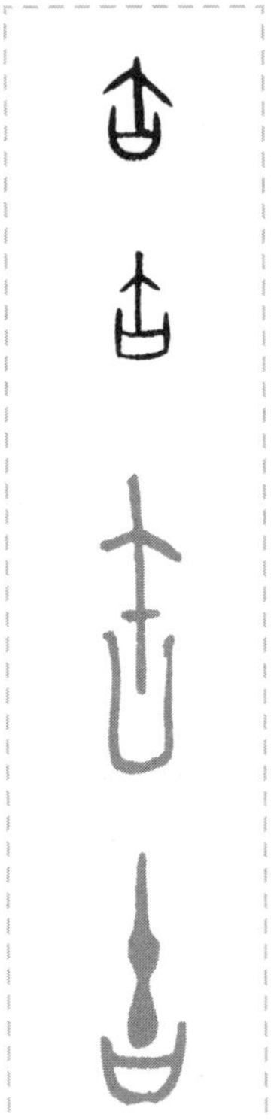

在新石器時代，陶是在地上挖的窯坑裡燒製的。當時的人在離窯坑有一段距離的地方燒火，爲了有良好的通風，窯口的位置要低一些，通過灶膛把火引到擺放待燒容器的有孔「架」上。窯坑的上面有一個頂，可能每燒一次都要建一個新頂。

半坡村的東部可能就是製陶中心。後人在那裡發現了六種不同的窯，在其中一個窯還發現了陶坯，不知爲何沒有燒。

在定居點旁邊的博物館裡，藉由下邊這張圖片可說明當時的窯坑。前面一窯可看到陶匠把陶坯放在燒焙的位置上，小火苗經由灶膛升起來；後邊一窯燒製工作正在進行。右角插圖呈現窯的剖面圖。

這種陶窯早在商代就在使用，到了周朝繼續使用，

「缶」（音同否）字很可能就是根據我們現在看到的這種窯所創造的。字的下半部就是燒窯的灶門，上半部是窯頂。不過圖形不是特別清楚，至於金文則更加不清楚。

窯的復原圖，半坡博物館。

第八章

麻與絲

麻

我們在這裡看到兩捆「**麻**」。麻是一種有著細長而結實纖維的植物，用來編繩、織網在中國至少已有六千年。必須去掉表皮才能得到纖維，或者把收下的麻稈放在田野的架子上，讓其風吹日曬，或者把麻稈泡在水裡，加快表皮的腐爛過程，然後將其曬乾。我們從上面的「麻」字可以看出某些過程。

麻有很多種，有些品種可高達二到三公尺，以前的人用麻來編繩、織網和織麻袋，現在仍然如此。麻又粗又硬，可能因爲這樣，「麻」字還有「粗糙」、「不平」的意思。

有一種長得比較矮的品種叫大麻，在瑞典我們都熟悉它的拉丁文名字*Cannabis*。在中國，史前的人在治病過程中就拿它來鎮靜，但是從來沒有人把它當毒品吸。我不知道爲什麼。

這是一種喜歡在陽光充足的乾旱高原上生長的植物，但它也喜歡肥沃的土壤，只要有人的地方就有它，因爲人類生存的地方土壤經常是肥沃的。北方的遊牧民族，特別是當中的黃教徒，把大麻當做使他們進入幻境的藥物，很可能是他們把大麻帶入中亞和印度，在那些地區大麻長期以來被當做毒品吸食。

「麻」字還包括在「麻痹」、「麻醉」、「麻木」等很多詞語中，很多藥用植物的名字都有「麻」字，如治療風濕病的著名植物「天麻」，全世界治療氣喘病所使用的「麻黃素」。其實它們當中沒有一種跟麻屬於相同的科，但是很早以前中國人就把麻當做藥用植物使用，所以其他有類似作用的植物也統歸在「麻」字下。

能夠導致嚴重皮膚病變的名也包含「麻」字，如麻疹和麻瘋病。一個人得了天花以後在臉上留下的痕跡就稱做「麻子」。

但是「麻」字在這裡可能是轉意——一個人看起來就像臉上撒了一大把麻籽？這個名字殘酷，但確實是一個天花患者斑駁皮膚的鮮明寫照。

那種低稈、樹叢狀的麻產籽特別多。中國人拿它來煮粥，啊，中國古代的人把麻歸類爲「穀物」。麻主要用來榨油。這大概就是爲什麼很多重要的油料作物名字裡都有「麻」字，如「芝麻」、「蓖麻」和「亞麻」，它們都是後來引入中國的。從植物學的觀點來看，它們與麻沒有任何共同之處。

麻是織布的原料。麻布材質結實、輕便，夏天涼爽、吸汗。

直到我了解到麻屬於蕁麻類植物時，我才明白麻織成的布何以有這樣的質量。過去在我們瑞典用蕁麻織出了漂亮、輕便的布料。自古以來中國人就用蕁麻織布，直到今天還是如此。一種稱做「中國草」、拉丁文叫*rami*的蕁麻叫苧麻，它在中國華南諸省仍然廣泛種植，是一種很有實用價值的植物。當農人砍下高高的苧麻稈時，它馬上會長出新的。如果氣候好，土地肥沃，每年可以收穫三至四次。用苧麻纖維織的布幾乎與絲綢一樣漂亮、舒適。「麻」字既用在「蕁麻」，也用在「苧麻」。

棉花現今被視爲典型的中國植物，不過它在元朝才開始種植，到了十七世紀才代替麻而成爲編織日常用布的主要纖維，但是至今仍有人在葬禮時披戴未加染色的麻布。

沒有任何東西比穿破的尼龍襯衣更無價值，但是穿破的麻布衣服、廢舊的麻繩和漁網卻可以造紙。中國人把它們剁碎、蒸煮，在一個很大的容器裡攪拌成漿，然後把漿薄薄地攤在蘆席或細密的網上，乾了以後就成一張紙。這一發明是中國對人類最重要的貢獻。這是典型的中國特徵：勤儉、富於創造和進取。什麼東西都不扔掉，一切都可以廢物利用、化腐朽爲寶貝。

所有的紙原則上仍然這麼製造，即使今日先進的造紙工業也不例外。保留下來最古老的紙是西元前一世紀的，紙已經發黃，歷兩千多年仍然不碎，儘管它僅有〇．〇一公釐厚。這種紙主要用於貴重物品的包裝。過了二百年以後，即西元一〇五年，宦官蔡倫和皇宮的造紙匠成功地製造出能用墨和毛筆寫字的密實紙張。

麻在很長的時間裡仍然是造紙最主要的原料，直到元朝，百分之八十的紙都是以麻作原料。此後才由竹、桑樹皮、稻稈和其他材料所代替。

在六百年內中國人是獨一無二的造紙者。但是西元七五一年夏天，阿拉伯人在中亞的怛羅斯打敗了中國軍隊，這是世界史上極爲重

漢代造紙，把濕紙漿攤在木板上，曬乾就成了紙。現代線描圖。

要的一場戰役。從此唐朝開始走向衰敗和滅亡，與西域的幾百年聯繫中斷了，中國被自己身後的沙漠和山脈等自然屏障所隔絕。

在阿拉伯人所俘虜的中國戰俘中有一些造紙工人，在他們的指導下，撒馬爾罕發展成阿拉伯帝國的造紙中心。造紙術經歷一千年傳入亞洲和北非，最終於一一五〇年傳到西班牙，在隨後的幾百年間傳遍整個歐洲。十七世紀末傳到北美。現在連小孩都知道什麼是紙。假如沒有紙，我們的文明會是什麼樣子？

麻造的紙現今中國人只用來包裝，與當初完全一樣。不同的目的使用不同的紙。最著名的安徽宣紙有九十多個品種，使用這種紙的人並不限於畫家和書籍裝訂者。中國人用紙都很內行。他們爲不同的使用目的精心選用不一樣的紙，就像法國人選用葡萄釀造節日晚宴葡萄酒一樣。我們要什麼？「虎皮紙」還是「冷金」？

絲

造紙是一種相當簡單的生產過程，即使是要用一年時間和將近一百道工序才能生產的專用紙也是這樣。然而織絲綢則是我們所能想像最複雜的過程，但是中國人從新石器時代就掌握了這種技巧。迄今發現的最古老綢布被認爲有四千七百年歷史，不過經過碳十四分析後得知還要再增加五百年。

蠶產於中國，桑樹也是。蠶吃桑葉。蠶的一生短暫而忙碌。蠶從卵中孵出來一個月以後吐絲作繭，身長能長三十倍，體重能增一萬倍；但隨後牠的生命就不長了，在繭裡待七至十天牠就蛻變成蛾，脫殼而出。牠是灰色的，很不起眼，沒有嘴，無法進食。牠一生只有唯一的任務——繁殖，而且要很快，因爲一兩天之內牠就死了。

養蠶可不是一件業餘時間能做的事情。僅採集蠶吃的桑葉就需要很多隻手繁重勞動。要消費一噸重的桑葉，也就是三十棵成年桑樹葉子，才能得到五至六公斤絲，其中可能只有一半可用於紡紗。

蠶很敏感。天氣稍有變化就可能意味著災難。在牠們化蛹時要精心照顧，以阻止牠們過早破繭，否則珍貴的絲就會遭到破壞，整個養殖過程就失去了意義。

絲長約一千公尺。蠶絲工先把繭放到熱水裡，蛹被燙死，繭變柔軟，然後找到絲的末端，再把絲捲起來。蠶絲工總是同時抽很多繭的絲，因爲絲非常細，單獨一根不好操作。

前面有幾個表示「**絲**」的甲骨文和金文。有一種解釋說，它們是表示一綹紡好的絲；另一種解釋說，它們是繭和細絲線。

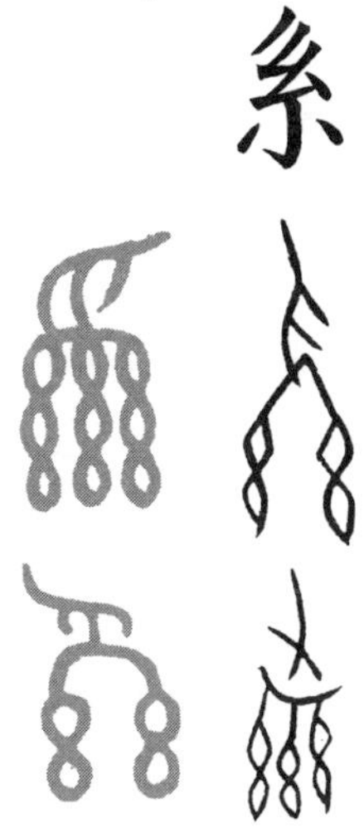

按照我的觀點，繭的解釋是正確的，這從兩方面可以證實：從「**糸**」字的字形看更像是繭和絲而不是一綹絲，從繅絲的實際操作過程也可以看出。現在「絲」的簡體字，則把繅絲的手簡化成一橫筆畫（丝）。

甲骨文的「絲」字經常寫成兩個「糸」，至今當中國人談到「生絲」或「絲綢原料」時，還是寫成這樣，但是在合成字，他們只用它的左邊或者右邊。

在高本漢所著的《漢字形聲論》，關於在絲綢之國（大約西元前六〇〇年）漢語的讀音和書寫的介紹文字，有近二百個合成字帶有「糸」。

其中有五十個字表示「綁」、「編」、「結」以及「纜」和「繩」。還有表示拴家畜和放牧用繩的專有名詞，以及井繩、拉魚網用的粗繩、馬韁繩、肚兜和蹬索，還有弓弦和琴弦。有兩個字表示「絞死」！誰沒有聽說過「御賜緞帶」的事？當皇帝對某些大臣失去信任時，就賜給他一個小包，裡面有一根絲繩，正好夠他上吊用，這樣事情就結束了。

其他的字都與絲、綢或者一般的織物有較直接的關係，不是生產過程、布的質量、衣服的名稱，就是裝飾物的名字。

生產絲綢的所有一百多道基本工序，都包括這些字和其他許多字，我

織布、紡紗和繞絲的情景，屋頂的橫木掛著一團絲。漢代畫像石。

們在這些工序可看到這種費時的工作。工人在繅絲的時候，很容易打「結」和「纏」死，因爲絲只有一公釐的幾分之一粗。絲「繞」好以後就可以紡成「經」。半公尺寬的高質量綢布就要三千根經線，一等品綢布要七千到八千根。很有可能會出現「糾」「絞」「紊」亂，因此一定要把它們整理好（繹），才能開始眞正的「紡」「織」。

絲的質量決定織出「絹」的好壞。在周代就有十五種絹，每一種都各有名字。最常織的是粗綢（紨、⿰糸毛），但也織錦「繪」「綺」「綾」。紡織專家說，當時已有漢字指稱帶圖案的絹和雜色的絹，眞是值得讚嘆，這證明古代中國人使用的紡車直到中世紀末期我們才有，晚了兩千年。

絹織好以後，就把它剪下來（絕），捲好（⿰糸萑），這是勞動的成果。然後進行漂白（繰，縪），再染成繽紛的顏色，這些顏色也包含「絲」字，如「紅」、「綠」。

織工還織出了各種絲帶（縧、綸、紱……），在衣服邊緣綴上各種花邊，在帽子上縫飾纓絡，在鞋頭結縭，馬頭也裝飾繐子——所有這一切都有特殊的字表示，所有的字都有「糸」字旁。

孫

有人死了，中國人要一身「縞」「素」，而不是一襲緇（黑）衣，因爲在中國憂傷用白色表示，不像我們這裡用黑色表示。

很多年以前我在台灣看到過一次送葬隊伍。在棺材後面跟著死者的親戚，他們頭上蒙著白布，走路時身體前傾，大家的手裡挽著很寬的白帶——有孩子、中年人和老年人。直到這時候我才明白「緊」、「繼」、「續」和「**孫**」字的結構，而在這之前我一直難以理解。

台北的送葬隊伍。

大家都希望把織完的布染上顏色。絲含有一種天然的黏液，它使紡成的線很結實，更容易織布。如果想得到多色和有圖案的布，絲必須先洗而後再染。但是染了以後，織布變得更困難！

過去很多顏色都是從各種植物提取，只有極少數顏色，如黃色，可能是從礦物提取。藍色是典型的中國顏色，在我們這裡也很受歡迎，它是從中國特有的植物藍草萃取出來的，是一種產自中國北方的植物。除了藍以外，如今大家都使用化學顏料了。

剩下的絲（蠶已經爬出繭或者無法理開的一團亂線）製成「絲棉」，用來絮棉衣。我們由「絲棉」一詞，也許會聯想到包在身體紅腫處那用熱水泡過的布和沉重、鼓囊的棉花套；但是絲棉也稱做「絲絨」，是一種輕薄柔軟的材料，優越於鵝絨和其他絨毛材料。我最喜歡的棉衣是絲棉的，像皮衣一樣暖，但不到一公斤重。

製作絲棉的技術很簡單。蠶繭在沸水中煮燙後，把它們捶打成漿，用水洗淨，然後在薄竹席上曬乾。當工人從席上揭下絲棉時，還會有一層很薄的絲留下。過去中國人用它包裝貴重物品，還在上面寫字，就像我們用的所謂絲紙。後來逐漸發明了用比較便宜的植物纖維做原料，由此產生我們現在說的紙，這一點讀者大概早就知道了。

但是絲綢還是長期做爲書寫的基本材料，

織女，漢代一件青銅器的頂蓋。

因此「糸」字包含在「紙」字裡。

在很多朝代，絲和綢布是向國家納稅的重要物品，僅次於糧食，因此一定重量的絲和一定長度的綢布在某些時期成爲支付工具。在西元前九世紀初的一段金文，我們可以看到，一匹馬加五捆絲等於五個奴隸的價格。

漢代一件青銅器的頂蓋有幾個女人織布的畫面。織機的一個槓固定在她們腰上，絲線伸到腳踏的捲經棍上。這種腰機織布方法從石器時代就有，而且至今仍爲中國的少數民族和南美的印第安人所使用。

我們認爲，中國第一架織機應該就是這種樣式。它看起來很原始，但是卻能織出令人驚嘆的紋理美麗的布疋。日本幾種最上等的和服用布就是用相同原理的「柴田」織布機織出來的。

我們從「經」字或許可看到一架腰式織機，或者一種早期的織布機。這個字由兩部分組成。左邊是「糸」，右邊按《說文解字》的解釋，表示「水脈」，但是沒有提及使用這個意思的任何文章或銘文。

高本漢認爲，可能這個部分就是「經」字的最初形式，「很可能它就是一臺織布機的形象。」他說。

所有坐在織布機旁邊的人都能理解這個形象。它給人的感覺就是這樣。織工看著眼前像鍵盤一樣的經線伸展出去，手在尋找構成緯線的線和布條。

但是我們和中國人在理解織布機的方法上有區別。對我們來說，緯線是最重要的。只要想一想我們如何織毯子就行了。經線粗而疏，單看沒什麼好看的，但是我們隨後把由孩子的褲子、夏天穿過的舊裙子、舊毛巾和舊被套剪成的布條織上去。我們織壁毯也用相同的辦法：我們借助緯線織出特徵，在緯線上織物開始變活了。

中國人不這樣認爲。對他們來說，經線是基礎。這一點毫不奇怪。絲是有韌性的，可以拉長四分之一，可以變得很細很細而不中斷。因此他們可以織出比我們多很多倍長度的布，設計的圖案可以貫通整足織出來數公尺長的布——精細程度在毛布和麻布是不可能想像的。對中國人來說，經線不僅僅是織工得以發揮技巧的基礎，還是設計的基礎。經線掌控長布的面貌——幾何圖形、彩雲和花鳥。

我們唯一可以與這些高質量織物相匹敵的是亞麻緞，用歐洲的材料再創造中國絲綢美的後歷史性嘗試。

考慮到經線在中國紡織技巧中的意義，「經」字與其他字組成各種概念就很自然了，如「經過」、「經歷」、「經驗」、「經常」等。像織物中的經線一樣，「經絡」貫通全身，「水經」流過大地，「經線」包羅地球。

就像婦女織布時把經線繞在腰上一樣，身爲社會性動物的人類也同樣依賴規定、法律和不同時代的風俗習慣，轉意之後，可以構成貫穿各代人民和各個時期的道德「經」，並指導我們的生活和思維方式。因此各種重要的書都冠以「經」這個字。當中的十三經在兩千多年的時間裡構成了大家遵循的「經典」。在很多方面這些書仍然是中國生活中的「經」。

在漢代初年，即漢人在青銅器頂蓋塑造小織女的時候，她們操作的那種簡單紡織機在中國的先進地區一千多年前就不使用了。早在商代，黃河流域城鎮的中國人就能在錦緞上織出複雜的幾何圖形，周代初年的人能夠織出多色提花錦，這是世界所知道最複雜的布。

僅有極少數量的商代布保存下來，其中一塊單色錦緞是從安陽附近的一座墳中發掘出來的。很多陪葬物品是用絲綢包著的，布如今都不復存在，但墓中的濕氣使銅斧和青銅器腐蝕，在它們上面留下布的痕跡，痕跡非常清楚，紡織專家能看出，那些包裝的布是如何織出來的。

在西元前幾百年間，漢朝向中亞擴張，絲綢扮演了重要的政治角色。爲了擴大對草原遊牧民族的影響，爲了與他們建立外交關係，把他們拉入自己的勢力範圍，中國人慷慨地給了他們很多貴重禮品，主要是絲綢。僅西元前一年就送給匈奴人三萬疋絲綢，當時這個民族占據著西北的草原。

中國絲綢在此之前幾百年就經由不同管道傳入歐洲，但是直到羅馬帝國東征以後才建立正式的貿易關係，當時羅馬人曾經到達帕米爾高原北面漢王朝的沙漠邊界。兩大帝國之間從未建立過直接的管道，彼此之間的貿易是由中亞和阿拉伯商人代理。從奧古斯都皇帝時代開始，絲綢廣泛使用，成爲羅馬上層社會一種重要的地位象徵。羅馬主要進口生絲，在皇帝時代最初的一個世紀，生絲運到地中海沿岸的城市，進行染色和織成布，當時地中海是這條六千公里長商業大道的終點。但是在羅馬帝國的其他地區也成功地發展起紡織業，比如君士坦丁堡，從西元三九五年起就是拜占庭帝國（即東羅馬帝國）的國都。

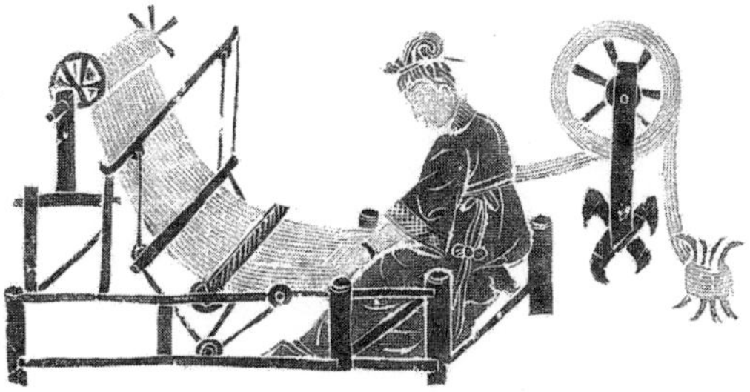

舊式巴瑞紗織布機，此種布料近似透明的夏裝料。元代。

一個難以解決的問題是絲的供應不穩定。羅馬和中亞各民族之間、中國與遊牧民族之間不停的衝突時常使貿易中斷。但是西元五五二年情況發生了變化，蠶卵引進了君士坦丁堡。究竟是怎麼傳過去的，沒人知道。根據最富有想像力的一種解釋，是幾名僧人（或者是商人）把蠶卵裝入竹筒裡偷偷從中國運出去。使人難以理解的是，僅憑爲數不多的幾粒卵怎麼可能生產出蠶絲呢？在拜占庭有誰能眞正熟悉蠶的生命周期、處理這種細絲的技術細節呢？沒有人知道。但是實驗成功了。在西元十一世紀初，義大利和西班牙也學會了生產蠶絲，但是直到十五世紀，歐洲仍然依賴中國進口來滿足自己的絲綢需求。

中國人在漢代用有兩個腳踏和一個固定斜框的紡織機織布，我們在前面的紡織圖已經看到了。這種織機在我們眼中沒什麼奇特，但是它在當時是世界上最先進的。

在織工織提花錦的時候，使用一種更爲複雜的織布機，一種所謂「提花機」。它被認爲早在周代就使用了，當時保存下來的提花錦就是證明，但是它到底是什麼樣子，我們知道得很少。一六三七年的《天工開物》以極爲先進的典型形式描繪了提花機頗爲壯觀的模樣。繪圖表現了一臺兩層高的提花機由兩個人操作，按照設計好的紋

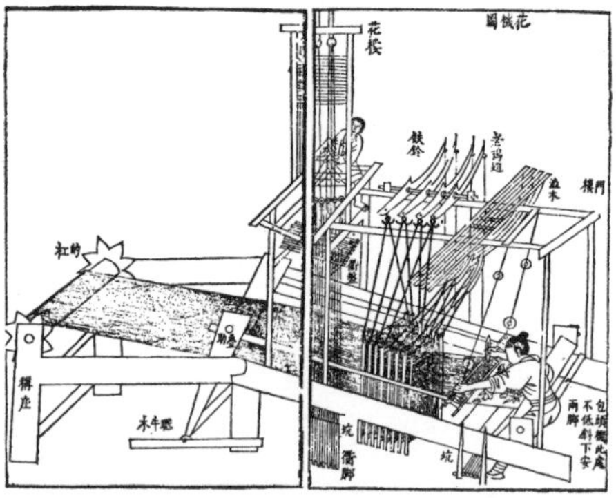

《天工開物》的「提花機」繪圖，該書一六三七年問世，介紹了農業和手工業的各項生產技術。堪稱是狄德羅百科全書的先聲。

在一九四〇年代的困乏歲月裡，共產黨紅軍沒有布疋，士兵用簡單的腰機編草鞋，與先人創造「經」字所參照的腰機沒什麼不同。但是他們使用的是草和麻，而不是「經」字所含的絲。這是當年南泥灣的情景。

西安奉賢村的織布機，一九八二年。

樣，織工和「提花工」在機前上拉一束，下投一梭，一往一來地織著。

提花機是在後中世紀傳到歐洲的，使得當地的絲綢生產快速成長。一八〇一年法國商人傑卡德向世人展示，他用打孔的卡片代替調理經線的「提花工」，其原理與把程式輸入電腦完全相同。擔心失業的紡織工向傑卡德發動攻擊，不過他和這種紡織機都生存下來。利用傑卡德紡織機，今天的中國人織出了屬於自己富有魔力的提花錦。

在大工廠之外還存在著很多老式的織布機。在雲南和西藏當地人仍然使用腰機織布。在中國農家仍然有很多當地木匠製作的粗糙紡織機，冬季農閒的時候，農婦就從事紡織業，不過現在她們不是爲了家人織布做衣裳（她們無法與農村商店的幾百個花色品種競爭），而是織粗棉布，好製作口袋、提包和被面等物品。

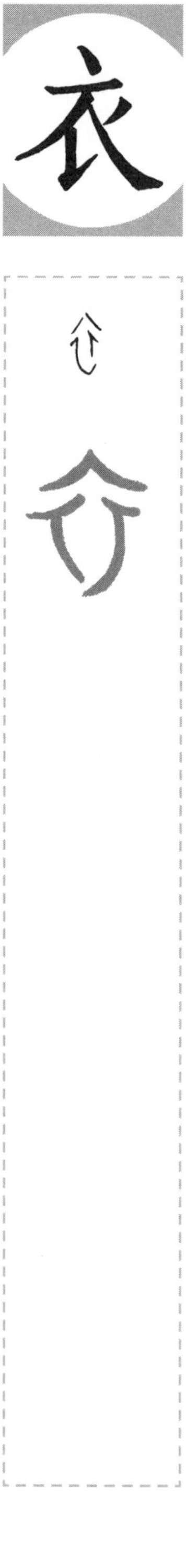

一九七一年長沙當地要建一家新醫院，讓人不悅的是路上有一座漢墓，他們決定挖掉這座墓以便騰出基地。沒想到，墓中的出土文物公布後，引起世界轟動。密封的墓室裡躺著軑侯夫人的軀體和大量的隨葬品，墓室四周塡滿木炭和白土。

經過兩千一百年以後侯爵夫人的軀體保存得相當完好，專家檢視了她的遺體。她屬於O型血，生前患有輕度血管硬化、膽囊炎和血吸蟲病，還有肺結核後遺症。她的皮膚和組織仍然有彈性。當專家注射保護液時，出現腫脹，然後消失，與我們出國旅行打防疫針完全一樣！

在所有的藝術品、生活必需品和食品當中，紡織品最爲華麗。考古工作者發現了如此古老而又保存完好的高質量物品眞是不尋常。不僅有十五件絲綢衣服，其中十一件絲綢棉衣，還有手工縫的絲綢襪、鞋和手套，四十六疋綢布，上面編織最富藝術性的圖案，或用縫形縫法製作美麗的刺繡。這些紡織品就像僅在儲存室放了幾年一樣！有幾疋布顏色褪了，但是絕大部分布疋還保留著紅、綠、黃、藍或黑色。

衣服是直的，有很長的袖子，衣領和前襟有很寬的邊。大襟向右「開」，與袖子連在一起，或者有一根柔軟

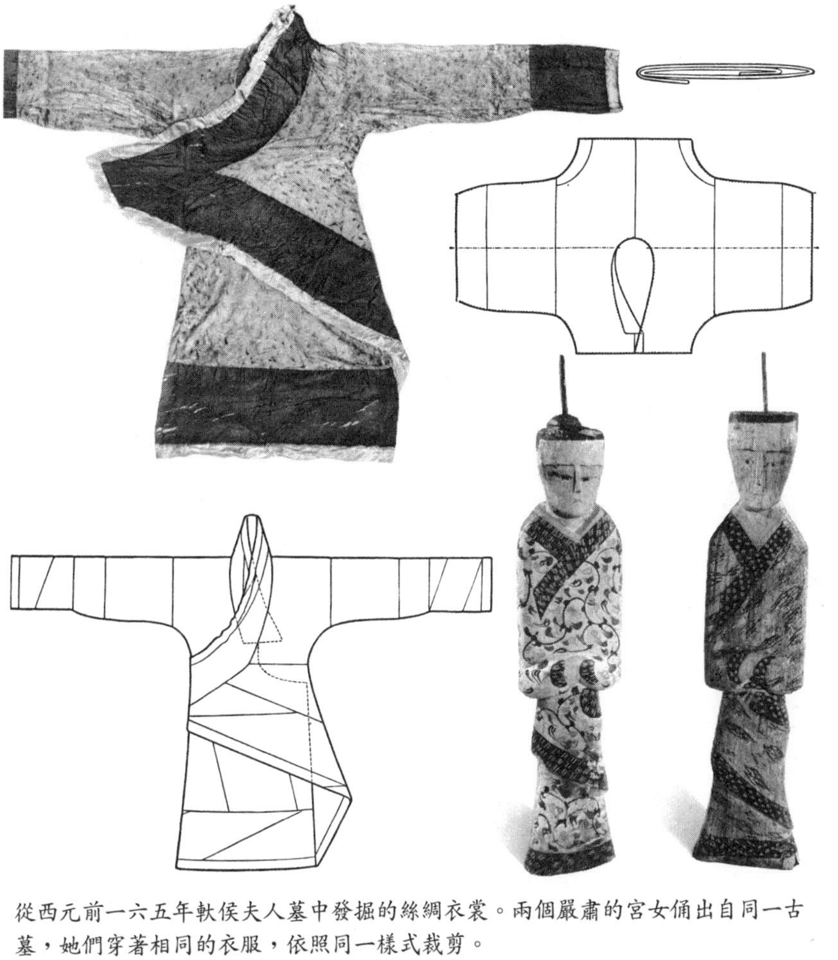

從西元前一六五年軑侯夫人墓中發掘的絲綢衣裳。兩個嚴肅的宮女俑出自同一古墓，她們穿著相同的衣服，依照同一樣式裁剪。

兩名六世紀的女子塑像，她們頭上梳著傳統髮髻。除了下垂的長袖外，她們的衣服與商代以來的中國服裝沒有多大不同。

的帶子，感覺很像浴衣，但是製作要精美得多。有兩種式樣：一種前襟的兩邊是直的，另一種的右邊在半身處多出一塊。

當時大家認爲這些文物是絕無僅有的，但是一九八一年幾個燒磚工人挖土時找到一個還早幾百年的墓，裡邊有各式各樣陪葬的衣服——三色錦緞棉衣，薄如蟬翼的綢布夏裝，一件衣服只有四十九克重。

它們都是以相同的樣式縫製的。在人類歷史初期，中國的服裝就達到了這樣的水準，這一點可以從幾個商、周時期的小型雕刻看到。

就是根據這種衣服，中國人創造了「衣」字。

在三千年的時間裡，中國人都是照這個模式縫製衣服。農民的上衣到膝蓋，下邊配一條漢朝時的肥褲子，用一根柔軟的布帶繫在腰間。很多農民直到現在還是這副打扮。官員和不在田裡幹活的人穿著長到腳面的長衣。隨著歲月的流逝，袖子愈來愈長、愈來愈肥大。在唐宋時期，袖子幾乎長到地面。

一六四四年，滿人建立清朝，在全國推行滿人的服裝式樣。那也是一種長袍，但是袖子很瘦，有很多布製的紐扣。中國女人穿的漂亮旗袍就是由此演化而來的，旗袍領子高到脖子，但是在大腿以上開叉。

但是僧人不爲之所動。他們仍然保持了舊式的布製衣服，一直穿到今天。日本的和服也不是日本人的發明，而是唐朝上層階級服裝的延續，在八世紀時傳入日本。一千多年以後，日本婦女穿的和服加了一根寬帶子，但是男人穿的和服還是老樣子。

穿著棉袍的大同華嚴寺和尚，一九八五年。

第九章

竹與樹

竹

沒有任何一種植物能像竹子那樣深深地感動我。我覺得最能讓我感動的是，薄而乾的竹葉在風中搖曳時發出的聲音。

夏天它們輕輕搖曳，發出泉水般的響聲，或像絲綢的摩擦聲，竹影婆娑。

寒冷的冬日竹葉能鎖住肆虐的北風，讓它消失在主幹之間。我背靠竹叢，面朝南，讓陽光灑在我身上。北風吹不到我。但是空中的呼嘯和竹葉的響聲使我知道，如果背後沒有竹子保護我，那會有多麼冷。

從純粹的植物學觀點看，竹子是一種極爲奇特的植物。它是一種草，但是一整年裡它比很多樹都長得高。它一百年左右開一次花，然後死去。堅韌，虛心，常綠，不擇水土，也不嫌照顧的粗疏。

它也比絕大多數植物堅強。風暴把它吹倒在地上，但是天氣一好轉，它能馬上恢復自己的生存空間。中國人常說，一個聰明人在遭受挫折時應該像竹子一樣。屈服、順從，不錯！但永遠不要放棄自己的理想，不要摔破罐子。時間一到風向就會變。

幾千年來竹子一直吸引著中國的畫家。他們把竹子比喻爲人類生活，以抽象但很清楚的形式表現用具體形象很難表達的情感和思想。

比如激勵人要像竹子一樣能屈能伸。竹子不斷變化，在霜雨的日子裡竹葉重重地垂下；在平靜和乾燥的天氣裡它們舒展搖擺；在風中它們站在低垂的竹枝上像旗幟一樣啪啪飄動。

《芥子園畫譜》說，畫竹子很困難，最困難之處是畫竹葉。因此要有耐心，在你動手之前，要胸有成竹，觀察眼前的每一枝竹竿，啊，甚至每一片葉子。

當你隨後在紙上或帛上下筆時，該輕的要輕，該重的要重，輕鬆自如。稍有猶豫不決，畫出的葉子就會過厚和無生命力。《芥子園畫譜》說，習畫者可以從臨摹文同和蘇東坡等大師的竹畫中學到很多東西。他們畢生致力於這種題材。如果你無才就儘快放棄。畫竹子是很困難的。

書寫漢字是一種藝術，書法已有很長歷史，被視爲中國最重要的藝術形式。習畫者可把畫竹視爲書法的一種。寫字和畫竹使用同樣的筆畫，同樣的運筆和同樣的墨。畫竹葉的力道和手腕動作必須微妙配合才能畫得好。中國毛筆有獨一無二的適應性，輕輕使力可以畫出很細的線，用力下筆就能畫出一片葉子，慢慢提筆就會畫出又長又細的竹葉尖。

我們還不知道甲骨文有任何表示竹子的字，僅僅知道爲數很少自成體系的金文，但是在青銅器上的很多合成字裡又能看到「竹」字。我們看到的是什麼呢？按照一般的解釋，「竹」字表示帶有低垂葉子的兩個竹枝；若依另一種解釋，那是兩組單片葉子。對我們來說後者更能令人信服，特別是考慮到竹葉實際生長情況。春天，當主幹（或者明確地說是竹竿）往上長時，一開始沒有葉子。但是一個月以後長到最高點時，從竹頂的最高處冒出三個刀片狀的葉子，在竹節周圍發出一簇細而尖的枝，枝的頂端也是一組葉子。由於綠葉過重，成熟的竹竿變成柔軟的弓形，風吹過竹林時，竹枝在微風中輕輕搖擺。看到這種景象，我就想到「竹」字。

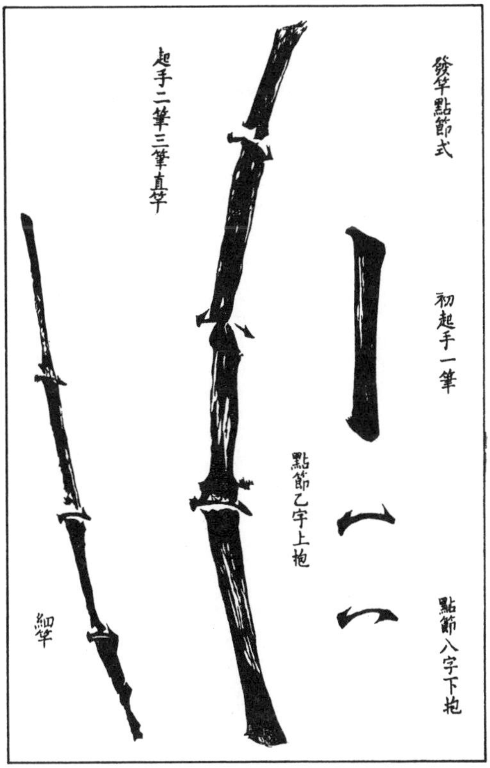

《芥子園畫譜》的一頁，告訴我們該如何畫竹節。

畫譜中美麗竹葉的不同畫法，有時把竹葉畫成「人」，有時畫成「分」或「个」。

合成字裡的「竹」字頭。

竹子不僅僅關係到畫家、書法家和哲學家，也屬於中國日常生活的一部分。我們理解的具有典型中國特徵的東西大都與使用竹子有關。沒有一群群農民用顫悠悠的扁擔挑著竹籃還能成爲中國形象嗎？

再想想中國的大屋頂吧，部分專家認爲，屋頂一度是由易變形的竹子造的，所以形成弓形屋頂的建築風格。

沒有任何材料像竹子那樣具有如此廣泛的用途，便宜、易加工，又結實。過去長江和其支流縴夫使用的纜繩是由竹片編的，他們還用竹纜繩在山澗與河谷架吊橋。愈著水拉力愈大。

直到今天，在中國有很多地方還是用竹子建造房子和橋梁，用粗大的竹筒做水管，用竹心造紙。我們哪能找到比它更好的椽子材料！細竹子可以製作家具、水桶、礤床、籠屜以及很多精美實用的東西，如鳥籠、梯子、扇子、帽子、花瓶、筆架和鴿哨，這種鴿哨小而輕，裝在鴿子的翅膀上。當一群鴿子在黃昏飛過屋頂時，整個地區都會充滿和諧的鴿哨聲。騎車到北京的朝陽區去，你肯定會聽到！

很多實用商品帶有「竹」字頭，至今也仍然用竹子製作，如：籃子、筷子、篩子、筆、簪子、簾子、管子、笛和笙等。

用竹子也可以製作「雨傘」和「陽傘」。工匠用線把竹條串起來製成傘骨，在上邊綳緊蠟紙或布。正體「傘」字和簡體「伞」字，形義明顯是相同的。

傘的最初結構既簡單又具有天才性。工匠把一段竹子簡單地劈成又長又細的竹條，在一端保留一段。竹條被撐開，像車輪子上的輻條一樣，上面鋪上蠟紙或綢布。再拿相同的一塊竹子，但是只要一半長，用相同的方法劈開，彎好，用細線固定在頂上。借助裝進頂端和穿過套索「肚臍」的一根竹棍，就可以把傘打開及合上。

如今，有時候仍然可以看到竹傘和紙傘，但是金屬和尼龍傘愈來愈普遍。它們更輕便，但結構完全一樣。

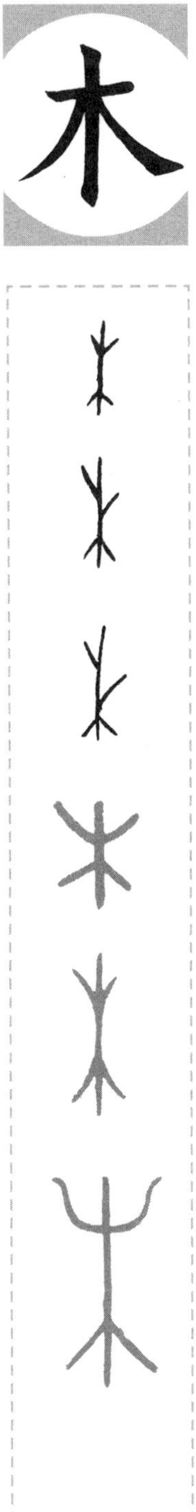

「木」字沒有任何葉子，只有幹和枝。一年的絕大部分時間樹是這個樣子。在冬天的天空下樹黑乎乎地站著，沒有任何美感。一種單調但眞實的形象。

對我來說，這個形象一直讓我想起，我第一次看到中國的樹就覺得它像一個「木」字。一九六〇年代初，我在北京大學留學，中共的「大躍進」運動剛剛失敗，隨後一連幾年缺乏食品。秋天連北方人冬季常吃的大白菜也很缺乏，每一片葉子都要撿起來曬乾使用。

我們宿舍外面的樹剛剛落葉。有幾周時間樹上掛滿了白菜葉，一開始是綠和白的顏色，後來一天天變黑，就像春天鳥築巢時掉下來的東西。樹枝上掛滿菜葉，好像給死人披麻戴孝。我來自另一種文化，我們早已忘記曬乾菜的方法，對這種景象是不可理解和感到可怕的。

春天來了，每個人很快拉開了窗簾，一切都變了。公園裡的樹復甦了，長出了新的葉子，青翠欲滴，就像十二世紀的風景畫一樣，木蘭盛開。但是有一點與畫上的景色不符。樹叢中，樹枝上，到處是人。到處響著啪啪折斷樹枝的聲音。平時在路上優閒散步的大學生不見了，他們像山羊一樣採集新樹葉。

我本人是在瑞典的斯科納省度過童年，我仍然記得春天山毛櫸葉子是多麼好吃，清香可口。但是中國大學生太過分了。樹在他們身下顫抖，樹枝被折斷了，像受傷的鳥的翅膀一樣耷拉著。

「這是一種破壞行爲！」我向老師抱怨，「沒有人能制止他們嗎？他們在破壞樹木！」

「你要知道，」她平靜地說，「他們半個冬天沒吃到過任何綠色的東西……我們當中沒人吃過……」

我想起了去年秋天樹枝上曬的白菜葉，我不再抱怨了，我過去經常抱怨學校強迫我們外國人到一個特殊的食堂去吃飯。我們受寵的胃從來沒吃過大米粥、小米粥、玉米窩頭泡黃菜。

這時候我突然用另外的眼光看待華北平原上的樹木。它們是人類生命的一部分，而不是大自然的一部分。它們被索取得過多。夏天它們遮陽，冬天它們避風，但是主要當做劈柴，葉子餵動物，荒年歲月人也吃。綠冠像球一樣掛在樹梢，渴望保住自己的葉子。中國人無法想像自由的參天大樹。那種形象一定很特別。

同樣特別的是和尚經過幾千年的時間，培育了藝術盆景做爲寄託物。中國人在小小的花盆裡栽培松樹、榆樹和桃樹。他們對小樹澆水、施肥，成功地培育出盆景樹，有大樹枝繁葉茂的特徵，但是只有幾十公分高。中國人通常在樹旁擺放一塊石頭，以此來象徵泰山或者其他聖山，而一位詩人能從一件陶器上體會出自然界的宏大和人類的渺小。借助於這些，他們可以進入畫的境界。在無數個中國家庭都有這類盆景，往往是幾代人精心培育的。

即使老盆景死了，它也不會失去魅力。中國人會在它們的空樹幹裡栽上一棵新樹，稱之爲「傳宗接代」。這一切在古老的中國文明都有說法。

在今日，很多古剎旁邊的公園仍然培育著盆景，精美的花盆裡生長著成百的盆景樹。在廈門植物園辦公樓的樓頂上有一棵樹齡三百多年的榆樹，這座古老的港口城市昔日被稱做Amoy。

「過新年或者有貴賓來訪時，我們有時候把它拿到接待室。一般情況下是不去搬動它。它已經很老了，不喜歡動。」幾年前我參觀公園時，主管植物園的女士對我這樣說。

這棵榆樹是那麼古老，中國大陸的郵政單位特地爲它製作了一枚郵票。

廈門植物園的盆景。中間那棵有三百年樹齡的榆樹，一九八一年成爲中國大陸郵票的主角。

枝繁葉茂的古樹在「中原」地區只能在公園和寺廟附近看到。它們的存在使人想起樹的概念，一種自然界的古老景象。松和柏可以活很多年，它們堅毅挺拔，剛直不阿，因此中國人用它們象徵光明磊落的清官。當周恩來（在大陸是清官的代表）逝世以後，百姓在一個布滿松柏的大廳裡悼念他，使人覺得置身於常青的森林中。

中國有很多確實很古老的樹。其中一棵在山東的四門塔外面，該塔是中國保存最完好最古老的地面石建築，建於西元六六一年，那棵老柏樹據說是同一時期栽種的。

「啊，這麼古老！」我驚奇地對陪同的人說。「古

杭州的住宅區街道和教堂籠罩在婆娑樹影之下。梧桐樹是從法國引入種植的。市民在搖曳的樹蔭下散步、騎車，以躲避酷暑。在白灰粉刷過的圍牆後面，排列著住房和蓊蓊鬱鬱的花園。那是一種特有的寧靜環境，反映居民對文化、美和生活目標的基本需要。

老？一般吧。不過有機會你到附近的曲阜看一看。那裡有孔子栽的幾棵樹，還有一棵三千年的銀杏樹。它每年還能結一噸的果實，果仁是甜的。」

那些樹我還沒有看到過，但是早在商代就已經成爲城市的鄭州，城北的嵩陽山有一棵與甲骨文和金文同樣古老的柏樹，如今這棵老樹的身軀只剩下一個「木」字。

我剛才說過，「木」字表現一棵樹的幹和枝。但是有人可能難以把下邊那個部分理解爲下垂的樹枝，那不是樹根的形象嗎？《說文解字》就是這麼解釋的，但是由於某種原因，大家總是省略這部分解釋。很多古字都沒有解釋原因。

嵩山書院這棵古柏已有三千年樹齡，漢武帝把它命名爲「大將軍樹」。嵩山書院是中國古代四大書院之一。

本

但是有一個特殊的「本」字表示根。在「本」字當中，樹的下半部分已經簡化爲一筆。「本」字轉意還用於「本源」、「根本」、「原本」、「起源」，與我們瑞典語中的「根」字一樣。我們講「萬惡之源（根）」，我們感到「我們的根」存在於一定的環境和時間裡。中國人也這麼說。但是對他們來說「根」、「本」涵義更廣泛，這是他們悠久的傳統和深刻的歷史意識的自然結果。

「本」還用來表示「卷」和「書」。一開始覺得很奇怪，但是想到書做爲中國教育之本所具有的決定性意義，也就不足爲怪了。特別是哲學著作，書中明確陳述了爲人的和社會的道德基礎。

生長在峭壁或泉水附近的老樹經常有根裸露在外，選自《芥子園畫譜》的這張圖就是畫這樣的情況。它們像遺世的仙人，清瘦蒼老，筋骨畢露。如果要畫一片樹，只能畫一兩棵有露根，不能畫得太多，太多看起來就會像鋸齒，有失雅觀。

畫譜上的文字說明出自觀察，生活在中原地區的人都能了解。細細的鬆土很容易被夏天的暴雨沖走，把樹根裸露出來，它們長長的根裸露在離樹幹好幾公尺遠的乾旱土地上，尋找藏在土窩裡的雨水。

延安附近村莊的一棵樹，樹根裸露在乾旱的地面，就如同《芥子園畫譜》的一張插圖一樣（下圖）。

末

「木」字能組成很多合成字。有時候會出現莫名其妙的形式，但不管如何都是「木」。「木」字上面加一橫就成了「末」，意思爲「樹尖」、「樹梢」、「樹頂」，轉意也有「細末」、「粉末」、「結尾」——這是最後的意思。

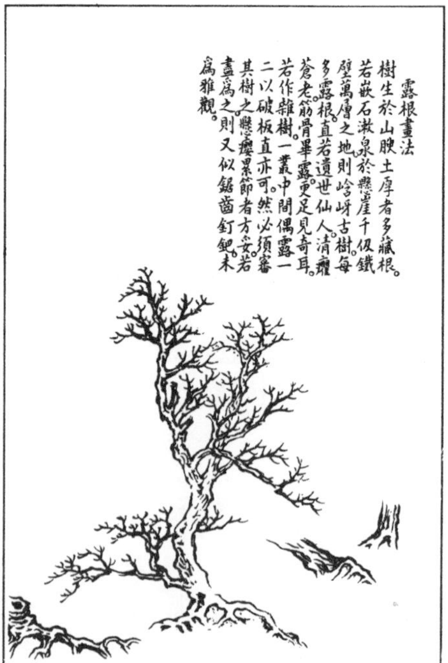

林

「獨木不成林」，這是一句中國成語，也是對「林」字的絕妙解釋。

焚

「林」與「火」組成「焚」字。是一場森林大火？或者是對刀耕火種時代的記憶？可能是這樣。但是「焚」字也見於與狩獵有關的卜辭，這是因爲獵人經常在森林裡放火，把躲藏在裡面的鹿、野豬和其他獵物逼出來。在世界很多地方都曾用過這種古老的捕獵方法。

森

三個「木」組成「森」，指陰森、繁密的樹林。

休

一個人靠在樹旁邊。可能要乘涼。其意爲「休」。

集

一棵樹上有一隻鳥意爲「集」。猛一看顯得有些奇怪，孤鳥一隻怎麼能「集」呢？但是根據一些專家的意見，這個字最初的意思爲「過夜」，如果這麼解釋，這個形象馬上就清楚多了。

考慮到造字時的實際情況，這個字還是不錯的。如我們所見的，黃河流域古老中原的大部分鳥類是雞，牠們在樹枝上睡覺，喜歡群集。因此「定居」的涵義逐漸也有了「集」的意思。爲了使這個字變得更清楚，後人又加上幾隻鳥，這種字形保持了很長時間。但是現在多餘的鳥不見了，只剩原來那隻鳥仍然站在樹枝上睡覺。這個字也用於「集中」、「結集出版」和「文集」等。

喿

樹頂上能聽到小鳥張開嘴叫的聲音：「喿」（今多用其異體「噪」）。有個時期，樹頂上由於某種原因平靜了，比如一九五〇年代中共展開「除四害」運動，麻雀被認爲吃掉了人需要的糧食而列入名單。

杏

一棵樹下有一張口。什麼水果這麼令人嘴饞？張口的嘴在等吃一個「杏」子。

葉

當我們尋根求源的時候，筆畫多得令人厭煩的「葉」字，在古漢字中顯得一清二楚——一個清晰的樹冠。加上草字頭以後只是更亂了。

朱

漢語裡表示「朱」的字是一棵樹，樹幹上刻意有一個筆畫或一點，代表人是從樹上獲取紅色的顏料。

其他的紅色是從辰砂和叢生植物茜草獲取，軑侯夫人的很多絲綢衣服就是用這類顏料染的。

在周代，也可能在商朝後期，紅色就成了皇帝專用的顏色，所有的東西都染成紅色，衣服、車輛、宮殿、旗幟和各種日常用具等等。短祚的秦朝把白色做爲自己的專用色，漢朝是黑色，但是紅色在各朝代都是主要的吉祥色。廟宇和宮殿都是紅色的，北京紫禁城就是一個很好的例子。在節日期間，中國人喜歡懸掛紙或綢做的紅燈籠。

新娘被人用紅轎子抬到婆家去，新郎和新娘要用紅被子，新娘結婚那天要穿紅衣服。如今新娘已經不再坐轎子，但被子還是紅色的，孩子過滿月發的請帖是紅色的，孩子從學步開始就穿紅衣服，小學生遊行、跳舞用的鼓是紅色的，繫的領巾是紅色的。無獨有偶，毛澤東語錄也是紅色的。紅色伴隨著中國人過一生，紅色是喜慶和快樂，但也是莊重的。中國到處紅旗飄揚可能跟共產主義沒有多少關係，認爲有聯繫只是我們的想法——紅色確實是他們長期的民族傳統。

果

這是個「果」字。「果」字的現代字形並不好理解，它看起來是由「田」和「木」組成，但如果看一看古老的字形，就會一目了然了。

甲骨文表現一棵樹，樹枝的頂端結著圓圓的果實，金文的上半部分看起來像是一個樹冠，圓點表示果實。

我們發現延安剪紙表現一棵樹的方法非常近似。

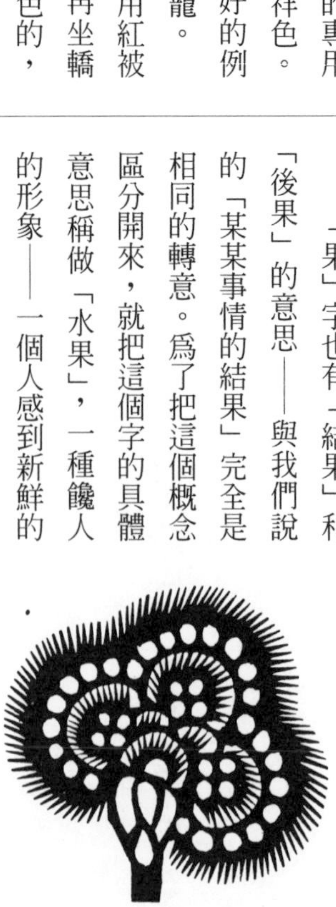

「果」字也有「結果」和「後果」的意思——與我們說的「某某事情的結果」完全是相同的轉意。爲了把這個概念區分開來，就把這個字的具體意思稱做「水果」，一種饞人的形象——一個人感到新鮮的果汁直湧到舌根！

采

我們在甲骨文的「采」字看到了相同的樹。我們也看到了伸向果實的一隻手，這使我們想到了原產中國的橘

子、柑、杏、桃和獮猴桃，還有金橘、荔枝、柿子，以及出現在我們水果行的很多其他水果。

很遺憾，金文表示果實的部分已經消失，後來這個字定形的時候也沒有恢復這部分。

對古代的採集者和早期的農民而言，種類繁多的水果構成極其重要的資源，即使在中國後來的歷史當中，水果也扮演重要的食品角色。直到今日，蜜餞在中國仍然是最受歡迎的甜食。亮、甜和有點筋的北京蜜餞是一種典型的地方風味食品，特別受歡迎。

「采」字當中表示手的部分在抓什麼並沒有說，其實也沒有必要，因為樹上有很多值得利用的東西。

「桑」字經常被描寫成一棵樹上有很多隻手的形象。這種解釋容易接受——誰都能看到樹頂上有三隻手。在中國沒有一種樹比桑樹被人類的手碰得更多。蠶晝夜要餵新的樹葉，裝滿桑葉的籃子一個接一個地運回家裡，養蠶是一項非常繁雜的工作，要求很多雙手不停地工作。

但是如果我們回過頭來看甲骨文，對這個字的解釋卻不能令人信服。坐在樹梢上的真的是手嗎？難道不會是葉子嗎？後世有些學者強調過這一點，這種解釋至少同樣有道理。桑葉是桑樹上最有價值的部分。在「桑」字中突出桑葉不是更自然嗎？

在一件周朝的青銅器上，我們看到正在採桑的工作畫面。在這裡桑葉無疑是最重要的，而不是手。

我們在前面看到過與「弓」字和「箭」字有關的一件青銅酒器，很有氣勢地刻飾狩獵和征戰的場面。保存完好的類似青銅器很多，儘管造型有些變化，但題材都是一樣的。我們看到青銅器的頂部有女人在樹冠上採集桑葉。樹葉很大，整個樹枝都很漂亮，就像錦緞上的圖案。左邊樹上的女人是一個人，但是一個幫手正準備上去幫助她；右邊有兩個女人合作，一個人抓住樹枝，另一個人採摘桑葉，在她們下面掛著一個籃子。

直到幾年前，大家還贊同樹上的婦女是採摘桑葉，但是按照一種新的解釋，她們不是採

採桑葉。周代青銅器鑴刻的圖案（見七十二頁）。

摘桑葉，而是在折取製作弓箭的樹枝。這種解釋不能令人信服。實際情況是，弓箭出現在很多場面：整個作品表現了人人如何準備戰爭，不是祭祀儀式、音樂和舞蹈，就是練習射箭和打獵。但是這個形象清楚地顯示，女人是採集桑葉，而不是折取樹枝。看看那些採集桑葉婦女的動作就明白了。

弓弦是絲製作的，沒有任何材料能比它更結實和輕便，爲了獲得絲，必須採桑葉餵蠶。婦女的傳統任務，就是採桑、養蠶、織布和做弦。我們在青銅器的最上面那部分也可以看到，一個女人正在製作弓弦，其他的人正在試射弓箭。

桑樹過去是蠶絲生產的基礎，現在也仍然一樣。採集桑葉經常在整個過程具有決定性意義。沒有桑葉就沒有蠶絲，沒有蠶絲就沒有弓上的弦，也就是沒有箭上的細絲線，有了這種細絲線才可以把獵物收回來，如果鳥飛跑了，也可以把箭找回來。

中國的森林覆蓋面積曾經達到國土的一半，如今不到百分之八。氣候的變化是一個原因，但主要因素則是人類的活動。

人口增加的時候，人就會毀林造田，結果造成水土大量流失。另一方面土地過量使用，固定植被消失，表土被夏天的暴雨沖走。

其他的災害是風造成的。春天從西伯利亞吹來的風暴橫掃華北和黃河流域平原，帶走了細土，細密黃色的沙暴消失在大海上。

在從前，中國水土流失的問題一直很嚴重。一九四九年中華人民共和國成立後，在幾年內發動了廣泛的植樹運動。口號是「綠化祖國」，沿著過去爲阻止蒙古人侵犯中原而修建的長城，中國人建造了新的綠色長城。在一千公尺寬的防護林帶上，樹要鎖住北風，阻止它肆無忌憚的侵襲和吹走泥土。他們主要利用速生、耐風寒和乾旱的楊樹、槐樹和柳樹。

他們還在村莊、城市周圍、河邊和路旁栽種了幾億棵樹，僅北京一地自一九四九年以來，每年植樹一百萬棵。在山西、陝西光禿禿的山上，大夥兒修築了無數梯田，在深谷中種植果樹，主要是蘋果樹和杏樹。事實上，他們已經成功地抑制了三北（東北、華北、西北）的風暴，降水量增加，冰雹減少，無霜期延長。

挫折也有很多。在某個時期大家亂伐樹木，以滿足工農業對木材的需求。爲了增加糧食產量，他們忘記了增加國土森林面積的主要目標。

一九八〇年再發動了一場新的植樹造林運動，此後又展開了一次。年滿十一歲的中國人在五十年之內每人每年有義務植樹五棵。老弱病殘除外。五乘五是二十五，二十五再乘十億就是二百五十億棵樹！這是全球規模最大的植樹造林嘗試。希望這些樹愈長愈好！

如果沒有樹苗，大家就在山脊和部分偏遠地區採用飛播的形式。事實證明這是有效的。每一座山都是一個小苗圃！從長遠角度看中國，有理由再度名副其實——繁榮的中央王國。

也該是有所作爲的時候了。早在西元前三世紀，思想家孟子就譴責掠奪大自然。他建議民眾在田野和水邊種植桑樹。很多個世紀過去了，如果他在天有靈，他會看到自己的願望變成了事實。大夥兒在魚塘周圍常種植的正是桑樹，用桑樹葉養蠶，用蠶的排泄物養魚，魚的排泄物給桑樹施肥。他們有了一個良性的生態循環。這種循環是非常有益的。每二噸半桑葉可以養成半噸魚。

其

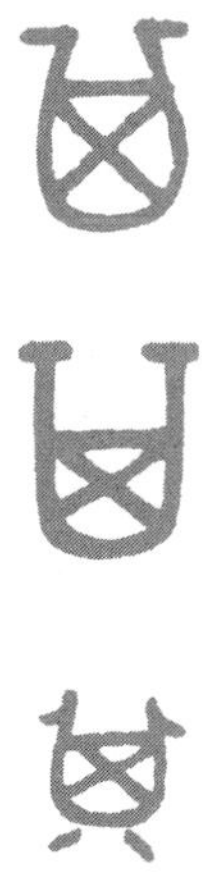

下面這張清楚的「桑几圖」是婦女採桑的情景，無須過多簡化就能看出一個字的作用。

拿這張婦女提籃子行走的圖，與同時代青銅器上的裝飾金文「人」字比較一下吧。

把她手中的籃子與金文的「**其**」字比較一下，這個字也來自同一個時期。

在歲月的長河中，中國人給這個字增加了竹字頭，這一點很合適，因爲絕大多數中國籃子都是由細竹片編的。如今這個字的意思爲「箕」，大家用它簸去秕糠。

相反地，身爲「箕」字原形的「其」字，則被借來用做代詞之義。一個清楚的古字卻遭到如此悲慘的命運。

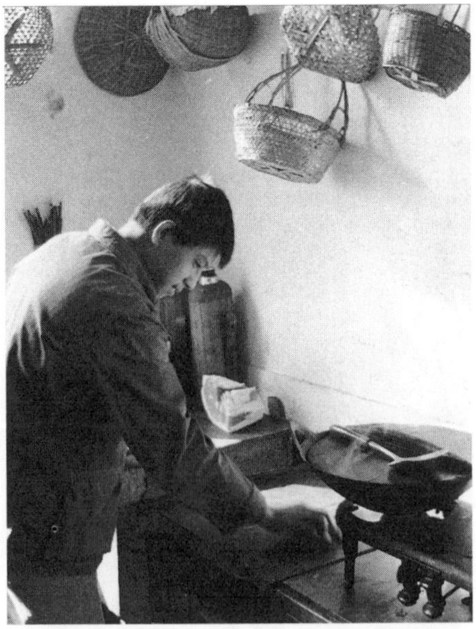

上海的這個小伙子正準備爲家人做飯。冒氣的圓鍋加了蓋，砧板上放著一大塊肉，牆上掛著幾個竹籃子。籃子可以提著去買菜，也可以裝蔥頭和雞蛋。

几

婦女採桑葉的時候，逐漸可以蹬在「几」上，這從明朝的一本有關養蠶抽絲手冊的插圖中可以看到。

「几」字不論是甲骨文還是金文都沒有，但是我們知道，几做爲家具早在漢朝初年就有了。在馬王堆軑侯夫人的墓中，考古學家發現了一個塗漆的小几，几腿稍有彎曲，其形狀與「几」字沒有什麼不同。

第十章

工具與武器

刀

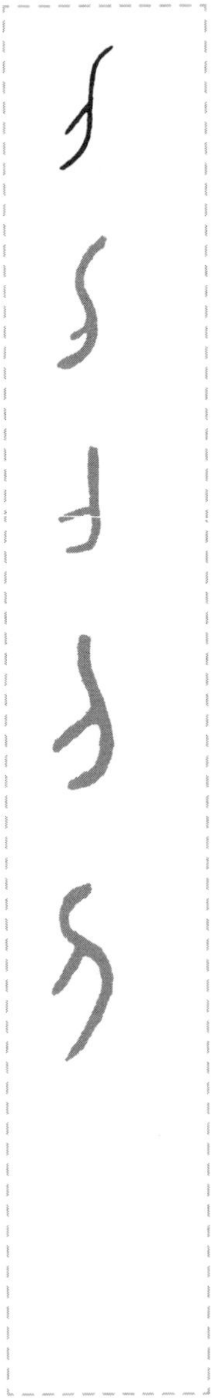

我第一次見到中國菜刀時眞的嚇了一跳，這哪裡是刀，分明是砍頭的斧子！寬大的刀片和連接刀把的小圓木把使人覺得既可怕又笨重。

可怕是確實的，但不笨重。當一個人學會使用它以後，就會覺得沒有比它更好用的刀了，至少烹調中國菜是如此。所有中國菜在做之前都要切成絲、片或剁成碎末，做好以後舒舒服服地用筷子吃。

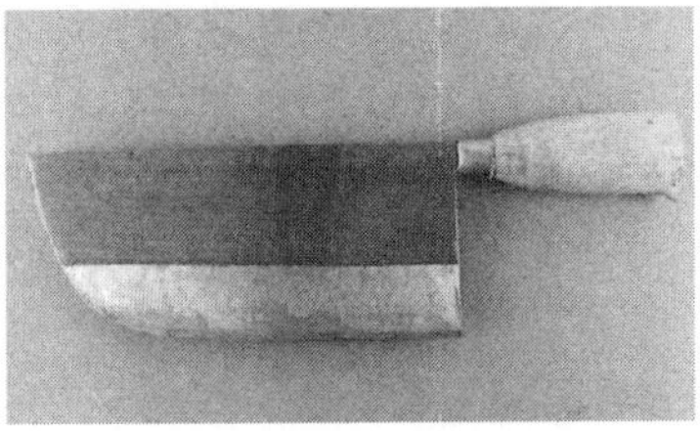

切肉絲的時候，中國人喜歡用寬而鋒利的碳鋼刀片。他們用輕柔的動作使刀刃在肉或菜上搖動。實際上刀刃與案板從不離開。手可以自由地動，做出大而有效的動作，而不會碰到骨節。

他們剁肉的時候喜歡重的刀。每隻手拿一把刀，肉很快變成了肉末，就像用絞肉機絞的一樣。啊，實際上更好，因爲保持了肉的結構，不至於變成肉醬。請看一位中國廚師剁肉，沒有比這個場面更動人的了。兩隻手輕巧得就像雲雀的翅膀，沉重的菜刀有節奏地擺動著，在案板上發出咚咚的響聲，就像打鼓一樣。這是中國廚房裡典型的聲音，對於飢腸轆轆的人來說它是美妙的音樂。

這是一種奇特的刀型，除了中國以外，僅出現在亞洲北部某些民族、印第安人和愛斯基摩人當中。在石器時代，這種刀是由一片很薄的砂石、燧石或貝殼製作的。沒有把手，把刀握在手裡，用手指卡住，伸出的範圍以不傷指尖和指甲爲限，而刀刃可以自由活動。很多刀都有孔，用繩子或者皮子繫一個扣，伸進兩個手指頭，把它牢牢拿住就行了。

古人在收割穀子時用這種刀，俗稱爪鐮。較原始的黍子和穀子的品種成熟期不一致，因此不可能像收小麥那樣一次收割完畢，只能熟的部分適時地收割，免得成熟的穀粒掉在地上。

後來人類培育出品種更好、成熟期一致的穀子，這種爪鐮就失去了意義。

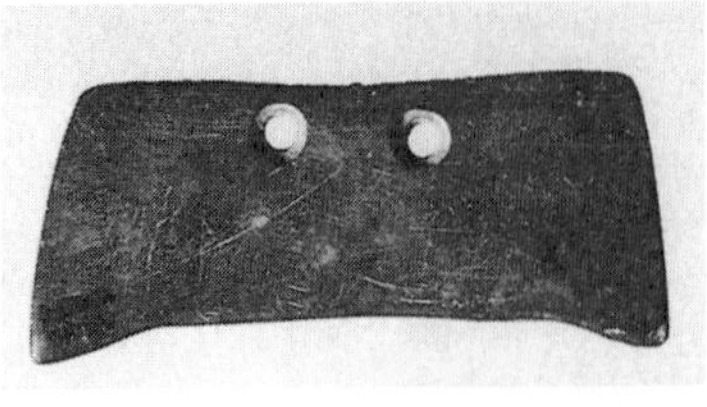

但是直到一九三〇年代，華北地區仍然使用這種爪鐮收割高粱；高粱是一種常見的作物，用來釀造燒酒。這種爪鐮不再用石頭而是用鐵來製作，但仍然沒有把。

「刀」字是根據古代日常用刀創造的嗎？我有很長時間認爲是這樣，沒稜沒角的刀把和結實的刀弓筆畫很令人喜歡。

但是「刀」字似乎不是根據這種刀創造的，而是根據商代用於祭祀的貴重青銅刀創造的。刀背很厚，刀尖向上翹。這種刀，就像古代收割用的石製爪鐮一樣，是中國獨有的。

在安陽以北的古代商城槀，考古學家找到了有文字的陶片，這些字是甲骨文和金文「刀」字的前身。在找到的十二片陶片中，有兩片有刀的圖形。

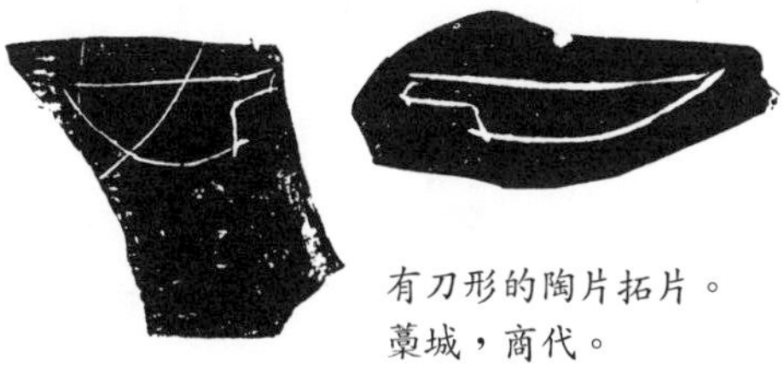
有刀形的陶片拓片。槀城，商代。

其中一片有很寬的刀片，使人想起了古代石刀，但又有很明顯的刀尖和短把，形狀酷似今日的菜刀，特別是切青菜用的刀。

另外一把刀的刀片要窄得多，很像祭祀儀式用的青銅刀。這是一種很有生命力的刀，後來還傳到蒙古和中亞，似乎還經由阿拉伯傳到西班牙，但究竟是如何傳過去的，還沒有人調查研究過。

這兩種形狀的刀是如何在一起的，這還有待研究。窄刀片的那把是祭祀儀式用的，所以階級比其他形狀的刀明顯要高。因此甲骨文是根據它的形狀創造的，上面寫著祭祀時詢問亡者和蒼天的問題。

很多商周時代的青銅器都鐫刻屠宰的場面。這一點兒也不會令人感到驚奇，因爲青銅器是在祭祀儀式使用的。動物四腳朝天地躺著喘粗氣，握有弓形長刀的手慢慢靠近柔軟的肚皮。

在商朝古墓發現了很多類似的青銅刀和玉刀。早期的樣子簡單、筆直，後期的模樣經常有彎曲的刀刃，沿著刀背有裝飾。

「刀」字的問題我長期以來就是沒搞懂。特別是金文沒有任何獨立的「刀」字（我們在前面看到的「刀」字都是從不同的合成字擷取的），我也不知道字形代表什麼。是一幅畫？如果是，哪一部分反映刀把？哪一部分反映刀片和刀刃？查閱了甲骨文和金文卜辭辭典「刀」字旁的各種字，我才明白，在合成字當中近百分之九十的「刀」字旁都在右邊，刀字主線上突出的那個小「尖尖」，總是對著合成字的其他成分。即使有「刀」字旁在左邊，它也反著，尖尖仍然對著合成字的其他成分。

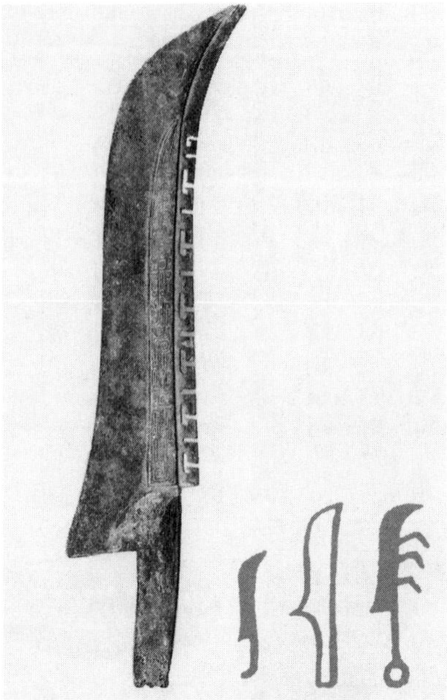

安陽出土的商代青銅刀。右邊幾個是早期金文的「刀」字。

這種解釋有什麼涵義嗎？我確信有。除了數量有限的一批抽象字以外，古字都很簡單，直接描述實物和現象，直接從前面看、從上面看或者從側面看。表示動作的字經常以動作本身以及如何操作爲出發點，我們還記得「取」、「敲」、「射」和很多其他的字，做這些事時都是用右手。誠然地球上有一部分人是左撇子，即使這樣，他們當中的絕大部分仍然選擇用右手，比如握刀。因此我相信，「刀」字的簡單形式是表現刀尖向上，刀刃朝左的一把刀，就像我們在金文看到的刀的族群一樣。

刃 刃

我們在「**刃**」字中找到了有利於這種解釋的進一步證據。「刃」是用一筆來表示，所依據的原則同「木」字加一橫爲「本」和「末」完全一樣。這一筆有的斜放——像一滴血，有的放在旁邊。

分

「**分**」字表示用一把刀切開或者分開某種東西。它經常用於把一個大的東西分成若干小的部分，比如表示零錢的「分」，表示部分的「分」，或分支的「分」。

初

「**初**」字。字的左邊爲「衣」，右邊爲「刀」。這種結構表明，這個字最初可能與裁衣有關，人首先要做的是裁開，如果眞是如此，這種聯想很早就消失了。這個字包括在表示各時程開端的合成詞，如「月初」、「夏初」，或者表示某件事即將發生或出現，如「初次」、「初雪」、「初戀」和一本書的「初版」。這個字也有「初步」的意思。

這個表示「刀」字的偏旁，與我們看過的「刀」字完

全不同，但是它有相同的起源。金文出現過這個字，西元前三世紀以後普遍爲大家所使用，隨著時間的推移它變得最常用。主線直立著，刀刃完全分開。右偏旁是一把刀的「**利**」字，表示「鋒利」、「收穫」，左偏旁是長著沉甸甸穀穗的一棵穀子。「收穫」等於「贏利」。「贏利」等同「利息」。「利息」同於「利益」。這個字包括在很多與商界獲取利益有關的合成詞，如「利用」、「利己主義」、「見利忘義」、「損人利己」、「利潤」和盲目追求「暴利」、「名利」和「經濟權利」等。

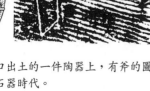

這是個「**斤**」字，表示斧頭。

在金文原則上已經定形，後來逐漸簡化，很難看出到底是什麼東西。

甲骨文比較清楚，我們可以辨認出斧把和斧片，鋒利的斧刃很突出。

不同類型和不同材料製成的斧和鋤都是很常見的考古文物。它們都有特別的中文名字，但是很遺憾沒有眞正的術語使用規則。一部分稱做「斧」的看起來都像「鋤」，或者正好相反。如今大家不用思考太多就能明白，在很長時間裡，斧和鋤不管在形狀還是用途方面都是很相似的。直到進入史前人類開始用金屬製造常用工具以後，才出現我們習慣稱之爲斧的工具。我們只要稍微留意一下，「斤」字在創造時所依據的那件工具的圖形就會明白。那個圖形可以在大汶口文化的一件陶器上看到。山東半島的大汶口文化繁榮期是在西元前四五〇〇年至前二五〇〇年。這件工具的樣子像一把結實的鋤頭（鎬）或者砍斧。

這類工具在新石器時代的華北似乎很常見。它們是由鹿骨或樹杈製作的，後來爲了結實改用石板、青銅或鐵。直到最初幾個朝代都還可見到，儘管當時已經出現了祭祀使用的青銅斧。

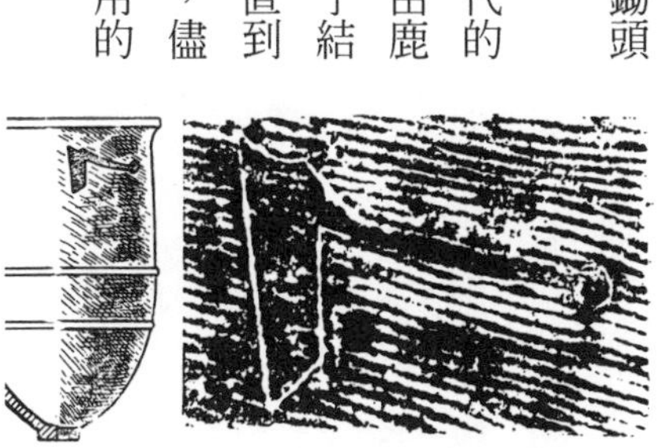

在大汶口出土的一件陶器上，有斧的圖形。新石器時代。

下圖這種鹿角「斧」存放於濟南的山東省博物館。它就是從大汶口出土的。

這種古老的「斧」以某種形式仍然存在於今日中國，至少可以看得見。農民在田裡幹活兒或者修築梯田所使用的工具跟「斧」很相似。或者說，今日的鎬是不是從中間有裝柄孔口的那種石斧演變而來？看來沒有人知道究竟是怎麼一回事。

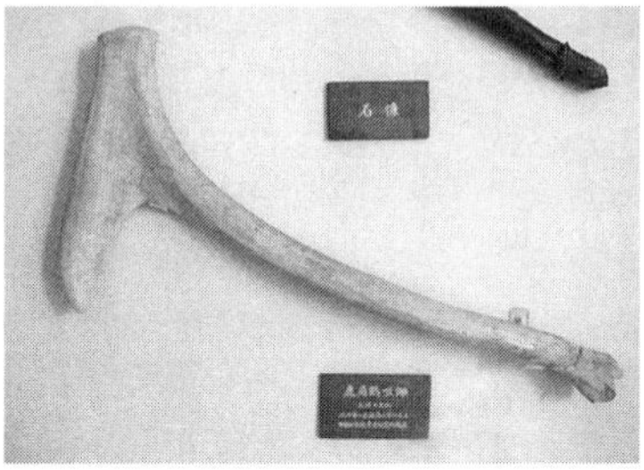
大汶口出土的鹿角斧。

「圖書館裡裝滿了有關青銅器和各種象牙藝術珍品的書籍，」我對北京的幾位考古界朋友說，「但是有關日常工具的歷史至今沒有人寫。為什麼會這樣？」

石鏬復原圖。

「這有什麼奇怪的，」他們說，「我們大家從童年時代就一直使用這些古老工具。從古時候就叫做斧，一直是這個樣子的。」

當我們繼續談這個話題的時候，他們想起了一位同事，他是研究中國西南地區少數民族的，主要是苗、納西和哈尼族，透過他我找到了一些有關的文章。這些文章說明，與大汶口出土的鎬屬於相同原始類型的鎬和斧（不管叫它們什麼名字），至今還在使用，比如用來修樹和耙鬆田裡的土——這兩樣正是這些文字創造當時社會最主要的農活兒。

「木」與「斤」組成「析」字。這個字的古老形式清楚地表現了字的涵義。左邊是一棵長著幾個枝的樹，右邊是一把斧子，來勢洶洶地對著樹幹。這種景象在古代村落肯定極為常見。由於人口增多，住戶需要不斷地墾荒擴大耕地面積。除此之外，他們還要砍伐蓋房子、修圍欄，以及製造犁、耙、鎬等農具和車、船所需要的木材。

有一個類似的字，其意為「折」。我們在這個字的古老字形中也看到了一把斧子正在砍東西，按一般的解釋，被砍的是兩棵「草」。金文看來是這樣。但是我們在甲骨文看到的真是「草」嗎？為什麼朝著不同的方向？用斧子砍草是不是小題大做？有沒有可能是一棵被剪掉樹枝或被砍倒的樹的形象呢？秦始皇的語言學家用一隻「手」代替兩個「草」字解決了解釋的問題，從此這個字一直保持這個樣子。

斤

在「斤」字表示刃的部分加一點為「斤」。

匠

「斤」字外面加上一個表示匣的字為「匠」。

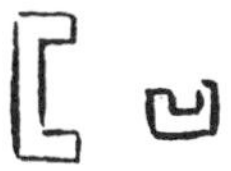

兵

工具和武器的界線在中國古代是變化不定的。大家用來伐木、建造馬廄和車輛的斧子也可以用來保衛家園和禦敵。「兵」字表示兩隻手拿一把斧子。

戈

中國古代最常用的武器是戟。在商代它是一把裝在一公尺長木柄上的寬匕首，用楔子或者皮帶固定住。很像西方中世紀的戟，但是中國的樣式非常奇特，在同時期的青銅文化當中獨一無二。

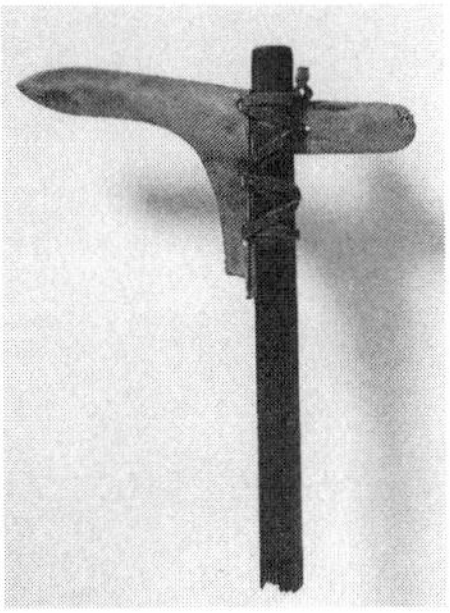

儘管沒有這種武器的柄保存下來——木製的柄很容易腐爛，借助於金文大家仍然能想像這種武器的模樣。很多字的下半部分有三個尖。這部分是做什麼用的，大家知道得並不多；但是後人找到了一個足有一公寸高、帶著鋒刃的青銅配件，從各方面判斷，它是裝在柄上的。這部分肯定具有武器作用，很像中世紀歐洲農民軍隊打仗時使用的草叉。武器的部分似乎也有很長的歷史。只是相關的甲骨文很不規則，字很細，沒有傳達出我們在金文所感受到的力量，但是武器的結

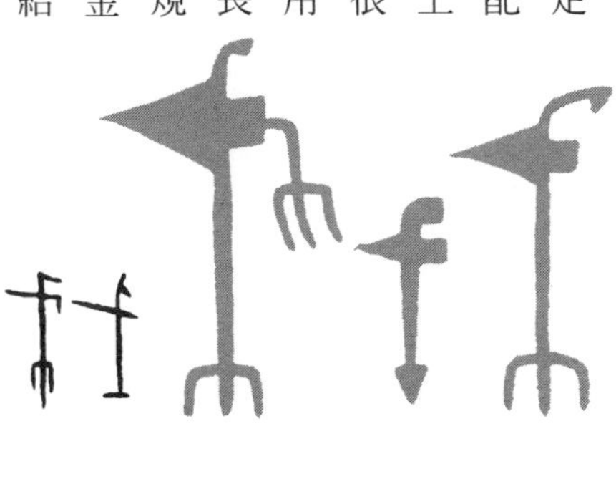

構還是很清楚的。

與這些戟的清楚圖像並存的，還有甲骨文和金文中更加簡潔的表現方式，並從之演化出「**戈**」字。

在漫長的歷史當中，「戈」字經歷了許多變化，專家投入大量的工作時間進行調查。刀片愈來愈長，有了一個長而彎曲的鋒刃，就像刀刃一樣。通過刀柄的那部分刀片在另一邊拉成銳利的勾，使用者還經常在頂端裝上一把刀或者一支箭，不管把它砍向或刺向哪個方向，都會有一個利尖碰到敵人。

甚至在戰車上士兵也裝上這種武器，兩個一對，中間有像切麵包刀的鋸齒狀鋒刃。當這種戰車全速衝向敵人陣營的時候，就成了銳利的武器。

從戰國時期出土的一件青銅器，我們看到了當時使用戟的活動場景，有步兵使用的一公尺長的戟，甚至是攻擊戰車或船上的敵人所使用的三公尺長的戟。

兩隻手加「戈」——「**戒**」。

裡。在絕大多數情況下我們只能看見「亻」和「戈」，這就足夠了，因為大家都知道它的涵義。

「亻」加「戈」——「**伐**」。

但是也有幾個如今被看做是衍生字的金文，殘酷的場面顯得特別清楚：一隻有力的手握著戟，從背後砍向一個人——簡單地說是處死。有一個字是跪著充當祭品的人。我記得有一張反映一八六〇年代中國的照片，有一個人上身裸露，雙手被綁著，朝地彎著腰，周圍是好奇的觀眾。劊子手的助手緊緊抓住他的辮子（辮子是屈從滿清的象徵），扶住犯人的頭。

「戈」也包括在「**我**」字裡。按照《說文解字》的傳統解釋，「我」字表示一隻手握著一件武器。後世的學者引用甲骨文的字形提出另外的建議，認為「我」字表示一件有三個尖的武器。還有一些學者引用金文，認為是兩件武器相碰。

不管怎麼說，「我」字當中包括一件武器不容置疑。多麼可怕的想法！但是考慮到人類在地球的生存歷史也就不足爲怪了。如我們所見的，它起源於國王和巫師祭祀和預卜吉凶的儀式中。大部分卜辭是講述對鄰國和部落進行的戰爭，「我」手中握著武器，像國王那樣唯我獨尊行使自己的權力。

人與戰斧，可能是名字或職業。

商代的戰爭有雙重目的。它們是保衛領土的一個環節，這是不言而喻的，但是也爲了掠奪奴隸。鄰國人稍有不軌就可能引發大規模征伐。根據一段卜辭，一次征伐就捉到三萬名俘虜，俘虜不僅被當做耕種土地、建築房子的奴隸，還與牛、狗和羊一樣成爲隆重儀式中的祭祀品。

我們在三十二頁已經看到了與「鹵」字有關的一把巨大的青銅斧，當時的人用它砍死奴隸當做祭祀品。類似的斧子也出現在很多戲劇性的金文，在這些金文裡人頭似乎已經落地。《金文編》一書廣泛地對金文剖析介紹，其中有一頁就展示了幾個字，它們沒有與其對應的現代字，因此被認爲是已經消失的名字和職業。

古代的現實就是這樣的殘酷，大的祭祀儀式會有很多人喪命。在安陽郊外的小屯村，一個大型建築物的落成啓用儀式，一次就有六百人被殺。在離那裡不遠的一個墳墓裡發現一百六十四個殉葬人，而在鄭州有一百人的頭被砍成與眉毛和耳朵一樣齊。眞是不勝枚舉。

同樣的斧子也出現在山東半島大汶口文化出土的一塊陶片上，它比金文至少要早了一千年。

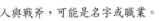

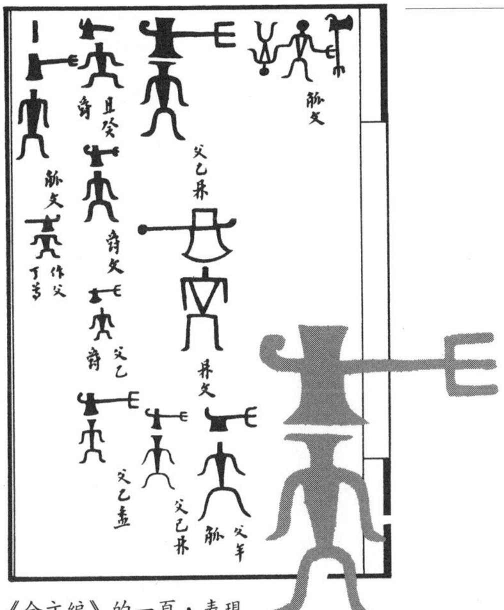

《金文編》的一頁，表現一個無頭的軀體上方有一把寬大的板斧。右上角有個人一隻手拿著斧子，一隻手抓著一個倒立的人。最下面的這個字是按原尺寸的復原圖。

王

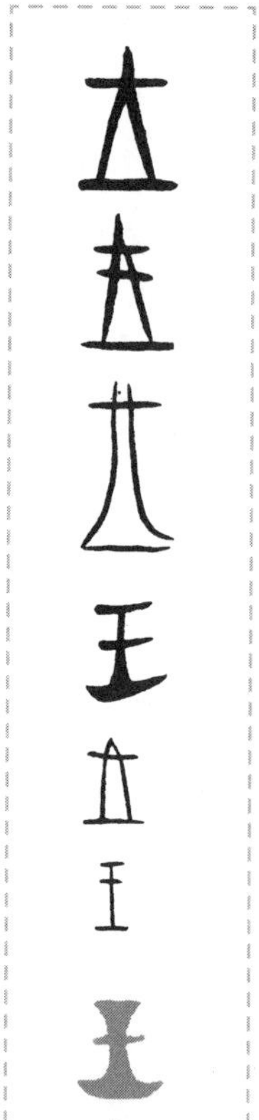

從各方面判斷這是一個「王」字，起初是一件武器的圖形。由於「王」的字形簡單，然而身爲統治者的「王」在國家社會上具有重大意義，也招來各種富有哲理性的解釋，幾百年來眾人討論「王」字可說難以計數。

一種解釋說，「王」字是一團熊熊烈火，象徵王權。另一種解釋是，豎立的筆畫代表王，它把天、人和地三橫連起來。第三種解釋，王（豎筆畫）是天（最上面一橫）與二元世界的連接物，二元世界自然的巨大力量陰與陽（短橫和長橫），在永恆的變化中互相轉換。

這些思想是很美妙的。但是「王」字似乎是簡單地按照一把斧子創造的，一把處死人或砍死人做爲祭祀品的斧子。早在商代這種斧子就具有這種作用，像其他純粹的儀式性玉斧一樣，是王的權力和權威的象徵。很多這類斧子從來沒有使用在最初的殺人目的方面。

近年來的考古發現，再次平息了世界上流傳甚廣的各種猜想。

在最近幾十年的考古挖掘當中，發現了很多形狀奇特的斧子。有一部分斧刃差不多與斧背一樣寬厚，還有一部分有著巨大的弓形刃。兩種類型的斧子都可以在文字中找到對應物。

君王由最主要的權力工具（舉行儀式和處死人用的斧子）來代表他是最自然的想法，至少就我們歐洲人而言是這樣，羅馬帝國的權仗即所謂的「法西斯」，至今仍然是權力的象徵。

商代婦好墓出土的青銅斧。

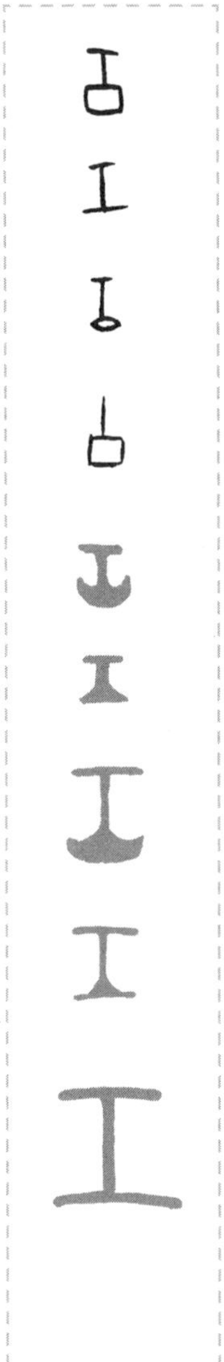

讓我們回到較和平的活動吧。

這是個「工」字。按照一般解釋，它代表木工的三角板，這個工具的形象可以代表整個活動。

爲了證明這種解釋是正確的，部分專家引用其意爲角尺的下面這個字，即一個人手裡拿著像「工」字的一件東西。這是個金文。甲骨文沒有這個字。

光憑這點做爲證據充足嗎？不充足。在甲骨文，「工」字有其獨特的形式，與角尺的意思不相符，至少不是我們平時看到的那種角尺。「工」字給我們印象比較是描寫一件工具，工人能用它夯或者砸東西。

此物究竟爲何物無人知曉，但是早在商代就有一種工具可以做爲「工」字的仿照物，起碼不亞於角尺。其中一個是小型石杵，在拉坏轆轤使用之前，大家用它來製作陶器。先把和好的陶泥製成長條，把它們一圈一圈地摞起來，組成陶器的形狀，然後用石杵夯實；當一切就緒了以後，再把裝飾的圖案壓進去。拉坏轆轤問世以後，石杵也就不用了，但是偶爾在博物館裡還能看到，上面介紹它是用來「平整」或「拍平」東西的，當時叫什麼名字也不得而知。

當中國人用土建房子或牆堵時，使用另外一種杵或夯。在整個中國歷史上，夯是一種最古老、最重要和使用最多的工具之一。目前仍然大量使用。初春的時候，天氣乾燥，農事還未開始，農民趁此機會修建房屋或院牆。他們從附近取來黃土，放到用木板或圓木搭成的H形框子內，夯成十公分厚的土層。當土層硬了，拿掉兩邊的木框，將木框上移，再加土，再夯實，直到牆堵達到理想的高度。

製作陶器用的「夯」，十到十二公分。新石器時代，河南省博物館，鄭州。

最常見的夯是石頭做的，下部是圓的。大約二十五公分高，二十五公分寬，裝有一個木頭把。在黃土高原和平原地區，每家院子裡都有這種夯，就像在我們的院子裡總能看到錘子和鋸子一樣。

也有較大的夯，可達半公尺寬，有五十至六十公斤重，在打地基或者建廣場和堅固的堤岸時使用。一般需要五個人，也有需要八個人的。由一個人握把手，掌握方向，其他人透過拴在孔上的長繩把夯拉起。

這種技術從新石器時代就有，看起來似乎很原始，但是用這種方法建造的牆卻非常結實。鄭州的城牆是西元前一四○○年建築的，當時正是商朝的鼎盛時期。城牆平均有十公尺高，二十公尺寬。直到今天，即三千年過去以後，儘管歲月的流逝和人為的破壞，它還有四公尺高。有一段位於城內，唯當地人不知道愛惜，在城牆上種蔬菜，在牆根旁邊種植倭瓜和番茄。但是只要不用鎬刨和鐵鍬直接挖，它還會存在幾千年。城牆上不同的土層仍然清晰可見。還有更奇特的：至今仍然能看到當時夯土時工具所留下密而深的痕跡。

這些工具到底長什麼模樣，直到現在我們也知之甚少。但是最近幾年，在古代中原地區的考古發掘，從很多

石頭夯，安在一個木頭把。這種古老工具使用在建房基、牆堵和堤岸時很有效率，在建好的牆上還能清楚看到不同的土層。陝西，一九八七年。

兩個人在打土牆（下圖）。

不同的地區發現了一些石頭，大家認爲它們是古代使用的夯。其中最古老的石頭看起來就像普通的碓臼。還有的更寬大。它們的共同特徵是都有一個圓形的厚底盤，二十至四十公分高，有些上面窄、下面寬，有一些上下一樣寬，頂上有一個孔，他們認爲那是裝木把的地方。

中國人在打土坯的時候使用一種類似的工具。打土坯有多種方法，但是效果最佳的方法與打土牆的方法有很多相似之處。首先在木框內塡滿土，然後用力夯實，土乾了以後就成了坯，堅固性和承受力都明顯高於普通的坯。他們夯土使用的工具通常是石頭做的，上面裝有一個木把。

從考古的觀點看，打土牆或打土坯所使用的石頭並不引人注目，就只是一些相當簡單的石塊。但是從語言文字的角度看，它們非常有意義，我想強調，它們是創造「工」字時的參照物。

據我所知，此事無任何文字記載，不會給這類區區小事某種地位。但是如果我們回過頭來看看「工」字的古老形式，就會看到，很多字形都有一個沉重厚實的底部，我們完全有理由把它解釋成夯土時使用的石頭，上部則是柄或者把手。

早期的中國建築都把土做爲建築的基礎材料，這一點是有文字記載的。他們擁有的黃土資源很適合建築用。只要把土夯實，它就具有接近於黃土高原那些山脈的承受力。古城牆就是這方面的極好例證，宮殿、神廟和重要建築物下面的臺階和地基是另一個例證。很多這類建築物至今仍然高出地面二十公尺。

建築這一切需要繁重的勞動。鄭州城牆的周長有七公里。河南省博物館的考古專家計算出，這種規模的建築需要投入一萬個勞動力，每年工作三百天，連續工作十二年才可以完成。

直到今天，差不多所有華北和西北的城市都還有這類城牆圍繞著。靠近沙漠和荒野的北部邊界長城有很多段也是用這種方法建造的。長城經過漫長的歲月仍然巍峨屹立。除了運河的河堤以外，建築中國北方的長城是人類歷史上最繁重的集體勞動之一。這樣又增加了一個思考的理由，在建築萬里長城時所使用的工具會不會是「工」字的參照物？

在中國城市聽到打夯的聲音，就如同在我們今天的城市聽到汽車聲音一樣很特別。但是不僅僅是打夯聲。爲了動作協調一致和使勞動顯得輕鬆，他們唱歌謠，就像世界各地人民在從事沉重勞動時所做的那樣，如升帆、拖船和拖網、收割、裝貨和卸貨等。

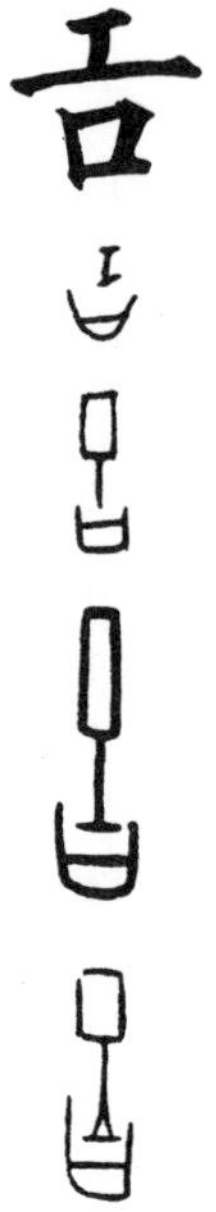

「工」和「口」組成「𢀜」，意爲很多人發出的聲音或歌聲。令人驚奇地，這個字出現在很多卜辭裡；也有人說，它是與商朝不斷發生衝突的一個西部部落的名字。

另一個衍生字是「共」，我們從這個字看到兩隻手托起一個東西。我很難想像還有其他的字比它更能描繪出奴隸在長城共同勞動的集體場面；但是還有很多的解釋，我們最好到此爲止，不然會愈來愈玄。

第十一章

屋頂與房子

當我第一次聽說這個字表示屋頂時，似乎清楚地看到了我面前的屋頂：它是平的，有煙囪。但是我錯了。誠然在中國北方有很多屋頂是這個樣子，但是當這個字創造時，絕大多數屋頂是很高很圓的。甲骨文表示屋頂的字也是這個樣子。

屋頂是由木柱支撐著，上面有很輕的椽子，椽子在煙道處相會。最初上面很可能蓋著葦草，下面的插圖就呈現出當時的房子形貌。

新石器時代人類開始使用這種房子。當時屋頂直接落在地面上，居民住在坑或地洞裡，三公尺深，直徑四至五公尺。

後來房子逐漸高出地面，但是牆不承重。由柱子支撐的屋頂仍然是基本部分，牆的主要任務是避風遮雨。牆和屋頂都是草拌泥。

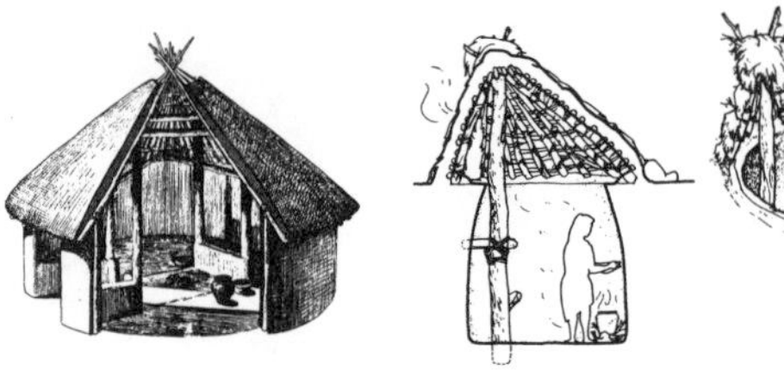

半坡村的半地穴式和圓形房屋，新石器時代。

這種圓形的房子在西元前四千多年前的半坡村是常見的，在最初的幾個朝代也是這樣。門一般是朝南開。

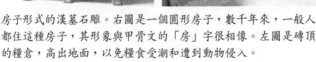

這種圓的房子很容易使人想起草原上的蒙古包，兩者最主要的區別在於牆與頂。但是專家強調這兩種房子的形式沒有任何關聯——這一點很難理解，因爲蒙古包的頂也是最重要的，同樣由類似的結構支撐著。

房子形式的漢墓石雕。右圖是一個圓形房子，數千年來，一般人都住這種房子，其形象與甲骨文的「房」字很相像。左圖是磚頂的糧倉，高出地面，以免糧食受潮和遭到動物侵入。

半坡也有一部分方形房子。後人復原了其中一棟，其形狀很像金字塔狀的旅行帳篷，進口處能擋雨。它坐落在村子中央，似乎是族人舉行集體活動時使用的。儘管表面上不同，但其結構與圓形房子大體相同。面積大約有一百六十平方公尺。

半坡在當時是一個組織良好的大村子。後人已經找到四十六棟房子和二百多個地窖的遺址，當時的人把糧食和重要東西儲存在地窖裡。村北有一個墳地，村東有一個陶器製作中心。村子裡可能很長時間都有人居住，但不是沒有間斷過。當時的人仍然實行休耕制。當土地產量低的時候，村民就搬遷到新地點，過一兩代土地恢復了肥力才搬回來。這時候再建新房子，還是用土和木頭。

在博物館內的黃土地上，民眾仍然能看到昔日的地基和埋木柱的坑。正是在這些坑和土地上曾經建有房屋。當一九五七年挖掘完畢的時候，考古學家建造了一所大房子，把這一切都罩起來，成爲一座博物館。如今民眾可以走在木板道上參觀，僅有一個輕便的護欄把村子隔開，專家竭力想塑造出六千年前當地的人是如何生活的樣貌。

有一個展廳展示挖掘所發現的器皿、工具等各種文物；還有一個村子的模型，村子坐落在河附近的一塊臺地上，周圍有一條深與寬各有四至五公尺的「護城河」。

隨著時光遞嬗，方形和長方形的房子愈來愈普遍。在鄭州附近的大河村，有一棟房子的遺址，內有四個房間，比半坡的房子晚了一千年左右。挖掘工作已經結束了，但是文物考古工作還在緊鑼密鼓地進行。一九八四年的一個星期天下午，我手頭無事，便闖到那裡去，一位友善的考

圓形房的復原圖。半坡博物館。

半坡村模型。半坡博物館。

地基，大約西元前四千年。半坡博物館。

古學家把我放了進去。

村子位於黃河附近土地肥沃的農耕區，當地人正在炎熱的田野上插稻秧。與在半坡一樣，考古學家也在那裡建造了一座極簡易的房子，保護出土的地基、地窖、灶坑和考古工作者留在那裡的一切。潮濕的地面已經長出了一層薄薄的苔蘚，與昔日牆壁紅色的遺址交相輝映。護欄上掛著新收穫的大蒜瓣。苔蘚和大蒜味兒，牆邊成千上萬塊等待復原的古陶片，讓我感受到一種濃烈的氣氛，使我直接回到幾千年以前，確切地說是五千年前。

黃河附近大河村一棟房子的地基，新石器時代。這棟房子的正面圖（上）和平面圖（下）。

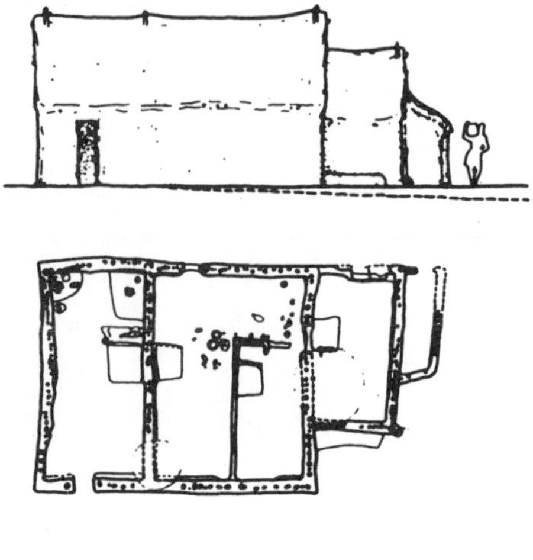

二里頭宮殿是迄今中國發現最古老的宮殿之一，年代爲西元前十六世紀至前十三世紀。從考古學家復原的模型看，主體建築進深八間、面闊三間。它坐落在夯土臺基上，

大門朝南開。院子周圍建有立柱廊房。一九七〇年代進行的挖掘顯示，這座宮殿早在西元前二千年的夏朝就有人居住，按照各種不同文獻記載，宮殿所在的地區正是夏朝的中心地區。

這種建築傳統究竟能追溯多遠，現在還不得而知，但是在大運河朝北拐的杭州附近的河姆渡，一九七〇年發現了房梁，經碳十四測定其年代距今大約七千年。在如此溫暖、潮濕的氣候下，能保留這麼久遠的木塊眞是讓人感到驚奇，此外也證明當時已經有了極爲先進的建築技巧，各種不同的梁架能夠很精確地連在一起，而當時僅僅使用石製工具。

在安陽殷墟沒有這麼完整的遺址保留下來。挖掘完畢以後，地基和牆又蓋好了，遺址還埋在那裡，經過短時間供人參觀以後，又用黃土保護起來，農民重新在上面種玉米。

我們從挖掘的情況可以知道，那裡大部分建築是由我們所見過的居住洞穴組成的，但是更寬更圓，還大都建有臺階。但是也有一種完全與此不同的建築：坐落在夯土臺基上的排房。其中有一棟長二十八公尺，寬八公尺，坐落在有臺階的一公尺高平臺上。屋頂可能蓋著葦草。由三十一根木柱支撐著，每一根支柱都有一個柱基，就像燭臺上的蠟燭。不承重的牆由草拌泥建成。

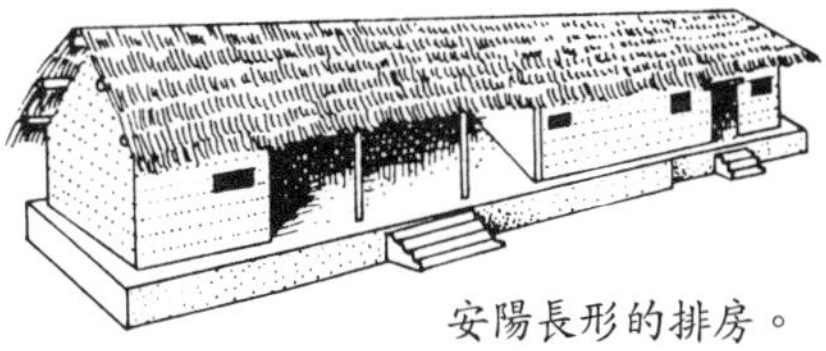

安陽長形的排房。

考古學家在安陽的商代舊都發現過類似的排房，最早的排房見於鄭州和黃河附近的二里頭，最大的在南邊的盤龍城。

安

甲骨文表示屋頂的「宀」很少單獨出現，而金文根本就沒有，但是很多與房子、家和建築有關的合成字都包含著它。

「安」：一個女人坐在屋頂下。「安」字表現了一個人的安寧感受，就像一個女人在自己家裡一樣，或許是她在灶坑旁感到安寧？這一點我們無法知道，但是我們能夠看到她蹲在那裡，雙手朝前，好像在幹活兒。

家

「家」：屋頂下有一頭豬。居民在那裡有住房和家畜。同樣地，這個字的甲骨文瘦小、枯乾，但金文卻飽滿有力。

宿

「宿」：一個人躺在屋頂下的墊子上。

牢

「牢」：房子裡有一頭牛。從甲骨文我們可以看到，現在寫成「宀」的部分可能是根據某種圍欄創造的。在某些字，牛被換成一頭羊或一匹馬。

儘管到目前為止，我們還沒有找到馬廄或其他圍欄的遺址，但是從其他管道可以知道，商代的人肯定已經大規模飼養牛、羊和馬。他們頻繁舉行各種儀式，用大量的肉祭祀祖先和供應國王和王室成員食用。

「宀」還有與祭祀相關的更特別的意義，即犧牲。它包括在兩個最主要的儀式名稱，即「太牢」（太牢用一頭牛），以及「少牢」（少牢用一隻羊）。兩種儀式直到二十世紀還存在。

寍

「寍」，屋頂下有一顆心和一個器皿。當一個人經過一天的勞累，回到自己家裡休息或吃一點東西的時候，身心充滿了安寧的感覺？這個字的正體現在都寫作「寧」，加了一個誰也不懂的下半部分。一九五八年簡化字後寫成「宁」，「心」和「皿」都不見了，令人遺憾。

守

「守」。我們從金文可以看出，「守」字的下半部分最初是一隻手的形象，有時候還加上一小筆，表示拇指。手代表保護嗎？或者是看到一隻具有威脅或偷東西的手在行動？

宮

「宮」。有一種解釋，說這個字表示兩個房間的設計圖紙，後來加了一個「宀」。這種解釋由於甲骨文和金文不常見到「宀」而得到支持，在這種情況下，不可避免地會有這種印象：這個字是表現兩個相鄰的房間。這個字從西元前二世紀統一文字起就有了「宀」，完全是因爲當時的人要把這種意義的字，比如與「房子」概念有關的所有字，都集中在相同的範疇下，因此才有了「宀」。

另一種解釋是，這個字是一個有門和窗的房子形象。有人拿幾個新石器時代的像房子般的小泥塑來證明這種理論。這些小泥塑都是在離半坡不遠的渭河谷地發現的，與考古學家所復原的半坡住房有很多相似之處。這種房子到了商朝還很普遍，當時這個字也已經確定下來了。

根據高本漢所著《漢字形聲論》的解釋，「宗」字有「祖廟」、「祖先」、「宗族」、「獲得榮譽」、「慶賀」、「價値」和「朝拜」等意思。還有什麼字比這些各種不同的意思更能描繪出重要的大建築所具有的功能呢！

「宗」字最早的字形是一個排房山牆的清楚形象，就像考古學家現在想的一樣，由立柱和檁條支撐屋頂。但是按照一般的解釋，「宗」字是由表示屋頂的「宀」和表示「預兆」的「示」所組成。

高本漢經常說，他稱做「示」的這個字是古人占卜時使用的一種棍子的形象。但是很遺憾，這種意思的可靠性不大。按照傳統的解釋，它上面的筆畫代表蒼天，下面的三個筆畫代表日、月和星，蒼天透過日月星向人類傳遞旨意，並用表示旨意的「字」來解釋。其他論者認爲，「示」表示祭壇或祖宗牌位。

沒有一種解釋眞正令人信服，特別是回顧一下甲骨文的字形更加如此。我們唯一能確切知道的是，觀察各種自然現象和預示凶吉相關的「示」字，其活動都發生在巍峨的祖廟或附近。「示」字包括在諸多與觀察和儀式有關的合成詞。

長期以來，我一直考慮這個字所具有的不同字形。在甲骨文它的樣子很接近窯洞式的圓形、蜂房式的屋頂，而在金文我們經常看到這個字

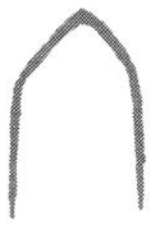

更像與牆明顯分開的房子，按照我們的看法它是眞正的房子，很像考古學家復原的祭祀大廳。這個字的不同寫法是否肇因於反映的是不同的房頂？

我與之交談的中國文字專家堅決否定這個看法。「不同是暫時的，」他們說，「主要是因爲每個人都有自己的筆法，有可能是筆誤。」但是一九八四年夏天，我在北京遇到一群寫《中國建築史》的專家，他們很快理解了我的意思。

「兩種不同的房子樣式並存了很久時間，」他們說，「普通人繼續住半地穴式房子，同時按照安陽的排房模式

建造了更多的大房子。隨著時間的推進後者愈來愈普遍。這種發展趨勢表現在文字上，但是迄今爲止還沒有系統性研究能說明這一點材料。」我們相信誰說的呢？我寧願把問題交給讀者來判斷。

不管表示屋頂的不同字之間有何關係，商代的排房開創了延續近三千年的建築傳統：房子坐落在夯過的臺基上，後來鋪上一層磚；屋頂是由分散在臺基上的木柱以及由特殊石頭製作的「蠟臺」支撐著；牆體是不承重的；牆與牆之間的空間是開放的，或者裝上門、窗子或薄形木隔扇；門安在長牆的中間，朝著南方開。

執著的中國人直到今天仍堅持這樣的建築方式。房子的大小或華麗程度自然可以變化，但不管是民房還是廳堂，塔還是樓閣，基本原則始終不變。在漢朝（西元前二○六—西元二二○年），房子和屋頂的模式最終都確定下來了。此後大體上沒有變化，直到最近幾十年，來自西方的建築思想才步入這個領域。

山東半島的肥城有一座中國最古老的房子，至今仍保存完好，此地距離登泰山的地方僅幾十公里遠。這座用石頭建築的房子出自漢代，自西元一二九年建成以後，一直屹立在孝子村的高坡上，直到一九七八年在房子外面又建了一個保護性房屋，用幾根木梁支撐屋頂。

這是一座祖廟，是爲了紀念一個叫郭巨的人而建的。郭巨很貧窮，無法養家餬口，他的老母親把自己那口飯分給小孫子吃，她自己變得骨瘦如柴。爲了挽救老

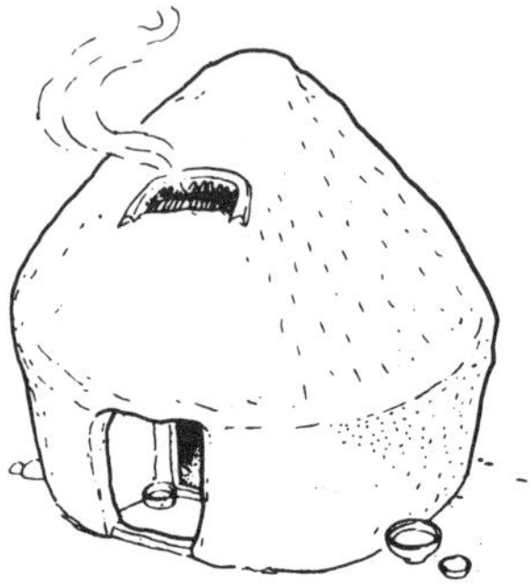

新石器時代的圓形房子，在歷史上延續了很長一段時間；到了漢朝房子有了另一種樣式，並傳承了兩千年。不管是住宅、亭子或廟宇，所有建築都按同一原則修建。

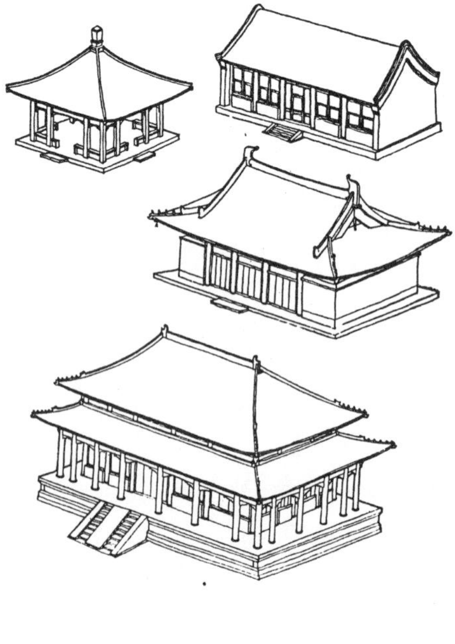

中國最古老的房子：肥城祖廟。

母的生命，郭巨決定活埋自己的兒子——兒子還可生，母親不可能再有第二個。他動手挖坑，欲埋其子。只挖了幾鐵鍬，他就挖到黃金一釜，中有丹書：「孝子郭巨，黃金一釜，以用賜汝。」就這樣郭巨變得富有了，他讓兒子活下來，全家人也都能吃飽飯了。他對母親的孝順受到大家的讚揚。

郭巨孝母的故事寫在祖廟的牆上，是《二十四孝》最有名的故事之一，直到今天仍然涵蓋在兒童教育當中。其他故事還有：一個男孩夜裡赤身睡覺，以便把蚊子吸引過來咬自己，讓父母睡個安穩的覺；一個人在寒冬躺在結冰的河上，用身體的熱量化開冰，捉到後娘要吃的鮮魚。這就是孝道。

漢朝以後中國建築的變化主要在屋頂方面。這時候出現一種複雜的系統，即斗栱系統。不用一根釘子。結構相似的斗形木塊和弓形肘木縱橫交錯、層層疊疊，並逐層向外挑出，彼此之間是自由和活動的，具有防震功能——這在地震區是很重要的，以及支承荷載的作用。

這種系統很像中國和日本的積木，由一定數量的木塊組成，只有一種方法把它們組合起來，成為一個緊密的六面體或圓球。

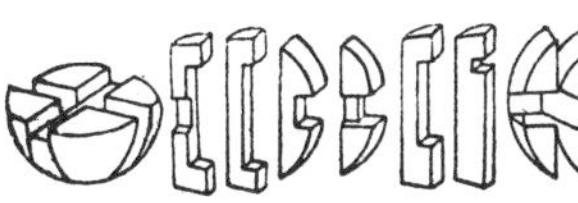

下面三圖都取自《營造法式》。這是一部中國建築技術的專著，由在將作監任少監的李誡於西元一一〇〇年重新編修。李誡本人是一名有經驗的建築師，他對一座建築的各個部分以及彼此之間的關聯，給以具體細密的介紹，可說是幾百年建築經驗的總結，直到今天仍然是中國建築技術的範例。

在河姆渡出土有七千年歷史的木榫架。

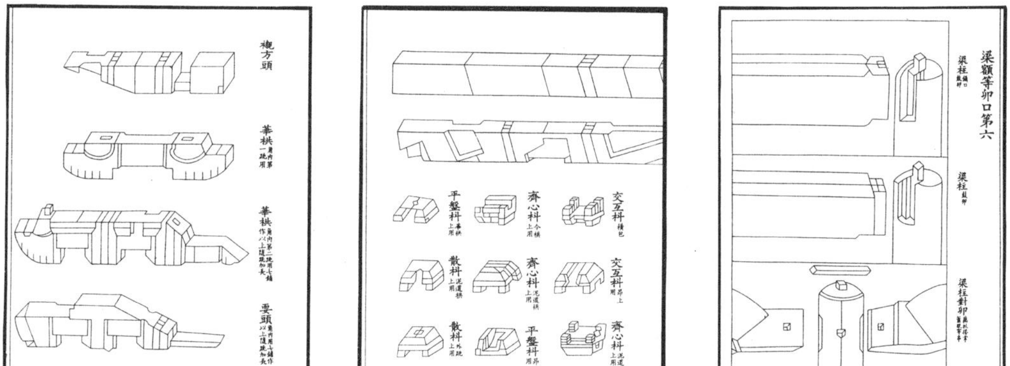

《營造法式》一書的建築圖紙，此書成於西元一一〇〇年，可說是中國傳統建築幾百年經驗的總結。

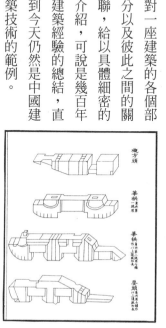

一旦屋主決定了建房的位置、寬度和進深，馬上就可以動工。《營造法式》書中有一切必要的資料，一切都用清楚的規範圖標示。

如果有人想造一棟個人用的小房子，只要限定房子的寬度和進深就行了。這本書能標出從山牆角度所看到的房子斷面圖。

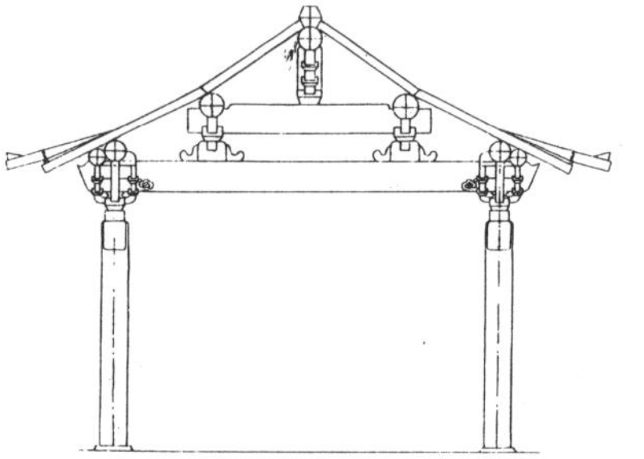

如果有人要建造一座大廟，只要加大進深和長度就行了。山西太行山的五臺山佛光寺殿寬七間、進深三間，始建於西元八五七年，但是經歷一千一百多年仍完好如初，儘管中國經常發生地震。這座寺廟和其他木製建築之所以能保持如此完好，原因在於這些建築的各個部位彼此是活動的，不是固定在地上，而是自由地支撐在各自的臺基上。用現代建築術語說：它們是「移動的」。甚至很高的木塔也是自由地坐落在那裡，沒有用到一顆釘子。當大地震動的時候，建築只是顫抖一下，但是不會倒塌。唯一能毀掉它們的是火。位於佛光寺北面一百公里處的應縣木塔，是中國保存最古老的木塔，有六十七公尺高，是世界上最高的木製建築，建於西元一〇五六年。

屋頂的所有部分都具有一個功能，它們承受和分擔壓力。隨著時間的推移，屋頂變得愈來愈具有純裝飾作用，很多細節只具賞心悅目的作用。北京紫禁城的太和殿是皇帝慶祝年節、頒詔和殿試的地方，其建築原理同於市中心各條胡同和平原鄉村的低矮平房，也同於最初朝代王公祭神的祖廟。

中國房子屋頂有其特點。沒有任何地方比在北京紫禁城更能看清楚這一點。沒有任何地方比在北京紫禁城更容易理解爲什麼「城」字和「牆」字都有「土」字，因爲那裡所有的建築都像古時候一樣建有圍牆。

紫禁城坐落在市中心的紅色高牆裡，是城中城。八

北京紫禁城的太和殿。

千多間房子整齊地排列在南北中軸線兩旁。儘管規模龐大——南北長九百六十公尺，東西寬七百五十公尺，卻沒有歐洲文藝復興時期或巴洛克時期的宏偉，幾乎看不到任何遠景。從大門處看不到主要建築物，其他大的建築群也看不到。相反地，有著各自的大殿和大理石臺階的院子，一個接著一個在我們面前展開，就像「漫遊」在一幅中國畫裡，景色一個接一個地映入我們的眼簾。或者像夏日的藍色大海一浪接一浪地向海岸衝擊，慢慢匯

從北面看北京紫禁城。

山西省應縣木塔，始建於西元一〇五六年，是全球最高的木塔。

北京紫禁城的屋頂。這麼具有中國特色的屋頂，在北京特別讓人印象深刻。屋頂上的金色琉璃瓦黃澄得就像成熟的穀物，在冬天晶藍和夏天白色的天幕下閃閃發光。右圖是這類屋頂的前身，即西元七八二年建立的南山寺，至今仍屹立在五臺山。

聚成巨浪，鋪天蓋地而來——平靜的一剎那是爲了積蓄力量，噴出巨大的浪花。大海在積蓄起新的浪花之前，要後退回去，變得平靜而深沉。

到了太和殿這股力量達到最高點，然後平靜下來。它向北慢慢低下去，在一個幽靜的花園結束。那是皇帝的私人花園，在高大的竹林和假山之間有松柏和花圃。

紫禁城外面是大片住宅區，布滿單層的灰色小房子，周圍是灰色的院牆。所有的房子都朝南，像紫禁城一樣，它們像火柴盒一樣有秩序地排列在石頭牆小院周圍，住戶在小院裡種花和瓜菜，補褲子，包餃子。

僅僅在幾十年前，這些房子和院牆周圍還矗立著有碉樓和城門的高大城牆。但是現在沒有了，傷了不少人的心，代之而起的是公路和新的住宅區。不過在一九六〇年代，我第一次住在北京的時候，城牆大體還保留著原樣，我們還經常說「城裡」和「城外」。中國人自古以來就是這麼說。

在「城裡」，自己的世界清楚可見，儘管擠滿了房子和人。人在那裡有一種安全感。在「城外」，有華北大平原，它無邊無際，使人覺得無路可走。城牆不僅是城鄉可見的分界線，還給城市一個固定的形狀，給人一種安全感。居民能感受到自己在世界上的位置。

人類對城市有這種感覺，大部分與城市本身的規畫也有關係，這一點可以追溯到文明史之初。《周禮》一書有一段專講城市規畫。該書與很多周朝的著作一樣，到了漢代才最後定型。城市應該爲九平方里的長方形，每邊的城牆應該有三個門。東西走向的九條大街和南北走向的九條大街像織布的經線和緯線一樣把城市分開。這是一種理想，儘管現實中並非總是準確無誤，但這種固執的理想一直存在，就像建房屋的方法一樣。由各條大街畫分的區域經常構成各自的行政管理單位，相當於今日城市畫分的街道委員會。

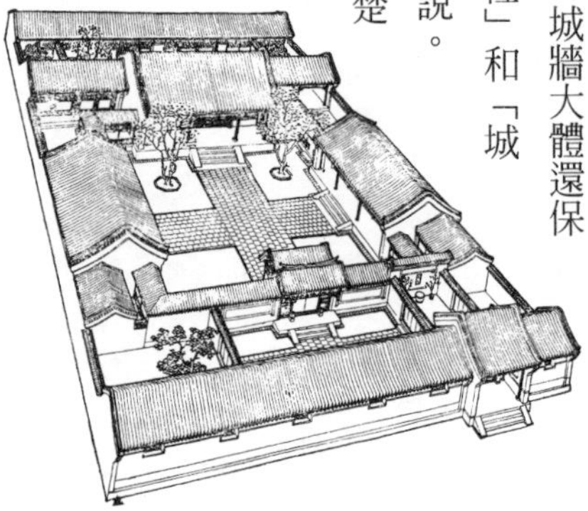

幾百年來，北京城牆內的低矮平房沿著院牆排列，有一個朝外的街門——在圍牆開一道門，門裡有寧靜的花園。城中心是皇宮，任何人不得修建高於皇宮的房子。

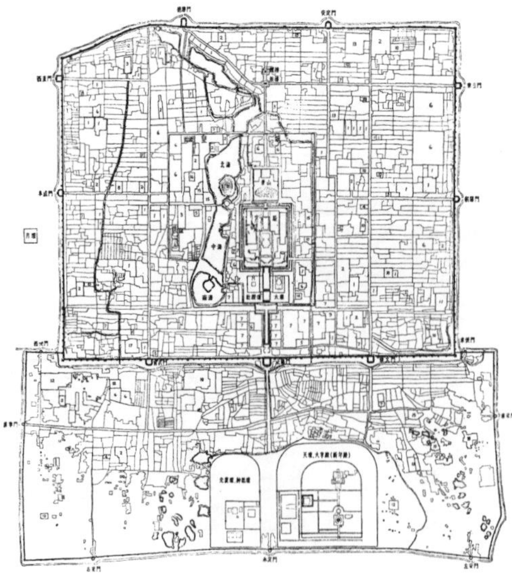

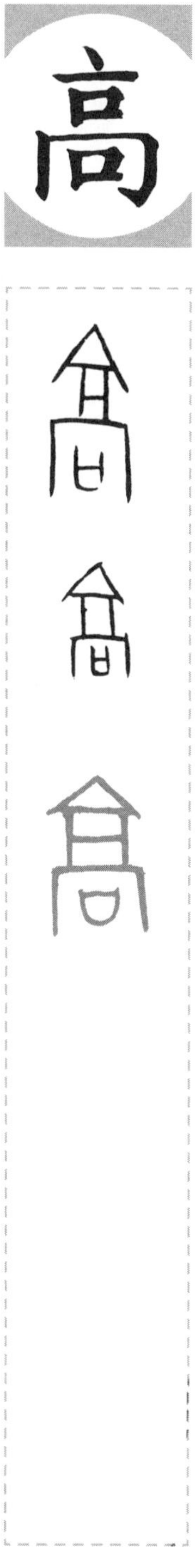

在城牆裡有受保護的各家各戶的房子。同樣，農村的村落和城鎮也有牆保護著，在當時的國境線上有一條萬里長城，是防範野蠻人和外來危險的文明線。

從文明史初期開始，中國城市就有城牆圍著，這一點在考古和文獻上都有記載。後人在離鄭州不遠的地方發現了亳城的遺址，這是商朝第一個國都，大約建於西元前十七世紀。

該城建在一座山崗上，那是伊河和洛河在黃河以南的交匯處，傳統說法說是離大禹的家鄉不遠。一九三○年代初，中國科學院曾在此地考察過一次，後來日本侵略中國，一切考古活動終止。一九三八年，蔣介石將軍下令扒開黃河堤以阻止日本人推進，不過並沒有成功，日本人沒有受阻，整個地區卻被淹沒。當河水最後總算消退以後，地形發生了很大變化，大家再也找不到那個地方了，地面堆滿了河泥。經過不懈的努力，在一九七○年代末，最後確定了古亳城的位置，挖掘也發現了豐富的文物。

一些出土的文物可證明，亳城曾經有一道十八公尺厚的城牆。街道呈後來常見的方格形。城牆的南半部分被洛河沖毀，但仍有七座城門存在，很可能依照傳統理想建造了十二道城門。

「**高**」字是描寫一個高的建築，可能是一個碉樓，也可能是指城門。像中國城門那樣令人讚歎的建築不多，既威嚴又充滿安全感。對於生活在附近的人來說，必定肯定它體現了「高」這個概念。

在十七世紀下半葉出版的《芥子園畫譜》有很多城門樓，它們很像「高」字。儘管出自中國歷史很晚的時期，但還是表現了城牆和碉樓的形象。

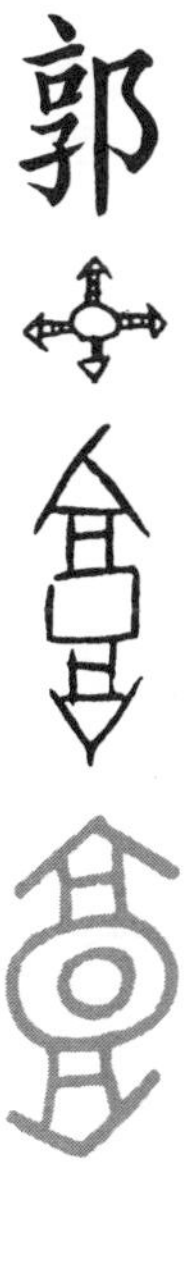

「**郭**」字在古籍是一個清楚的建有碉樓的城牆形象，

儘管有很多細節與《周禮》中理想的樣式不相符合。

秦統一文字以後的「郭」字已經失去了原有的清楚形象，但是表示碉樓或城門的部分仍然出現在與高大建築有關的其他文字。後來還增加了表示城市的右半部分。

亳 

碉樓的上半部分，也出現在「亳」（音同四聲的播）字，亳城是商朝的第一個國都。

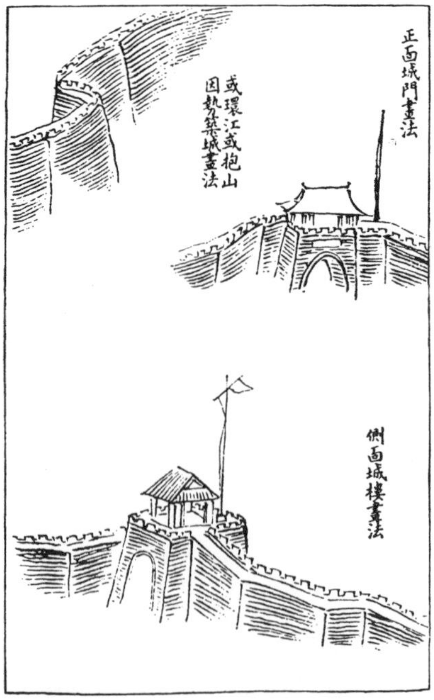

《芥子園畫譜》一例，指導習畫者如何畫城牆的城門和城樓。

京

「京」字也有相同的上半部分，在《詩經》等古籍有「大穀倉」的意思。這個意思不像猛一看時顯得那麼不可思議。稅收的大部分是以穀物繳付的，借助穀物帝王才能維持行政管理和軍隊。重要

在有很高椿柱的穀倉前面，左邊有兩個人使用腳踏碾米機，右邊的兩個在去秕糠。漢墓磚，長三十九公分，寬二十五公分。

的祭祀活動也需要糧食。除此之外，帝王做爲國家領導用儲糧養活人民也是他的任務。因此儲備大批糧食，爲了安全要放在國都城內。

「京」字是名副其實的穀倉形象，是用柱子支撐起來的房子，它高於地面，免得受潮或被老鼠吃。這種房子在今日中國華南的少數民族地區仍然很普遍，他

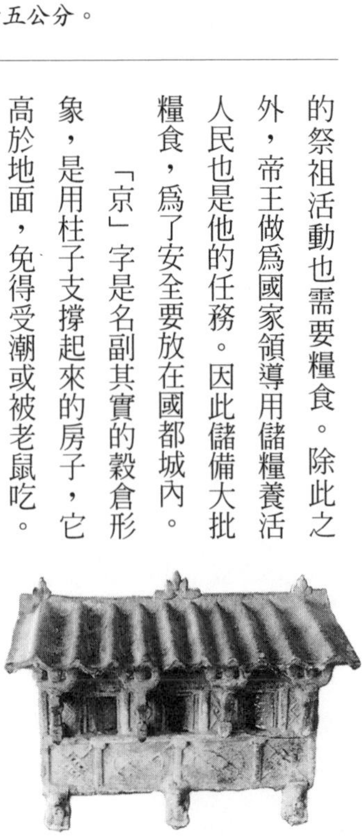

們生活在炎熱、潮濕的氣候裡，很像最初幾個朝代的中原地區。漢朝時傳到日本，與後來日本人吸收建築廟宇技術一樣。商和西周用來盛糧食祭祀的青銅器被認爲是仿照穀倉製作的。很多金文表現了相似的結構。

也有很多漢代陶瓷墓雕表現立柱式穀倉，或者與立柱有相同作用的高臺式穀倉。

門

這是個「門」字。所有看過美國西部電影的人都看得出來，影片中的「風門」在中國也有，特別是華南。它們可以把房間與外面世界分開，但不阻礙空氣流通。不管在炎熱的夏天還是冬天都很實用，冬天不生火的房子確實需要室外陽光的照射。

但是絕大多數門占滿了整個門洞。它們有一個結實的門框，這種門框是由直立的方木拼起來的，術語叫「嵌入」。它們不像我們瑞典的門嵌在鐵製的合頁上，而是靠自己的力量直立著，上下有兩個圓形門軸插入上面門框的孔和下面門墩的槽。

這是一種天才的結構，簡單而實用，此外花費不多，因爲它不需要任何金屬——而這種結構用於各式各樣的門，從室外的大門到考究的花梨木上漆櫃櫥的門。

武漢花山村魏家的街門用兩根木栓鎖住。

西元一一〇〇年的《營造法式》豪華門的設計圖。

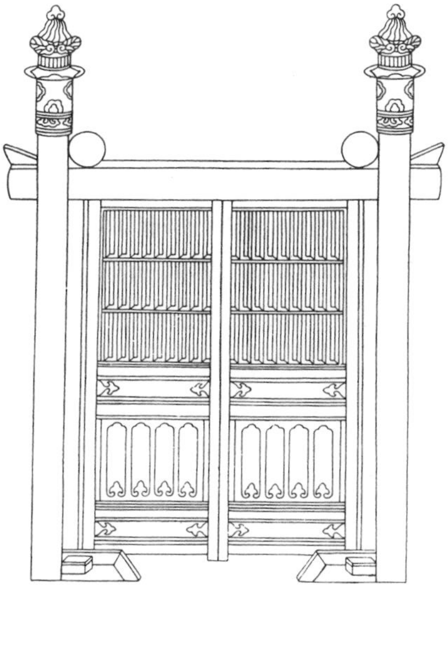

這種門易開易關。首先將上面高出來的門軸插入門框上的孔，然後讓門下落，使下面的軸進入門墩上的槽，自由、可動，但很穩定。

過去農戶人家突然來了客人，炕上睡不下，就摘下一塊門板當床用，如此就用不著睡在地上。在一九四九年之前的漫長戰爭歲月裡，免不了會有很多意想不到的借宿者，因此毛澤東下了一條指示，在戰士的守則加上這一條：上門板。

古「門」字是一個門的結構形象。一張西元一二二九年著名的蘇州城地圖，圖上的三座門也是這樣，安在一個兩公尺高的石柱上。這三座門是通向城牆內市中心住宅區的入口。想看刻在石塊上的整張地圖，可以參訪蘇州城西南區第一中學附近的夫子廟。

中國古代住宅是很少上鎖的，但是臨街的大門夜裡總是插著門栓，就像昔日世界各國的城門一樣。我們在武漢郊外花山村一戶魏姓農家門上看到一種最常見的門栓：兩個門栓從各自的方向插入固定在門上的栓洞裡。一

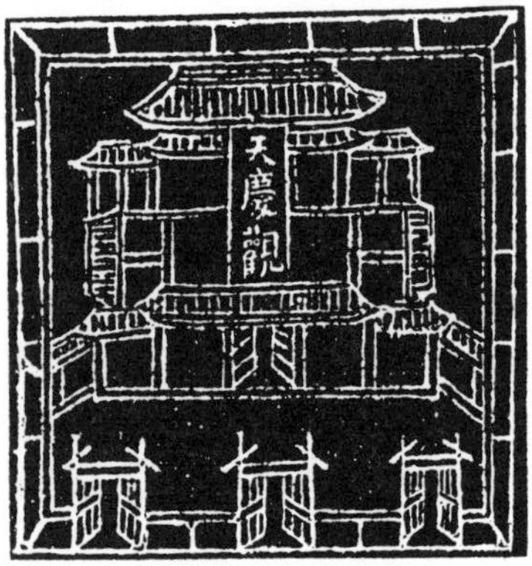

一二二九年的蘇州城地圖。

個白熾燈泡發出的微弱光線照在凹凸不平的木板、土牆、鎬、扁擔和放在牆角的工具上。

但是一九五八年推行簡體字之後，門字已失去了原本的結構形象（门）。

閂

較沉重的門經常用一根長長的門栓橫在兩門中間。「閂」字就出自有很長傳統的鎖門方式。

開

早晨開門的時候，要用很大的力量，雙手一起開。我們在「開」字中看到了這個動作。

在今天的簡體字（开）我們已經看不到外部的「門」字，但主要部分還保留著。

閃

有人從門裡突然消失，人就這樣不見了：「閃」。

戶

「戶」，當大家談到一個城市或鄉村有多少住戶的時候用這個字，它一開始也是一個門的形象，但不是臨街的雙扇門，而是自家房間裡安的單扇門。在某些合成詞裡，這個字仍然當「門」字講。

一個房間就是一家一戶在中國仍然很普遍，不久以前在我們瑞典也是這樣。一九八五年，上海人因人均住房面積總算達到了四．七平方公尺而興高采烈，只相當於瑞典的十分之一多一點。一般來說，農村的住房面積要大一些，但是單扇門的形象表示一家一戶仍然合乎邏輯，因爲很多家庭仍然沒有兩間以上的房間。

扇

「戶」加「羽」：白天的時候大家出出進進，門就像翅膀一樣，開了關，關了開。這個字就是「扇」，就像大家用手不停地開和關，或者用寬樹葉把火搧旺，或者在夏日裡降溫。這個字轉意爲「扇子」。

所

表示單門的「戶」與表示斧子的「斤」組成「所」。「住處有一把斧子。」高本漢這樣寫道。其他人解釋說，表示斧子的「斤」構成大家劈柴時發出的聲音，住在附近的人能聽到這種聲音。

我認爲這兩種解釋是同一回事。

上海市中心一戶民居的半截門，可移動爐子、水壺和洗臉盆，很多家務都在這過道進行。

穴

「穴」字的早期形狀與表示屋頂的「宀」很相似，考慮到古代屋頂的樣子，這種相似相當自然。表示屋頂「宀」下面的兩撇是什麼意思還不清楚。可能的解釋是表示屋頂的內面和底下的空間，而「宀」代表一般意義的屋頂。我們過去遇到過這種方式，比如「末」、「本」和「刃」，用一筆可以表示一個物體的任何一部分。

突

「穴」這個字與「犬」字組成「突」。一個多麼有趣的形象！

北京猿人和他們的後代，在舊石器時代住在自然形成的深洞裡。後來的中國人在山坡和平原的黃土地挖窯洞。直到今天，河南、山西、陝西和甘肅仍有大約四千萬人住在窯洞裡。原始嗎？當然，但很實用、舒適、便宜，完全符合一萬年來的傳統。在一個極缺耕地，連一棵可當建材的樹都找不到，又缺乏任何從其他地區買到建材的經濟條件，而且找質量適合建房的石頭又困難的地區，住窯洞是一個簡單易行的解決辦法。

造型別致的窯洞是令人叫絕的美麗住宅，在很多方面優於建造的住房。如果我生活在黃土高原地區，我寧願住窯洞而不住一般的房子。這跟懷舊和獵奇無關，窯洞具有現代住房所缺少的優點。窯洞裡非常安靜，濕度適中，宜於呼吸。冬暖夏涼，晝夜與四季溫度變化不大。冬天這些地區極爲寒冷，經常刮刺骨的北風，但是吹不進窯洞裡。即使氣溫在零度，寒風肆虐的時候，窯洞內的自然溫度也會有十一到十二度，

延安郊外柳林村的窯洞，一九七六年。

如果感到有些冷，在爐子裡加一點柴就行了。夏季，當白天室外溫度超過三十度時，窯洞裡的溫度也只有二十一、二度，就像裝了分文不花的無噪音空調。

窯洞在一般情況下都建在山坡的陡峭處，大家希望避開河谷的潮濕，不願占用寶貴的耕地。窯洞不是特別大，約三、四公尺寬，五、六公尺深，頂是拱形的，節省空間，用白灰粉刷牆壁，有一種寧靜高雅的氣氛。

修建窯洞，延安郊外柳林村。

大家經常建一排窯洞，用一個大門把它們連起來。光線透過糊著白色窗紙的木窗格子照射進來最是漂亮。延安地區的花窗很有名，它們從拱形窯洞頂部一直伸展到離地面一公尺左右的地方，就像我們中世紀教堂安裝的彩色玻璃窗，堪稱富有藝術內涵的中國世俗翻版。

在臨窗子一面或者靠一邊的牆下建有土坯炕，從底下燒火，可與我們瑞典的臥式壁爐相媲美。炕是房子的中心。夜裡大家睡在暖炕或炕上鋪的葦席上，蓋著紅棉被；白天坐在炕上，補衣服、納鞋底、剪紙或孩子做作業等。

大家盡可能把窯洞的門朝南或西南開。這樣可以背北風，而低矮的太陽光可以照進來，使屋裡變得暖和，也可以使屋內暗得晚些，這是一個非常重要的因素，因爲迄今爲止，這些地區仍然沒有電。夏天，太陽高照，直到陽光不那麼強烈的傍晚才能照到屋裡，這時候夜已經臨近，窯洞內涼爽、舒適，陽光不會造成多大影響。

大家在圍繞窯洞的院子裡整年忙個不停。院子有一小塊菜地，種著蔥和洋蔥，盆裡栽著花，有灶房和豬圈。在很多地區大家在「房基地」附近建有板打牆。

從遠處看窯洞、院子、院牆與山坡渾然一體，大家唯一能看清的就是一個黃土坡，窗子勾勒出高高的拱形輪廓。這種形式似曾相識——大家應該記得在半坡和其他新石器時代的人類定居點有這類窯洞。

在沒有可挖窯洞的山坡的高原地區和黃河流域平原上，居民自己建造這類山坡。他們朝下挖大約八公尺深，運走所有的土，每邊大約有十公尺的平地。這時候就有了一百平方公尺的方坑，用平常的辦法在坑的各邊挖窯洞，一個坑挖三個。南邊太陽照不到，一般不挖，至少不挖住人的窯洞。每個家庭通常一個方坑，四周土牆圍成一個小院。絕大多數家庭的院子裡種樹，有自己的水井，有養雞、養豬和小孩子玩的地方。農民一般生活在耕種土地下面的窯洞裡。平地上，風吹著莊稼，雲在天空飄動，路過這裡的人唯一能看到的是農田和泥土，只有當他站在村子中央，一個院子接一個院子才突然出現在大地上，像一塊有著現代主義圖案的畫布上的黑色方塊。

這種窯洞已有數千年的傳統，根據大家的需要和建築材料的可能性，各代人都有細微的調整。在二十世紀多數時間裡，大家把窯洞輕蔑地視爲貧窮、落後的殘存物，必須廢除，愈早愈好。如今大家開始認識到它們的優越性。在近年召開的多次大型會議上，大家熱中討論如何開發窯洞蘊藏的建設經驗，在使其現代化的同時又不破壞其原有長處。

窗

表示窯洞的「穴」字也包括在「**窗**」字裡，不過是很晚以後才加上去的。被認爲最早存在的下半部分表示某種窗子，可能是讓空氣、陽光和煙通過的簡陋風斗，但可以阻止各種「不速之客」進入。

我們從新石器時代房子上的小型磚雕和考古學家復原的半坡房子上看到，門上方的屋頂有類似的窗子。它是屋裡空氣流通所必備的。透過門和門上面的窗子，可以使屋裡有足夠的穿堂風，用這種簡便的方法把不新鮮的空氣和灶裡的煙排出去。

在屋頂裝一個窗子並非難事。當人爲了擋風避雨往屋頂上抹泥時，只要留下一塊就行了，住戶可以在那裡編上樹枝或竹片，免得縫隙太大。在窗子上面建一個小屋頂也很容易。商周時代使用的圓形房屋和地穴式房屋也有類似的通風孔；在今天的黃土高原地區，窯洞高大的拱形窗子下面仍然有這種風斗。

中國古代狹小的窗子談不上特別美觀，經過千百年的發展，中國窗子才形成自己獨特的風格，隨著歲月的推進而成爲中國建築最富有表現力和美學上最引人入勝的因素。在漢代的墓磚和住宅畫像磚上我們可以看到窗子，它們是由立式、臥式、斜式或交叉式的木條窗櫺所組成。此後發展很快，早在唐代，廟宇、官府和名門望族私人住宅就有裝飾性的鏤空精美窗扇。窗子裡糊有稻草製作的紙，在特殊情況下則糊白絹。

在隨後的年代裡，窗子愈來愈講究。從明朝開始，窗與門已經很難分開，整個房子的正面可說都被窗和門占滿了。在較大的建築和廟宇，通常安排柱子與柱子之間有四個門，門上面有五個較小的窗子。

傳統的中國木構架房子牆是不承重的，所以可以隨心所欲地使用柱子之間的空間。可以完全不要牆，在這種情況下就成了一個亭子，夜幕降臨邀幾位朋友在此娛樂或進餐。也可以在柱子之間建起不高不矮的護欄，或者全部裝上窗子和門，其形狀如薄薄的花邊圖案。嚴冬來臨時，大家關上窗子和門，糊上稻草製作的紙（像用單層玻璃隔開一樣）；當修長的柳條發芽、櫻桃花開的時候，住戶打開窗子和門，或者乾脆把它們拆下來，在夏季就成了一個涼棚，太陽曬不進來，但四面通風，可以在此避暑乘涼。

高高的窗子開向花園裡的池塘假山。

在中國各地仍然能看到這類漂亮的窗和門，長期以來在極爲普通的房子裡也是如此，它們占了整個長牆的上半部分。一般來說，山牆和後牆沒有窗子。如今窗子的下半部分經常裝有玻璃，但是上半部分仍然糊著紙。

在中國，可能有多少木匠就有多少種裝飾圖案，但原則上都是對稱的變化，如正方形、長方形、圓形和菱形等等，或單獨存在或互相交替使用，看起來就像有無數的組合。簡單的圖案經常使人想起我們瑞典很普遍的編織椅背，但是也有彼此銜接的波形、S形和U形圖案，以及獨具特色的裂紋圖案，它們就像腳踩在剛結的冰上所出現的裂紋一樣；還有表示喜慶的「壽」、「富」、「龍」、「雲」、「鳥」和「花」字，一切都用薄薄的棕色或紅色木條製作。

我記得有很多個夜晚，我在古城北京、蘇州和安陽的舊住宅區散步。首先是屋頂和灰色的院牆引起我的注意，還有沿街樹下的居民生活：洗衣服的女人，玩牌和提鳥籠子的男人，跳猴皮筋的小女孩。但是每當夜幕降臨，街巷空無一人的時候，大門裡面活躍起來。從大街上行人看不到大門裡邊太多的事情，因爲院子的結構使人不能直接往屋裡看，但是行人能很清楚地聽到各種聲音，就如同身臨其境一般：炒菜做飯的聲音，孩子想睡鬧脾氣的聲音，以及發生的一切聲響，這時候大家正準備過夜。如果有人從大門旁邊的影壁小心地往裡看，就能看到有如自身發光的抽象畫般的低矮窗子，窗子木格勾畫著細細的線條，微弱的燈光灑在院子裡，消失在自行車、小板凳、花盆和雞籠上。偶爾有人在室內走動，身影在潔白的窗紙上滑動，使人想到這僅僅是一個普通家

蘇州一處帶窗櫺的花園，靠左邊的窗玻璃後面的黑石板鐫刻著詩文。

庭的普通窗子，儘管充滿著神祕的色彩。

臨街的院牆從來不開窗子，但是中國傳統院子裡連接各建築群的牆上通常有窗子，就像花園裡連接各建築的甬道和長廊。窗子肯定有助於各個場所的通風透氣，但是主要目的則是引人注目，把人的視線引向遠方，使人產生一睹對面隱約可見的房子的心緒。

當空間過於狹小的時候，中國人使用再分割的辦法，創造充分利用的小房間、暗角和奇景，使我們身不由主地佇足觀看。在輕巧的磚狀窗櫺後邊，我們會看到長著沉重藍穗的紫藤、奇石或僅僅是對著白牆的婆娑竹影。僅此就可以使一個不起眼的迴廊成爲房子或花園最漂亮的空間。窗櫺的明亮耀眼，使人無暇顧及此處實際是多麼狹小和昏暗，正是由於窗子提供的有限平面，我們才有可能如同在一幅畫面前那樣聚精會神。

泥做的器皿經過窯燒就可以防水，這屬於最初定居的人類最主要的知識。早在新石器時代，居住在中國的人類就知道運用這種知識使房子具有防水功能。如我們看到的那樣，黃土在很多方面都是極好的建築材料，但是有弱點：容易泛潮，怕雨淋。爲了多加利用，居民必須對黃土的表面進行防水處理。

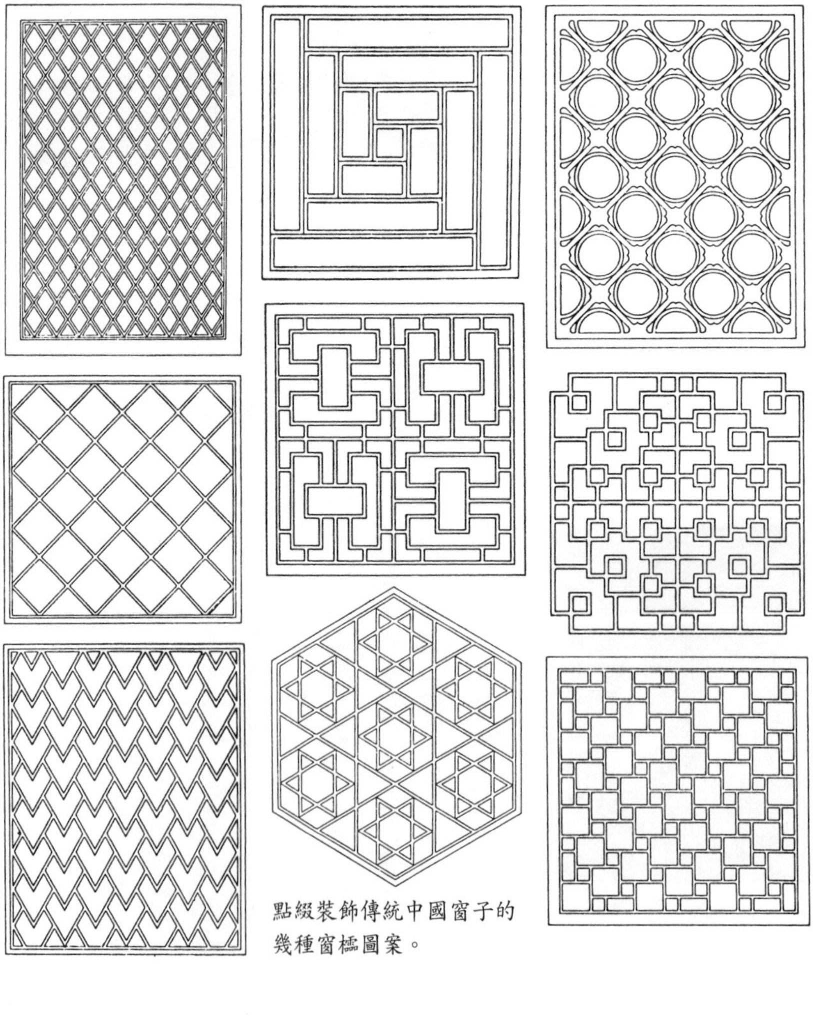

點綴裝飾傳統中國窗子的幾種窗櫺圖案。

瓦

從半坡、大河以及其他的村落裡的房屋遺址看，我們能相當清楚地了解，當時的人是怎麼做的。屋頂、牆和地面都蓋了一層泥，有時候連承重的柱子也是。泥層乾了以後，就用溫火燒房子不同的平面。由於高溫水分很快蒸發，泥變得堅硬、密實，就像容器上的陶片一樣。工序要求非常仔細，溫度高低要合適，火燒得過旺就會把整個房子都燒掉，但是燒得適度房子就會結實，不但能防雨，還能防老鼠和害蟲。

據我所知，現在已經不再使用這個方法。大家用白灰粉刷牆，用磚搭炕。但是看中國農村婦女做飯的時候，仍然能使人回憶起古代中國人使用火的技巧。農村的爐灶很原始，但是使用不同的柴火，可以毫無困難地調整溫度，使其適合所做的飯菜。做米飯要文火，煮婦就燒柴草和樹葉；蒸饅頭要燒樹枝；炒肉要旺火，煮婦就燒整塊木柴。

中國華北和西北的大部分地區雨量很少，大家仍然用花秸泥抹房，抹實抹平以後也能防水。中國南部地區用瓦。根據文獻記載，早在夏朝大家就開始使用瓦，但是保存下來的最早實物來自周初。當時瓦主要用在屋脊和外沿部分，也就是屋頂最容易損壞的部分，經過千百年屋頂從上到下都使用瓦，這是新石器時代用燒過的泥土做屋頂的進步。

周朝的瓦是灰色的，直到今天普通房子仍然使用灰色的瓦。瓦有三十公分長，十五公分寬。造瓦的時候，先製作成泥圓筒，再把瓦切成長條狀。因爲是由圓形泥筒切開的，所以中國的瓦壟很像我們瑞典屋頂上的泄雨槽。短的一端壓在另一塊的下邊，用一小塊突出部分固定住。大家相信，「瓦」字就是起源

屋頂上的瓦片和飛簷，蘇州。

口

於這類的瓦。以前的「瓦」字是什麼樣子大家不了解，但是考慮到瓦的形狀，這種解釋是合理的。

按照另一種理論，瓦的形狀是從切開的竹而來的，歷史上中國人一直把竹子做爲鋪蓋屋頂的材料，至今在南方仍然很普遍。他們把厚竹筒切開，去掉內層，製成竹瓦，把這種竹瓦裡朝上鋪在屋頂。在它們之間有時候用泥蓋上，也可以把竹瓦面朝上擺在裡朝上的兩排竹瓦之間，雨水落在屋頂上很快就會流走，非常有效。在漢墓雕刻中，有許多住房、碉樓、糧倉和門樓是有瓦頂的。從這些雕刻可以看到，瓦上有圓形或半圓形裝飾，圖案爲動物和植物。釉瓦也出現在漢代。自唐代以來，公共建築用黃、綠和藍色的瓦把房頂妝點得金碧輝煌。

黃瓦是保留給皇宮用的。官衙用綠瓦，廟宇用藍瓦，平民百姓則仍用灰瓦。

自漢朝以來，中國民居建築特別注意細節，比如街門纖巧的細窗櫺、陽光穿透照射的白色窗紙，以及屋瓦造型。中國人刻意修飾瓦龍的最後一塊瓦，塑成盤龍和怪獸頭的浮雕。

這是一個方框。它只能與其他的字組成合成字。我們在「園」字已經見過它。

圂 囷

它與「豕」字組成「圂」（音同換），與「禾」字組成「囷」（音同菌）字，每個農家都有，它們與京城裡貯藏皇糧的高大倉庫形成很大落差。

困

一棵樹被圍起來：「困」。像一棵樹那樣被一個框圍起來，一個人也可能被幾個朋友圍起來。這個字還有圍困、困難等意思。

囚

一個人被圍困起來：「囚」。每當我看到這個字的時候，我總會想到小偷和走私者受懲罰在脖子上戴的四方形刑枷，他們要戴幾周或幾個月，日夜不得取下。枷上用大字寫著他們所犯的罪行，受罰時間的長短和刑枷的重量取決於罪行的輕重。刑枷做得不大不小，戴上以後犯人自己無法往嘴裡吃東西，要由其他人幫助。或者像動物一樣從地上一點點地叨食。

囚籠是刑枷的一種變化形式，用在盜墓者和嚴重的刑事犯身上。這種囚籠經常擺放在官府衙門前面或城門上，讓公眾觀看。有時候，囚籠很矮，囚犯直不起身體；有時候很高，囚犯夠不到地面，不得不踩幾塊磚。每過一天腳下的磚被拿掉一塊，囚犯只得踮著腳。當最後一塊磚被拿掉，囚犯只能用身體撐在籠壁上。當他力氣用盡的時候，就被自身的重量勒死。這個過程一般只有兩三天。

上海的站籠，一九〇四年。

圖

方框也包括在「圖」字，問題是，最初的形象是否是標出了村落、道路、河流，或者我們今天所謂的地圖。

中國有繪製地圖的悠久傳統，早在周、漢時代就設有多種從不同角度勘察國土的專門機構，有標明不同地區、礦產資源、軍事要地等的專用地圖。皇帝巡遊時也需要有能標明地形、當地物產的地圖。

西元前二世紀，秦始皇下令蒐集各式各樣的地圖，隨後他多次派人勘察新的地區。中世紀大型探險是這種活動的自然延續。

西元一九七三年，專家在長沙的兩座墳墓中發現了最古老的一批地圖，確定年代爲西元前一六八年。地圖是用三種顏色繪製在絲綢上。其中兩種顏色表示山川、河流、道路和城市，第三種顏色則細緻地標出了軍事要塞和設防地區。

很長時間以來我確信我知道什麼是地圖。我們旅行，經常會看地圖，但也說不上有什麼較大的享受。但是有一天，我走進了北京最大一條商業街王府井大街的一家書店，我看到一幅錯誤百出的地圖。面目全非。各大洲東一個西一個，我從童年時代就習慣視爲永恆、神聖不可侵犯和共同的形狀，變成了一團團形狀不定的東西，好像一團麵突然向完全不同的方向伸展開來。

中國人不會繪製地圖嗎？當然不是。但是當時我不懂的是，世界在我頭腦中的樣子怎麼會那樣片面，直到我走進那家書店的那天前，我是多麼依賴把歐洲視爲世界中心的看法。如果我們把中心放到其他地方，比如放到中國，各大洲在地圖的樣子馬上就變了，大的變小了，寬的變窄了。這是一個有益的教訓。

後來我遇到了一樁更爲吃驚的事：我看到古老的中國地圖不把北標爲上方，而是把南標爲上方，就像中國的房子和城市總是朝南一樣。他們的羅盤也是這樣，稱爲指南針。沒有什麼值得大驚小怪。但是他們始終如一的態度是多麼不尋常！

傳統的北方院子。對外封閉，對內開放，大門朝南開。

第十二章

書籍與樂器

冊

當我們第一次拿著一本中國傳統書籍時，會有一切都顛倒了的感覺。從我們的角度看，不僅是必須從後邊往前讀——我們書籍的最後一頁恰恰是中國書籍的第一頁，而且字行不是從左到右，而是從上至下，從每頁的右上角開始讀。

這種安排方法有其古老的傳統。早在甲骨文和金文就是這般寫法，直到中國第一批眞正的書還是這樣書寫。

最古老的書是寫在竹簡上。爲了得到竹簡，中國人要把堅硬的竹子按著一定的長度截開，最短的二十公分，最長的七十公分，再把截開的竹子劈成一公分寬的竹簡。外面那層綠色的薄皮要去掉，然後曬乾，就可以用筆和墨在光滑、質密的竹面上寫字。用麻繩或絲繩把寫好的竹簡連上，捲起來，「書」就完成了。

從上至下寫並不像剛看到時那樣特別。現代書寫調查表明，人類通讀直行比通讀橫行快——這一點大概與眼睛的肌肉有關。這樣寫特別適合漢字。每一個漢字都是一個不變的單位，沒有變形，詞尾也不變化。

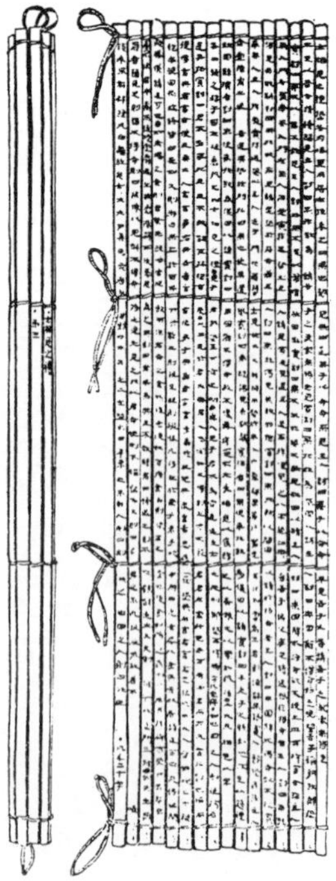

右圖是《儀禮》一書中的一段，該書是從漢朝至現代中國文化主體的「十三經」之一。組成書的竹簡有半公尺長。左邊是捲起的部分，右邊是寫好的十六片竹簡。

從「冊」字我們能看到這種書的形象——一些竹簡用繩串在一起。

用竹子製作的書是傳統中國書的前身。從商朝到西元三世紀的漢末，大約一千七百年間中國人一直使用竹簡。後人一共找到了四萬片竹簡，包括多種不同文字材料：軍事條約、哲學、醫學、數學、天文學、法律、曆法、傳記和隨筆。

竹簡有著實用和便宜的特徵，但讀起來很笨重。在使用竹簡的長期過程中，社會發展很快，中國和鄰國之間的商業交易及各種接觸使往來文件驟增。純就體力方面考慮，閱讀竹簡變得愈來愈沉重和煩惱。據說，秦始皇爲了控制和領導國家，每天要翻閱六十公斤重的竹簡。早在西元前七世紀，如果不是更早的話，有人因爲實用的緣故就在長條絲綢上書寫，與寫在竹簡上相同。但是絲綢太昂貴，似乎只有官方的重要文件才使用。隨著時光推移，普通文件也開始使用絲綢，一直延續到唐朝（西元六一八－九〇七年），才開始使用紙。

另一方面文件變得愈來愈長，把眾多竹簡捲起來變得很困難，因此人們開始把紙摺成手風琴的樣子，然後裝訂起來。這樣就有了由平展紙頁組成的書，外表上比古代成捲的竹簡更像我們今天的書籍。但是文字的排列仍然沒有變化。一直到近代中國人仍然這樣印書——只在紙的一面印，而且是直行。近幾十年來，我們西方的印法才在中國通行。

中國的畫家仍然在絲綢或紙上畫山水，然後裱成畫軸，還配上詩詞，方法與寫在竹簡上的完全相同。

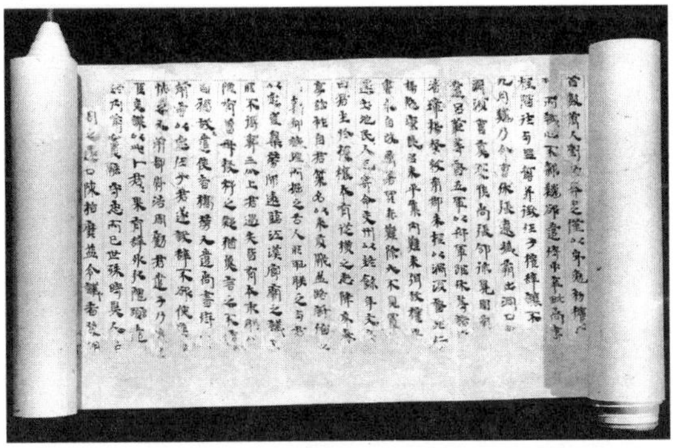

紙卷書。文章是從西元四世紀全球最古老的紙本書抄錄下來的。中國人從右上角開始讀起，一邊閱讀一邊往後打開書卷，就像我們拉照相機的膠卷。爲了使書卷平穩，在書卷的兩端黏上木軸固定。

這本書的內容介紹漢朝滅亡以後三國爭霸的混亂情況。在廣場和茶館的說書人常從裡面取材，編成說不完道不盡的故事，而他們編的故事又構成中國著名文學作品《三國演義》的基礎。這部作品成書於西元十五世紀，直到今天仍然不斷再版。

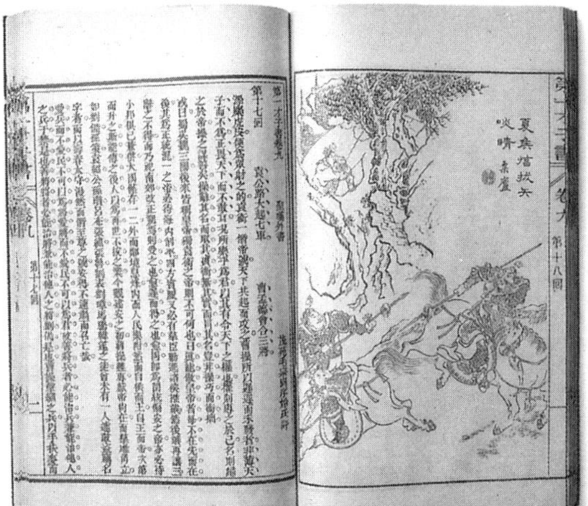

竹簡，加上一個凳子，還有一個小桌子，組成「典」字，有「經典」、「典籍」等意思。在這個字的一個變體我們能看到拿著書的兩隻手，樣子好像在看書。

聿

直到唐代中葉開始印書的時候，中國人仍然用手寫字。按照傳統說法，人類在西元前三世紀發明了筆，但是新的考古發現證明，用筆的歷史還要早三千年，可能在新石器時代就有筆了。在測定其年代爲西元前四千年的半坡發現了一個陶器上有很多符號，酷似後世用毛筆和墨色寫的文字。確實是用筆寫的，從筆道上看也很清楚。

有時候在甲骨文我們也能看到用紅色或黑色寫的字。當時的人用刀在甲骨上刻字之前似乎先用顏色打草稿。有些字由於某種原因一直沒有刻，從其中一部分我們能看到用柔軟的筆定型的情況。有趣的是，寫字的筆順遵循與現在相同的原則：先左後右，先上後下。

我們在甲骨文和金文中看到的「聿」字，爲筆的古老歷史又增加了新的證明。這個字表示一隻手直握一枝筆，就像現代的人仍然遵循的各種握筆規則一樣，因爲這種握法可以使手和筆在寫字時有更大的自由活動空間。

最古老的毛筆是什麼樣子，如今我們一無所知，但是很可能是用竹子修成的，可能把筆桿的一端加工成柔軟的竹絲。早在周朝，當時的人就給「聿」字加了「竹」——這一招很不錯。

筆

後人保存很多周朝後期的毛筆，其構造大體與今日的筆相同。筆桿是竹子做的，筆頭是由各種動物毛做的。筆頭的中心部分是兔毛或鹿毛做成，外層比較柔軟的部分由羊毛做成。各種不同的毛使筆既柔軟又挺拔，適合寫出所有的筆畫。

毛筆的種類不計其數。中國人視書法爲最高藝術，不同的寫法和各人不同的愛好所需求的筆也不同，所有從事書法的中國人都有適合自己的特別商店，可以在那裡選購幾千種不同質量和不同價格的筆。一枝貨眞價

西元一九八三年出版的一本書法書的插圖，介紹握筆的方式。

實的筆要花掉一位教員或一位工人一個月的工資，但是注意保養可以使用多年，可能幾十年。筆的大小也很懸殊。有些小筆只有幾克重，有些大筆達數公斤重。一家書法雜誌刊登過一些筆的照片，有的筆重四十公斤！但是所有筆都有一個共同特點：筆尖很細很細，毛筆的輕重筆道就源出於此。

經由不同的運筆姿勢，筆道的寬窄會有變化。筆對紙的壓力愈大，筆頭壓出的墨就愈多。筆頭具有儲存墨的作用。抬起手使筆從紙上滑動的時候，筆尖就會寫出夢幻般細的筆道。

一九五〇年代中國推行漢字簡化時，取消了最初「聿」字表示筆的部分，代之以「毛」。算是有其道理：毛筆仍然是由竹子和各種動物毛製作成的。此外，簡化的「笔」字也有很長的傳統。

墨像筆一樣古老，對寫在甲骨上的顏色進行化學分析就可以證明這一點。起初它是由木柴燃燒產生的煙垢製成，這種木煙仍然是製作今天中國墨的主要成分。最著名的墨是徽墨，與著名的宣紙同樣出自安徽省的黃山附近。徽墨是由松木煙製作的。

後來，很可能是宋朝（西元九六〇—一二七九年）某個年代，工匠開始用各種不同的油煙製墨。這種通常被稱做油煙的墨比木煙製作的墨更細膩、色更深。

在工匠製作墨的時候，要混入由骨、角、皮熬製的膠，有時候還要有蛋清之類的黏合劑，並加進麝香、檀香木、樟腦或其他香料。

墨被曬成墨錠保存，上面通常裝飾龍、鹿、鯉魚等吉祥動物或花草、山水。使用墨的時候，先在硯臺倒進水，然後研磨。把墨錠在硯臺裡慢慢地轉圈磨，墨會溶解在水裡，磨出寫字或繪畫所需要的墨汁濃度。寫字與作畫使用相同的筆和墨。

墨

幾千年來，中國的文字不僅僅是記錄和傳遞資訊的工具，也不僅僅是為了寫文章和作詩。書法本身賦予文字平衡、清楚、激情、力量和生命，賦予人內心具有的一切感情，但仍然保持在傳統的書法框架內，長期以來被視為最

高雅的藝術形式。書寫使用的工具——筆、墨和硯，很早就被視作藝術品，有眾多的文獻曾經提及和討論。墨和硯成為愛好者的收藏品，直到今天，一個漂亮的古硯與中國古代的珍貴瓷碗一樣值錢。

「黑」字猛一看似乎是一個簡單東西的圖像，但究竟是什麼東西，後人提出了多種解釋。

按照《說文解字》的傳統說法，它是鍋灶冒出的煙在窗上風斗的圖像。但是在古字的字形沒有任何一點可以證實這種說法。後世的評論家則認為，它表現一個人，臉和身體沾滿黑點——可能是作戰時塗的顏色？可能是傷痕？可能是紋身？

這也可能是巫師的形象，他（或者她）在祭祀祖先的儀式上跳舞，在臉上和身上繪有各種圖案。時至今日，巫師仍然這麼做。

下圖是世上最古老的人物塑像之一，很可能就是表現一名巫師，他的頭構成新石器時代一件骨灰甕的蓋子。他的臉上塗著黑線，脖子上纏的像一條蛇。直到幾年前，這件塑像還是獨一無二，但是一九八〇年代，專家又發現了更多帶有類似蓋子的陶罐。

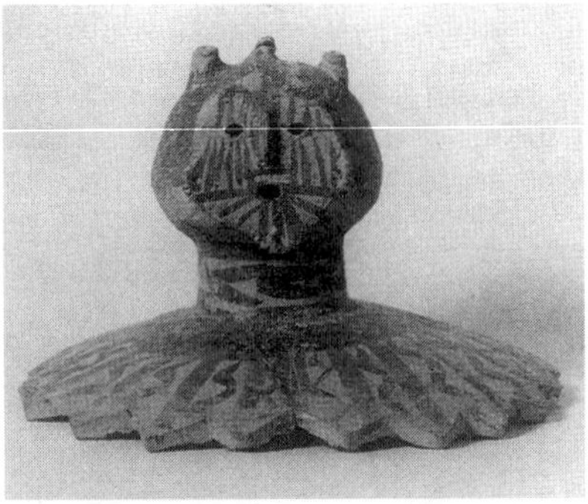

在中國西北出土的狗頭造型骨灰甕的蓋子，新石器時代。

很遺憾我沒有親眼目睹，但是借助於它們，大家可以進一步獲得「黑」字之謎的鑰匙。

墨

「黑」字加「土」字仍然是「黑」的意思，但是如今主要的意思是「墨」，是中國人寫作和繪畫（往自己身上畫？）時使用的一種黑色泥土狀材料。在部分文獻中也有「燒傷疤」的意思。燒傷經常會變成黑色。

不管「黑」字和「墨」字現在是什麼關係，直到今天毛筆和墨仍然是重要的書寫工具。目前鋼筆和圓珠筆已經在日常的記錄中占主導地位，但是一旦要寫大字或者稍微需要有某種美學意義的文字時，中國人就拿出毛筆。學校安排書法練習課，畫廊裡經常舉辦書法展覽，書法愛好者聚集在一起熱烈地討論每個字的筆畫。甚至大字報，也是手握毛筆寫的，至今有許多商店和飯館的廣告也常常是毛筆寫的。

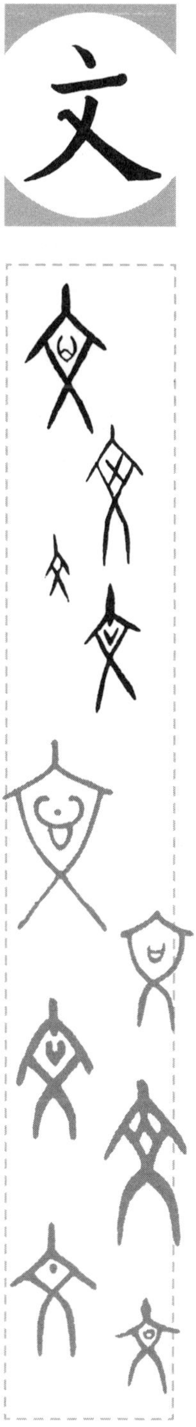

這個「文」字在古文有「筆畫」、「線條」、「花紋」、「美好裝飾」和「裝扮」的意思。早在周朝，這個字就用於「文章」、「語文」、「文學」、「文獻」以及「非軍事的」（反義字是「武」）和「有文化」的意思。

「文」字在甲骨文和金文表現一個人輕輕地平伸雙臂。從各種跡象判斷，胸是字的主要部分，在絕大多數情況下飾有心或嘴，或者一個「X」、「U」、「V」，至少是一個黑點。

「交叉的線。」《說文解字》說。

「是紋身的人。」後世的評論家這麼說，並引證古典文獻有關邊陲地區的古代「蠻子」經常用紋身來美化自己的段落。

如果是這樣，那眞是對命運的一種諷刺。這樣起源的字後來構成了中華文化中的高雅和「文明」，其反義詞是粗魯、落後和「野蠻」。

文人在古老的社會中屬於特權階層。經由掌握文字和經典作品的知識，使他們高居於「愚民」之上——文人把沒有閱讀能力的人稱爲「愚民」。文人鑽研書法、收藏硯臺和種植蘭花，夜深人靜的時候飲酒作詩，或畫迷人的風景畫：一隻小船在雲霧籠罩的江河上緩緩航行。

中國人使用的「文言」，經常指「古典漢語」或「文學語言」。

這種藝術語言具有語言常有的各種利弊——做作和死板，充滿陳詞濫調和各種典故，對於掌握它的人來說很有意思，但是對於缺少正規古文教育的人來說是難以理解的。

直到一九一九年的「五四」運動，才爲廣大民眾打開語言和文學的大門，縮小了文言文和白話文的距離。中共一九五〇年代的「漢字簡化方案」，也基於同樣的精神，可以說是這項工作的一個環節。如我們已經看到的，兩千年來中國人第一次試圖改革文字本身。

言

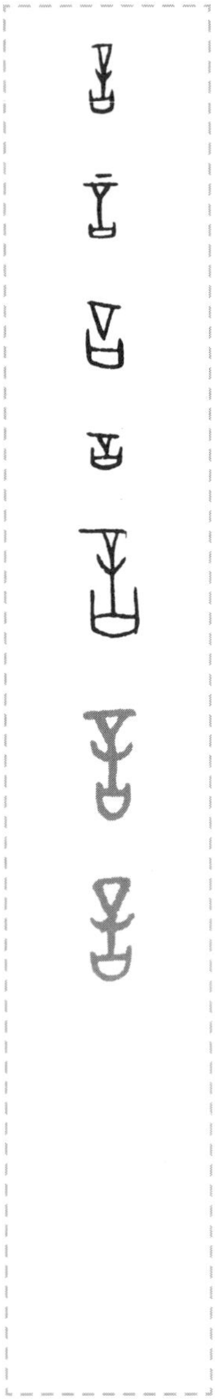

這個字如今主要的意思是「話語」，但是它的基本意思是「大笙」。「言」字一般認爲最初是一支笙的形象，有一個口在吹它。由笙——聲音，轉義爲「言」是很容易理解的。

「言」字可以組成很多描寫日常生活各個方面的合成字，褒義或貶義的，如「讀」、「誦」、「評」、「訓」、「詢」，「批評」的「評」，「調查」的「調」，「間諜」的「諜」，「警告」的「警」，「證明」的「證」，「譴責」的「譴」，「失誤」的「誤」，「保證」的「證」，「感謝」的「謝」，「阿諛」的「諛」，「誇」、「謊」，「發誓」的「誓」，「爭論」的「論」，「荒誕」的「誕」和「誹謗」。

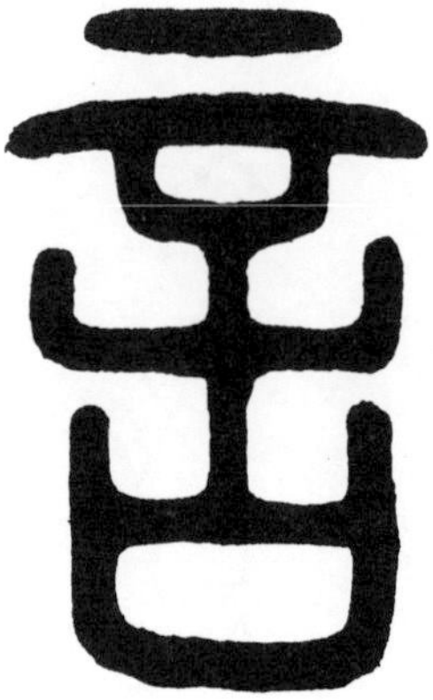

周朝後期的石鼓文銘文。

信

「信」是我最喜愛的字之一，不是因爲它特別漂亮，而是因爲它能引起聯想。「人」和「言」組成「信」。

獄

很遺憾，世界並不像大家渴望的那樣有智慧：「言」被兩個表示狗的字夾在中間組成「獄」，指兩個人見面像「狗」一樣「罵架」，形成的不愉快局面，結果經常是其中一個進了「監獄」。

音

（近似字）

甲骨文沒有出現過「**音**」字，但是在金文和周朝的其他文獻中有與「音」字相同或近似的字，如右邊方框中所示，其中第四個字刻在一件陶器上。「言」和「音」這兩個字很可能有著共同的起源，但是後來逐漸分成了兩個形和義不同的字。很多學者已經證明，在合成字當中，這兩個字可以互相代替，並由此證明，一開始它們是一個字。

意

「音」與「心」組成「**意**」（「心的音」）。

龠

把一排長短不等的竹管連起來就製成了排簫，這種樂器從人類歷史初期在中國就有名了。

很多專家認爲，我們看到的「**龠**」（音同越）字就是根據這種樂器創造的。從這個字我們能看到音管、音孔或「嘴」，以及把音管連在一起的帶子。

幾個金文有「龠」字意思不明的上半部分。在西元前二世紀統一文字時，當時的人還是保留了這部分。

把兩排管固定在一個葫蘆或木製音斗上，就成了笙，它是中國最古老、最具有中國特點的樂器之一。這種樂器在今日中國西南地區的少數民族仍然很常見，他們的笙確實很壯觀，有時候音管長達六公尺多。

迄今保存完好的最古老的簫出自鄭州以南一百公里處的舞陽，有八千年歷史之久。這支骨製的簫有七個音孔，仍能發出動聽的音。一般來說，考古材料中簫比較少。有時候會發掘到像哨子的小型骨簫，不過絕大多數簫似乎是由竹子製作的，很容易腐爛，因此很難確切知道可能是「言」和「音」字前身的簫到底是什麼樣子。

成書於周朝初年的《詩經》經常提到各種樂器，其中就有簫。那個時代的簫沒有保存下來，但是有兩個西元前四世紀和一整套西元前二世紀的竹簫。這套保存完好的竹簫共有長短十二個，其中有幾個仍能吹出聲音。

這類簫大概從沒被當做樂器使用，而是借助它來確定音階上十二個音的準確位置。這一點在中國有著至高無上的意義。音樂不僅僅是一種享受、休息和消遣，也是調解天地關係的神聖禮節，代表存在內部的和諧。中國人也借助音樂影響自然力，在多災多難的黃河流域，人在水災與旱災的夾縫中討生活，所以要利用一切可能。因此音樂不僅對大家賴以生存的農業至關重要，而且影響歲月本身的進程。冬至（每年由此轉入艱難時期）是要舉行重要儀式的一個節令，人人敲鑼

長沙軑侯夫人墓出土的彩色木俑，後排兩人吹竽，前排三人奏瑟。

打鼓，以確保平安度過、光明的勝利和來年五穀豐收。

音樂不僅決定國家和農耕的存在和發展，它也決定個人的生命。就像某種特定的音調據說可以使水晶破裂一樣，不聖潔的音調可以破壞存在的和諧。「低級的音樂」和「庸俗的聲音」是對蒼天的侮辱，導致傷風敗俗，打破男女、君臣的正確關係，由此瓦解國家政權的基礎。反之，按照各種藝術規則演奏的優秀音樂能給粗魯者注入溫柔，使強悍者不再殘暴和無禮。

因此音樂很早以前就成了君主統治國家的手段，也是他熱愛的項目。相傳黃帝在西元前二六九七年就派醉心於音樂的大臣伶倫去尋找能正確反映十二個音階的竹笛。伶倫在西山找到了粗細勻稱的竹子，他用最結實的竹子削成一個竹笛。當他吹著竹笛時，聽到了一個低沉的聲音，與他自己能發出的最低聲音相符。當他拿著自己做的笛子坐下來聽河水潺潺和風吹樹葉沙沙響時，突然有幾隻神

長沙軑侯夫人墓出土的十二支帶繡花花套的竽，所有竽的直徑都爲〇・六五公分。

祕的鳳凰降落在他身邊的樹上。只有當大事臨門的時候，這種鳥才會出現在人面前，伶倫意識到有重要的事情將要發生。

首先是公鳳凰唱，它的第一個音與伶倫笛子發出的聲音相同。然後牠又唱了五個音，伶倫很快削了能反映這些音的笛子。母鳳凰唱了六個音，伶倫連忙削了能記住這歌聲的笛子。當他把十二支笛子按音序排好的時候，發現每一支笛子的長度正好是能發出下一個低音的那支笛子的三分之一。他的音調系統用現代術語說就是建立在互相銜接的一系列音程之上。

一切都相符。在《禮記》一書中有這樣的記載：「三是天的象徵數位，二是地的象徵數位。因此聲音三與二的比例就像天與地一樣協調。」

按照傳說十二支笛子發出的音是中國音調系統的出發點。爲了在較永久性的物質保存這十二個音，黃帝下令鑄造十二個能準確呈現竹笛聲音的銅鐘，後來所有其他樂器都要與此相符。

這是世界上現存的一種建立在準確主調和各調之間準確音程的音調系統方面最古老的資料。最有趣的是，這種音階與具有十二個音調的現代半音階系統很近似，我們在鋼琴的八音度上能看到七個白鍵和五個黑鍵。

音最低的竹笛不僅是中國音調系統中的主調，它也是

長度（跟巴黎原尺的標準差不多）和容量的標準單位。能容納一千二百顆穀粒的叫「龠」，就是我們在二四五頁看到的那個字，很可能呈現了一件形狀類似的樂器。當人吹奏它的時候，它能發出主調。

作爲帶有準確音程的音階出發點，準確的

西元前四三三年的編鐘，曾侯乙墓出土。

主調是保持天地之間協調關係所必需的。對人們的日常生活來說，準確的量具、錢幣和重量同樣是重要的。如果把它們搞亂了，就會出現投機、欺騙和腐敗，商業就會出現危機，人間就會出現無序狀態——或者套用中國話說就是「天下大亂」。當皇帝的一個音樂機構逐漸建立起來時，它就成了負責量具、錢幣和重量的官方機構。

根據傳說，黃帝下令鑄造銅鐘，這些鐘後來怎麼了我們不知道，可能埋在渭河谷地某處柔軟的黃土中。但是最近一個時期發現了很多編鐘。迄今爲止最令人驚嘆的是一九七八年曾侯乙墓出土的樂器，自西元前四三三年以來它一直躺在那裡。曾侯乙肯定喜歡音樂！他把一百二十四件樂器帶進墳墓，其中有笛、笙和鼓，所有的樂器都是極爲罕見的，對於了解中國音樂的發展是無價之寶。但是最珍貴的是那套六十五件的編鐘，其中最大的有二百公斤重。

整套樂器有三公尺高，近十二公尺長。編鐘分三層懸掛，掛在最上層的鈕鐘可能用來爲樂隊其他樂器定調，最下層的鐘演奏低音部分，是音樂的脊梁。中間一層是高音部。所有的鐘都沒有鐘舌。樂工用木槌敲打，每一個鐘都能發出兩個不同的音調，取決於敲打的是中央還是旁邊。在鐘上明白地寫著，敲什麼地方發什麼音。整套編鐘的音域包括五個八度音以上，從大提琴能發出的最低音到笛子能發出的最高音。主調序列相當於我們知道的鋼琴。

這些鐘與我們的鐘不同，橫斷面不是圓的，而是橢圓的或者是卵形的。這種結構能使振動很快止住——這是在演奏這些鐘時必備的條件。它們相互間發出的聲音極爲準確——很多八音度、音程和音區與現代的人用現代技巧演奏的完全相同，音調也是這樣：發出平C調的鐘振動頻率爲二五六．四赫茲，理想值爲二五六．〇赫茲。

這是一種令人讚嘆的樂器，很沉重。整套編鐘加起來有兩噸半重，但是鐘架似乎是爲了一勞永逸而設計的，歷經兩千四百年仍然沒有壓斷。

來自周期後期的一件青銅器裝飾，就是表現像編鐘這樣的樂器。在一個兩端爲獸頭、支架爲鳥形象的一個架子上，我們能看到左邊有四個鐘，幾名樂工手持木槌坐在那裡演奏。

在架子的右邊我們看到另外一種樂器。它由大小不等的五塊L形石片組成，樂工像打鐘一樣敲打它們。在曾侯乙墓發現的眾多樂器當中有一組三十二件的編磬，能發出半音，與銅鐘完全相同，音調純正、清脆，像水晶一樣。

這類樂器非常古老，可以追溯到新石器時代，最初似乎是由一塊石頭組成的。

迄今爲止，在中國發現最古老的磬出自黃河附近的陶寺（下圖）。中國第一個朝代——夏朝的中心在黃河流域，而陶寺正好位於這個地區。該磬近一公尺高，粗獷而堅固，就像一個老鱷魚頭。經碳十四測定其年代爲西元前二五〇〇至前一九〇〇年，這個年代與史家所掌握的夏朝資料相符。

殸

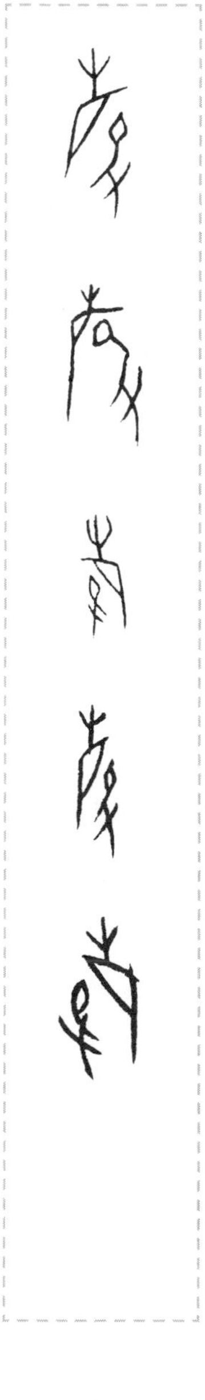

甲骨文也有根據實物創造的「殸」字。它像是一塊很大的斜面石頭和一隻拿著結實木槌的手，好像正在敲打。石頭上分叉的筆畫可解釋成懸掛用的繩子形象，或者解釋成某種形式的裝飾品。這個字的意思是「**磬**」（音同慶）。

磬

周代的時候又加了一個「石」字，其實懸掛的磬形象身已經很清楚了，這種做法是畫蛇添足。

有三十塊商代磬保存了下來，大約有三十至四十公分高，六十至八十公分長。其中一部分飾有動物浮雕，像下圖那樣，我們能看到一隻老虎張著大嘴，蜷著長長的尾巴，完全是根據當時的習俗製作的。

這塊磬有長期使用的痕跡，繩子懸掛的溝線很明顯。

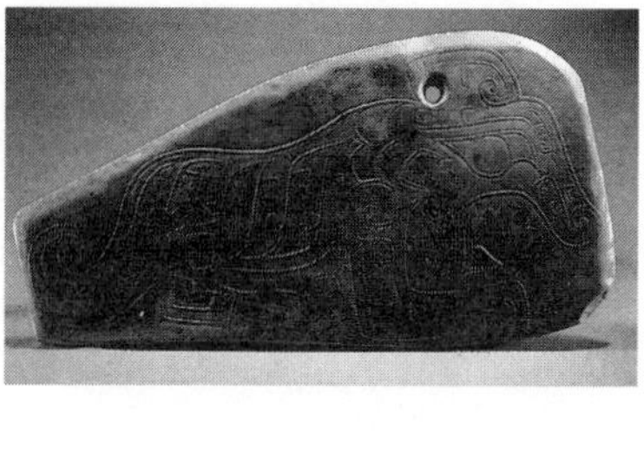

聲

「殸」和「耳」組成「**聲**」字。現在這個字的簡體字（声）既沒有木槌的「手」，也沒有聽聲音的「耳」，只剩下了那塊斜面的古老石頭形象，懸掛在繩子上。

問題是，它到底是不是繩子的寫照。我們在「磬」的上部看到的分叉筆畫也出現在「鼓」字的上部，「鼓」字無任何掛繩的問題可言。商代的鼓不用繩懸掛著，又寬又

鼓

重的鼓放在矮座上；至少在人們相信所保存下來的這些東西確實是鼓的情況下是如此。於是有人馬上會說，到現在只發現兩面鼓，細看可發現鼓的結構。這兩面鼓都是青銅製的。地面上還有一個鼓的痕跡，因時間太久，木頭已經腐爛，它是一九三五年在安陽的一個古墓發現的，但是對於這面鼓的原貌專家有不同看法。

兩面商代銅鼓中最古老的那面有七十九公分高，四十公分寬。它完全是原貌，據說它音仍然很美妙。它肯定是一個鼓的仿製品，因爲最早的鼓都是木製的，從考古材料和古籍文獻可以知道這一點——我下文還會提到。從幾排彷彿是爲了固定鼓皮的竹釘紋也可以證實這一點——木製鼓是需要的，而銅鼓則一體鑄成，完全不需要竹釘。

鼓上部的「鞍」形物，現在還沒有確切解釋。另一面是商朝的雙鳥饕餮紋銅鼓。在這兩面鼓的「鞍」形上都有一個孔，古人移動或抬鼓的時候串繩子用，鼓的重量都在四十至五十公斤之間，搬動它並非易事。但是我認爲，孔是爲了固定某種裝飾物用的。究竟是何種裝飾物，現在我們還一無所知。在《詩經》裡有描寫慶典的詩，大家手持野雞或蒼鷺的羽毛跳舞，用高高的羽毛裝飾鐘或磬的框。古人也可能裝飾鼓吧，按照周朝傑出思想家荀子的話，鼓是「音樂之王」，它組成最重要儀式的中心。

對古代中國人來說，音樂是聯繫祖先和蒼天的工具。在我們凡人世界和自由的宇宙之間，可以自由行動的鳥是人與更高力量的資訊傳遞者，在宗教儀式上使用的很多青銅器經常是鳥的造型。根據一個傳說，商朝是由一隻玄鳥變來的，而音階中的十二音調是鳳凰鳥唱出來的。懸掛鐘和磬的架子經常是類似鳥的造型，長長的脖子，有翅膀和喙。鳥和音樂是近親。叼著商代鼓的那兩隻鳥不僅僅是飾物，還具有更深刻的象徵意義。

西元一九七七年在湖北省出土的紋飾豐富的商代銅鼓。

商代蒼勁的「鼓」字我們在一大批甲骨文卜辭中都能看到。它有時候是根據蒙著鼓皮的圓形短面創造的，有時候是根據長面。最早這個字還有一隻持著木棍或鼓槌的手，好像正準備敲打，以便讓沉重的鼓聲響徹整個平原上空。

陶寺出土的木鼓，可能屬於夏代。

短而重但樣子相同的「鼓」字，我們在青銅器的銘文中也能看到。

直到不久以前，我們對「鼓」字前身的模樣還幾乎一無所知。但是一九八〇年代中期有了驚人的發現。在陶寺曾發現那塊結實的夏朝的磬，這時，在相同的古墓區又發現了兩面鼓，是迄今在中國發現最古老的鼓。其中一面有一公尺高，是由一塊掏空的樹幹做成的。眾所周知，木頭會很快腐爛的，所以它確實令人震驚。但是這個鼓可以百分之百地保證有大約四千年歷史，並且是原貌。當年它的外表曾經蒙著一塊蛇或者其他爬行類動物的皮。上面似乎塗過紅色，在中國後來的歷史上鼓通常也是紅色的。在表皮上還可以隱約看到一些顏色的殘存。據古籍記載，爲了驅鬼的目的古人經常在鼓上塗人血，但是我們在這個鼓上看到的顏色可能有其他來源。

後人逐漸把鼓轉半圈，平放在一個矮架上，把另一端也蒙上鼓皮，如此，商朝的陶罐大鼓就誕生了。

在陶寺發現的另一面鼓是陶製的。古代通常是這樣：上層社會的人使用木鼓或青銅鼓，普通人敲打陶鼓。《禮記》是如此記載的。金文確實有幾個表示「罐」、「壺」的字，我們看到下面的「敲」字，但是很遺憾專家對這些字連個解釋也沒有。

後來古代人也敲打陶器，與敲打磬和鼓的方法差不多相同。藉由往陶器裡放水的多寡，可以準確地定音。這類陶器發出的聲音比金屬片還美妙動聽，這是唐末一位負責音樂的官員說的。我本人在北京聽過一次用盛水瓷碗演奏的音樂會，它們發出的聲音是那麼純眞和清脆，彷彿是在聽仙樂一般。

從很多周代的金文可以看到，鼓已經從地面被抬到一個高臺階上。事實也是這樣。隨著時間流逝，鼓也放得愈來愈高，很可能是因爲放得愈高愈容易打的簡單原因。

一面紅色的鼓，像串在草稈上的一棵野草莓，它是來自西元前四三三年曾侯乙墓隨葬的樂器之一。類似的鼓在來自相同時期的青銅器銘文中也能經常看到。

在隨葬品豐富的曾侯乙墓中還有很多漆器。其中有一

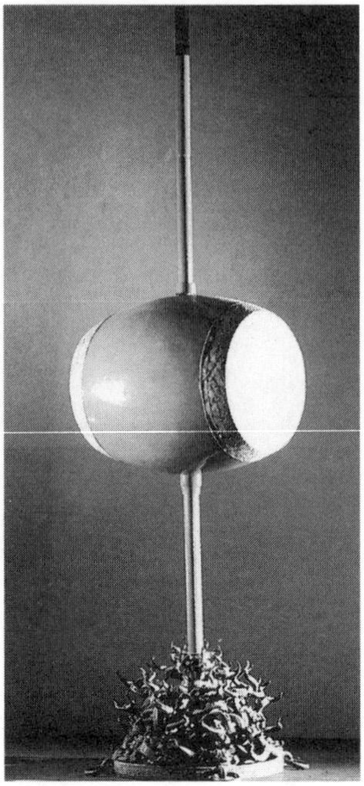

曾侯乙墓出土的「楹」鼓。

個樣子像一隻肥鴨。這個漆器的一端繪有圖案，呈現兩個人的場面，一半像人，一半像獸類，樣子像在跳舞或者在舉行什麼儀式。

我們在兩人之間看到一面鼓串在一根長棍子上。棍子上飾有羽狀物，使人想起甲骨文和金文中「鼓」字的上半部分。

我們在漢代墓雕中也能看到鼓，這些墓雕表現爲帝王和國家舉行的各種慶典儀式。有很多鼓飾有一公尺高的羽毛，還有些鼓飾有羽類的花冠。在西元一九三年製作的一塊浮雕上生動地描寫了雜耍藝人、舞劍者和各種樂手，從中我們可以看到一面飾有一隻鳥的大鼓。

有一面類似的鼓，裝在一輛馬車上，由三條蛟龍拉著。在樂手上方的一個平臺上，一位雜技演員表演倒立。

從漢朝到現在，載有樂手和其他表演者的車經常出現在政治和傳統的慶典當中。一九五〇到六〇年代，中國的國慶遊行帶有傳奇性。成串的巨大彩車連續數小時從北京天安門前滾滾而過，接受國家最高領導人檢閱。民眾可以看到彩車上表演的著名戲劇片段。漂亮的女士跳紅綢舞，懷裡抱著大倭瓜的孩

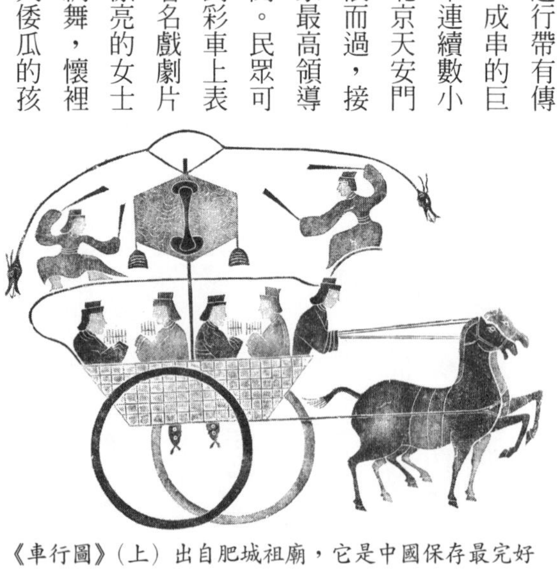

《車行圖》（上）出自肥城祖廟，它是中國保存最完好的古建築。

漢墓浮雕拓片。上圖一名鼓手正在敲打一面裝飾華麗的鼓，下圖同樣華麗的鼓裝在一輛馬車上。

子表演歌頌農業進步的節目。震耳欲聾的鼓聲在穿著藍色衣褲的歡樂人群上空回響。

很多有趣的鼓都是根據肥城一間小屋的浮雕壁畫《車行圖》複製的，它是爲了紀念一位孝子而作的。組畫當中有一個表現帝王巡遊的壯觀場面，帝王乘坐的車有長矛手和騎馬衛士護送，還有一輛載有樂手的雙層馬車。上層有兩個活躍的鼓手，下層有四位神態平靜的樂手吹笙。

二十世紀初，由這種車演變出所謂的輪轉計或者路程計量車，用來計算路程。車子每走一里——半公里，木頭人就敲一下鼓，十里時另一個木頭人敲打一下金屬鐘。傳動力來自安在軸上的兩個輪子。

豐

這是個「豐」字。按照傳統的解釋，它是一種稱爲「豆」的祭祀容器的形象。但是很多專家指出，這種解釋過於含糊。相反地，很多方面表明，它是一面鼓的形象。如果我們把過去的「鼓」字與之相比，就會發現它們之間有明顯的相同之處。唯一的實質區別是，「豐」字的上半部分筆畫明顯多於「鼓」字，此外還增加了一些我們不知其涵義的東西。

禮

與祭祀和占卜凶吉有關的「示」字和「豐」字組成了「禮」字。舉行典禮是中國古代社會宗教政治文化的中心。當帝王準備外出狩獵時，當他爲祖先釀製香醇的米酒時，當與蒼天相通的音樂開始演奏時，都以擊鼓爲信號；直到今天，中國傳統樂隊同樣用鼓來指揮。「禮」是一個抽象的概念，很難用具體的形象表達。經由舉行儀式所使用的最主要樂器，以及能明確表達典禮目的的「示」字，我們就得到了一個能準確達到要求的「禮」字。

音樂不僅僅是統治國家以及與蒼天溝通的方式，音樂與戰爭也有緊密關係。當軍隊戰前集合完畢以後，樂手吹起能發出音階主調的號，以便試探敵我軍營的氣氛——形勢「基調」，爾後開戰。如果一切正常，便擊鼓發出進攻的信號。

我們已經看到過很多戰國時期的著名青銅器，在它們的裝飾圖上可以見到使用戰鼓的情況。鼓手站在戰鼓旁邊，高舉鼓槌，號召周圍手持一公尺長的戟、寶劍或弓箭的強悍士兵進攻。旌旗招展，長船上的舵手搖著櫓，而那些不幸的士兵沒有手（有時候也沒有頭），掉進河裡餵了魚和鱉。

各種不同的鼓其形象清楚、逼眞，與曾侯乙墓出土的屬於同一類。其中很多飾有長幡，另一些飾有戰斧。但是下邊有一個奇怪的東西，至今沒有人做過詳細解釋，樣子像個圓球或一個長柄上的金屬薄片。

有很多年我們帶著這類鼓的精美圖片印刷品在中國各地旅行，向一切有可能回答的人請教，諸如歷史學家、音樂家、語言學家和考古學家，這個奇怪的圓球是什麼，但是沒有人知道。

我開始失望了。但是當我爲了尋找別的東西重新翻閱《左傳》和《周禮》這些古籍時，發現了過去從未注意的資料：人們打仗後退時，經常打鐘或某種金屬片——鑼的某種前身。

這種解釋對嗎？

不是不可想像。戰爭有進有退，結果難以預料。負責發出進攻信號的人也可以發出後退的信號，爲了盡可能完成這兩項任務，再沒有比他掌握盡可能裝在一起的兩種樂器（鼓和金屬薄片）更自然了。

鼓是帝王在戰鬥中掌握軍隊的主要樂器。鼓是他權力的象徵，只要他順利，鼓就敲得震耳欲聾，激勵士兵更勇敢和更野蠻地戰鬥。在一些古籍曾提到，周朝的人使用精神病患當鼓手，只有他們才具備達到最後勝利的義無反顧、勇往直前的執著精神。

上圖是山東大漁島村的學生在節慶前夕練習腰鼓舞。右圖爲太原永祚寺的一人高大鼓，只有在舉行宗教儀式時才使用。鼓在中國舞蹈和宗教儀式方面一直扮演重要的角色。

周朝鼓的形象可以解釋長期欺騙專家的那個字，即「中」字，中國人從西元前六八〇年至今一直把「中」字當做國家的代稱。

在中國各朝代中，歷史最長的周朝始建於西元前一〇二八年，在最初的二百年中國家穩定、平安，能夠控制北面和西面的遊牧民族，並向南方擴充自己的勢力。但是隨著歲月的流逝，周朝逐漸走向衰落，分封各地的諸侯紛紛割據。

西元前七七一年，遊牧民族大舉南侵，國都被夷爲平地，國王喪生。古老的權力機構解體。誠然周王的國號又保持了五百年，周王仍被稱爲天子和唯一能夠主持國家賴以生存的重要祭祀儀式的人，但是政治權力已經轉移到大約一百多個諸侯手中。他們表面上承認周王爲國家元首，但直到西元前二二一年周朝滅亡，諸侯之間一直在爭霸——類似歐洲中世紀大戰。這就是爲什麼周朝後期叫做春秋戰國時期。

西元前六八〇年內戰暫時停止。由於受到北方遊牧民族和南方日益強大的楚國的威脅，中原地區的一批小國結成聯盟，稱爲「中國」，即位於中心的國家。直到今天，中國人仍然這樣稱呼自己的國家。

大家討論過「中」字無數次。一種解釋是，四方框中間加一道；另一種解釋是，一支箭射入靶心。爲了能夠理解這個形象，我們必須在兩個不同的平面上看箭和靶，但這樣顯得不夠合情合理。

還有另外一種解釋，說它是「㫃」（音同演），甲骨文和金文都是如此，其意思是指一面旗子或一面有長穗的旗旗隨風飄動。

這個字最初是根據帶長穗的旗子或者旗杆上某種形式的旗子創造的，這種說法我是完全理解的。如果我們把甲骨文「㫃」字的形式與「中」

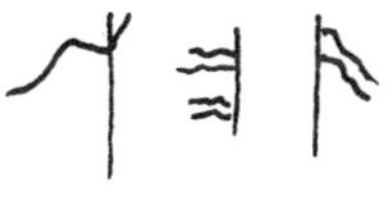

字相應的部分比較一下，就可以看到這一點。

相同的形象也出現在「族」字。

「㫃」包括在很多合成字裡，其中有表示十幾個不同種類旗子的字：旂（龍旗）、旞（羽旗）、旐（龜或蛇旗）、旄（牛尾旗）和旟（隼旗）等等。當時這些概念意味著什麼，我們知道得不多。可能是描寫裝飾物，它使人想起了我們旗幟上代表家族、城市或者國家的動物形象；可能旗本身的形象就是龍、龜或者隼；可能旗子就是由羽毛或牛尾製作的。這個字也包括在意思爲旋轉的幾個合成字裡，而另一些字表示軍事單位「旅」。在「旅」字，我們看到兩個人大步走過來——參加戰鬥的諸多陌生人當中的兩個，在他們頭上飄揚著旗幟，就像「中」字飄揚的旗幟一樣。

甲骨文的「旅」字。

就「中」字而言，問題不在於它與旗幟和戰爭有無關係，就這一點而言我認爲必須考慮到它和「旗」字的共同之處，問題是，旗杆中心的那個圓形或者方形物是什麼，迄今爲止沒有任何解釋。我認爲它是一面鼓。

周朝後期編的《禮記》一書有這樣的記載，商代的鼓裝在旗杆上。這一點與考古發現不符，但是另一方面考古發現的鼓數量很少。我們已經看到，唯一保存下來的商代鼓有如放在矮架上沉重的葡萄酒桶，我們在「鼓」字看到的就是這種類型的鼓。但是還有另外一些字，表示其他類型的鼓，催馬用的大型戰鼓，安裝在杆子上的小型手鼓，它們既用於宗教儀式也用於世俗慶典。有時候我們能在漢磚上看到這類鼓的形象。手鼓一直流傳到今天。我本人就多次聽到走街串巷的小販和匠人敲打這種鼓，借助鼓聲招攬顧客。

讓我們重新回到「中」字。我們在這個甲骨文上看到平常的旗子在飄揚。在我們認爲代表一面鼓的木棍上的器物旁邊，我們看到兩個筆道，它們似乎是從那個器物分出來的。

我們在古籍會看到有著類似筆畫的一個字，它的部分意思爲「有力的」、鼓的響聲和象聲詞「彭」。我們看到一面結實的商代鼓，周圍是用細筆道組成的雲霧，有時候被說是打鼓或鼓槌上下翻飛的形象，但每一位熟悉連環畫的讀者馬上會把它解釋爲鼓發出的強有力的響聲。

在甲骨文中，有點隨意性，有時候筆畫在左邊，有時候在右邊，有時候兩邊都有；有時候是三個筆畫，有時候是五個。所有的筆畫，就像金文的三個筆畫一樣，似乎都是來自鼓，與甲骨文的「中」字相同。

當我們看到戰國時代的一件青銅器，裝飾圖上的鼓手拚命敲打樂器的情形時，很容易就會想到筆畫表示聲音。他們身處戰爭之中。在一個鼓手的頭上飄揚著一面長旗，在另一位鼓手的頭上危險地立著一把鋒利的戰斧。

鼓體現著帝王的權力和軍隊的命運。戰鬥之前士兵用被殺戰俘的血祭鼓，戰鬥進行當中大家都要跟隨著它，鼓被放在指揮船或指揮車上。成書於西元前三百多年的《左傳》有這樣的記載：軍隊的眼睛和耳朵要跟著旗和鼓，隨著它們前進或後退。

就像權杖象徵羅馬國家、鐮刀和錘子象徵俄國一九一七年十月革命以後工農共同建立起來的新國家一樣，「中」字一開始象徵周朝後期爲了求生存而聯合起來的一批小國家，後來象徵整個中國。生活在那裡的人把自己視爲世界的中心，就像古希臘人和羅馬人一樣，周圍生活著野蠻人，他們是在篝火前用刀子吃飯的生番，周圍是狂吠的犬，他們對於定居中國的那些人舉行莊嚴儀式和高雅的思想方法一無所知。

忠

恰如顯示早期法國文明與周圍麻木世界關係的「美妙的法國」（douce France）那句話，中國也是「恰如其分」的稱呼，而「忠」字則是「中」與「心」的合成字，表示一個人心裡有「中」，也許是有「中國」吧？

「忠」字出現得比較晚。最早出現在戰國時期的銘文，當時「中」字由主要表示方位轉變爲象徵國家，也表示知識份子對新建國家有限的支援。

「中國」這個名字後來與另一個名字「中原」結緣。中原是指構成中國文明搖籃的地區：山西和陝西的黃土高原以及黃河流域平坦、肥沃的華北平原。「中國」和「中原」成了中國的象徵：地理的、政治的和道德的象徵。

在很長的時間裡，鼓仍然指引人類的生活。就像我們城市的鐘日夜報時，以及發生戰爭和火災時召集居民一樣，每一座中國城市都有鼓，每隔一小時敲一次，晚上七點開始，鼓聲在低矮的房子、市場和城牆上空回響，告訴人們白天結束了，城門就要關了。鼓開始敲得很慢，力量也很小，隨後逐漸加大，聲似暴風雨，最後突然止住。這個過程不斷重複。

夜裡每隔一小時敲一次鼓，告訴胡同裡值勤的人換班；早晨鼓響告訴百姓天亮起床，城門又開了，市場上的活動可以開始了。

在北京、西安和南京這些古城裡，鼓樓仍然保持著昔日的風采，但是它們已經變成了博物館，從窗子裡飛出來的唯有大群的燕子。

中國人使用所謂的銅壺滴漏來計時，壺裡的水從一個壺慢慢流向另一個壺，就像沙漏一樣。這種漏壺始於周朝中期，在漢朝時發展成系列，中國人能準確地看出時間，幾乎與看我們的鐘錶一樣。廣州有一個漏壺，從一三一六年一直使用到一九一一年清朝滅亡。

鼓有時候也用於召集居民抗敵。這方面似乎可以追溯很遠。據說周王在很高的城樓上放一面鼓，當敵人來進攻的時候，擊鼓動員民眾抗敵。有一個字（艱）表現一個人站在一面鼓的旁邊，意思爲「問題」、「不幸」和「緊急情況」，不過大陸的簡化字已經改得面目全非（艰）。但是這個字經常出現在卜辭中。

鼓樓上的鼓現在已經不敲了，但是鼓聲依然在中國城市上空回響。像過去一樣鼓還是紅色的，中國人喜歡在上面裝飾飄動的綢帶和蝴蝶結。一遇到隆重的慶典和節日，他們就拿出鼓，遇有紅白喜喪也一樣，慶典需要不間斷的鼓聲。

老工人從工廠退休時，同事一直把他送回家，朋友和熟人坐在卡車上，敲打著鼓，也演奏漢朝人坐在輕便車上使用的其他樂器。

自文明之初以來，音樂在中國就是一種嚴肅的事情。但是這並不排除它也有喜慶的意思。其中我們可以看到這個「喜」字，它由「鼓」和「口」組成。兩個「**喜**」字就是「**囍**」，兩個人結合的婚禮經常使用這個字。這時候大家把紅「囍」字貼到臨街的大門上，也經常貼在燈籠、窗子和鏡子上，讓經過的人都能看到，這裡正在舉行慶典。

中國人通常還把「囍」字作爲裝飾物和布疋的圖案，或作爲老式的黃檀木和黑檀木家具的珠母層鑲嵌圖案。

剪紙，雙喜字周圍是一條龍和一隻鳳凰，象徵著皇帝和皇后。

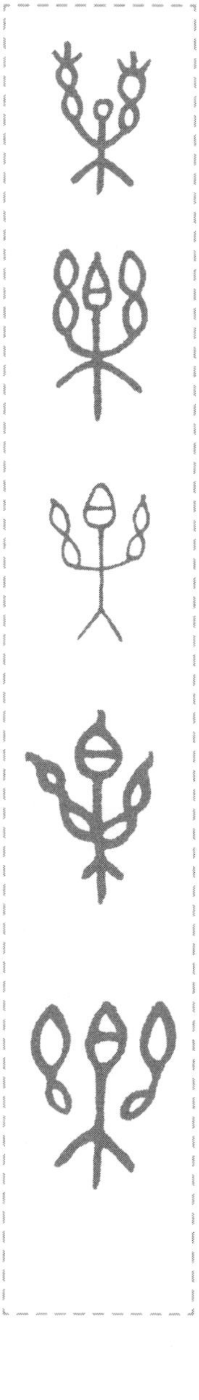

這個字既有喜慶的意思也有音樂的意思，即「樂」字。按照傳統的解釋，這是一個大鼓的形象，周圍是四個小鼓。統統裝在一個木架上。

初看這個解釋很容易接受。這種樂器在漢朝是很普通的。它們由騎在馬背上的鼓手演奏，在同時期的墓磚也可以看到這種情況。不少金文使人很快想起它們。

但是如果我們再看看甲骨文和古老的金文，馬上就會產生疑問。這字連鼓的影子也沒有，只看到與「木」和「絲」比較相關的兩種元素，我懷疑我們該不該在這裡尋求這個字結構的解釋。

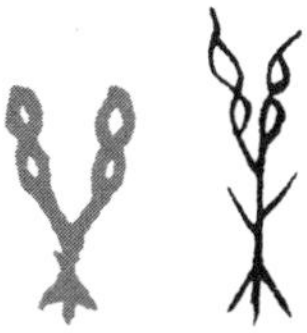

自周朝起，中國人就按照製作樂器的材料來爲樂器分類，即所謂「八音」：

石——磬
金——鐘
絲——弦樂器
竹——笛
木——梆子（一塊掏空的木頭，用力敲能發出聲音）、木魚、木虎和響板
革——鼓
匏——竽、笙
土（陶）——塤、缶

縱觀中國整個歷史，直到今天仍然使用「絲竹」作爲「音樂」的總概念。中國人可能拿出「八音」當中的兩個，讓它們代表全體。在這種情況下，他們選出前兩個，即金和石，可能更合乎邏輯。可能還有另外一種設想，即管弦樂器是中國音樂中最常見的結合，尤其是受過教育的階級在亭臺樓閣和書齋裡欣賞音樂的時候。

「弦樂器」這個術語過去是指「絲和木」。在周朝有兩種樂器——琴和瑟。這兩種樂器都是由一公尺多長的彎形木頭製作的，它們共同組成一個音箱，弦是由絲擰成的。琴是最早屬於知識份子的主要樂器，據說孔子和其他文人都爲這種樂器譜過曲，在他以後的幾千年中，這種樂器變成了用於平靜、近乎神聖的沉思的高雅工具。

我們還沒有任何證據證明琴和瑟早在商朝就使用，這些迄今發現最早的樂器實例出自西元前四三三年的曾侯乙墓，但是在《詩經》也多處提到過它們。只有這個「樂」字似乎向我們指明，創造文字以前這些樂器就已經存在了。在這種情況下，「樂」字將不是裝在架子上的各種不同規格的鼓的具體寫照，而是一個合成字，字的兩部分「絲」和「木」，共同提供足以解釋「樂」這個概念所需要的聯想。

現在的問題只是，包括在後來的金文和經常被解釋成鼓的那個圓形或橢圓形的東西到底是什麼。這個問題到現在仍然沒有完全解決。

「樂」字也有「喜」的意思，對於我們絕大多數人來說隨時都要「作樂」，對於古代的中國人來說更是如此。對於沒有廣播、電視、唱片以及我們視爲生活中能發出美妙音響的大量樂器的人來說，在他們祈求風調雨順、五穀豐登，請巫師向神靈表示神祕的宗教虔誠，以及舉行經常有音樂伴奏的各種集體慶典時，伴舞的歌必然會成爲單調、勞累生活中的火花。生活會藉由它們有節奏的重複而獲得光明和意義。

對那些曾創造了文字、把文字鐫刻在甲骨和銅器上的文人來說，宗教儀式，特別是大型的慶典，管弦樂是一種重大經歷。當簫的宛轉音調、笙的柔和樂聲、銅鐘和磬發出的柔和而低沉的聲音——如荀子描寫的「清純如潺潺流水」，與驚天動地的鼓聲匯合在一起，所有在場的人都知道，正是在這個時刻，樂聲連同祭祀用的肉、酒和穀物的香味兒一同升到天上，打通了他們與蒼天和祖先的聯繫。這時候很容易感覺到音樂、歡樂和作樂是怎麼一回事。

第十三章

數字和其他抽象的字

上

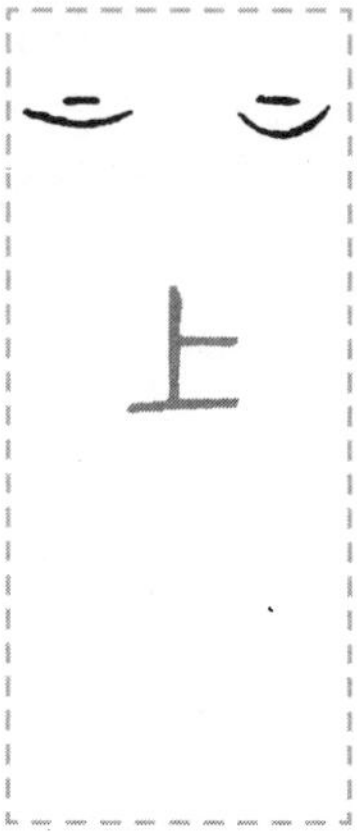

迄今我們看過的字不是器物就是日常生活現象的簡單寫照，或者是構成較多綜合和概念形象的集合體。但是也有一小批純粹抽象的字，「**上**」和「**下**」兩個字就屬於這種情況。

在甲骨文中，「上」和「下」的形象是很清楚的。借助於兩筆——一長一短，就能表示出簡單的位置描寫。

下

在周朝的某個時候，當時的人開始給這兩個字增加一豎，可能是爲了預防，在字當中占主要成分的較短筆畫受到忽略。

如今這兩個字大量用於與「上」和「下」有關的相反詞：上去——下來、上馬——下馬、上乘——下乘、上等——下等、上卷——下卷、上月——下月等等。

凸

凹

根據類似的原則創造的這兩字是「**凸**」和「**凹**」，但是它們直到唐朝才出現，所以沒有古代形式。

小

我們過去看到過，「大」字是一個人的形象，他或者是眞大或者是裝大，或者至少做一個大的姿勢。但是「小」字卻不是一個小人或者孩子的形象。它是三個小筆畫或者是三個小點。很難說它究竟是什麼。《說文解字》說，「小」字表示一件東西被分成很多小份。可能是這樣。然而最有意思的是它純粹是一個抽象的字。現代中國的語言學家也是這麼說。

實際上這三個小點兒可能不代表多少意思。無論是誰都能看到，它很「小」。

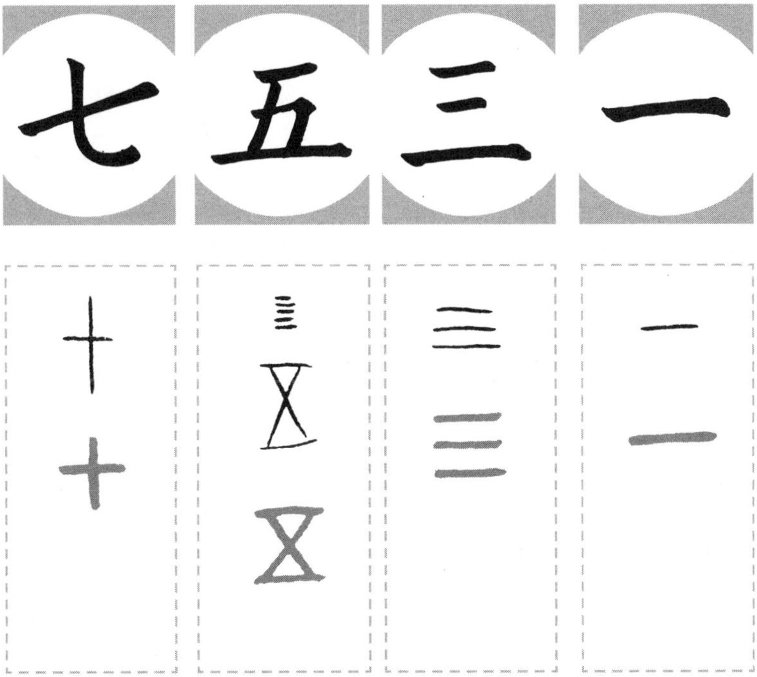

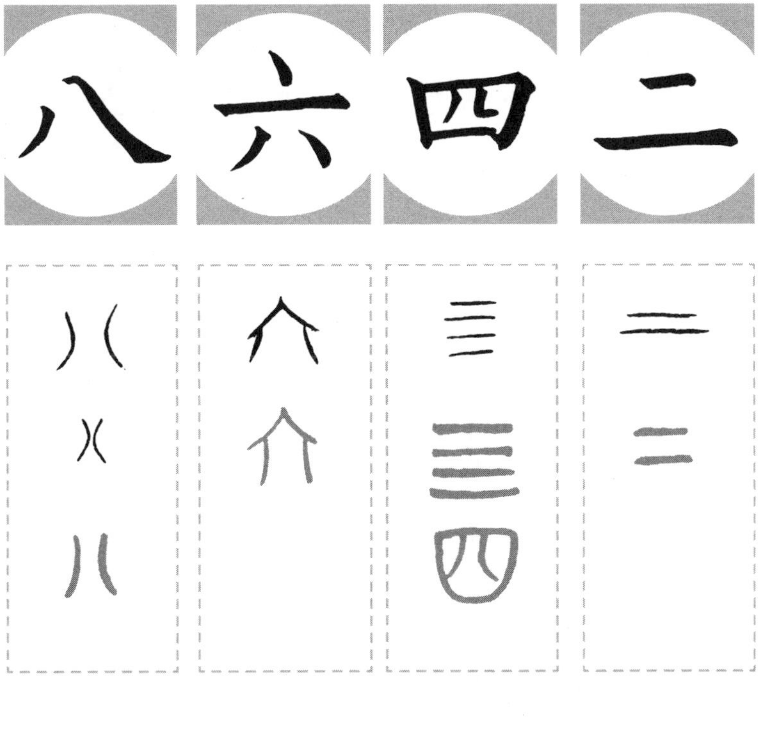

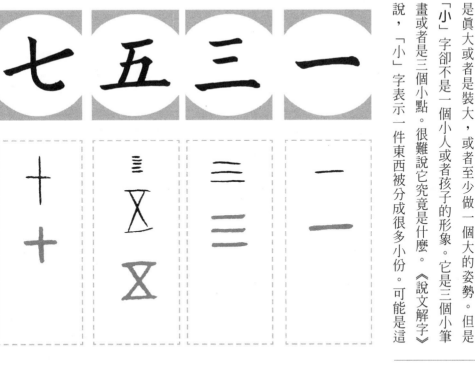

除了這些和一小部分字以外，絕大多數抽象的字不是數字和大寫數字，就是循環的字，借助這些字中國人把天和年分成可操作的單位。

在歐洲，我們很早以前就接受了阿拉伯數字。相反地，中國人在自己的歷史上，直到二十世紀初都使用自己的數字系統。這種系統似乎源於一種細竹棍，有十五公分長，然後把它們擺成不同的形狀，讓它們代表數字。

目前所知最早的算籌是一九七〇年代初在幾座漢墓發現的，但是在西元前四世紀的文獻就多處提到這種算籌，似乎在商朝就已使用。當時已經使用十進位法。立算籌代表個、百和萬位數，臥算籌代表十、千和十萬位數。

從周朝後期開始，中國人簡單地用空格代表「零」，但是從十三世紀開始，改爲把「零」寫成一個圓圈。

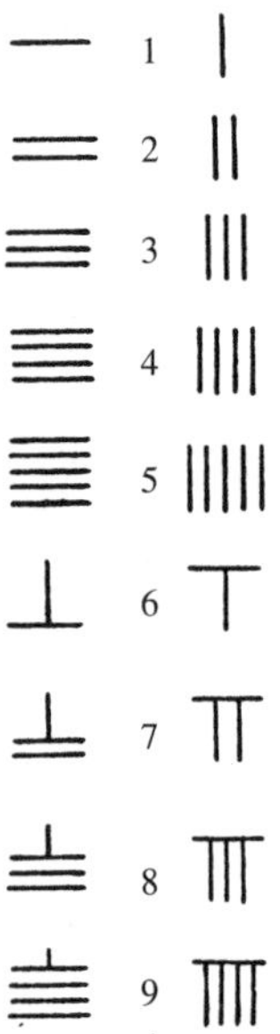

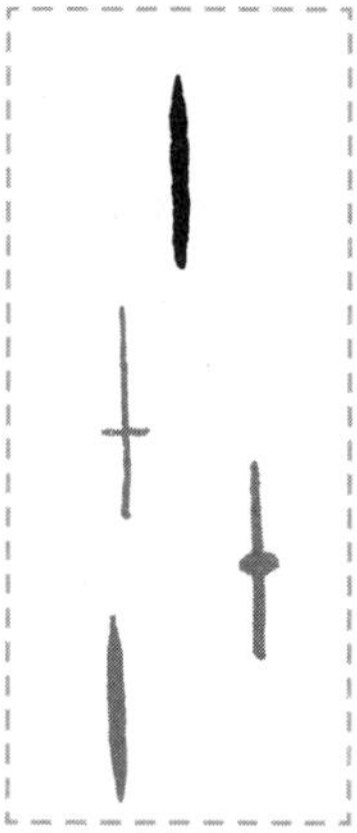

這個數字就是六七〇八：

這個系統可能顯得原始，但是從數學的觀點看，它比古代巴比倫、埃及、希臘和羅馬使用的數字系統要先進得多，這些文明都以其卓越的數學發展聞名於世。後來爲了表達某些較高的數字和用特殊的標誌表示不同的十位數和百位數時，不得不用加法和減法。記得嗎，羅馬人把十九定成IXX（二十減一），把五十寫成L，把一百寫成C。而中國人用九根立或臥的數字可以表達任何高位數。按照李約瑟的觀點，在這方面可能是世界首創，一個合成數的值取決於它們與其他數字相互擺放的位置，與我們今天使用的數字系統完全相同。

到了明朝的時候，中國人把立和臥的數字綜合成一個系統。

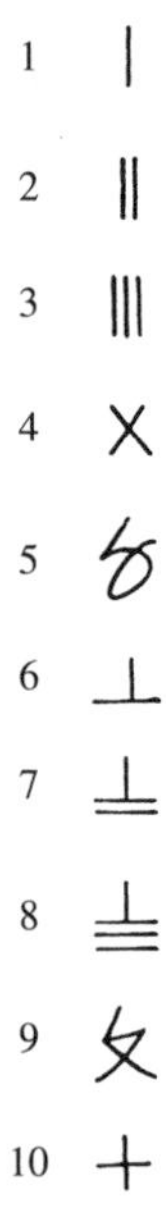

這種數字形式一直延續至今，仍有商人在商品標價時使用它們。但是在絕大多數情況下，阿拉伯數字已經通行

全中國，學生已用阿拉伯數字做算術題。

算籌至少使用了兩千年。但是在十四世紀算盤風行的時候就壽終正寢了，同樣，現在計算機可以淘汰算盤了。

珠算，也可以稱做算盤，是由一個長木框組成的。中間有一個橫梁，上面裝有一系列木棍，每個棍上串有七個算盤珠。算盤珠由橫梁隔開，上面兩個，下面五個。上面一個珠子相當於下面的五個珠子。平常使用的算盤一般有十一排或十三排珠子，但是也可以更多，比如要算很大的數，或者很多人同時使用一把算盤，這是完全可能的。可以從算盤的任何地方開始算。但是在開始之前，必須確定個位所在位置。學生經常用粉筆標示個位。

中國目前最長的算盤保存在天津歷史博物館。它有三·六公尺長，當年擺在一家藥鋪的櫃檯上，供五六名店員同時使用。另外一把有趣的算盤放在北京的革命博物館。它的算珠是胡桃核，是一九四〇年代國共內戰時期，大學生在延安製作的，這是他們在當時困難的條件下能找到的唯一材料。

上海盧灣中心小學的數學課。

中國大陸的小學生還有日本的小學生都要接受使用算盤的基本教育。禁止使用計算機，因爲學生很容易依賴它們。教育部門強調學生首先必須學會使用腦和手。

問題是，如何使這種設計天才、運算準確的算盤流傳下去。它不用交流電或電池，因此不會造成任何傷害。奇妙的是，在加減法方面它比計算機要快，價錢要便宜得多。無論是誰只要有幾根細棍，一把果核或豆子，就可以做一把算盤，就可以運算。十億的數字不費吹灰之力就可以算出，非常神速。

就像我們有用單詞表示的數字一樣，中國人也有用漢字表示的數字。「一」、「二」、「三」，這很容易猜到，它們的樣子從甲骨文時代到今天一直沒變。很可能它們的形象源於古老的算籌。

「四」字最早寫成四根平行線，但是在西元前二世紀，中國人開始用一個方框來代替，此後就沿用了。

「五」在甲骨文也寫成平行線，但也早在甲骨文，當時的人就開始用一個叉號來替代最上面和最下面除外的平行線，其形狀與羅馬數字十完全相同，而這個叉號反過來又成爲「五」字字形的出發點。

「六」、「七」、「八」、「九」和「十」是大家反覆爭論的，但是直到今天仍然沒有對其形狀有普遍能接受的解釋。就像一至五，其形狀源於算籌的解釋應該是合乎情理的，「六」、「七」和「十」最古老的形式由直線組成，與一至五的筆畫屬於同一個長度和同一類型——這就清楚地表明它們有著相同的源頭。

真正成爲問題的數字實際上只有兩個，即八和九。這兩個字的原始形狀是由柔軟的曲線組成，不可能源於算籌，因爲就我們所知，算籌是長度相同的直棍。因此唯一的出路只有等考古新發現。

數字十一至九十九是由數字一至十的不同組合形式構成。十一至十九，二十一至二十九等等，是經由十位和個位的加法構成。十位上有幾個一就是幾十。

11：十一　12：十二
20：二十　21：二十一
99：九十九

計 古

「計」就是「言」加「十」：可以數到十，「言十」。「十」和「口」加在一起是「古」：一件事情經過十「口」，即十代。就一個傳統能歷經十代，確實可視爲古老。

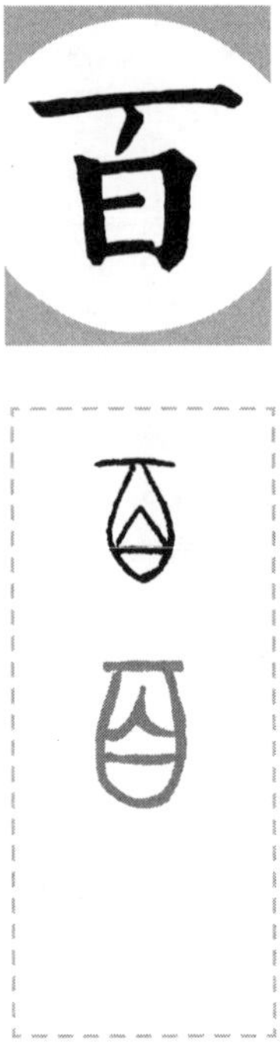

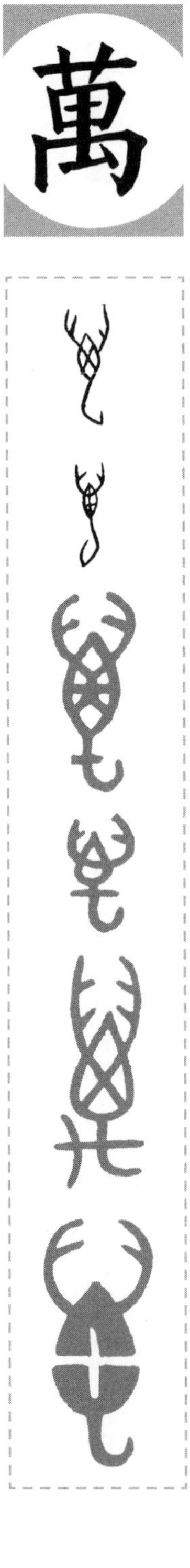

「**百**」是一個特殊的字，看起來像是一個陶罐的寫照，但究竟是什麼東西，目前還沒有人知道。

「**千**」字表示一個人，在其腿上加一畫。背後的涵義是什麼也不清楚。可能與某個軍事組織有些關聯。

「**萬**」是個借用字。它的眞正意思爲「蝎」，是長著夾子（夾碎獵物）和彎曲毒鉤（可置其他動物於死地）的一種動物的清楚形象。

「萬」和「蝎」在古代發音相同，由於某種原因，時人讓「蝎」字也代表「萬」、「千千萬萬」，此數如此之大，遠遠超過常人的理解力。如我們看到的那樣，古代黃河流域比現在要潮濕得多和溫暖得多，當時遍地布滿蝎子吧？想起來多麼令人不愉快！

直到今天，「萬」字仍然是日常生活中的高數，一百個千用十萬來表示；一百萬就是一百個萬。其他國人士出去考察，對方說出一大串表示生產成果的數字，他們很容易發生記錯筆記的事，但是對中國人來說，表達高位數字是很自然的方法。

當我們爲某人過生日時，我們通常唱歌，祝他生日愉快、長命百歲！對於帝王和領袖，中國人則又加了一碼，他們高高地舉起手，喊萬歲！萬萬歲！

很多數字隨著歲月遞嬗有了神祕的象徵意思。它們不僅表示數字的單位，而且對現實進行分類和解釋。

「陰」和「陽」是宇宙萬物的根本規律和互相消長的原始動力。「陰」被理解爲土地、雌性、黑暗、消極和接受者。它存在於偶數、山谷與河流中，用虎和斷線代表。「陽」存在於奇數中，被理解爲天穹、雄性、光明、積極，用龍和連線代表。

這種畫分沒有好與壞的涵義。誠然「陰」與「陽」是互相對立的，但宇宙不是靜止不變的，它是有生命的，處

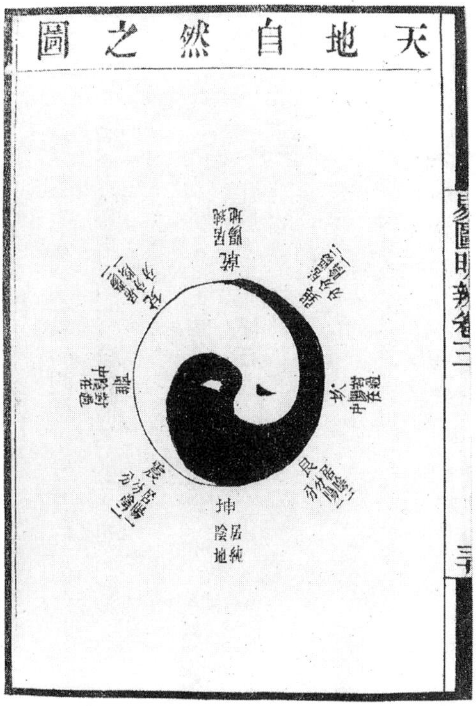

象徵宇宙的兩種根本原則。天爲陽，用白色表示；地爲陰，用黑色表示。從上至下的各個位置，兩種對立的物質勢力會互相消長。

在不停的變化之中。永恆的生長和消亡、聚合與擴散使宇宙保持運動狀態。「陰」和「陽」互相依存、互為條件，就像我們借助正和負的力量解釋現代自然科學的宇宙一樣——借助它們的循環往復不停地重新創造一切。

和諧被視為理想狀態，只有各種力量平衡宇宙才能運轉。只有這個時候人間才能得到幸福、健康和良好的社會秩序。中國人認為，宇宙是一個巨大的有機體，在這個有機體中，有時候這部分處於領導地位，有時候另一部分處於領導地位，所有的部分，不管是大還是小，都按照自身的條件在運轉，就像一個龐大的樂隊，只不過沒有指揮。

一切事物在與其他事物的聯繫中有其時間和空間，一切都屬於不可分割的整體。

五行

這種理解現實的方法是與五行說（金、木、水、火、土）緊密相連的，更確切地說，它們被視為過程和形而上學的力量，而不是具體的東西。

就像「陰」和「陽」一樣，它們也是處於互生互剋的長河之中。它們同時互相「消」和「長」。

木生火（木頭能燃燒）

火生土（灰能肥土）

土生金（用土陶器盛住煉熔的金屬）

金生水（奇異的觀念，可能跟某種夜間儀式有關：金盤承露？熔化的金屬也稱「水」，如「鐵水」）

水生木（樹木生長需要水）

木勝土（木犁破土；樹芽破土而出）

土勝水（堤壩擋水；土能吸水）

水勝火（不言自明）

火勝金（火能熔化金屬）

金勝木（人用斧子砍倒樹）

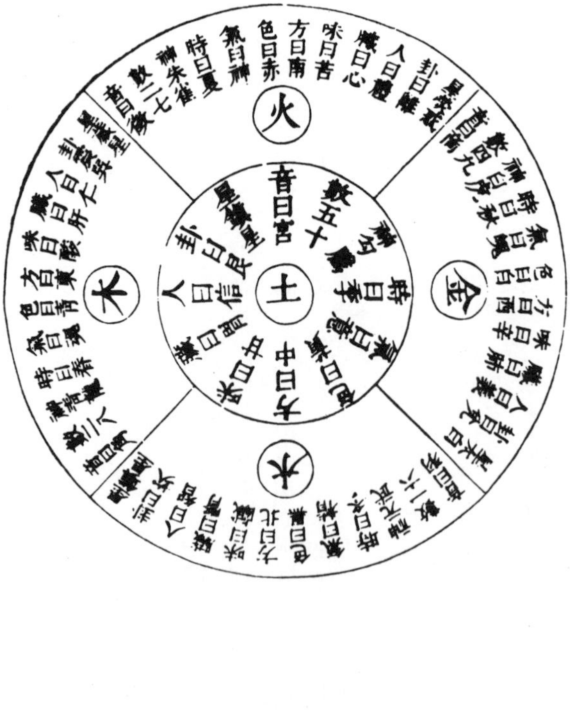

隨著「五行」說的出現，又產生了很多其他的詞組：「五方」、「五星宿」、「五音」、「五穀」、「五味」等等。這些詞組構成一個龐大的體系，借助於它們，人類自認爲可以解釋天地之間所有的過程和萬物。

有些詞組讓人覺得相當自然，如「夏」、「火」和「南」，以及「土」、「中」和「黃」——中間是黃土地，中國——而其他則顯得很勉強，至少按照我們看待事物的方法是如此。但是它們頑強地生存下來，並且仍然被當做解釋萬物的模式，比如在傳統的中醫領域。

在中國古籍中經常遇到方位的表述，「五行」和被認爲與此相關的現象都被綜合到一個圓裡。我們看到中間是「土」，周圍是與其相關的內容，其餘四個領域是「木」、「火」、「金」、「水」及與它們相關的內容。

五行：木 火 土 金 水
五方：東 西 中 南 北
五星：木星 火星 土星 金星 水星
五官：耳 舌 口 鼻 眼
五味：酸 苦 甜 辣 鹹
五穀：麥 豆 黍 麻 稷
五牲：羊 雞 牛 犬 豬
五色：青 赤 黃 白 黑

數字神祕主義和八卦在世上其他地區也有，但是沒有哪個民族像中國人那麼執著，他們長期堅持把現實分爲各種不同的數字。

孫中山先生把自己的和國民黨的綱領稱做「三民主義」，即民族主義、民權主義和民生主義。

中國共產黨的歷史充滿類似口號，他們把政治指示歸納爲「三」、「五」、「八」等開頭的詞組。其中最著名的一個是「三大紀律」（後來又加了「八項注意」），是一九三〇至四〇年代用來指導共產黨紅軍戰士的。

三大紀律：
一、一切行動聽指揮；
二、不拿群眾一針一線；
三、一切繳獲要歸公。

八項注意：
一、說話和氣；
二、買賣公平；
三、借東西要還；
四、損壞東西要賠；
五、不打人罵人；
六、不損壞莊稼；
七、不調戲婦女；
八、不虐待俘虜。

又例如三反和五反。雖然一九五一年共產黨已取得政權，但是為了使國家經過幾十年戰爭以後運轉起來，特別要使官僚機構適應新社會的行為規範，於是中國大陸展開了「三反」運動：反貪污、反浪費和反官僚主義。

第二年又展開了針對經濟生活和商業領域各種違法活動的「五反」運動：反行賄、反偷稅漏稅、反盜竊國家財產、反偷工減料和反盜竊國家經濟情報。

當孫中山先生制定自己的綱領和共產黨展開政治運動時，他們都是從陰陽五行所屬的傳統概念出發。這個概念可能最早始於周朝初年，西元前三世紀被收錄在經典著作《書經》。這個傳統把人對自然界和人類生活變化的觀察系統化，但是在隨後的各個朝代，又大肆渲染從道教、佛教世界觀以及孔子道德規範所吸收的新材料，但不是把一切都套在「五」開頭的詞組，這時候他們設計了新詞組，不管什麼內容都要歸納到某個詞組去。

這類新詞組有保衛天宮江山的「四大天王」，在寺廟的入口處可以看到他們的塑像，他們高大的身軀和可怕的面部表情足以令壞人不敢有任何非分之想。

還有「文房四寶」——文人的主要工具：紙、筆、墨和硯，以及《四書》——是一九〇五年以前教育基礎的主要著作。

除了前面我們說的以「五」開頭的詞組以外，還有很多其他的。其中最重要的一個是「五常」，如果一個人正確遵循這些標準，就能保證國泰民安，即保持君臣、父子、夫婦、兄弟和朋友之間的正確關係。

還有「五德」、「五毒」、「五內」和「五刑」，「五刑」指刺字、割耳、砍腳、閹割和砍頭，但帝制廢除以後這些刑罰就取消了。現在的死刑採用槍決，一般的犯人坐牢房。

大家仍然能在很多餐館看到的一個以「五」開頭的詞組是「五香」，它是八角、桂皮、茴香、丁香和四川胡椒的混合物，料理肉和鴨時經常使用；年畫總是出現「五福」，概括了一個人的所有願望：福、壽、康、寧、樂。有時候也把這種願望局限在三點：子、福和壽，能有這三點也就夠了。

在下頁的年畫上我們看到一個金魚缸——象徵富裕。周圍是手持吉祥物的五個胖娃娃。硬幣代表財富，牡丹以及靈芝代表情操。娃娃中有兩個女孩，算是對新時代的價值觀讓步，只是她們在後面的位置上。

「七出」，總結一個男人休妻所能想到的理由：無子、淫亂、不事舅姑、口舌、盜竊、妒忌和惡疾。舊時離異是很不尋常的。貧窮的男人很難娶進一位新妻子，而有錢人家的男主人卻總是妻妾成群，並且使用「七出」來恐嚇妻子就範。直到現代頒布了婚姻法男女才平等。

「八」也是一個重要的數字，構成六十四卦基礎的「八卦」就是以「八」字開頭的，中國人相信借助於它們就可以解釋世界和生活，預測未來。

西元一九八二年福建省廈門出版的一張年畫。

「八仙」是道家人物，他們透過考察大自然而成了仙。但是他們並未失去人性。他們有些喜歡喝上幾杯酒，或者做出一些怪異的事情，但他們是神，在白雲裡飄來飄去。值得指出的是，其中有兩個女的——像很多古代的妖魔和巫師一樣。我們常在瓷器的裝飾畫上看見八仙的形象，由於他們極具人性，因此在民間藝術中是令人喜愛的題材。

「九」自古以來就是一個重要的神祕主義數字。相傳大禹在四千多年前成功地將洪水引入大海，使國家重新成爲適合人類居住的地方，如我們前文所說的，他把國家分爲九州，下令鑄九鼎，象徵九州。銅鼎象徵國家權力，後來各朝代都繼承下來。

「九」組成的詞有九疑山（五個道教的，四個佛教的）、九天和九品官。

九龍，象徵皇帝的權力，過去都裝飾在孔廟和衙門前面的照壁上，以驅惡辟邪。北京的北海公園有九龍壁，但是最壯觀的在山西北部的大同，五顏六色，金碧輝煌。龍壁長四十五公尺，高八公尺，厚二公尺，建於十四世紀後半葉。九條金龍飛舞奔騰於波濤雲氣之間，它們象徵著太陽、陽剛和法制。

在皇宮的大門上裝飾有九乘九數字的半球形銅釘（如本章章名頁北京天壇的雙扇大門）。它們的實際作用是掩蓋門後邊的橫梁和木栓，但是門釘的數量不是隨心所欲的，「九」被視爲最高雅的數——「九九歸一」。九乘九是八十一。如果我們把八和一加起來，還是得九。

北京的天壇可能是中國最漂亮、最精心設計的建築，它把數字九做爲設計出發點。壇是由三層臺階組成的，每層周圍都繞以漢白玉欄杆。臺階從東西南北一直通向最高層，每年冬至皇帝在那裡舉行隆重的祭天儀式。

最上面一層有二十七公尺寬，由九塊扇形石塊組成，其他各層也是如此。最高一層圍繞七十二根雕有白雲的漢白玉石欄，中間一層圍繞一百零八根，最低一層圍繞一百八十根，總共三百六十根，與一個圓有三百六十度一樣多。把三、六和零加在一起——啊，不多不少——是九。

北京天壇。前景爲祭天臺，是皇帝祭祀上天的地方。

不管在農業、文化生活和衛生領域展開的臨時運動，還是平常的政治活動，中國人都創造了以數字開頭的專門口號，例如中共在一九五〇年代討論的消滅城鄉、工農、腦力勞動和體力勞動之間的「三大差別」。號召知識份子投身「三大革命」：階級鬥爭、生產鬥爭和科學實驗，集合在「三面紅旗」下：總路線、大躍進和人民公社。

一九七〇年代共產黨展開了批判「四人幫」運動，毛澤東的遺孀江青和她的同夥，被指控必須對「文化大革命」造成的動亂（或者叫「十年浩劫」，現今大多數歷史學家對這個時期的稱呼）負責，隨後中共又提出了「四個現代化」。按照這個計畫，力爭在二〇〇〇年使中國在工業、農業、國防和科學技術方面達到先進工業化國家的水準。

商朝時中國人就使用六十天爲一周期的曆法。天的名字由兩個字組成，一個取之於天干的甲、乙、丙、丁、戊、己、庚、辛、壬、癸，另一個字取之於地支的子、丑、寅、卯、辰、巳、午、未、申、酉、戌、亥。這些字的原義眾說紛紜，這裡不再贅述。天干很可能是當時人使用的每周十日的名字，地支原義是每年十二個月和組成每晝夜十二個時辰的名字。

把六輪天干和五輪地支組合在一起，可以得出六十個不同的組合。商代的人利用這些組合標誌天，我們可以在甲骨文看到，上面也標出應該在哪個時辰祭祖。從西元前一〇〇年起，天干地支也標誌年，此後六十年一輪即爲一甲子。

天干和地支的配合就像兩個大小不等的齒輪一起運轉一樣。中國人把天干的第一個字與地支的第一個字結合起來，就得到了六十年一輪中第一年的名稱。以此類推，直到天干沒有了爲止。這時候地支還有兩個，人們再從天干第一個字開始。地支的第十一個字與天干的第一個字結

	地支	天干
1	子	甲
2	丑	乙
3	寅	丙
4	卯	丁
5	辰	戊
6	巳	己
7	午	庚
8	未	辛
9	申	壬
10	酉	癸
11	戌	
12	亥	

合，然後再重新開始。

十二地支中的每一個代表一種動物——即十二生肖的鼠、牛、虎、兔、龍、蛇、馬、羊、猴、雞、狗、豬，從而也象徵一年。

除了使用西曆的西元以外，中國人仍然使用這種曆法，即農曆，絕大多數中國人都清楚地記得他們的生肖、今年生肖是什麼年，儘管他們不再相信生肖對他們的生活和工作有多大意義。

這種六十年為一輪的計算方法也有問題。每個具體的年份在六十年為一輪中的位置很清楚，但是年代久遠以後，人們要想知道一件事究竟發生在哪一輪的那一年就很困難。

因此他們開始使用皇帝的年號，然後再說發生在哪個六十年一輪的哪一年。因此排除了差錯。

我們在下面這張一九八五年的中國年曆可以看到十二個生肖，這是從一八七八年以來的各種生肖的綜合圖。雞鳴、狗吠與金文一樣生動！

牛、馬、蛇、龍和虎似乎是從漢磚和漢朝的浮雕複製下來的，但是鼠和豬似乎出自畫冊。

丑 牛			子 鼠			亥 猪		
1岁	乙丑	1985年生	2岁	甲子	1984年生	3岁	癸亥	1983年生
13岁	癸丑	1973年生	14岁	壬子	1972年生	15岁	辛亥	1971年生
25岁	辛丑	1961年生	26岁	庚子	1960年生	27岁	己亥	1959年生
37岁	己丑	1949年生	38岁	戊子	1948年生	39岁	丁亥	1947年生
49岁	丁丑	1937年生	50岁	丙子	1936年生	51岁	乙亥	1935年生
61岁	乙丑	1925年生	62岁	甲子	1924年生	63岁	癸亥	1923年生
73岁	癸丑	1913年生	74岁	壬子	1912年生	75岁	辛亥	1911年生
85岁	辛丑	1901年生	86岁	庚子	1900年生	87岁	己亥	1899年生
97岁	己丑	1889年生	98岁	戊子	1888年生	99岁	丁亥	1887年生
戌 狗			酉 鸡			申 猴		
4岁	壬戌	1982年生	5岁	辛酉	1981年生	6岁	庚申	1980年生
16岁	庚戌	1970年生	17岁	己酉	1969年生	18岁	戊申	1968年生
28岁	戊戌	1958年生	29岁	丁酉	1957年生	30岁	丙申	1956年生
40岁	丙戌	1946年生	41岁	乙酉	1945年生	42岁	甲申	1944年生
52岁	甲戌	1934年生	53岁	癸酉	1933年生	54岁	壬申	1932年生
64岁	壬戌	1922年生	65岁	辛酉	1921年生	66岁	庚申	1920年生
76岁	庚戌	1910年生	77岁	己酉	1909年生	78岁	戊申	1908年生
88岁	戊戌	1898年生	89岁	丁酉	1897年生	90岁	丙申	1896年生
100岁	丙戌	1886年生	101岁	乙酉	1885年生	102岁	甲申	1884年生
未 羊			午 马			巳 蛇		
7岁	己未	1979年生	8岁	戊午	1978年生	9岁	丁巳	1977年生
19岁	丁未	1967年生	20岁	丙午	1966年生	21岁	乙巳	1965年生
31岁	乙未	1955年生	32岁	甲午	1954年生	33岁	癸巳	1953年生
43岁	癸未	1943年生	44岁	壬午	1942年生	45岁	辛巳	1941年生
55岁	辛未	1931年生	56岁	庚午	1930年生	57岁	己巳	1929年生
67岁	己未	1919年生	68岁	戊午	1918年生	69岁	丁巳	1917年生
79岁	丁未	1907年生	80岁	丙午	1906年生	81岁	乙巳	1905年生
91岁	乙未	1895年生	92岁	甲午	1894年生	93岁	癸巳	1893年生
103岁	癸未	1883年生	104岁	壬午	1882年生	105岁	辛巳	1881年生
辰 龙			卯 兔			寅 虎		
10岁	丙辰	1976年生	11岁	乙卯	1975年生	12岁	甲寅	1974年生
22岁	甲辰	1964年生	23岁	癸卯	1963年生	24岁	壬寅	1962年生
34岁	壬辰	1952年生	35岁	辛卯	1951年生	36岁	庚寅	1950年生
46岁	庚辰	1940年生	47岁	己卯	1939年生	48岁	戊寅	1938年生
58岁	戊辰	1928年生	59岁	丁卯	1927年生	60岁	丙寅	1926年生
70岁	丙辰	1916年生	71岁	乙卯	1915年生	72岁	甲寅	1914年生
82岁	甲辰	1904年生	83岁	癸卯	1903年生	84岁	壬寅	1902年生
94岁	壬辰	1892年生	95岁	辛卯	1891年生	96岁	庚寅	1890年生
106岁	庚辰	1880年生	107岁	己卯	1879年生	108岁	戊寅	1878年生

第十四章

意與聲：從象形字到形聲字

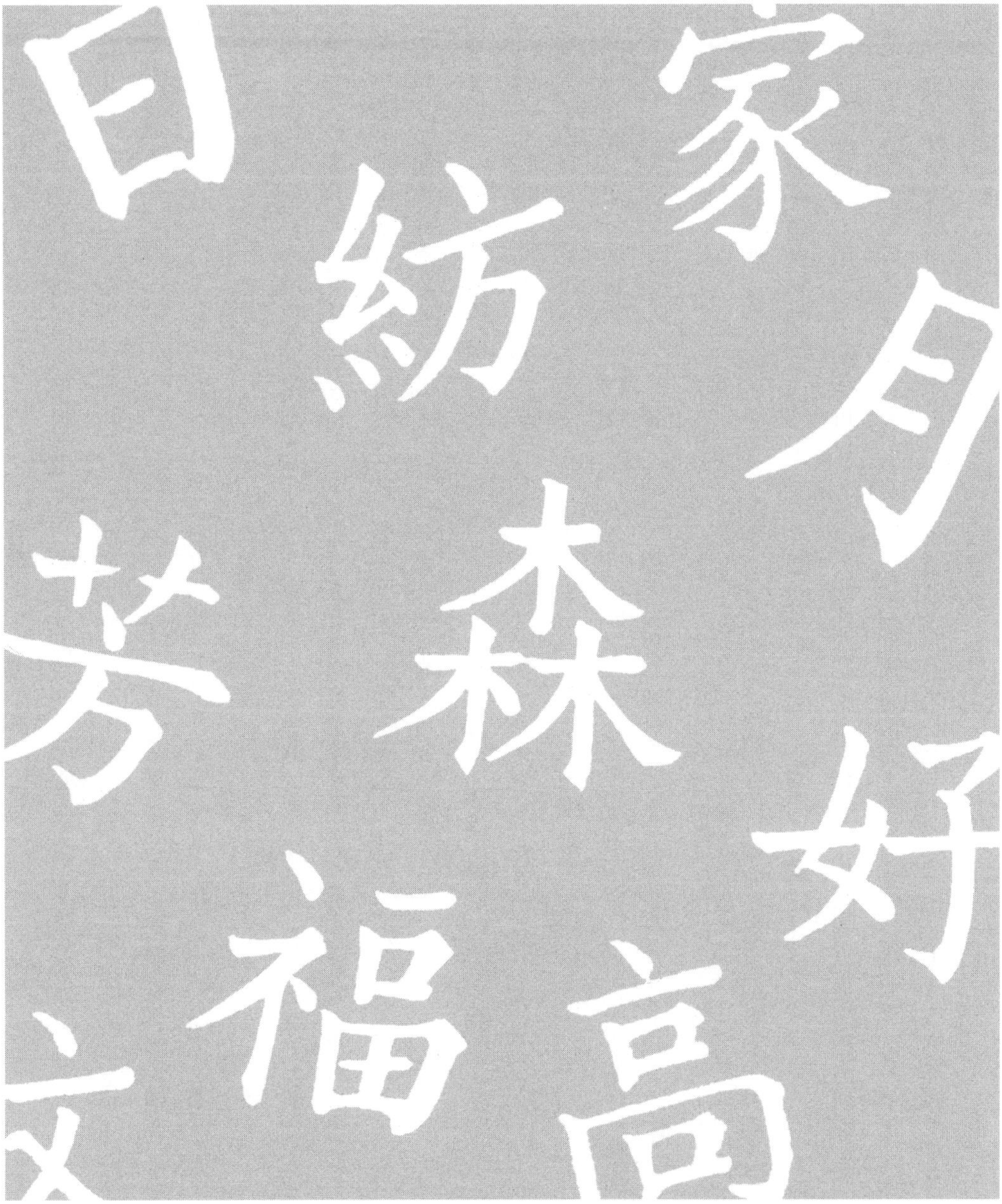

迄今我們看到的字，從「日」字到「樂」字，大體上都很清楚易懂。但是漢字絕對不像本書前面出現的那些字那樣簡單。我一直沒有說的是，早在商代中國人就開始使用一種形聲字。讓我們具體看一看。

象形

如我們看到的那樣，最初的文字是不同東西和現象的簡單圖像。最古老的形式富有表現力，其中有很多直到今天還保持著自己的形象特徵。根據一九八九年之前的統計，甲骨文中出現二百二十七個不同的簡單象形字。有一半我們在前面已經看過。西元一二一年許慎著的《說文解字》中，總數增加到三百六十四個。它們是漢語的基本字，相當於化學中的基本元素。

如果僅僅是爲了表達具體的東西，如日和月，婦女和兒童，車、田地、戰斧等等，象形文字還是很勝任。如果反映一些抽象的字，它就無能爲力了。有些抽象的字，如數字和「上」、「下」這些概念，只能經由簡單的提示符號來表現。在另外一些情況下，我們讓表現具體東西的象形文字，轉義表示一個抽象的意思。「**日**」的形象也可以代表「日子」，表示晝夜中有太陽的時間；「**月**」也可以表示「月份」，月亮轉一圈正好是一個月；「**高**」也可以用一座高大建築物來表示等等。

會意——合成象形字

但是很多字不可能用簡單的方法來表現。早在文字的初期發展階段，中國人就開始把兩個或兩個以上相同的字合在一起，組成一個獨立的字。如我們看到的，兩個「木」組成「**林**」，三個「木」組成「**森**」，表示森林、陰森和森嚴等意思。

有不少字是由兩個或三個相同的字組成的，但是用這種方法造字的可能性非常有限。一個更加有效的方法是把更多不同的字組合起來。有時候字的各個部分有著共同的特點，有時候這一部分從屬於另一部分。

「日」和「月」都能發出光，組成「**明**」字。

「女」和「子」組成「**好**」。

「人」和「言」組成「**信**」。

根據這一原則，甲骨文中出現三百九十六個這種結構的字。《說文解字》中有一千一百六十七個。中文稱之爲「會意」字，瑞典文通常稱之爲「合成象形字」或「意結」。其中絕大多數表示抽象的意思，但是也有一些表示具體的意思，如：「**囚**」、「**家**」。

商代的文字主要在帝王和巫師遇有宗教和治理國家問題，祭祖問天時使用，對於日常生活中的大部分事情，沒有理由詢問更高的主宰，因此當時的人沒有創造與現實有關的文字。

但是語言還是有的。當國家的政治、經濟和社會組織隨著歲月發生變化時，把存在的大部分口語用文字來表達的需求大爲增加。合同、商業協議以及稅賦和日常活動都必須記錄下來。新的工具和製造過程，新的科學和哲學概念使得辭彙量大增。在文字的童年時代能滿足需求的有限文字，顯得遠遠不能滿足新時代的要求。

富有創造性的造字者借助簡單的象形字創造了很多新的和易懂的合成象形字，早在商代這類字就占了所有文字的百分之四十。但是在周朝某個時候造字活動停止了。很可能有一個限制，規定以現在的文字爲基點可以創造出多少會意字的數量。此外，幾乎無法再利用很多抽象的字創造出可以理解的字，不管是把多少不同的象形字組合在一起。出路在何處？

假借

爲了擺脫這種困境，他們採用了極爲簡單的借字辦法，借用發音雷同的書寫字，給還無形體的詞使用。

音同義不同的字在很多語言都有。讓我們看一看瑞典語「vad」這個字吧，是疑問代詞，是法律術語，是身體的一部分，是一個捕魚工具，轉義是河；而「led」意思爲開口、路、可恨或醜，還是「遭受」的過去式。

在中文裡同音字的數量很大。當造字者的想像力枯竭的時候，他們就使用這個方法。比如有這樣兩個字，它們的發音相同：一個是穀物的名字，很可能是一種麥類，另一個字的意思是「來」。這時已經有了一個表示這種穀類的字——與我們前面已經看過的「麥」字很相似，它是一棵麥子和芒的形象——但是沒有表示「來」的字。

在這種情況下，就不再造一個新字，而是借用表示這種穀類的字「**來**」，讓讀者決定，在什麼情況下它是某種麥，在什麼情況下它是「來」。

同樣地，他們用「**萬**」字表示數字「萬」，我們在前面已經看過這個相當可怕的昆蟲形象，它的尾巴長著毒鉤。而他們把器物的「**其**」字當做指示代詞和物主代詞用，表示「這個」、「那個」、「他的」、「她的」和「它的」等。

這是臨時解決困難問題的一個實用方法，在一個時期裡這個方法是常用的。但是很難想像在更大的範圍裡繼續使用這個方法。如果每一個字都有很多意思完全不同或相互不關聯，很多文章就會變得不可理解，大家就只得猜字了。讀者怎能知道是用這個字的原義？還是僅僅借用它的音呢？

在某些情況下被用作借音的字早已被淘汰，而借音字的使用則全無問題。大家已經完全忘記它的原義，而新的意思則取而代之。

但是在很多其他情況下，大家還是同時使用一些字的原義和借音。因此總是會帶來誤解。為了限制這種語言混亂，有人開始在原字上增加一些說明性的補充，以此來提示讀者這裡使用字的原義。

比如「**其**」字——本身就明顯地呈現是一個編成的器物——增加「竹」字頭，因為「**箕**」一般是由竹子編成的，原來的「其」字仍然被當做代詞使用，因為很難再創造出一個新字。

相同的命運也落在其他表示具體東西的老象形字上。如果想一想原象形字是多麼清楚、易懂，大家就會覺得增加的部分經常是畫蛇添足，但無論如何語言的清楚程度和文字數量還是增加了。

轉注

但是還有其他的問題。其中之一是，很多字的意義範疇在幾百年中發生很大變化，有時候擴大了，有時候變成專有名詞。很多字也有了隱喻、轉義和轉注的意思。「**文**」字就是這樣，它後來才有了「文字」、「語言」、「文學」的意思。儘管中國文字大部分是由「文」原義的「筆畫」和「線條」組成，但是這兩種意思相去甚遠，在文章中很容易產生誤解。為了便於讀者區分不同的意思，就給「文」字增加個「糸」，當一個人使用原字的時候，就知道它的具體意思已轉為「文字」、「語言」、「文學」。

文 紋

不管文字的創造者如何狡辯，當他們決定增加「糸」字旁時，很不容易理解，但是這種選擇方法是合乎邏輯的：組成這些圖案的絲綢布上有千變萬化的圖案和千萬條線，即「線條」，是任何其他原料所沒有的。還應該指出的是，「糸」字旁以相當容易理解的方式加強這個字的意思：筆畫、線條、圖案。

畐 福

「示」字在甲骨的卜辭也當做「福」用。這些意思有連帶關係——飽、餘和幸福。儘管如此，早在商代因為某種需要，當時的人就把它們分開了。透過增加能預示福與禍的「示」字旁，人們造了一個新字，它以巧妙的方式告訴讀者兩個意思當中到底是哪一個。

很多用這種方法創造的字，初看時似乎都是根據合成象形字「明」、「好」、「信」相同的設計方法創造的，在這些字中，各部分有共同的特徵，或者其中一部分從屬另一部分。但實際上不是。它們都是來自一個「母字」，並準確構成這個字的不同意思。屬於不同類別同義詞的那些字，在詞源和語義方面都是近親，因此很容易讓人想起構成印歐語言鮮明特徵的轉注字和隱喻。

形聲

如我們所見的，借助於不同的方法，造字者創造了一大批新字。但歸根究柢，造字者仍然沒有解決根本問題：我們要如何給口語中上萬個有音無字的詞造字呢？

這個任務似乎無法解決。但是在借字和區分某些字的不同涵義時，有人創造了一個新的、革命性的造字原則：一個合成字中，一部分表形，另一部分表聲。大家不必過多地顧及它的意思，只用它代表聲。我們沒有表示「抆」和「紊」的字。在這種情況下不是造新字，而是直接把發音相同的「文」拿過來，加上能表示意思的部分，就直接獲得兩個新字。

「抆」：左邊是「手」右邊是「文」。這個字發音與「文」相同，與手也有關係，我們正是用它撣掉外衣和褲子上的灰塵。

「紊」：上邊是「文」，下邊是「糸」。這個字與「文」發音相同，與「糸」有關係——細細的絲線攪在一起，讓人煩心。

這類字表示意思的部分被稱做形旁，表示聲音的部分稱做聲旁。當我們講到用這樣的方法創造的字，一般稱做形聲字，或者叫義聲同體字。也有其他的提法，就這個術語的問題爆發過很多激烈的辯論，但是這裡無須贅述。

然而有必要讓我們看一看，使用新的造字法能造出哪些字。

形旁＝意思	聲旁＝發音	新字意義
車	畐	車條
草	畐	一種年生蔓草
巾	畐	布面寬度，疋
刀	畐	副手
屋頂	畐	財富，富裕

輻葍幅副富

選用同音字是一個很大的創造，聲旁相同的字之間意思經常有些相同。因此有時候很難準確地斷定，某些字是屬於會意字、轉注字還是形聲字。在很多情況下，專家各執一詞。

「富」字就是一例。酒是一種寶貴的財產，經常做爲禮品。在房頂下，即在房子裡，有一個大酒缸，這個字是表現「富裕」的極好形象。我們要表達這樣的想法，它是一個合成象形字，它的兩部分共同表現一個意思。但是這個字到周朝後期才出現，當時新的會意造字法還沒有形成，因此很可能屬於形聲字，表房子的「宀」表意（富有的家），另一部分表聲。

因此情況有些複雜：

有象形字，獨體的與合體的；

有形聲字；

在這兩者之間還有很多界線不清楚的過渡型的字。

還有假借字，它們已經失去了原有的意思，只用它的聲旁。

有些古老的象形字，造字者加了一些表意的部分，以便使人能夠明白這裡使用的是它具體的原義。

有些由古老的象形字轉義過來的字，造字者增加了一些解釋性的部分。

但是絕大多數字沒有問題。它們是形聲字，一部分表意，另一部分表聲，其他的沒有了。讓我們看一看以「方」字爲出發點所造的字：**「方」**字也用作「平方」、「地方」、「四方」、「方面」、「各方」。「方」字經常出現在甲骨的卜辭中，很多被稱做「蠻人」的少數民族名字就有這個字，他們生活在商王國的邊遠地區，在文明旁邊的「地方」。

「方」字最初是什麼東西的形象，專家之間有不同的看法。我們感到有意思的是，造字者如何以「方」字爲基礎創造出一批新字。對於某些有音無字的詞來說，過去大家經常使用「方」字，希望讀者可以理解所要表達的意思，但是它們當中沒有一個是獨體字。試舉幾例：

並連的兩船

某種樹

某種強壯的牛

某種魚

屋，室

場所

太陽剛出來那一刻

散發香味

將絲、麻等抽成線紗

似、像，效法

尋求，調查

鬆開，棄，逐

傷害，阻撓，干擾

我想請讀者稍微動一下腦筋，自己先蓋住下面這些段落，想想看造字者是如何以「方」字爲表音的聲旁創造了上面列出的一系列新字。需要使用哪些表意的形旁才能使新字的意思表達得明白無誤？

對有些字來說，表意的形旁本身就很清楚。表示某種船、牛和魚的字應該包含「舟」、「木」、「牛」和「魚」字，初學者從字的結構都能看到這一點。

對「屋、室」而言，大家可能想到表示屋頂的表意形旁「宀」。另一種可能是「戶」字，它最初是通向家裡各個房間的單門的形象，與此相反，臨街的是雙門。

對「場所」來說，大家不會想出比「土」字作表意形旁更好的字，過去中國人建築都把土當原料——堤和牆，住房，豬圈和工場以及其間的街道。農民脫粒和舉辦市集的廣場也是用細土夯實的，像屋裡的地面一樣平。「坊」字最早也當做「市場」、「村莊」以及城市所畫分的不同的「區」用。

「太陽剛出來」，想必與「日」字有關吧？先是靜悄悄的黎明，然後光芒四射，第一縷陽光直接照耀著我們，就是太陽初升的那一明亮時刻。

「散發香味」，這時讀者需要一些眞正美妙的聯想：一束鮮花，從熟睡的孩子頭髮上散發出的香味，爐子上的鍋慢慢地煮沸著，蔥和味美的草藥散發著香味。「食」、「吃」或者用更確切的字「鼻」，更能用到表示意思的形旁作用，但是我覺得「草」字更好。因爲草字也表示草藥，很多中國草藥香味兒撲鼻。

創造文字的人永遠不會脫離大自然。百姓生活的城市也處於半農村狀態，房屋之間是田野和草地，不管他們走到哪裡，被踩斷的葉子都會散發出清香，它們是與野生穀子和草共生在小路邊的不同草本植物：艾草、蓍草、薄荷、菊和蔥。

它們當中有不少屬於著名的中草藥，終年用來治療帶給人麻煩的傷風感冒和胃病。

艾草，俗名蒿子，在瑞典和中國都很常見。有多種不同的用途，它的香味扮演著重要角色。劈劈啪啪慢慢燃燒的艾草冒出的煙可以驅蚊、蠅、蠹魚、甲蟲和室內小爬蟲，是今日驅蚊藥的先驅。還有人用乾艾草葉，每五十公斤一把，可預防糧倉裡的害蟲。用艾草煮的水噴蔬菜和鮮花，可預防脫葉和病蟲。當人患有風濕病和泌尿感染時，可以在需要化淤活血的穴位放一丸磨碎的乾艾草葉，點著以後可以去病。艾草葉丸會慢慢燃燒而沒有火苗，但熱氣可以傳到身體內，屋裡也充滿強烈的艾草香味兒。被稱做艾灸的治療方法至今仍然盛行，不僅在中國，在整個東南亞都是如此。

「抽成線紗」，主要在「麻」和「絲」之間選擇，哪一個更適合於作表意的形旁，因爲農民主要用它們做爲織布的原料。考慮到絲在中國古代社會的中心角色，特別是做爲支付具，以及絲綢織物的美麗圖案，選擇還是容易的：「絲」。

「似、效法」：這裡肯定有多種可能。「手」可能很適合。我們正是透過揣摹別人而學會用手的正確姿勢，比如演奏一種樂器、切蔥頭或用刨子。選擇「彳」（用腳走路）也是可能的。「步其後塵」這個比喻經常意味著一個人願意像另一個人一樣選擇某個職業領域繼續發展。但是選擇「人」最合適。誰都聽說過一個人多麼像另一個人的感嘆，而誰不夢想自己像班上的明星那樣風光、有那麼眾多的朋友呢？

「尋求、調查」可能有多種辦法。一種可能是增加一個提手，當我們在箱子裡尋找我們需要的東西時，首先需要手的動作，當我們打開一件破損的東西，看一看能否修補的時候也是如此。但是也經常指知識性活動：一個人打開書，與有學問的人談話，尋求某種問題的癥結所在。如果這個字有這種涵義，最好加上「言」字旁。

「鬆開、棄、逐」，「手」是造字者要考慮的主要表意的形旁。人用手解開船的纜繩，解開拴畜的繩子，用繩子捆俘虜。但是「逐」的意思意味著某種富有暴力性的活動，用「攵」可能更合適。「攵」表示手高舉著鎬或斧子往下砍，而用這樣的工具或武器肯定會解決很多問題，至少是棘手問題，趕走任何人都在所不惜。

「傷害」對我來說首先聯想到武器、暴力和箝制。如果我們強調事情的暴力方面，斧、刀和戟是可當表意形旁的幾個例子，但是用於「阻撓、干擾」又太重了。缺乏理解和尊敬、有意識利用人、冷漠和高傲，人類很有可能相互傷害、阻撓和詆毀。從這個觀點出發，「言」或「人」字旁可能是最好的偏旁，不過這兩個形旁在前面已經用到了。該怎麼辦呢？

古代的文字創造者最後選了下面這些字：

舫枋牥魴房坊昉紡芳仿訪放妨

要想完全知道當時的文字創造者出於什麼考量選擇表意的偏旁是不可能的。當我們接觸到「妨」的時候，就更百思不得其解。選擇這個表意偏旁的背景是什麼？

傷害，阻撓，干擾

婦女受到傷害、阻撓和干擾很常見嗎？還是婦女本身令人討厭，傷害、阻撓和干擾其他人？

我們很少在中國古代文獻看到資料，說明當時的人如何看待普通婦女的生活和工作。但是仍然可以知道，周朝發生廣泛的經濟和社會變化，造成婦女的工作愈來愈局限於管理家務。新石器時代以來她們所承擔的重要活動，如製陶和農業，成功地由男人接替。

拉坏轆轤和牛拉的鐵犁增加了生產，但也擴大了勞動強度。它要求「專人」，而不再能當副業對待。人口的增長帶來土地的壓力，過去男人從事的狩獵完全失去了養家餬口的意義。土地變成了主要的生產資源，到周朝後期由王公和部落所有變成了私人所有。每個家庭變成了標準生產單位，男人牢牢掌握著家庭，成為家庭的主宰。這一點如何影響了婦女地位，目前還沒有研究結果。

也沒有人就這種巨大變化對文字結構的影響進行分析。直到現在，語言學家只有在個別情況下才利用考古學家、歷史學家、經濟學家、社會學家和人種學家的研究成果。但是有一點是可以肯定的：造字者爲各種不同的字選擇的表意形旁絕對不是偶然的，其目的是，盡可能簡單明瞭地向讀者提示文字的涵義。造字者是以文字創造時代公眾所承認的經驗、價值、觀念和風俗習慣爲出發點的。

爲了能獲得如何使用「女」字旁的大概輪廓，我查閱了《說文解字》收錄的「女」字形旁二百二十二個字。大概有四分之一是指家族的女性成員，如「娘」、「嬸」、「姐妹」、「嫂」和「姨」等，或者是指家裡或與家庭有關的其他婦女：「婢」、「妃」、「媒」。

另外四分之一的字是與「嫁」、「婚」、「妊」、「娩」或者與「娛」有關，此外還有「姘」、「嫖」、「娼」等概念。

剩下的一半字或是表現婦女的美貌或舉止優雅的褒義字，如「姁」、「姚」、「妙」、「姍」、「嬈」、「婉」、「姣」、「娜」、「奼」、「姿」、「娉」、「婝」、「婧」、「嫻」；或是貶義字，如「奸」、「妖」、「娸」、「嬌」、「嫉」、「妒」、「媼」、「嬉」、「嫌」、「嬾」、「媮」和「媸」。這是一個讓人感到壓抑的字表。

這些貶義的字似乎主要表現一位失意和不幸的女人，對丈夫和家裡其他成員發洩的不滿情緒。在無法改變自己處境的情況下，她生氣了，是否在這種情況下她「傷害」、「阻撓」和「干擾」了其他人？

如我們看到的，上述用作表意形旁的這些字——「亻」、「女」、「扌」、「日」、「礻」、「土」、「木」、「艹」、「糸」、「魚」、「牛」、「車」、「刂」、「巾」、「戶」、「宀」和「言」，組成了爲數眾多的合體字。我們在本書前面看到的其他象形字也被當做表意的形旁用。每一個字都有其特殊的使用範疇。「忄」表示與感情和經歷有關係的字，或者與速度有關，如內心受到打擊而心跳加快；「食」與菜名和做菜的方法有關；「貝」與經濟價值有關，如貿易、品質、賄賂、贈予或盜賊。

「口」包括在很多從口裡發出聲音的字，如嘆息、呻吟和喊叫，從幼兒咿呀學語到凍僵的人結結巴巴地講話，以及人說話、吐痰、喘氣、喝水、咳嗽、吹哨、吻、吐、叫喊發出的聲音。還有動物發出的聲音：黃蜂的嗡嗡聲、鳥在黃昏回巢發出的嘰嘰喳喳叫聲以及狗吠聲。

「氵」是用得很多的偏旁，包括在表示液體的字，或者與水池生活有關的字。有表示平坦河畔和河岸的字，有表示潮水和浪花聲的字，有表示透明的急流和混濁漩渦的字，有表示從污泥中慢慢冒出氣泡的字，有表示沙、霧和滂沱大雨的字。從字裡我們看到了人生活在河畔的情景，汲水、洗衣和洗澡，晚上坐在河邊，感受河水散發的沁人肺腑的微微香味兒。

形聲造字法顯示了很高的效率。突然間要造多少字就可以造多少字的願望變成了可能。造字者就是這樣做的。早在商代用形聲法創造的字就占當時使用文字量的百分之三十左右，在隨後的年代裡這類字愈來愈多。在西元一二一年許愼編的《說文解字》提到九千三百五十三個字，而這類字占百分之八十；成書於西元十二世紀鄭樵編的《通志》共使用二萬三千個字，這類字約占百分之九十；西元一七一一年的《康熙字典》收錄四萬八千六百四十一個字，這類字占百分之九十七。很多字是很早以前就消失了的姓氏、地名和工具名字等，但字保留了下來。

新字不停地被創造出來。需要一個字，但是沒有，就可以造字。我記得有一次，一位朋友託我幫她刻一枚印章。問題是，要如何把她那長而複雜的瑞典名字變成中文，又最好不超過三個字，因爲中國人的名字就是這樣。我們靠在櫃檯上足足有一個小時，翻來覆去地討論名字的意思和叫起來順不順口，選哪幾個字合適。最後我們找好了三個字，音意都不錯。但是刻字的人搖頭。

「是都不錯，」他說，「問題是它給人的印象是一個男人的名字。」

新的討論又開始了，直到一個店員建議，在組成人名的一個字（或者如我們瑞典人說的姓）加上「女」字旁。問題解決了。這個字原來「不存在」，但是每個看見它的人都能明白它的發音，都能知道它是個女人的名字。

我相信，這是我第一次眞正明白形聲造字原則是如何運用的。

我們本來可以到此爲止，但是這可能會誤導讀者。就形聲造字而言還有一個大問題，就是讀音的問題，當造字者在商代按照形聲法造字的時候，沒有人能預見在隨後三千年中語言的讀音會發生如此廣泛的變化。

儘管我們平時不特別注意，口語的變化還是很快的。發音合併或改變性質，其他的音混入了，筆畫的變化或取消等等。像我們瑞典語這樣的字母文字，此舉不會帶來很大問題。經過一段時間的調整，筆語和口語會彼此適應，過去被視爲錯誤或者不當的表達方法和形式逐漸會被公眾所接受。

中國口語也像其他語言一樣變化很大，但文字都保留了昔日的形狀。因此形聲造字的天才思想失去了某種意義。手持著辭彙表，我們可以說，昔日很多恰如其分表聲的偏旁字，如今絲毫也不能正確提示讀者該字的讀音。

我前面有意識地迴避讀音的問題。讀音不是本書要講述的，深入探討這個內容就會離題太遠，不管這方面的話題是多麼有意思。讓我們僅簡單地看一看能證明形聲字發生變化的一些例子。

形旁	聲旁	組成字	現代讀法
力	工	功	ㄍㄨㄥ
攵	工	攻	ㄍㄨㄥ
穴	工	空	ㄎㄨㄥ
糸	工	紅	ㄏㄨㄥˊ 或 ㄍㄨㄥ
木	工	杠	ㄍㄤ
水	工	江	ㄐㄧㄤ

早在商代「工」字就有多種不同但相近的意思，但都與工作有關係。後來增加「力」字，組成「功」這個概念；也增加了一隻手高舉斧頭往下砍的「攵」，組成了「攻」字。

當這一點清楚以後，造字者又造了更多有「工」字偏旁的字，原則上都發「工」字的音。其中有些字離「工」這個概念已經很遠，而絕大多數字是指與此完全無關的活動或領域。在古代這些字都與「工」字發相同的音。但是隨著歲月的流逝發音的差別愈來愈大。在某些情況下，如今已亂成一團。說「工」是「江」的聲旁合理嗎？對，合理，就是這樣。自漢朝以來大家都這樣說，當時的人還記得怎樣用形聲法造字，兩字發音也很相近。但直到高本漢的研究成果問世以後，它們之間的關係才露端倪，特別是他成書於西元一九四〇年的《漢字形聲論》問世後。

高本漢上小學時就開始了研究生涯。起初主要是好玩。他的哥哥安東在烏普薩拉大學研究語言，暑假回家時帶了一本辭彙表，上面列有三千多個典型的瑞典文單詞。

系統化研究瑞典方言的工作在當時才剛起步，像植物學家林奈派學生到大自然中去蒐集動植物一樣，當時也派年輕的語言學家去調查瑞典方言中的詞語和發音，其目的是，以蒐集到的材料爲出發點，調查早期的語言階段輪廓，解釋不同方言的彼此關係。

有幾個夏天，高本漢奔走在瑞典南部塔貝里地區（Taberg）的各個莊園之間，他家的夏季別墅就在這個地區。借助於瑞典方言字母「字」，把這個地區的農民和窮人如何發音記錄在辭彙表上。西元一九〇八年，他當時十六歲，只是一名高中學生，把所做的紀錄發表在一家很有名的科學雜誌。

此後一發不可收拾。在烏普薩拉大學刻苦攻讀幾年語言學以後，二十歲時來到中國山西的省會太原，該地區坐落在浩瀚黃土高原的中心地區。他一學會中文，就像在史馬蘭（Smaland）的家鄉一樣開始調查。他到農村去調查、記錄方言。他以調查辭彙表上列的三千多個典型字爲出發點，到城鄉去尋訪一直都生活在那個地區、發音純正的人。借助瑞典語方言的語音構擬，記錄下中國人是如何發音。不管聽起來有多麼奇怪，效果還是非常好。

辛亥革命爆發之前，他蒐集到七十種方言。這場革命結束了中國兩千多年的帝制。高本漢在太原就近目睹了這場革命，之後他從西伯利亞鐵路回到瑞典。憑藉他蒐集到的資料和抄錄的一本七世紀的音韻字典——後來證明對他的研究工作有極大的價值，他投身到探索方言的共同起源，即中世紀中文的研究。這一工作是怎麼進行的，後來他如何成功地復原周朝初期的發音，從而得以解釋漢字的結構——這是一部很長的歷史，需要長篇大論。

本書主題是漢字及其與現實的關聯——至此我們似乎離題太遠了，事實上並非如此。正好相反，儘管書寫漢字經歷了巨大的變化，最初的象形字仍然是現今書寫漢字的基礎。男人和女人，山和水，鳥和魚，車和船，竹，木和絲——後有的字都以單個或以合成形式出現，就像赫塞的《玻璃珠遊戲》一樣變幻無窮，各個部分相輔相成，互爲補充，互爲解釋。不管有些字在不同的合成字具何種作用，它仍然保持自己的特徵和鮮明的形象。一旦記住了它們、理解了它們，它們不僅會成爲了解漢字的鑰匙，而且也是了解現實的鑰匙，從它們最初成形時的現實，到現在的狀況，都能迎刃而解。

附錄一 漢字的筆順

就像我們學寫瑞典文字母一樣，爲了寫好漢字，必須注意字形和筆順的基本規則。漢字共有十多種不同的筆畫，其中八種爲基本筆畫，其餘是變形和結合。

中國人在孩童時期學寫字時，一頁接一頁地臨摹這八個筆畫。他們用墨筆描紅模字，以便逐漸適應從左到右寫橫，從上到下寫豎。能掌握八個基本筆畫，不會過多地思考怎麼下筆，才能進入下一步，開始書寫由各種不同筆畫組成的字。到了這個階段，每個人才能即席發揮，進一步突出個人特色。

成年的中國人平時用鋼筆或圓珠筆寫字，但是一旦要求文字美觀時，他們就使用毛筆。寫毛筆字需要終生不停地練習。不僅是孩子，也有無數大人，要不停地練習才能塑造自己的字體風格。

要寫好漢字的筆畫，必須掌握筆對紙的輕重力道以及從一點到另一點快慢動作的複雜配合。毛筆是非常柔軟的，握筆的手稍有不穩就會事與願違，筆頭會分叉，筆畫就不會像預設的那樣有力。

下筆時，筆頭要圓和直。因此，寫字的過程中得一次又一次地在硯臺上調筆。這樣做也可以讓寫字的人多一點思考的時間，爲寫下一筆畫做些準備。這是不可少的。

只有寫簡單的「一」——唯一的水平筆畫，是一氣呵成的。有兩種可能性。一是方筆：稍重起筆，朝紙按下，略微停頓，然後穩重地朝右行筆至終端，再稍頓，筆勢回頭提起，這時候寫出筆畫的起筆和收筆處形狀都爲方勁筆畫，微呈弧形。二是圓筆：下筆時筆鋒轉繞，使筆的主毫和副毫緊裹，筆鋒內斂，稍頓，朝右端運筆，收筆時轉鋒收住，筆勢圓而有力。

究竟選擇哪種寫法，取決於書寫者想追求何種表達方式，而且要適合自己的書法風格。

正確地掌握書寫「一」的技巧需要長期練習，但也不要過於拘泥。筆畫是充滿生命力的，它不是兩頭被木柴壓得顫悠悠的扁擔，也不是弧形吊橋的樣子，它嚴謹地臥在紙上，輕輕朝右上方出鋒。

其他七種基本筆畫也有類似的規則。西元一九八三年出版的一本

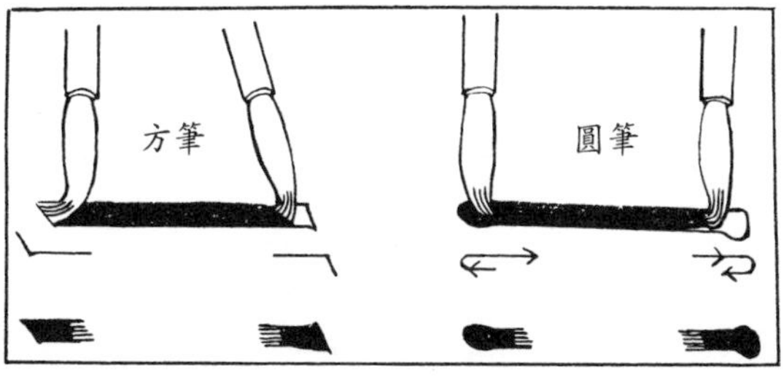

書法教科書有一張示意圖，告訴習字者如何書寫這八個基本筆畫。

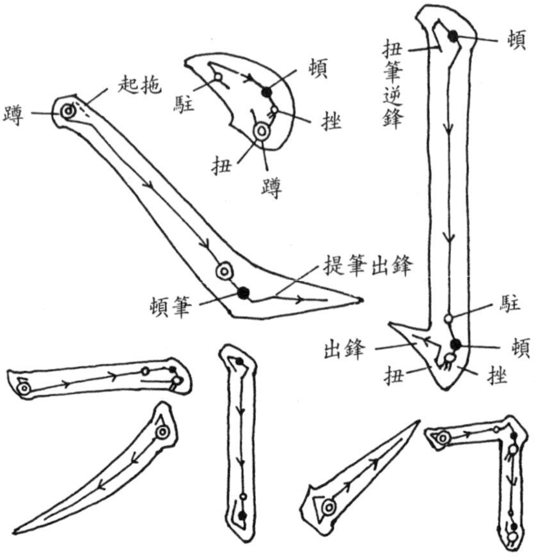

→表示行筆方向。

◎表示蹲筆。起筆時，在短暫、聚精會神的一剎那把筆深深地壓向紙，讓筆墨慢慢地從筆裡面流出來，然後減輕力道，讓墨分布在紙上，形成筆畫的其餘部分。

●表示頓筆。當要加重筆畫的某個部分時，有一瞬間加大筆的力道，用術語說是給予更多的「筋骨」。多用於下筆和收筆，或者行筆轉折處。

○表示駐筆，似暫駐而又行。

ϙ表示挫筆，即在一個筆畫寫完時，提筆換向，稍微起鋒。

這八個筆畫肯定很難寫。但是後邊還有更麻煩的事：把不同的筆畫寫在一個字裡，並使筆畫保持勻稱和整齊。

每一個漢字都要寫成協調的方塊。這是漢朝後期形成的一種規範，在隨後幾百年廣爲大眾所接受。爲了使每個字同樣大小，中國人按照合適的尺寸把紙疊成方塊，這個方法至今還很常見。如今已經有印好了的格紙，上面分成很小的方塊——通常爲四格或九格，有助於使每個字都能排得整齊。有些情況也使用橫豎線。

把「一」寫在這樣的方塊紙不會有太大的問題。唯一要注意的是，除了按照書寫規則寫出正確的字形以外，要把字放在方塊的中心，向右上方微揚。最爲理想的是，字的左上角稍微偏離那條水平中心線，垂直線兩邊的筆畫要一樣大。能做到這幾點筆畫就協調了。

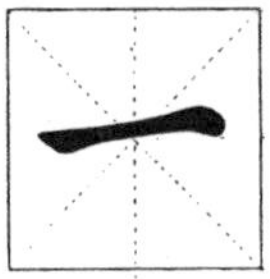

當一個字由多個筆畫組成時，新的困難就來了。書寫時在考慮字的布局之前，需要搞清楚筆畫的順序。在這方面也有基本規則。

先橫後豎，如「十」字。

一 十

從上到下，如「三」字。

一 二 三

從左到右，如「人」字。

丿 人

先中間，後兩邊，如「小」字。

亅 小 小

從外到內，如「月」字。

丿 ⺆ 月

但是，如果外邊的筆畫共同組成一個方形，如「日」字，則最後寫下邊的那個筆畫。「先裡頭後封口」，這類筆畫的術語是這樣說的。

丨 冂 日 日

不管是「日」還是「月」都不是特別難寫。筆畫清楚，彼此分開。但是如果要把由「日」和「月」組成的「明」字寫得勻稱，兩個字都必須放棄原來的形態。各個筆畫依然按單個字的原則寫，但是合成字筆畫在長度和寬度必須變形，以便新字也有正確的比例。

一個字的筆畫愈多，愈需要注意變形。書法家在下第一筆之前，要首先看好字的各個細節。他必須了解各個筆畫之間的聯繫與配合，知道在什麼地方要收，在什麼地方要放。要注意到每一個方寸，最主要的問題是和諧。所有的筆畫都相互依存，都必須互相適應、穿插避讓。整體的協調和平衡是最主要的原則，一切以此馬首是瞻。

這使人想起了由上萬個木製構件組成的傳統寺廟，高高的屋頂直入雲端，但各部件之間沒有釘到一顆釘子。在中國人的社會裡，每個人向來就必須服從整體的要求，不管是家庭的還是國家的，這種忠誠遠超出我們所習慣的範圍，這種依存也有一種安全感，是我們很難感受的。

練習寫字在中國人的學校從不間斷，也很耗時，但是藉由習字，孩子不僅學會把字寫好，也鍛鍊了耐心和毅力。可能還間接學會了一部分生活現實，即互相依存、適應、部分與整體的關係以及社會存在的各種價值觀。

字帖的內容是這種教育的一個重要組成部分。對小學生來說，它們包含實際的或道德的說教。透過它們孩子知道哪些是對的，哪些是錯的，成年人和社會期待他們的是什麼：好好學習，天天向上！不要喝生水！愛護眼睛：不在光線不好的地方和顛簸的汽車上看書！

年齡大的孩子書寫經典的道德故事、古代著名的詩歌以及哲理名言，來提高自己的書寫水準。中國大陸在「文化大革命」時期，學童的字帖甚至充滿強烈的政治口號，如「爲人民服務」、「自力更生」、「世界人民大團結萬歲」，內容是政治性的，但字體仍然是建立在高雅的經典典範之上，如王羲之（西元三二一—三七九年）、歐陽詢（西元五五七—六四一年）和顏眞卿（西元七〇九—七八五年），在一千多年當中，他們被視爲從事書法者的準繩以及獲取靈感的源泉。字形即使在這充滿風暴的時期也像在不同政治傾向時期一樣備受愛護。

許多地方政府會鼓勵學校開設書法課，老師會批改習字本，寫得特別好的字批上紅圈兒，紅是喜慶的顏色。每一年學校都會舉行書法比賽，並且獎勵特別優秀的作品。

到目前爲止我所提到的都是掌握楷書這種基本字體的第一步，至於更富有表現主義形式的行書和草書則還有其他規則。不熟練掌握最基本的字體而盲目去追求行書和草書是沒有意義的，結果也必然一無所成。

對於想深入研究書法知識的人來說，會面臨一個困難的選擇：選擇妍美流便的王羲之字體？還是勁險刻厲和豪邁的歐陽詢字體？或者是豐肥但嚴整端莊的顏眞卿字體呢？或者我的手法和感情更適合蘇東坡或趙孟頫的寫法呢？很不容易選，因爲這些書法名家彼此的差距很大。但是想進一步練好書法的人必須有所決定。

爲了幫助大家掌握書法技巧，著名書法家的作品不斷再版，只要花費少許價錢，在任何一家書店都可以買到。生命中有個莊嚴的時刻，就是當他們站在這些書法名家的眞跡面前，比如西安碑林的一塊石碑碑文，或是博物館收藏的一幅字畫。我就曾經親眼目睹大膽的筆畫配合著充滿生命的和諧。

一位有經驗的書法家逐漸揮灑自如的能力，植根於多年的勤學苦練，時時刻刻都要練習，直到他的手像一位熟練的鋼琴家那樣自由流暢，不需要再思考不同筆畫或者字形結構。當一個人把在學校學習到的一切，融化在追隨某位大師的風格，並使傳統與自己合爲一體時，對渴望創新並形成獨特風格的習字者而言，唯有在這個時候，這條路才是豁然開朗的。路是漫長的，無捷徑可走。

想學習書寫基本漢字的人可以依照下面幾頁的筆順表練習，這些表格會教導你如何寫、按哪種筆順寫。不要讓困難嚇住你，事實就只是這樣而已。可能會有那麼一天，在你聚精會神的情況下，看到漢字不知不覺地出現在眼前；這就像你與一位知己秉燭夜談，沒有人會字斟句酌，純粹變成了思想和感情的一部分，從中看到人的生活和工作情況，看到山脈和田野，看到河流和舟船，看到長著高大鹿角的鹿。沒有任何領域能比漢字更接近這個符號之國——中國。

字	筆順
日	丨 冂 日 日
月	丿 ⺆ 月 月
卜	丨 卜

字	筆順
人	丿 人
大	一 ナ 大
目	丨 冂 日 月 目
面	一 丆 丆 丙 而 而 而 而 面
耳	一 厂 ⺆ 丌 耳 耳
自	丿 亻 ⺆ 白 自 自
口	丨 冂 口
齒	丨 卜 ⺊ 止 步 步 步 歨 歨 歨 歨 歨 齒 齒

字	筆順
心	丶 乚 心 心
手	丿 二 三 手
鬥	丨 ⺁ ⺁ 𠂇 𠂇 𠂇 𠂇 𠂇 鬥 鬥
止	丨 卜 ⺊ 止
身	丿 亻 ⺆ 白 自 身 身
女	ㄑ 女 女
母	ㄥ 母 母 母 母
子	㇇ 了 子

字	筆順
水	亅 刁 氺 水
川	丿 川 川
山	丨 止 山
谷	丿 八 ⺈ 父 谷 谷 谷

字	筆順
厂	一 厂
石	一 丆 不 石 石
原	一 厂 厂 厂 厉 厉 厚 厚 原 原 原
火	丶 丷 火 火

字	筆順
魚	丿 ⺈ ⺈ 勹 角 角 角 角 角 魚 魚 魚
网	丨 冂 冂 冈 网 网 网
鹿	丶 亠 广 户 庐 庐 庐 庐 鹿 鹿
首	丶 丷 䒑 䒑 䒑 首 首 首 首
矢	丿 𠂉 𠂉 午 矢

字	筆順
弓	乛 コ 弓
龜	丿 ⺈ 𠂊 𠂊 𠂊 𠂊 龟 龜 龜 龜 龜 龜 龜 龜 龜 龜
象	丿 ⺈ ⺈ 𠂊 𠂊 𠂊 𠂊 𠂊 象 象 象 象
鳥	丿 亻 户 户 白 鳥 鳥 鳥 鳥 鳥
隹	丿 亻 亻 仁 仨 仹 隹 隹
羽	亅 ヲ 习 习 羽 羽
虎	丨 ⺊ 上 广 卢 虍 虍 虎
龍	丶 亠 亠 立 立 产 育 育 育 育 育 龍 龍 龍 龍

犬	豕	羊	牛	馬	角	革
一	一	丶	丿	丨	丿	一
ナ	丆	丷	𠂉	𠂆	勹	十
大	丂	䒑	仁	𠂤	𠂊	廾
犬	豕	䒑	牛	𠂤	角	廿
	豕	兰		𠂤	角	廿
	豕	羊		馬	角	芔
	豕			馬	角	芔
				馬		革
				馬		革
				馬		

車	行	舟	貝
一	丿	丿	丨
𠫓	彳	𠂆	冂
亓	彳	月	冂
亓	彳	舟	月
百	行	舟	目
亘	行	舟	貝
車			貝

田	力	耒	土	雨	气	屮屮	井	臣	生	韭	黍
丨	𠃌	丿	一	一	丿	乚	一	一	丿	丨	丿
冂	力	二	十	丆	𠂉	山	二	丅	𠂉	丨	二
冂		三	土	冂	𠂉	屮	井	五	𠂉	刂	千
田		丰		帀	气	屮	井	五	牛	刂	禾
田		耒		雨		屮屮		臣	生	非	禾
		耒		雨		屮屮		臣		非	黍
				雨						非	黍
				雨						非	黍
										韭	黍
											黍
											黍
											黍

禾
麥
米
瓜

酉
壺
鹵
食
合
同

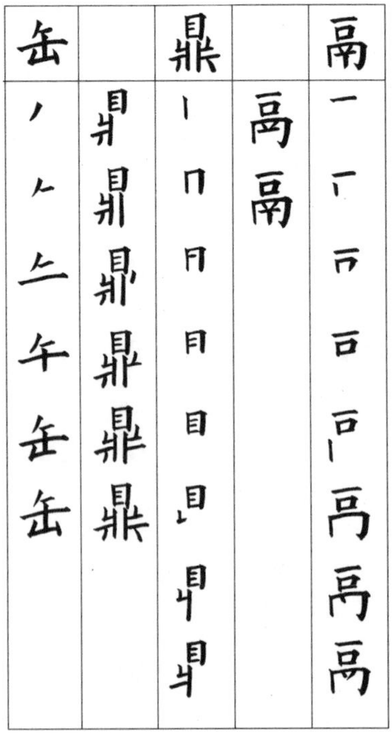
鬲
鼎
缶

麻
絲
衣

竹
木

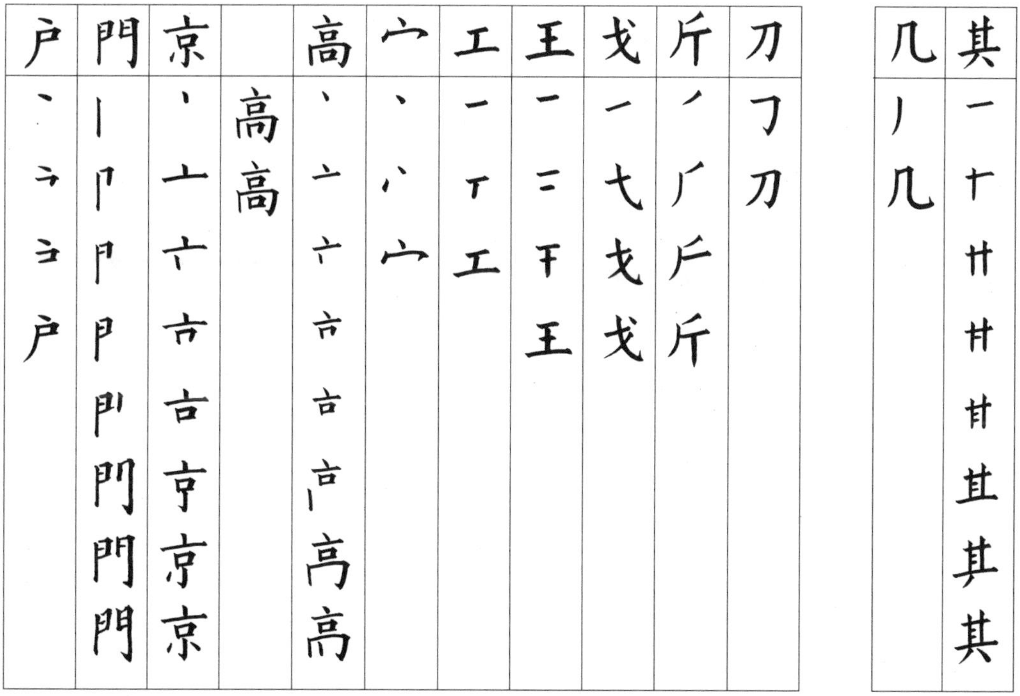
其
几
刀
斤
戈
王
工
宀
高
京
門
户

穴
瓦
口
聿
黑
文
言
音
龠

殸	殸（續）	鼓	鼓（續）	中	樂	樂（續）
一	殸	一	壴	丨	丿	絲
十	殸	十	壴	口	亻	絲
士	殸	土	壴	口	白	絲
士		士	鼓	中	白	䜌
声		吉	鼓		白	樂
声		吉			白	樂
声		壴			白	樂
声		壴			白	

上	下	小	一	二	三
丨	一	亅	一	一	一
卜	丅	小		二	二
上	下	小			三

四	五	六	七	八	九	十
丨	一	丶	一	丿	丿	一
冂	丆	亠	七	八	九	十
冂	五	六				
四	五	六				
四						

附錄二 參考書目

有幾本書一直放在我的書桌上，遇到字形、發展和字義方面的問題，就拿來翻閱尋找答案。書名是：

Karlgren, Bernhard. *Grammata Serica Recensa*. Stockholm, 1957.

孫海波，《甲骨文編》。北京，一九三四、一九六五。

李孝定，《甲骨文字集釋》。台北，一九六五（十六卷）。

島邦男，《殷墟卜辭綜類》，第二版。東京，一九七一。

容庚，《金文編》。北京，一九二五、一九五九。

周法高，《金文詁林》。香港，一九七四—一九七七（十九卷）。

汪仁壽，《金石大字典》。香港，一九七五（二卷）。

許慎，《說文解字》（帶評注）。上海，一九八一。

把我引入漢字的起源和發展研究的是高本漢編著的修訂版《漢字形聲論》，此書試圖復原漢語及其在周朝渭河流域（今日西安城周圍）的發音。主要著眼點是語音發展情況，但也舉出了所論述不同詞語的文字。

一九七〇年代初的一個夏天，當時我的女兒克拉拉正是玩沙子的年齡，隨時需要有大人在旁邊，她在花園裡玩，我坐在她身邊讀這本書。我把書中出現的所有單一的與合成的象形字都列出來，仔細閱讀高本漢標注的發音，以便了解怎麼使用表意的形旁。這工作花去了大部分夏天的時光，也是我最富有智力色彩的一段經歷。

我很投入，愈來愈迷上漢字的最古老形式，高本漢只提供了一小部分，我逐漸找到了《甲骨文編》這部辭書，書中收錄四千六百七十二個不同的甲骨文，其中有一千七百二十三個有比較確切的意思。這是一部實用而又有意思

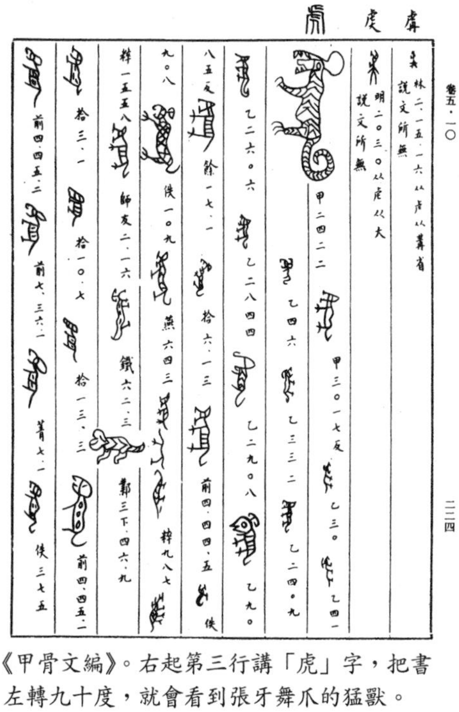

《甲骨文編》。右起第三行講「虎」字，把書左轉九十度，就會看到張牙舞爪的猛獸。

的辭書，特別是介紹的字有各種不同的變化，遺憾的是，只有在極個別的情況下才有字義解釋。

為了了解字的意思，我必須進一步努力，特別要提一下李孝定的《甲骨文字集釋》。他以《甲骨文編》收錄的字為出發點，旁徵博引，介紹各家觀點，最後對每一段都提出了自己的觀點。此書是了解古代漢字的必讀之物，但讀起來有些困難，因為這是保留李氏手稿的影印本。

島邦男在《殷墟卜辭綜類》一書公布了包括三千多個甲骨文的卜辭。從這本書我們可以了解到，這些字在什麼情況下使用，哪些字是常用的。在此書的第二版，一方面有索引，以現代字形為主即可以準確找到相應的甲骨文；另一方面有提示，指出李孝定有論述的段落。

《甲骨文合集》，北京，一九七八—一九八二，共十三卷，收錄已知的甲骨文卜辭。主編為郭沫若，但實際工作是由胡厚宣領導的中國科學院歷史研究所負責。一部附有翻譯的補充著作正在編寫之中。兩部著作將構成研究甲骨文卜辭的的珍貴工具書。

與《甲骨文編》相對應的有一部金文銘文辭書，叫《金文編》，收錄了出現在商周青銅器上的一千八百九十四個字。讀者也可以藉由青銅器的刻字知道青銅器的名字，想更深入研究金文或青銅器可再去尋找其他出版品。

這部辭書很少有字義的解釋。要了解它們的意思，必須去讀《金文詁林》，書中收錄長篇的引語，介紹不同專家對《金文編》收錄各字的字義解釋。

汪仁壽的《金石大字典》除了各種金文以外，還收錄陶器等用其他材料製作的器皿的銘文，其中有很多字令人讚嘆。

中國第一部分析性字書（解釋獨體字、分析合成字）《說文解字》在西元一二一年發表。收錄九千三百五十三個字，分成五百四十個部首。此後的辭書都是由此衍生而出，但隨著歲月推移，部首逐漸減少。很自然能想像到，書中的解釋經常是過時的，特別是二十世紀出土了大量文物以後，這個問題顯得更為突出。

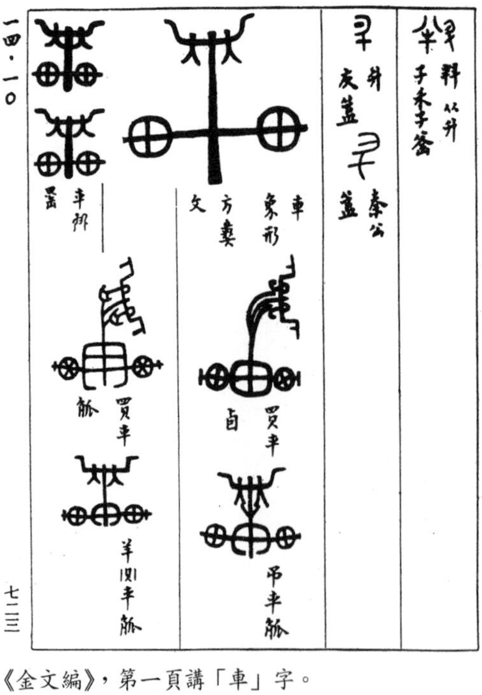

《金文編》，第一頁講「車」字。

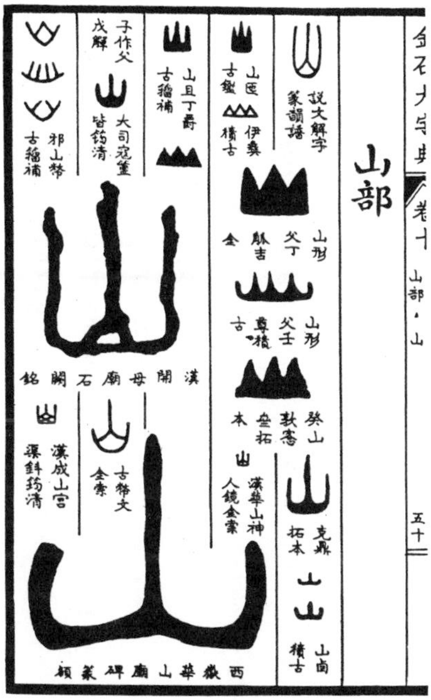

(上)《金石大字典》，第一頁講「山」。最底下的大「山」字拓自華山的一塊石頭。

(下)《說文解字》，第一頁講「絲」字。

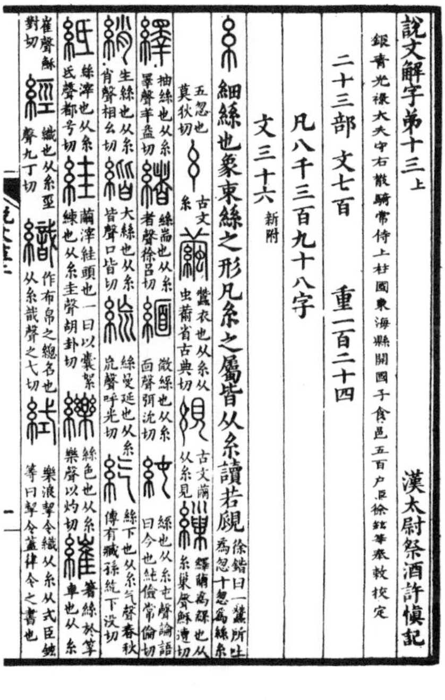
說文解字第十三上
漢太尉祭酒許慎記
二十三部　文七百　重一百二十四
凡八千三百九十八字
文三十六　新附
糸　細絲也象束絲之形凡糸之屬皆从糸讀若覛

許慎知道古人曾經用甲骨預測未來，但是寫在甲骨上的卜辭長什麼樣子，他並沒有深刻的了解。到西元前一〇二八年商朝滅亡時，基本上已不再使用甲骨占卜，從那時候起到許慎編書的上千年當中，文化和社會生活領域發生了巨大變化，甲骨文還沉睡在安陽的泥土裡。

許慎以秦始皇統一文字的字形為出發點。但如我們所見的，在很多情況下最初的字形已經變化了，因此他在書中的解釋經常有誤。但是在該書問世以後的近兩千年當中，它幾乎被人視為聖書，直到今天，不少老專家在解釋不同的字時，還是以《說文解字》作證，它仍然為人廣泛引用。

我一直把下列作品列為考古科學領域的主要參考書：

Chang Kwang-chih. *The Archaeology of Ancient China.* Third edition, Revised and enlarged. New Haven and London. 1977.

——*Shang Civilization.* New Haven and London, 1980.

Cheng Te-k'un. *Archaeology in China.* Cambridge: University of Toronto Press, 1959-1966. I. Prehistoric China. II. Shang China. III. Chou China. Suppl. to Vol. I. New Light on Prehistoric China.

Needham, Joseph. *Science and Civilization in China.* Cambridge: Cambridge University Press, 1954-.
Vol. 1 Introductory Orientations.
Vol. 2 History of Scientific Thought.

Vol. 3 Mathematics and the Sciences of the Heavens and the Earth.

Vol. 4 Physics and Physical Technology. Part I: Physics. Part II: Mechanical Engineering. Part III: Civil Engineering and Nautics.

Vol. 5 Chemistry and Chemical Technology. Part I: Paper and Printing (Tsien Tsuen-Hsuin). Part II: Spagyrical Discovery and Invention: Magisteries of Gold and Immortality. Part III: Spagyrical Discovery and Invention: Historical Survey, From Cinnabar Elixirs to Synthetic Insulin, Part IV: Spagyrical Discovery and Invention: Apparatus, Theories and Gifts. Part V: Spagyrical Discovery and Invention: Physiological Alchemy. Part IX: Textile technology: Spinning and Reeling (Dieter Kuhn).

Vol.6 Biology and Biological Technology, Part I: Botany. Part II: Agriculture (Francesca Bray).

還有兩本書最合我心：

Keightley, D. N. *Sources of Shang History, The Oracle-Bone Inscriptions of Bronze Age China*. University of California Press, Berkeley and Los Angeles, 1978.

這是一部有關甲骨文各方面知識的範本。內容大部分是學術性的，但筆調親和地幫助讀者掌握甲骨文的精髓。正文有時候只占半頁，把大家知道的和不知道的各種情況言簡意賅地介紹，比如哪些骨頭可以使用，要怎麼鑽孔，卜辭刻在什麼位置，以及如何區分等等。另半頁是很有閱讀價值的解釋，有互相對立的觀點和事實，還有討論。

Hommel, R. P. *China at Work. An illustrated Record of the primitive Industries of China's Masses, whose Life is Toil, and thus an Account of Chinese Civilization*. New York: John Day, 1937, 新版M.I.T. Press, 1969.

關於中國人建造房子、做飯、做家具、做刷子和蠟燭、打繩子和製磚瓦、打水、脫坯和紡紗時，曾經使用或者仍然還在使用的機械、工具、手段和方法，對於所有想親眼目睹和閱讀的讀者而言，這部作品是取之不盡的寶藏。書中應有盡有，清楚的照片，明確恰當的文字描寫。作者用和藹可親的筆調描寫了整個日常生活。

我還參考過很多著作，如果有讀者想更了解這方面資源，可以閱讀下列幾部有趣的作品。

■漢語著作（依作者姓名筆畫排序）

山東省博物館，《山東漢畫像石選集》。齊魯書社出版，一九八二。

王學仲，《書法舉要》。天津人民美術出版社，一九八一。

田恩善，〈網具的起源與人工育雛小考〉，刊登在《農業考古》，一九八二／一。
吳其濬，《植物名實圖考》（一八四八）。修改版，上海商務印書館，一九五七。
吳浩坤、潘悠，《中國甲骨學史》，上海人民出版社，一九八五。（有五十頁包括所有重點作品的書目介紹和索引。）
李時珍，《本草綱目》。北京，人民衛生出版社，一九八一。（新版是根據一五九六年版本印刷的。）
李域錚等，《西安碑林書法藝術》。西安人民美術出版社，一九八三。
李誡（李明中），《營造法式》，西元一一〇三年第一次印刷。新版：武進，專經書社，民國十四年。
周汛、高春明等，《中國歷代服飾》。上海，學林出版社，一九八四。
周錫保，《中國古代服飾史》。上海，中國戲劇出版社，一九八四。
邱鋒，〈中國淡水漁業史話〉，刊登在《農業考古》，一九八二／一。
姜亮夫，《古文字學》。浙江人民出版社，一九八四。
重慶市博物館，《四川漢畫像磚選集》。北京，一九五七。
徐仲舒，《漢語古文字形表》。四川人民出版社，一九八〇。（這是一部關於甲骨、青銅器、簡帛和陶器上所刻或寫文字的辭書，一部分文字放大，一部分文字縮小。）
徐光啓，《農政全書校注》，一六三九，新版有施生漢的解釋。上海古籍出版社，一九七九。
陝西省考古研究所，《陝西出土商周青銅器》（卷四）。北京，一九七九—一九八四。（共十卷，包括在陝西省出土的所有商周青銅器——陝西省是青銅器製造中心之一，附有大幅照片。有規格和銘文等情況的詳細介紹。）
馬承源，《中國古代青銅器》。上海人民出版社，一九八二。
高文，《四川漢代畫像磚簡論》。上海人民美術出版社，一九八七。
高明，《古文字類編》。北京，中華，一九八〇。（介紹甲骨、青銅器、竹和陶上的文字，絕大部分是縮小的。）
張仲葛，〈金魚史話〉，刊登在《農業考古》，一九八二／一。
張道一，《中國古代圖案選》。江蘇美術出版社，一九八〇。

梁東漢，《漢字的結構及其流變》。上海，一九五九。

陳夢家，《殷墟卜辭綜述》。北京，科學院出版社，一九五六。

湖北省博物館，《隨縣曾侯乙墓》。文物出版社，一九八○。

裘錫圭，〈漢字形成問題的初步探索〉。《考古》，一九七八/三。

劉鶚，《鐵雲藏龜》。一九○三、一九三一，平版印刷。

潘吉星，《中國造紙技術史稿》。北京，文物出版社，一九七九。

Lui Dunzhen等，《中國古代建築史》。北京，建築科學研究室，一九八○。

《大汶口：新石器時代墓葬發掘報》。北京，文物出版社，一九七四。

《上海博物館藏青銅器》，二卷。上海人民美術出版社，一九六四。

《山東濰坊年畫》。濰坊人民出版社，一九七八。

《中國博物館》。北京，文物出版社，一九八四—一九八九（七卷）。

《中華人民共和國出土文物選》。北京，文物出版社，一九七六。

《天工開物》（一六三七）。重印：香港，中華書局，一九八三。

《文化大革命期間的出土文物，第一集》。北京，文物出版社，一九七三。

《文物考古工作三十年，一九四九—一九七九》。北京，外文出版社，一九七九。

《北方常用中草藥手冊》。北京，一九七一。

《西安半坡》。北京，文物出版社，一九六三。

《芥子園畫譜》。北京，人民出版社，一九六○。

《長沙馬王堆一號漢墓》。北京，文物出版社，一九七三。

《信陽楚墓》。北京，文物出版社，一九八六。

《殷墟婦好墓》。北京文物出版社，一九八○。

《絲綢之路，漢唐織物》。北京，文物出版社，一九七二。

《新中國出土文物》。北京，外文出版社，一九七二。

《新中國的考古收穫》。北京，文物出版社，一九六二。

《鄭州二里崗》。北京，文物出版社，一九五九。（鄭州郊外二里崗發掘報告。）

《戰國曾侯乙墓》。咸寧，長沙文藝出版社，一九八四。

《藁城臺西商代遺址》。北京，文物出版社，一九八五。

《辭海》。上海辭書出版社，一九七九（三卷）。

■其他語言著作（依作者姓名字母排序）

Anderson, J. G. *Children of the Yellow Earth. Studies in*

Prehistoric China. London, 1934.

——*Researches into the Prehistory of the Chinese*, BMFEA, No.15, Stockholm, 1943.

Bagley, R. W. Pan-lung-ch'eng: *A Shang City in Hubei*. Artibus Asiae, 39:3/4, 1977.

Ball, J, Dyer. *Things Chinese* (1900) . Reprint Hong Kong. (這是一部很有意思的百科全書，包括很多關於舊中國文化和社會生活的有益珍貴的事實。)

Barnard , Noel , The nature of the Ch'in 'Reform of the Script' as reflected in archaeological documents excavated under conditions of control. In David T. Roy and Tsuen-hsuin Tsien (eds.) , *Ancient China: Studies in Early Civilization*. Hong Kong: The Chinese University Press, 1978.

Blakney, R. B. *A Course in the Analysis of the Chinese Characters*. Shanghai, 1926.

Blaser, W. *Chinesische Pavillon Architektur / Chinese Pavilion Architecture*. Niederteufen, 1974.

——*Courtyard House in China / Hofhaus in China*. Basel, Boston, Stuttgart , 1979.

Boyd, A. *Chinese Architecture and Town Planning; 1500 B.C.- A.D.1911*, University of Chicago Press, 1962.

van Briessen, F. *The Way of the Brush. Painting Techniques of China and Japan*. Rutland, Vt: Tuttle, 1962.

Bunker, Emma C. et. al. *Animal Style. Art from East to West*. New York; The Asia Society, 1970.

Burkhardt, V. R. *Chinese Creeds and Customs*. (Hong Kong 1953-1958) Hong Kong, 1982.

Bottiger, W. *Die Ursprunglichen, Jagdmethoden der Chinesen nach der alten chinesischen Literatur und einigen palaographischen Schriftzeichen*. Veroffentlichungen des Museums fur Volkerkunde zu Leipzig. Vol. 10. Berlin, 1960.

Carter, T. F. *The Invention of Printing and Its Spread Westward*. 第二版由L. Carrington Goodrich修改，New York, 1955.

Chang Kwang-chih. *Early Chinese Civilization. Anthropological Perspectives*. Harvard-Yenching Institute Monograph Series, Vol. XXIII, 1976.

——*Art, Myth and Ritual. The Path to Political Authority in Ancient China*. Cambridge, Mass.: Harvard University press, 1983.

——(ed.) *Food in Chinese Culture, Anthropological and Historical Perpectives*. New Haven and London: Yale

University Press, 1977.

Chang Te-Tzu. The Origins and Early Cultures of the Cereal Grains and Food Legumes. 收錄在Keightley, D. N. *The Origins of Chinese Civilization. London*, 1983.

Chang Tsung-tung. *Der Kult der Shang-Dynastie im Spiegel der Orakelinschriften. Eine Palaographische Studie zur Religion im archaischen China*. Wiesbaden, 1970.

Chartley, H. *The Yellow River as a factor in the development of China*. Asiatic Review, 1939, I.

Chavannes, E. *Mission Archeologique dans la Chine Septentrionale*. Paris, 1909-1915.

——*Le T'ai chan. Essai de Monographie d'un Culte Chinois*. Paris, 1910.

Cheng Te-k'un. *Animal Styles in Prehistoric and Shang China*. BMFFA 35, Stockholm, 1963.

Cheung Kwong-Yue. Recent Archaeological Evidence Relating to the Origin of Chinese Characters. 收錄在David N. Keightley, *The Origins of Chinese Civilization*. University of California Press, London 1983.（文章介紹一九七九年七月爲止所有已發現的陶器銘文，包括對年代考證的各種意見以及各派不同觀點的爭論。）

Chiang Yee. *Chinese Calligraphy. An Introduction to Its Aesthetic and Technique*. London, 1938. 第三版內容有所增加，並進行了改編。Cambridge, Mass., 1973.

Creel, H. G. *The Birth of China: a survey of the formative period of Chinese Civilization*. London: Jonathan Cape, 1936.

De Francis, J. *The Chinese Language. Fact and Fantasy*. Honolulu: University of Hawaii Press, 1984.

von Dewall, Magdalene. Pferd und Wagen im Frtuhen China. 收錄在*Saarbrucker Beitragé zur Altertumskunde*. Vol. I. Bonn, 1964.

Devloo, E. *An etymological Chinese-English dictionary: a handbook for the systematical study of the most useful 8000 Chinese characters with the etymological explanation of the 200 primitives*. Taipei, Hua Ming Press, 1969.

Dong Zuobin, 見Tung Tso-pin.

Dye, D. S. *Chinese Lattice Designs*. New York: Dover, 1974.

Elisseeff, Danielle - V. *New Discoveries in China. Encountering History Through Archaeology*. Shen Zhen. 1983.

Elisseeff, V. *Bronzes Archaiques chinois au Musee Cernuschi*. Paris: L'Asiateque, 1977.

Farrelly, D. *The Book of Bamboo*. San Francisco, 1984.（這本書包括了大家渴望了解的竹子及其使用的詳細內容。）

Fazzioli, E. *Caracteres Chinois du dessin a l'idee. 214 cles pour comprendre la Chine. Paris*, 1987.

Fenollosa, E. *The Chinese Written Character as a Medium for poetry*. With a Foreword and Notes by Ezra Pound. London, 1936.

Granet, M. *Danses et legendes de la China ancienne*. Paris, 1926.

——*The Religion of the Chinese People*. New York, 1977.

Gray, J. H. *China. A History of the Laws, Manners and Customs of the People*. London, 1878. Shannon, 1972.

van Gulik, R. H. *The lore of the Chinese Lute. An essay in Ch'in Ideology*. Tokyo, 1940.

Hager, J. *An explanation of the elementary Characters of the Chinese*. London, 1801.

Hawkes, D. *Ch'u Ts'u. The Songs of the South*. Oxford, 1959.

Hentze, C. *Die Sakralbronzen und ihre Bedeutung in den Fruhchinesischen Kulturen*. Antwerpen, 1941.

——Zur ursprunglichen Bedeutung des Chinesischen Zeichens t'ou (= Kopf) . *Anthropos*. Bd XLV, 1950.

——*Bronzegerat, Kultbanten, Religion im altesten China der Shang-Zeit*. Antwerpen 1951.

——*Tod Auferstehung, Weltordning*. Zurich, 1955.

Hoa, L. *Reconstruire la Chine; trente ans d'urbanism, 1949-1979*. Paris, 1981.

Ho Ping-ti. *The cradle of the East. An Inquiry into the Indigenous Origins of Techniques and Ideas of Neolithic and Early Historic China, 5000-1000 B.C.* Chinese University of Hong Kong and University of Chicago Press, Hong Kong, 1975.

Hsu Chin-hsiung. *The Menzies Collection of Shang Dynasty Oracle Bones*. (2 vol.) Royal Ontario Museum, Toronto, 1971, 1977.

Jia Lanpo. *Early Man in China*. Beijing: Foreign Languages Press, 1980.

Karlgren, B. *Folk Tales from the Tueta and Mo parishes Written in the Vernacular*. Swedish Dialects, Vol. 2 (in Soedish), 1908.

——*Analytic Dictionary of Chinese and Sino-Japanese*. Paris, 1923.

——*Yin and Chou in Chinese Bronzes*. in BMFEA, no. 8, Stockholm, 1936

——*New Studies on Chinese Bronzes*. in BMFEA, no. 9, Stockholm, 1937.

——*The Book of Odes*. Göteborg, 1950.（包括《詩經》的中文改編和翻譯。）

——*Easy Lessons in Chinese Writing*. Stockholm, 1958.

Keightley, D. N. (ed.) *The Origins of Chinese Civilization*. University of California Press, London, 1983.（敘述關於自然條件，農業，文化，民族，語言，文字，以及最早的文明古國之誕生，共十七篇文章，內容豐富。）

Keswich, Maggie. *The Chinese Garden. History, Art & Architecture*. London: Academy Editions, 1978.

Keys, R. D. *Chinese Herbs; Their Botany, Chemistry, and Pharmacodynamics*. Rutland and Tokyo: Turtle, 1976.

Knapp, J. G. *China's Traditional Rural Architecture, A Cultural Geography of the Common House*. Honolulu: University of Hawaii Press, 1986.

Kunze, R. *Bau und Anordning der chinesischen Zeichen*. Tokyo and Leipzig: Tokyo Deutsche Gesellschaft, 1937.

Leeming, F. Official Landscapes in traditional China, in *Journal of the Economic and Social History of the Orient*, 1980: 23.

Li Chi. *The Beginnings of Chinese Civilization*. Seattle: University of Washington Press, 1957.

——*Anyang*. Seattle: University of Washington Press, 1977.

Li Hui-Lin. The Domestication of Plants in China: Ecogeographical Considerations.收錄在Keightley, D. N. *The Origins of Chinese Civilization*. University of California Press, London, 1983.

Li Xueqin. *The Wonder of Chinese Bronzes*. Beijing: Foreign Languages Press, 1980.

——*Eastern Zhou and Qin Civilizations*. Translation: K. C. Chang. New Haven and London: Yale University Press, 1985.

Lui Dunzhen. *La Maison Chinoise*. Paris, 1980.

Liu Guojun-Zheng Rusi. *The Story of Chinese Books*. Beijing: Foreign Languages Press, 1985.

Loehr, M. *Chinese Bronze Age Weapons*. The Werner Jannings collection in the Chinese National Palace Museum, Peking: Ann Arbor. 1956.

——*Ritual Vessels of Bronze Age China*. New York: The Asia Society, 1968.

Loewe, M. Man and Beast, The Hybrid in Early Chinese Art and Literature, In *Numen*, Vol. XXV, Fasc. 2, 1978.

Lowe, H. Y. *The Adventures of Wu. The Life Cycle of Peking Man*. The Peking Chronicle Press, 1940-1941.重新印刷：Princeton University Press, New Jersey, 1983.

Mayers, W. F. *The Chinese Reader's Manual. A Handbook of Biographical, Historical, Mythological, and General Literary Reference*. Shanghai, 1924.

Medley, Margaret. *The Chinese Potter, A Practical History of Chinese Ceramics*. Oxford: Phaidon, 1976.

Morrison, Hedda-Eberhard, W. *Hua Shan. The Taoist Sacred Mountain in West China, Its Scenery, Monasteries and Monks*. Hong Kong, 1974.

Mulliken, Mary Augusta-Hotchkis, Anna M. *The Nine Sacred Mountains of China, An illustrated Record of Pilgrimages Made in the Years 1935-36*. Hong Kong, 1973.

Museum of Far Eastern Antiquities (ed.) . *Archaeological Finds from the People's Republic of China*. Stockholm, 1974.

Picken. L. E. R. The Music of Far Eastern Asia. 收錄在*New Oxford History of Music*. Vol. 1. Oxford, 1957.

Rawson, Jessica. *Ancient China, Art and Archaeology*. London: British Museum, 1980.

von Richthofen, F. *Tagebucher aus China*. Berlin, 1907.

Ryjik, K. *L'idiot chinois. Initiation elementaire a la lecture intelligible des caracteres chinois*. Paris: Payot, 1980.

——*L'idiot chinois. La promotion de Yu le Grand*. Paris: Payot, 1984.

Shapiro, H. L. *Peking Man*. New York, 1974.

Shih Sheng-Han. *On 'Fan Sheng-Chih Shu'. An Agriculturist Book of China Written by Fan Sheng-Chih in the first Century B.C.* , Beijing Science Press, 1959.

——*A Preliminary Survey of the Book Ch'i Min Yao Shu, An Agricultural Encyclopaedia of the 6th Century*. Beijing: Science Press, 1962.

Sickman, L.- Soper, A. *The Art and Architecture of China*. 第三版, London, 1968.

Siren, O. *Gardens of China*. Stockholm, 1948.

Sze Mai-Mai（譯者）, *The Mustard Seed Garden Manual of Painting. A Facsimile of the 1887-1888 Shanghai Edition*.（《芥子園畫譜》）New Jersey: Princeton University Press, 1977.

Temple R. *The Genius of China, 3000 years of Science, Discovery and Invention*. New York: Simon and Schuster, 1987.

Tong Kin-woon. *Shang Musical Instruments*. Middletown, Conn.: Wesleyan University, 1983.

Tsien Tsuen-Hsuin. *Written on Bamboo and Silk. The Beginnings of Chinese Books and Inscriptions*. University of Chicago Press, 1962.

Tung Tso-pin. *Fifty Years of Studies in Oracle Bone Inscriptions*. Tokyo, 1950.

Vaccari, O.- Vaccari, Enko Elisa. *Pictorial Chinese-Japanese Characters. A new and fascinating Method to learn Ideographs*. Tokyo, 1950.

Waldenstrom, P. P. *Till Kina. Resekildringar*. Stockholm, 1907-1908。

Waley, A. *The Book of Songs*（《詩經》）. London, 1937.

Wang Shucun. *Ancient Chinese Woodblock New Year Prints*. Beijing: Foreign Languages Press, 1985.

Wang Yongyan. *Loess in China*. Shaanxi People's Art Publishing House, 1980.（介紹黃土高原不同形態的大型畫冊。）

Watson, W. *China Before the Han Dynasty*. London, 1961.

——*The Genius of China. An Exhibition of Archaeological Finds of the People's Republic of China*, London, 1973.

Weber, C. D. *Chinese Pictorial Bronze Vessels of Late Chou Period. Ascona*, Switzerland: Artibus Asiae, 1968.

Weber, G. W. Jr. *The Ornaments of Late Choi Bronzes: a method of analysis*. New Brunswick, New Jersey, 1973.

Wen Fong (ed.). *The Great Bronze Age of China*. London, 1980.（包括四篇由傑出專家寫的指導性文章，以及詳細介紹九十七件商周青銅器的內容。上百幅精美的彩色照片，一百多個銘文片段。是目前西方文字出版最好的青銅器介紹。）

Wheatley, P. *The pivot of the four Quarters: A Preliminary Enquiry into the Origins and Character of the Ancient Chinese City*. Chicago, 1971.

White, W. C. *Tombs of Old Lo-yang*. Shanghai, 1934.

Wieger, L. *Chinese Characters, their Origin, Etymology, History, Classification and Signification. A thorough Study from Chinese Documents*. (1915) 重新印刷. New York: Dover, 1965.

Wilder, G. D.- Ingram J. H. *Analysis of Chinese Characters*. (1934) New York: Dover, 1974.

Willetts, W. *Foundations of Chinese Art, From Neolithic Pottery to Modern Architecture*. London, 1965.

——*Chinese Calligraphy, Its History and Aesthetic Motivation*. Hong Kong: Oxford University Press, 1981.

Williams, C. A. S. *Encyclopedia of Chinese Symbolism and Art Motives*. New York, 1960.此書原名*Outlines of Chinese Symbolism and Art Motives*. Shanghai: Kelly and Walsh, 1931.

Yu, Ying-shih. *Trade and expansion in Han China*. Berkeley, 1967.

Zhong Yuanhao (ed.) *History and Development of Ancient Chinese Architecture. Chinese Academy of Sciences*. Beijing: Science Press, 1986.（介紹中國建築業的發展、建材和方法，可惜有些技術方面的段落被刪除。）

Ancient China's Technology and Science. Beijing: Foreign Languages Press, 1983.

Atlas of Primitive Man in China. Beijing: Science Press, 1980.

Bauernmalerei aus Huxian. Aschaffenburg, 1979.（簡介包括三十多篇文章，介紹農民畫的發展，題材範圍和風格流派。）

Chinese Rubbings. China Publication Centre, Beijing.（年代不詳。）

A History of Chinese Currency (16th Century BC-20th Century AD).（作者不詳）Hong Kong: Xinhua Publishing House, 1983.

Mathew's Chinese-English Dictionary. Cambridge, Mass.: Harvard University Press, 1975.

Peasant paintings from Huhsien County.（作者不詳）Beijing: Foreign Languages Press, 1974.

Yan'an Papercuts. People's Fine Arts Publishing House. China.（無年代。）

■期刊與叢書

《文物》。北京，一九五九起。

《古文字研究》。一九七九起。

《考古》。北京，一九五九起。

Artibus Asiae. Ascona, Switzerland, 1925-.

Bulletin of the Museum of Far Eastern Antiquities. Stockholm, 1929-.

Early China. Berkeley, California, 1975-.

Harvard Journal of Asiatic Studies. Cambridge, 1935-.

附錄三 中國歷史朝代和時期

西元前二二一年，秦朝建立之前的年代具有不確定性，爾後隨著新的研究成果和出土文物而不斷調整。一九六〇年代，由於藍田考古的新發現，舊石器時代往前推進了上千年。不久前還被視為傳說的夏朝——特別是西方學者持這種觀點，據考古學家的觀點似乎確實存在過，儘管確切的年代還未能定下來。

不確定性也關係到隨後兩個朝代的起始和終結。按照傳統的中國史書記載，商代始於西元前一七六六年，而按照現代的研究成果，更傾向於西元前一五二三年。過去史家認為周朝在西元前一一二二年奪取了政權，現在則認為是西元前一〇二七年，只是大家對於這個年代還是有疑問。有時候，我們把周朝滅亡的年代定為西元前二五六年，當年周赧王去世；有時候定為西元前二二一年，當年秦朝奪取政權。

春秋與戰國之間的年代界線，專家一直有不同的畫分方法，大體為西元前四八一、前四七八、前四六八、前四五三和前四〇三年。

下面是我根據中國人現在使用的方法畫分的：

舊石器時期：約西元前六十萬—前七千年

新石器時期：約西元前七千—前二二〇〇年

夏（不確定）：約西元前二二〇〇—前一五二四年

商：西元前一五二三—前一〇二八年

周：西元前一〇二七—前二二一年

春秋時期：西元前七七〇—前四七六年

戰國時期：西元前四七五—前二二一年

秦：西元前二二一—前二〇六年

西漢：西元前二〇六年—西元二五年

東漢：西元二五—二二〇年

三國：西元二二〇—二八〇年

西晉：西元二六五—三一七年

東晉：西元三一七—四二〇年

南北朝：西元四二〇—五八九年

隋：西元五八一—六一八年

唐：西元六一八—九〇七年

五代：西元九〇七—九六〇年

北宋：西元九六〇—一一二七年

南宋：西元一一二七—一二七九年

元：西元一二〇六—一三六八年

（蒙古鐵木眞於西元一二〇六年建國。西元一二七一年忽必烈定國號爲元，西元一二七九年滅南宋。）

明：西元一三六八—一六四四年

清：西元一六一六—一九一一年

（清建國於西元一六一六年，初稱後金，西元一六三六年改國號爲清，西元一六四四年入關。）

（以下略）

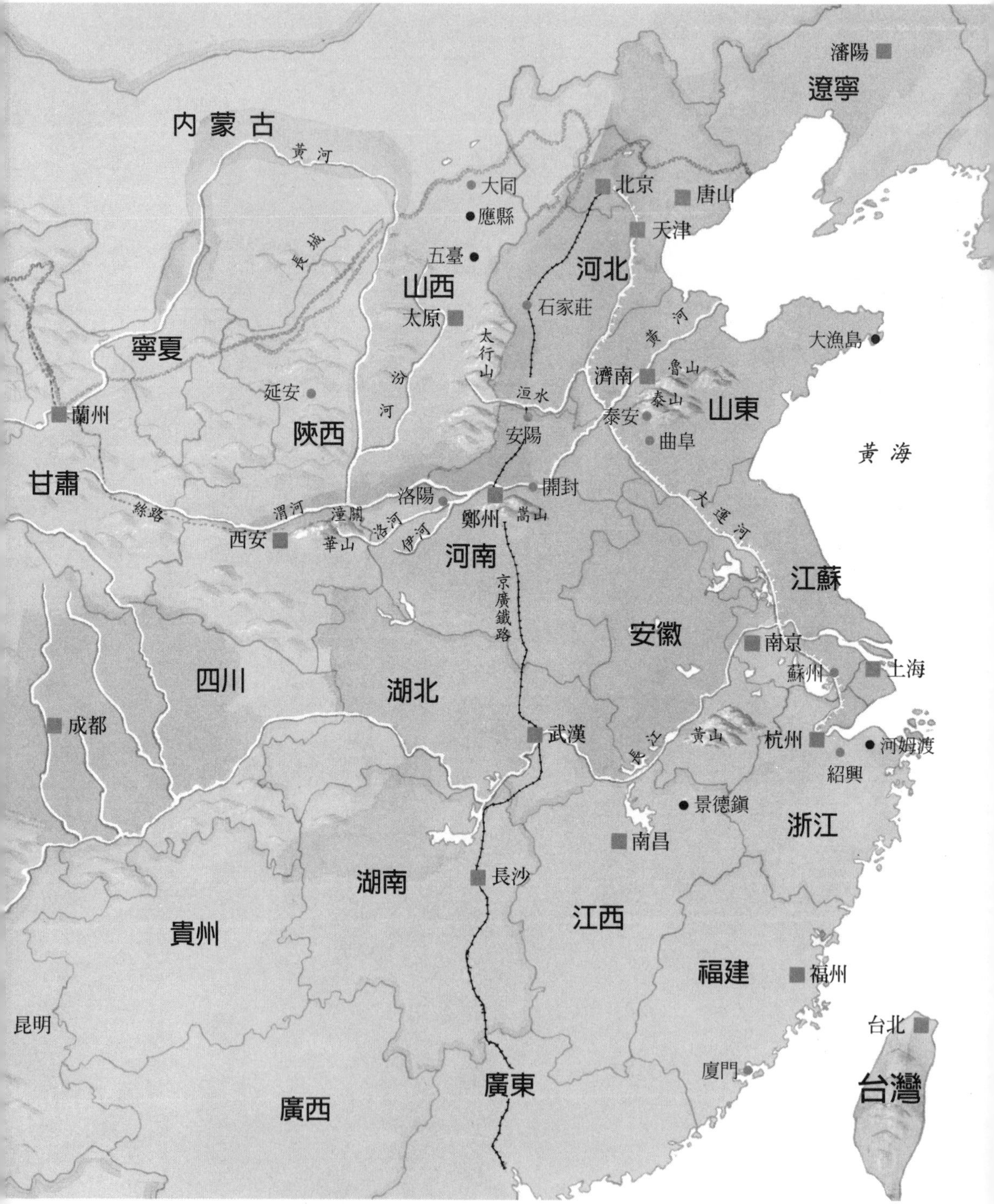

瀋陽
遼寧
內蒙古
黃河
大同
北京
唐山
應縣
天津
長城
五臺
河北
山西
太原
石家莊
寧夏
太行山
黃河
大漁島
濟南
魯山
汾河
延安
洹水
泰山
山東
泰安
蘭州
陝西
安陽
曲阜
黃海
甘肅
開封
洛陽
絲路
渭河
潼關
鄭州
嵩山
大運河
洛河
伊河
西安
華山
河南
京廣鐵路
江蘇
安徽
南京
四川
湖北
蘇州
上海
成都
武漢
黃山
杭州
河姆渡
長江
紹興
景德鎮
浙江
南昌
湖南
長沙
江西
貴州
福建
福州
昆明
台北
廈門
廣東
台灣
廣西

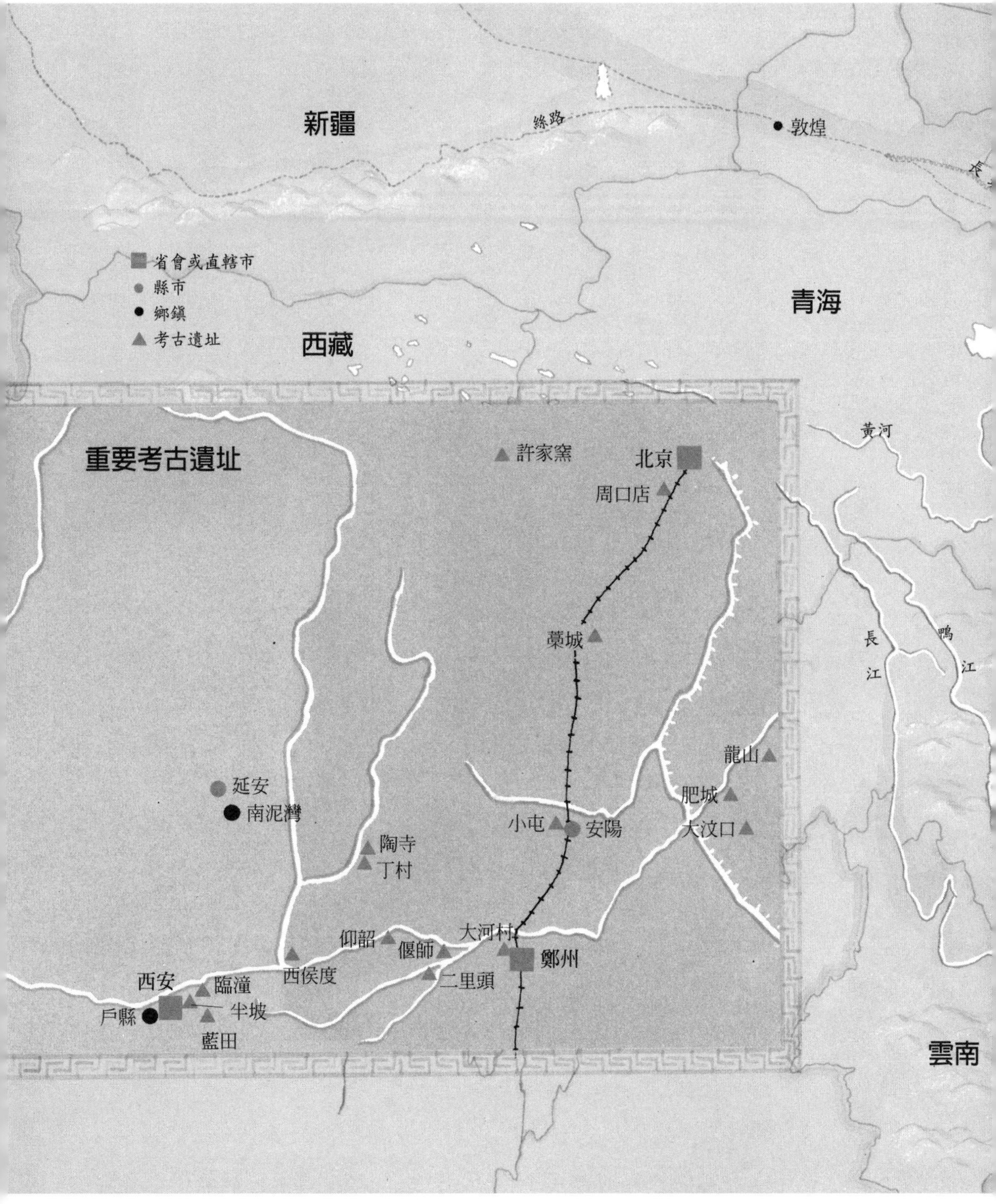
新疆
絲路
敦煌
長
省會或直轄市
縣市
鄉鎮
考古遺址
青海
西藏
重要考古遺址
許家窯
北京
周口店
黃河
藁城
長
江
鴨
江
龍山
肥城
延安
南泥灣
小屯
安陽
大汶口
陶寺
丁村
仰韶
大河村
偃師
鄭州
西侯度
二里頭
西安
臨潼
戶縣
半坡
藍田
雲南

誌謝

本書感謝以下圖片提供者：

p. 37: © British Museum, London

p. 79: © Freer Gallery of Art, Smithsonian Institution , Washington, D.C.

p. 93 below: © Photothèque des Musées de la Ville de Paris / Degrâces

Bonnier, Albert III, Stockholm

Chinese Academy of Science, Beijing

Institute of History and Philology, Academia Sinica, Taipei, Taiwan, Rep. of China

Kessle, Gun, Mariefred

Lindqvist, Cecilia, Stockholm

Lindqvist, Cecilia, collection. Rubbings, papercuts, New Year pictures, posters, etc.

National Palace Museum, Taipei, Taiwan, Rep. of China

National Archive, Stockholm

Sweden-China Society Archives, Stockholm

譯者後記

《漢字的故事》是林西莉女士費時八年完成的一部介紹中國語言和文字的力作。作品問世後得到廣大讀者和文化界的高度讚揚，並很快有了英文、芬蘭文、德文和法文翻譯本。在我接觸的瑞典朋友當中，幾乎沒有人不知道這部作品。很多中國留學生和華人還藉由這部作品向同學、同事介紹中國的古代文化。

林西莉女士是瑞典著名漢學家、作家和中國問題專家，一九六〇年代初曾在北京大學留學，後來多次訪問中國，在山東、陝西設有自己的點（村莊），隔一段時間她就到那些地方看一看，從而準確地了解中國政治、經濟、文化和社會的變化，因此她有關中國的文章、言談顯得分外忠實、可信。

林西莉女士是我相識多年的好朋友，當我提出把她的《漢字的故事》譯成中文時，她非常高興。在我翻譯的過程中，得到了她具體、細緻的幫助和指導，有時是面對面，有時是通過書信、傳眞和電話。

從理論上講，這是一部關於中國語言和文字的作品，但內容卻關係到整個中國的文明史。林西莉女士沒有使用「經院式」的語言，而是使用她特有的表達方式：輕鬆、自如、優美、動聽。因爲她主要是爲了普通的瑞典人，他們對中國的文化、歷史等各方面都比較陌生。

有一點我特別讚賞林西莉女士：既然勞動創造了人，那麼我們的祖先創造文字時，肯定會借助他們創造物質財富時所使用的工具，如「工」的論述；我們的祖先在製造工具時，從自身的形體獲取靈感，爾後又轉向文字，如「鬲」字。隨著考古新發現，她的這種認識愈來愈深刻。

我花了兩年時間翻譯這部作品，雖然辛苦，但學到了很多東西。我請教過不少專家、學者，但是內容還會有錯譯、誤譯的地方，歡迎廣大讀者指出，以便有機會改正。

中國古代的文化是人類共有的，每個人都有權利來研究、解釋和欣賞自己的文化傳統，而不論他（她）的民族歸屬。只有這樣才能使它更豐富、更多彩、更宜於傳播和爲人所接受。

李之義

一九九八年八月二日　於北京

索引

一畫

一 263

二畫

七 263
九 264
二 263
厂 57
人 24
八 263
几 196
刀 198
力 134
十 264
卜 19

三畫

三 263
下 262
上 262
刃 200
千 266
口 31
土 135
大 25
女 39
子 42
宀 212
小 262
山 50
川 48
工 207
廾 36
弓 71

四畫

中 255
云（雲） 139
井 143
五 263
內 70
六 263
分 200
化 25
从（從） 24
友 35
反 35
天 27
夫 25
心 32
戈 203
戶 227
手 34
支 36
攴 35
文 243, 278
斤 201
方 280
日 16, 20, 276
月 16, 20, 276
木 187
止 37
比 25
水 48
火 61
爪 36
父 36
牛 109
犬 102
王 206
气 139

五畫

仙 55
冊 238
凹 262
出 38
凸 262
卉 141
古 266
四 263
囚 235, 276
奴 40
斥 203
旦 52
本 189
末 190
母 39
瓜 157

瓦 233
甘 32
生 147
田 132
目 27
矢 70
石 58
示 217
禾 150
穴 228
立 26

六畫

交 26
仿 281, 282
伐 204
休 191
伏 104
匠 203
舌 210
同 166
合 166
好 42, 276
守 216
安 215
州 49
帆 127
年 152
朱 192
灰 62
百 266
竹 184
米 155
缶 170
羊 106
羽 89
耒 135
耳 30
聿 240
臣 146
自 30
至 70
舟 123
行 122
衣 180
网（網） 68

七畫

兵 203
利 201
告 111
吠 103
困 235
坊 282
坐 136
夾 26
妨 282
戒 204
我 204
折 202
技 279
杏 191
步 37
災 62
牢 215
男 134
系 175
見 28
角 113
言 244
谷 56
豕 105
貝 128
走 38
身 38
車 116
酉 160
里 136
卣 164

八畫

京 224
來 277
具 129
其 195, 278
典 239
取 35
受 127
和 152
奔 141
宗 217
忠 257
房 282

所 227
放 282
明 22, 276
枋 282
果 192
林 190, 276
析 202
炎 62
牧 111
秉 153
芳 282
虎 190
初 200
采 192
門 225
隹 80
雨 137
囷 235

九畫

信 244, 276
保 42
姦 40
怒 40
眉 28
看 35
秋 153
突 228
美 107
苗 141
計 266
閂 226
面 28
革 114
韭 149
音 245
食 164
首 74
香 152

十畫

毫 224
原 60
哭 104
圃 142
孫 176
家 215
宮 216
射 72
息 33
扇 227
桑 193
畝 134
疾 70
紡 282
紋 278
紊 279
羔 107
臭 104
舫 282
芻 141
酒 160
閃 226
隻 85
馬 111
高 223
鬥 36
鬲 166
圂 235
隼 87

十一畫

副 279
宿 215
得 129
訪 282
貫 129
郭 223
雀 86
魚 64
鳥 80
鹿 74
麥 153
麻 172

十二畫

傘 186
喜 258
單 96
壺 162
富 279
幅 279

森 191, 276
焚 190
焦 88
窗 230
筆 240
絲 174
華 53
象 79
開 226
集 191
黍 151
黑 241
寍（寧） 216

十三畫

意 245
萬 266, 277
經 177
葉 191
解 113
雉 89
雷 138
電 138
鼎 168
鼓 250
葍 279

十四畫

圖 235
漁 68
獄 244
福 161, 279
箕 196, 278
翟 89
鳴 85
鼻 31

十五畫以上

樂 259
輦 119
墨 242
齒 32
魴 282
器 104
磬 249
輻 279
霍 138
龍 97
龜 77
聲 249
龠 245
禮 253
豐 253
雙 86
雚 87
獸 95
疆 133
羹 108
轟 118

貓頭鷹書房 26 ISBN 978-986-262-300-8

漢字的故事（暢銷十周年紀念版）

作　　者　林西莉（Cecilia Lindqvist）
譯　　者　李之義
選　　書　陳穎青
責任編輯　陳雅華、張瑞芳
特約編輯　曾淑芳
文字校對　李鳳珠
封面設計　鄭宇斌
版面構成　謝宜欣
總 編 輯　謝宜英
行銷企畫　林智萱、張庭華
出 版 者　貓頭鷹出版
發 行 人　凃玉雲
發　　行　英屬蓋曼群島商家庭傳媒股份有限公司城邦分公司
104 台北市中山區民生東路二段 141 號 11 樓
畫撥帳號：19863813；戶名：書虫股份有限公司
城邦讀書花園：www.cite.com.tw　購書服務信箱：service@readingclub.com.tw
購書服務專線：02-2500-7718~9（周一至周五上午 09:30-12:00；下午 13:30-17:00）
24 小時傳真專線：02-2500-1990；25001991
香港發行所　城邦（香港）出版集團／電話：852-2877-8606 ／傳真：852-2578-9337
馬新發行所　城邦（馬新）出版集團／電話：603-9056-3833 ／傳真：603-9057-6622
印 製 廠　成陽印刷股份有限公司
初　　版　2006 年 3 月
二　　版　2016 年 8 月　十四刷 2022 年 3 月

定　　價　新台幣 350 元／港幣 117 元

讀者服務信箱　owl@cph.com.tw
貓頭鷹知識網　http://www.owls.tw
歡迎上網訂購

國家圖書館出版品預行編目資料

漢字的故事（暢銷十周年紀念版）／林西莉（Cecilia Lindqvist）著；李之義譯 . -- 二版 . -- 臺北市：貓頭鷹出版：家庭傳媒城邦分公司發行，2016.08
面；　公分 . --（貓頭鷹書房；26）
ISBN 978-986-262-300-8（平裝）

1. 漢字　2. 歷史

802.2　105011616